mare

Christina Nichol

IM HIMMEL GIBT ES COCA-COLA

Roman

Aus dem Amerikanischen
von Rainer Schmidt

mare

Die Deutsche Nationalbibliothek verzeichnet
diese Publikation in der Deutschen Nationalbibliografie;
detaillierte bibliografische Daten sind im Internet
unter http://dnb.ddb.de abrufbar.

Die Originalausgabe erschien 2014
unter dem Titel *Waiting for the Electricity* bei
The Overlook Press, Peter Mayer Publishers,
Inc., New York.

1. Auflage 2016

Lektorat Claudia Jürgens, Berlin
Typografie Farnschläder & Mahlstedt, Hamburg
Schrift Trump Mediäval
Druck und Bindung CPI Clausen & Bosse, Leck
Printed in Germany
ISBN 978-3-86648-234-0

MIX
Papier aus verantwortungsvollen Quellen
FSC www.fsc.org
FSC® C083411

www.mare.de

Für Swiadi, Giorgi, Wanitschka
und die beiden Mananas, groß und klein

»Das ist wie die Büchse der Pandora.
Als Zeus sie aufmachte, kam alles rausgeflogen.
Was noch übrig war? Nur die Hoffnung.«

Georgischer Arbeiter bei der Fertigstellung
der Baku-Tbilissi-Ceyhan-Pipeline

1

Eine Flutwelle von Frauen, groß und vollbusig, in lange schwarze Kleider gehüllt, wälzte sich schwerfällig zum Meer hinunter.

Obacht! Geht ihnen aus dem Weg.

Die Horde dieser drallen Frauen kam die Hänge herab wie eine Invasionsarmee. In den Minibussen knackten sie Sonnenblumenkerne zwischen den Zähnen und blickten dabei starr geradeaus, interessiert nur an der Sonne und an der Verheißung der See. Am Strand würden alle diese Frauen sonnenbaden. Manche standen dann, ein *piroschok* in der einen Hand, ein Bier in der anderen, bis an die Schenkel im Wasser und riefen dem kleinen Schako zu, er solle nicht so weit hinausschwimmen. Die aus den Dörfern badeten noch immer in ihren Kleidern, die dann in den Falten an ihren Körpern kleben blieben.

Die Luft war heiß. Die Luft war trunken. Die Luft war vergoren zu Sommer, zu einem ernsthaften und entschlossenen Sommer. Es war der 19. August, der letzte Tag der Saison, auch bekannt als Tag der Wende, und alle versuchten, ihren Körper noch zu schwärzen, bevor das Wetter umschlug. Armenier, Aseri, Georgier, sogar Russen wuchteten sich auf den Sommer, den hohen, späten Sommer, und der Sommer ächzte wie ein überladener Tisch.

Im Anfang, als Gott das Land unter allen Völkern verteilte, verpassten wir Georgier die Sitzung. Am nächsten Morgen sahen wir uns um und erkannten, dass wir heimatlos waren. »He!«, schrien wir zu Gott. »Was ist mit *unserem* Land?«

»Wo wart ihr denn gestern Abend?«, fragte Er. »Ihr habt die Sitzung verpasst. Ich habe alles Land weggegeben.«

»Wir haben was getrunken!«, riefen wir. »Wir haben auf deinen Namen angestoßen!«

Darüber freute Gott sich so, dass Er uns alles Land gab, das Er für sich selbst aufgehoben hatte. Deshalb sollen wir uns entspannen und Gottes schöne Erde genießen.

Die Armenier sagen: »Wir haben die Sitzung auch verpasst, und uns hat Er nur die *Steine* gegeben, die Er für sich aufgehoben hatte.« Deshalb ist ihr Land übersät von Steinen, und deshalb machen sie sich jetzt auch an unserem Strand breit.

Wir haben jahrtausendelang auf Gottes Land gelebt und seine Schönheit und Fülle genossen, und immer hielten wir eine Hacke in der Hand, um die Wunder Seiner heiligen Erde zu säen und zu ernten. Aber wegen unserer Nachbarn hielten wir in der anderen Hand ein Gewehr.

Eines Tages kam Gott, um nachzusehen, wie es allen ging. Er besuchte jedes Land in der Nachbarschaft. Als Erstes kam Er nach Armenien und fragte: »Wie geht es euch? Gefällt euch alles? Schlaft ihr gut? Keine Klagen?«

Die Armenier sagten: »Alles ist gut. Wir haben ein feines Leben auf den Steinen, die du uns gegeben hast.«

Gott sagte: »Es freut mich, dass es euch so gut geht. Ja, es bereitet mir so gute Laune, dass ich euch einen Wunsch erfüllen werde, was immer es ist.«

»Na ja«, antworteten die Armenier, »wie gesagt, wir sind zufrieden. Aber …« Dann machten sie eine Pause und fingen an, sehr demonstrativ nachzudenken und sich dabei mit dem Finger an die Schläfe zu klopfen. »Wenn wir uns *wirklich* etwas einfallen lassen sollen, dann würden wir uns wünschen, dass du Aserbaidschan vernichtest. Diese Typen versuchen dauernd, uns unseren See zu klauen.«

Also ging Gott zu den Nachbarn nach Aserbaidschan, um zu sehen, wie sie zurechtkamen. »Hallo!«, rief Er. Die Aseri hatten alle Hände voll damit zu tun, mit ihren Booten auf dem Kaspischen Meer herumzufahren, zu fischen und den ganzen Kaviar aufzuessen. »Wie geht's euch da unten?«

»Es geht. Gott sei gepriesen.«

»Na, und was wünscht ihr euch?«

»Wir wären dir wirklich dankbar, wenn du die Armenier dezimieren könntest. Als Nachbarn sind sie wirklich lästig. Sie versuchen immer, eins von unseren Weizenfeldern zu annektieren.«

Dann kam Gott nach Georgien.

»Der Sieg sei dein! *Gaumardschos!*«, riefen wir, als wir Ihn sahen, und streckten unsere weingefüllten Widderhörner in die Höhe. »Wir küssen dich!« Wir waren bereits sehr glücklich über Seine Großzügigkeit, und als Er uns fragte, was wir uns wünschten, sagten wir, wir brauchten weiter nichts. »Wir bitten um nichts«, riefen wir. »Es reicht, wenn du Armenien und Aserbaidschan ihre Wünsche erfüllst.«

So geht die Geschichte.

Man sagt, um die Geschichten in unserem Herzen lebendig zu erhalten, müssen wir sie einander weitererzählen, denn wenn man Geschichten nur hört, aber nicht weitererzählt, wird man wie der Mann, der nur Trauben pflückt, die Reben aber nicht beschneidet, wie einer, der erntet, aber nicht sät. Dann kann es sein, dass man erstarrt und leicht in die Irre zu führen ist. Wenn es in den alten Zeiten so weit war, dass ein Junge seine Geschichte erzählen sollte und er nicht wusste, wie er anfangen sollte, wenn sein Mund nicht funktionierte, als wäre er voller Steine, dann sagten die Ältesten, die um das Feuer saßen: »Du muss so anfangen: Es war einmal. Es war einmal. Es war keinmal.« So fängt jede Geschichte an. Es bedeutet, dass etwas, das einmal wahr war und vielleicht sogar ein zweites Mal wahr war, nicht unbedingt auch beim dritten Mal wahr ist.

In Georgien war es einmal wahr, dass wir nur ein Leben haben und es deshalb nicht mit dem Streben nach materiellen Gütern verschwenden sollen. Es war außerdem wahr, dass wir im Paradies lebten. Aber es erforderte Hartnäckigkeit, sich jeden Tag daran zu erinnern, dass wir im Paradies lebten. Wir haben hier Tanz, Liebe, Wein, Sonne, eine uralte Kultur und Schönheit. Aber kein Geld. Deshalb sind wir ein bisschen aus der Mode gekommen, denn heutzutage regiert Geld die Welt.

Daher habe ich beschlossen, die Geschichte meines Landes weiterzuerzählen, um inmitten von Lebensbedingungen, die extrem schwierig geworden sind, ein bisschen Hoffnung in unseren Herzen lebendig zu erhalten.

Hauptsächlich aus diesem Grund war ich gerade dabei, den folgenden Brief in englischer Sprache aufzusetzen:

19. August 2002

Sehr geehrte Frau Clinton,

mein Name ist Slims Achmed Makaschwili, und ich komme aus der Kleinstadt Batumi am Schwarzen Meer. Es ist eine sehr kleine Stadt. Man kann sagen, sie ist schön und sonnig. Für mich ist es die Stadt.

Aber dann kamen mir Bedenken: Was wäre, wenn Hillary noch nie von Batumi gehört hätte? Ich wollte nicht, dass sie sich unwissend vorkam, auch wenn sie eigentlich von uns gehört haben *sollte*, denn Inga Tscharchalaschwili und Maia Lomineischwili – zwei berühmte Georgierinnen – haben mit großem Erfolg an der Internationalen Schachmeisterschaft in Batumi teilgenommen.

Ich schrieb also weiter:

Batumi ist eine Kleinstadt, von der nicht viele Leute wissen. Das weiß ich, denn ich habe Batumi im Internet gesucht, und dort war nur ein Bild von der Palme zu finden. Der Tourist hat geschrieben: »Die Stadt sieht aus wie abblätternde Farbe.« Das liegt daran, dass wir uns in einer Neubauphase befinden. Der örtliche Diktator reißt die alten Gebäude ab und lässt viele Rasenflächen anlegen, weil sich niemand mit einer Pistole hinter einem Rasen verstecken kann. Dazu kommt, dass die geistlichen Führer Meditationshütten aus dem 12. Jahrhundert bauen. Wir machen Fortschritte im zivilen und im religiösen Bereich. Wir haben sogar eine Bank. Es ist eine glänzende und moderne Bank, aber es ist kein Geld mehr darin. Die neuen Zertifizierungsanforderungen von 1998 haben die Zahl der Banken von 200 auf 43 verringert.

Ich glaube wirklich, wir brauchen ein bisschen Hilfe hier drüben auf dem Land, vor allem ich! Besonders weil Georgien ein christliches Land ist, und es ist schwierig, in einem christlichen Land einen muslimischen Namen zu tragen! Mit einem georgischeren Namen wie zum Beispiel Dawito, Dato, Temuri oder Toto könnte ich eine höhere Position in der Verwaltung kriegen.

Aber jetzt komme ich zu einer wichtigeren Informati-

on. Ich will Ihnen erklären, wieso Batumi ein natürlicher Hafen ist. Der Hafen liegt am Ende der Eisenbahn aus Baku und wird hauptsächlich für Erdölprodukte benutzt. Unsere Stadt rühmt sich, acht Liegeplätze zu haben, und zwar mit einer Gesamtkapazität von 100 000 Tonnen allgemeiner Ladung, 800 000 Tonnen Schüttgut und sechs Millionen Tonnen an Öl- und Gasprodukten. Zu den technischen Anlagen gehören Portalkräne und Kranbrücken für das Verladen von Containern auf Güterwagen. Wie Sie sehen, bietet Batumi Ihnen und Ihrem Land großartige Geschäftschancen!

Aber dann dachte ich noch einmal darüber nach, was ich geschrieben hatte. Schließlich töteten die Erdölprodukte alle Fische.

Ich lehnte mich auf dem Kaffeehausstuhl zurück und schaute auf das Meer hinaus. Die philippinischen und türkischen Frachter am Horizont, die auf den Hafen zusteuerten, atmeten in Zeitlupe eine kalkähnliche Substanz aus. Alle andern waren immer noch auf dem Weg zum Strand.

Am Tag der Wende beginnt sich alles zu ändern. Es ist der Tag, an dem das Meer anfängt, langsam abzukühlen. Sogar der Wetterbericht sagte fallende Temperaturen voraus. Im Morgenfernsehen hatte *Nachrichten Nostalgie* uns in Erinnerung gerufen, was ein Jahrzehnt zuvor am 19. August passiert war, und uns alte Filmaufnahmen gezeigt, in denen Boris Jelzin einem Panzer brüllend befahl, sich vom Moskauer Weißen Haus zurückzuziehen. Jener 19. August war der Tag des gescheiterten Staatsstreichs in Russland, der Tag, von dem unsere Alten mit einer von Nostalgie und Vorwurf schweren Stimme sagen: »Unser Land wechselte von Rot zu Schwarz.«

Buchstäblich Schwarz. Wir hatten seit elf Jahren keine zuverlässige Stromversorgung mehr gehabt. Und in den letzten acht Tagen hatten wir überhaupt keinen Strom mehr gehabt. Den ganzen Sommer über war die Versorgung sporadisch gewesen, und im Treppenhaus hatte das Licht nur unregelmäßig geflackert. Die Regierung erklärte, der Staudamm verfüge nicht über genug Wasser für die Turbinen, aber als wir sahen, dass der Stausee seinen höchstmöglichen Pegelstand erreicht hatte, fiel uns auf, dass das, was wir hier – wie überall – mit eigenen Augen sahen, das genaue Gegenteil dessen war, was die Regierung erklärte.

Ich nahm den Stift wieder in die Hand und sah mich im Café um, ob vielleicht jemand da war, den ich kannte. Ich wusste, ich musste unauffällig schreiben, denn normalerweise scheibt kein Mensch im Café. Man rezitiert nur laut Gedichte oder trinkt Eiskaffee und beschwert sich über seine Schwiegermutter.

Ein Dschungel von Weinranken schlang sich um die Spaliere und die leer stehenden Gebäude am Boulevard – ein Verkehrsstau aus Pflanzenwuchs, grüne Wellen, die wie eine Brandung auf den Gehweg prasselten. Dazwischen bahnten Fußgänger sich einen Weg zum Strand. Ich pflückte ein großes Blatt mit dickem Stiel und benutzte es als Sonnenschirm.

Einmal habe ich einen Brief an Pink Floyd geschrieben, aber sie haben nie geantwortet. Mein bester Freund Malchasi sagte, mein Brief sei wahrscheinlich in einem Papierkorb in Warwick gelandet. Mit meinem Brief an Hillary würde es hoffentlich besser laufen. In Georgien haben die Frauen zu Hause die Macht. Ich nahm an, in Amerika ist es genauso.

Ein paar Wochen zuvor hatte ich im Seerechtsministerium, wo ich arbeite, ein Fax bekommen. Genau genommen war es nicht an mich adressiert, sondern an den Ersten Stellvertretenden Minister für Seerecht. Es war ein Antrag auf die Teilnahme an einem Wettbewerb mit dem Titel »Mittelständische Unternehmensprojekte für ehemalige Sowjetrepubliken zur Gewährleistung von Demokratie und Sicherheit in einer Welt nach 9/11« unter der Schirmherrschaft von Hillary Clinton. Der Gewinner sollte nach Amerika reisen und an einer Unternehmenstagung teilnehmen, die sich mit den »Herausforderungen und Chancen des Projektmanagements in den Entwicklungsländern« beschäftigen würde. Normalerweise erhielten nur der örtliche Diktator, seine Familie und seine engsten Freunde jemals eine solche Gelegenheit. Diesmal aber war die Sache in unserem Faxgerät gelandet.

Das Fax war wie eine Sternschnuppe, die ich aufgelesen und in die Tasche gesteckt hatte. Und dann setzte es meine Hose in Brand. Um genau zu sein, war es meine Packung Scherzzigaretten, die meine Hose in Brand setzte. Aber das kleine Loch, das sie hineinbrannten, weckte ein Gefühl von Dringlichkeit und erinnerte mich an das Fax und daran, dass es bei dem Wettbewerb einen Abgabetermin gab, auch wenn der 7. Januar noch ziemlich weit entfernt zu sein schien.

Ich hatte die letzte Woche in meinem Dorf in der Bergregion nordöstlich der Stadt bei der Haselnussernte verbracht. Um die Wahrheit zu sagen, ich hasse diese Art von Arbeit. Wenn wir auf den Getreidefeldern arbeiten, können wir jedoch wenigstens dieses alte Lied singen:

Kommt her, ihr alle, und schaut meine Sense,
Schaut und seht, wie schön sie ist.
Sie ist gemacht aus gutem Stahl.

Kommt, ihr Arbeiter aus den Bergen,
Und segnet, die das Korn gepflanzt.

Aber singen wir Lieder über Nüsse? Nein, denn wir hassen Nüsse. Tatsächlich sangen wir »Scheiße! Scheiße!«, als wir die Nüsse von den Bäumen schüttelten.

Manche sagen, die Leute in unserem Dorf sind faul und wir ziehen Odessa-Trauben, weil man aus Odessa-Trauben zwar keinen besonders guten Wein machen kann, sie aber leicht zu ziehen sind und wir sie nicht irgendwie speziell düngen müssen. Manche Leute sagen auch, wir ziehen gern große Gemüsesorten wie zum Beispiel Kürbisse, denn dann brauchen wir nur einen Kürbis zu pflücken und können lange davon essen. Das ist natürlich scherzhaft gemeint, aber es stimmt, dass wir nicht wie die Türken sind, die dauernd arbeiten. Die Türken schauen uns an und sagen: »Ihr habt ein so großes Haus, aber ihr arbeitet nicht viel. Wie kann das sein?« Wir sagen ihnen, das nennt man das Große Georgische Geheimnis. Sogar die Türken möchten wissen, was hinter diesem Geheimnis steckt. Aber ich kann nicht erklären, was es ist. Vielleicht ist es ein Geschenk Gottes.

Die Leute in Dgwari allerdings, dem Dorf auf der anderen Seite unseres Berges, sind richtige Workaholics. Sie pflanzen alles – Veilchen, Steine. Kürzlich haben sie so hart gearbeitet, dass sie alle Bäume an den Berghängen abgeholzt haben. Aber dann hat die Erde ihren Halt verloren, der Berg fing an zu bröckeln, und ihre Häuser rutschten ins Tal. Die Leute mussten in tiefer gelegenes Gelände ziehen, in die stillgelegte Teeverarbeitungsfabrik. »Siehst du, was passiert, wenn man zu hart arbeitet?«, warnte mein Großvater mich. »Die Berge kommen ins Rutschen, und du verlierst deinen Platz auf ihnen. In der Sowjetunion war das besser«, sagte er und zeigte auf seine Götter, Stalin und Lenin, die auf seine Brust tätowiert waren.

Mein Großvater sagte immer, zu Sowjetzeiten war alles besser. Das Grün war grüner, und das Rot war roter. Er sagt, das Mineralwasser im ältesten Café von Tbilissi schmeckte süßer, und die Frauen, die dort arbeiteten, konnten zwölf Gäste gleichzeitig bedienen und dabei noch den *kartuli* tanzen. Damals hatten wir Theater und Bibliotheken, und jedes Dorf hatte sein eigenes Parlament. Wir lieferten Baumwollschlafanzüge an die ganze Sowjetarmee und hatten eine eigene Zahnbürstenfabrik. Die Urlaubsstrände hatten stets magnetischen Sand von hoher Qualität. Heute hat der Sand seine magnetischen Eigenschaften restlos verloren.

Für meinen Großvater war es zu Sowjetzeiten *offensichtlich* besser. Wir waren damals die reichste Republik, ein Land von Aristokraten, und die Menschen arbeiteten in so wichtigen Stellungen, dass sie Uniformen tragen mussten. Georgien belieferte die gesamte Sowjetunion mit Mandarinen! Tee! Wein! Rosen! von so hoher Qualität, dass sie mit Ausrufungszeichen versehen werden mussten. Mein Großvater konnte zwei Koffer mit Rosen füllen, die er bei uns im Dorf züchtete, über das Wochenende einen subventionierten Flug nach Moskau nehmen und seine Rosen dort für einen Rubel das Stück an die verliebten Paare an der Schlittschuhbahn verkaufen.

Aber jetzt kauft Russland unsere Rosen nicht mehr, und deshalb saßen wir mitten auf einem Haufen Nüsse wie die Arbeiter in einer türkischen Fabrik, und meine Hände waren wund vom Schälen. Wir hatten fünfhundert Kilo Haselnüsse von den Bäumen gesammelt. Diese Nüsse hatten drei Jahre lang die Gebühren für mein Studium an der Universität und unsere Wohnung in Batumi bezahlt. Ich hoffte, dieses Jahr würden sie dafür bezahlen, dass ich das Land verlassen konnte.

In unserem Dorf ist die Luft so klar, dass man kein Telefon braucht. Die Stimme kann mühelos hindurchschlüpfen, sodass jeder über alles Bescheid weiß, und man muss sehr leise sprechen, wenn man nicht belauscht werden will. Als ich Marika, einem Mädchen am anderen Ende des Dorfes, leise zurief, sie solle einen Cocktail für mich und sich selbst machen, da hörte es ihre Mutter. Marika beklagte sich von ihrem Balkon aus bei mir: »Slims Achmed! Meine Mutter sagt, ich hätte einen ganzen Liter Wodka genommen, um unseren Cocktail zu machen, aber es war nur ein kleines Glas.« Ihre Mutter schrie aus dem Obstgarten zurück: »Ich habe nichts dergleichen gesagt. Sie sucht nur eine Ausrede, um zum Strand hinunterzulaufen, statt mir zu helfen, die Pflaumensauce in Flaschen zu füllen!«

Auf diesem Wege, durch die kristallklare Luft, hörten wir auch das Gerücht, das der Eismann über sein Megafon verbreitete: dass die Haselnüsse in diesem Jahr an Wert verloren hätten. Einen Lari pro Kilo. Oder ein Kilo Nüsse für ein Hörnchen Eis. Die Haselnussernte war *kaputt*.

Wegen dieser Nachricht hatten alle im Bus auf der Rückfahrt nach Batumi schrecklich schlechte Laune. Sogar die Busfahrer stritten sich, welcher Minibus als nächster abfahren dürfte. »Du kommst nach *mir*«, sagte einer.

»Deine Mutter!«, antwortete ein anderer. Ihre Geduld schwand dahin wie die Hitze, und sie fingen an, sich gegenseitig mit den Schirmen zu bedrohen, mit denen sie sich vor der Sonne schützten. Noch ein Mann mischte sich ein. »Fickt euch doch alle. Habt ihr die Schreierei nicht langsam satt?«

Ein Dummkopf fragte mich, ob er sich neben mich setzen

dürfe. »Ja«, sagte ich, »ich glaube, *alle* Sitze in diesem Bus fahren nach Batumi.«

Eine Frau mit einem Wasserball stieg ein, aber als sie den Fahrer sah, rief sie: »Uff! Ich hasse Ihre Fahrweise«, und stieg wieder aus.

»Halte bei dem großen Baum da!«, rief ein Fahrgast.

»Bei welchem großen Baum? Hier sind nur große Bäume«, maulte der Fahrer.

»Was bist du für ein Esel? Du siehst den großen Baum nicht?«

Als wir den letzten Berghang nach Batumi hinunterfuhren, war ich schon sehr gereizt. Ich musste eine andere Möglichkeit finden, viertausend Dollar für ein Visum aufzutreiben. Das war die Frage, es war immer die Frage, die philosophische Leitfrage für die Betrunkenen auf dem Gehweg. Und danach fragten sie: »Was ist der Sinn des Lebens, und wer hat Schuld?«

Natürlich war die Frage, wie ich viertausend Dollar für ein Visum auftreiben sollte, nicht ganz von dem gleichen philosophischen Kaliber wie die Fragen unserer antiken Philosophen. Niemand wusste, warum genau viertausend Dollar für ein Visum erforderlich waren. Man wusste nur, dass jeder, der es geschafft hatte, Georgien zu verlassen, mindestens so viel gehabt hatte. Ich kannte aber nur einen, der aus Georgien hinausgekommen war: Mein Freund Wano ging nach Amerika und überzog die Frist seines Touristenvisums. Jetzt arbeitet er bei einer Firma in Detroit als Betongießer.

Väter, die es mit Skepsis sahen, dass bei ihren Söhnen die philosophische Frage aufkam, wie man viertausend Dollar auftreibt, waren in letzter Zeit dazu übergegangen, ihnen zu sagen: »Es ist Sünde, allein zu trinken und philosophisch zu werden. Ihr solltet lieber lernen, zu trinken, um die Gemeinschaft mit anderen zu feiern. Sonst werdet ihr allzu intellektuell. Wir sind nicht wie die Leute im Westen, die sich in metaphysischen Abstraktionen verlieren.« Aber nach dem Zusammenbruch der Sowjetunion war mein Vater nicht da, um mich vor den Gefahren einer allzu großen Intellektualität und allzu vieler philosophischer Fragen zu warnen. Die georgische Unabhängigkeit war mit der unmittelbaren Tragödie seines Todes zusammengefallen. Er starb am Steuer eines Minibusses in der Nähe der abchasischen Grenze. Ein paar ausgehungerte abchasische Soldaten erschossen ihn durch die Windschutzscheibe, als sie die Münzen sahen, die er von seinen Fahrgästen bekommen hatte und die an einem Magneten am Armaturenbrett klebten – insgesamt achtundzwanzig Lari, ungefähr vierzehn Dollar. Die Soldaten behaupteten, sie hätten vergessen, wie Geld aussehe, und bei dem Anblick seien sie durchgedreht.

Nach der Beerdigung fing mein Freund Malchasi an, auf der Straße zu trinken. Mein kleiner Bruder Suka fand Trost in der Gesellschaft christlicher Engel. Meine Schwester Juliet suchte in englischsprachigen Romanen nach ihrer Identität, und ich fing an, das Recht der See zu studieren, um herauszufinden, wie ich sie überwinden und dieses dunkle Land verlassen könnte.

Auf der Rückfahrt bergab nach Batumi holperte unser kleiner Bus heldenhaft durch die Furchen, vorbei an den Quellen, die ihr Wasser auf die Straße sprudeln ließen. Der Fahrer hatte sein Radio laut gestellt, und Großmütter mit Badelaken und Picknickkörben auf dem Schoß lauschten mit spitzen Lippen der blechernen Stimme von Gloria Gaynor und ihrem Lied »I Will Survive«.

Aber vor uns war eine Straßensperre. Eine kleine Gruppe

von schwarz gekleideten Männern winkte uns an den Straßenrand, genauso langsam und träge, wie ein Löwe in einer Natursendung eine Antilope angreift. Der Fahrer hätte geradewegs durchfahren sollen, aber stattdessen bremste er und hielt an. Die Frau neben mir seufzte und schob ihre Tasche auf dem Schoß zurecht. Die Straßenarbeiter rissen die Türen auf und kletterten die Stufen herauf in den Bus. »Nicht schon wieder!«, sagte ich. Sie schrien den Fahrer an, er solle das Radio leiser stellen, und dann zogen sie Handgranaten aus den Taschen.

»Die sind aber klein«, sagte der Fahrer.

Sie befahlen ihm, in den Wald zu fahren.

»In welchen Wald?«, fragte der Fahrer und hob verzweifelt die Hände. »Hier ist überall Wald.«

Sie zeigten auf eine kleine Wiese hinter ein paar Bäumen und sagten, er solle dort parken. Auf der Lichtung mussten wir aussteigen und alles ausziehen, sogar unsere Socken. Ich hockte auf der Wiese und hielt meine letzten zwölf Lari in der Hand. Meine letzte Gehaltszahlung lag eine Weile zurück, und ich wusste, wenn sie zu mir kämen, würden sie sagen: »Was? Ein erwachsener Mann hat nur zwölf Lari?« Das wusste ich, weil ich in diesem Jahr nun schon zum dritten Mal in einem öffentlichen Verkehrsmittel ausgeraubt wurde und weil es immer gleich lief. Da ich nicht die Statur meines besten Freundes Malchasi habe, der mal als Leibwächter für den Bürgermeister gearbeitet hat und jemandem ein Fahrrad um den Hals wickeln kann, flüsterte ich dem Mann neben mir zu, ich hätte nur zwölf Lari. Er gab mir einen seiner Zwanzig-Lari-Scheine.

Ich bemühte mich, den Mund zu halten, als sie zu mir kamen, und blickte einfach starr zu Boden und auf die kleinen Bergkräuter, die aus dem zertrampelten Gras zu meinen Füßen ragten. Ich wollte sie nicht in Versuchung führen, mir meine Goldzähne zu ziehen.

Als die Räuber allen ihr Geld abgenommen hatten, bedankten sie sich bei uns. Der älteste zuckte zerknirscht die Achseln und sagte: »Meine Mutter ist krank. Ich brauche das Geld, um ihre Stromrechnung zu bezahlen.« Ein anderer schob die Hand in die Tasche und gab den Frauen ein paar Lari zurück. »Nehmt das«, sagte er und tätschelte ihnen die Hände. Dann stiegen sie in den Bus und fuhren weg.

Ich zog meine schwarze Hose wieder an, meine Socken, mein Hemd und meine Wolljacke.

»Das ist dieses neue Robin-Hood-Phänomen«, sagte jemand. »Man stiehlt es den Männern und gibt es den Frauen.«

»Das war die Polizei«, spekulierte ein anderer.

Ich wischte mir mit einem Büschel Gras den Lehm von den Schuhen und zündete mir eine Parliament-Zigarette an. Gerade als meine Nervosität nachließ – *scheni deda!* Deine Mutter! Es war die falsche Packung gewesen, die mit den Scherzzigaretten, und sie zerknallte vor meinem Gesicht und riss mich in die explosive Gegenwart zurück, in die Welt des georgischen Mannes und seiner Lust am Feuerwerks-Gewehrknall.

Damit will ich nicht andeuten, dass in Georgien ständig Gewehre knallten. Es stimmt, man kannte uns als die Kugelfuß-Generation, seit wir im Bürgerkrieg mit Abchasien in den Neunzigern die Kugeln mit den Schuhsohlen abwehren mussten. Aber wir hatten niemals Ähnlichkeit mit diesen Dandy-Gangstern oder mit den amerikanischen Motorradhelden in ihren Lederjacken. Wir fuhren nicht Motorrad. Wir fuhren nicht mal Fahrrad. Wir waren keine Nomaden. Wir sahen uns, wie meine Schwester Juliet wohl sagen würde, lieber als »ein *richtiges* Land mit klassischen Banditen«.

Ich hatte diese Banditen-Mentalität allmählich satt. Es wurde Zeit, jemanden um Hilfe zu bitten. Wir brauchten einen ausländischen, gutmütigen, gesetzestreuen Polizisten, der hier einschreiten konnte, einen von diesen gesunden amerikanischen Cops, die auf dem Pferd herumritten, einen, der in den Bürgern ein Gefühl von Würde weckte.

Deshalb ging ich, als ich vom Berg heruntergewandert war, nicht an den Strand, sondern in das Sonnenschirmcafé am Strandboulevard und bat um Hilfe.

Hillary, ich will versuchen, Ihnen mehr über mich zu schreiben. Ich bin natürlich keine so interessante Person wie Sie, aber trotzdem will ich etwas schreiben. Ich liebe Tiere, besonders Fische. Einmal hatte ich einen Fisch, den ich Billclinton nannte, aber leider hat er etwas Giftiges gegessen, und damit war sein Leben zu Ende. Und wie ist es mit Ihnen? Mögen Sie Tiere, oder haben Sie ein Haustier? Wir haben einen kleinen Garten zu Hause, aber vor allem liebe ich Kakteen.

Ich bin Seerechtsanwalt, aber für mich persönlich ist es ein sehr langweiliges Leben. Die Chefs sind alle alte Kommunisten, und es ist ein unglückseliger Umstand, dass die Gesetze unseres Landes erst geändert werden können, wenn sie alle tot sind.

Jetzt zu einer wichtigen Information über meine Vorfahren. Haben Sie schon von Buffalo Bill's Wild West gehört? Mein Ururgroßvater aus meinem Dorf in Gurien ging mit Fürst Iwane Macharadse nach Iowa und machte die Cowboys mit traditionellen Reitkunststücken bekannt. Die Leute hielten sie für Kosaken, aber in Wirklichkeit waren sie Gurier aus meinem Dorf. Sie konnten drei Pferde gleichzeitig reiten und dabei auf dem Kopf stehen. Sie waren so geschickt, dass sie zu Pferde keinen Selbstmord begehen konnten, selbst wenn sie es wollten. Das ging nur auf festem Boden.

Zu Sowjetzeiten hat die Regierung verboten, amerikanische Cowboy-Filme im Fernsehen zu zeigen. Aber manchmal, an kirchlichen Feiertagen, wurden sie doch gesendet. Da wir ein so irrwitzig religiöses Volk sind, hat die Sowjetregierung sich diese List ausgedacht, um uns dazu zu bringen, dass wir zu Hause blieben und uns verbotene Filme anschauten, statt in die Kirche zu gehen. Mein Großvater schaute sich diese Filme an – Die glorreichen Sieben, Ringo *– und versuchte die ganze Zeit, dabei seine Verwandten zu entdecken.*

Wenn mein Großvater einen Cowboy-Film gesehen hatte, sagte er immer: »Die einzige Hoffnung ist der Cowboy!« Er begann, den Cowboy zu imitieren: Er trug einen Strohhut, saß auf dem Balkon und zupfte auf einer mit Saiten bespannten Kokosnuss.

Er bestand darauf, dass mein Vater mich Slims taufte, nach Slim Sherman, nach der Legende aus Am Fuß der blauen Berge. *Sie sehen also, Hillary, auch wenn ich von einer uralten poetischen Kultur abstamme, bin ich doch ein Cowboy, und ich komme aus einer Cowboy-Familie. Ein echter Amerikaner wie Giorgi Bush.*

Slims Achmed sieht vielleicht aus wie eine Islam-Cowboy-Namenskombination, aber in Wirklichkeit ist es ein Name aus dem 19. Jahrhundert, der den gleichen inbrünstigen Traum Georgiens von der Unabhängigkeit von Russland verkörpert, den auch die Dichter Nikolos Barataschwili und Akaki Zereteli im 19. Jahrhundert zum Ausdruck brachten. Aber keine Sorge, Hillary. Wenn Sie keine georgischen Dichter kennen, ist das normal.

Der muslimische Teil, die Achmed-Hälfte, wird im Rachen ausgesprochen, am Zäpfchen: Ach-med. Das schmeckt wie Wahrheit, wie die Stimme eines gurischen Frosches. Tatsächlich schmeckt es wie die Liebe. Hillary, ich weiß, dass der englische Satz I love you *einen wunderschöner Klang hat. Und auch der französische.* Je t'aime. *Wiederum. Wunderschön. Vielleicht werden Sie unseren georgischen Ausdruck für die Liebe nicht so schön finden:* me schen mikwarchar. *Ja. Das ist nicht so schön.*

Aber, meine liebe Hillary, mein Großvater dachte nicht an die Liebe, als er mir meinen Namen gab. Er dachte an seinen Freund Achmed aus dem muslimischen Dorf auf der anderen Seite des Flusses. Achmed stahl immer unsere Schweine, um zu verhindern, dass wir das Schweinefleisch aßen. Mein Großvater hoffte, wenn er mich auf den Namen Achmed taufte, würde das muslimische Dorf aufhören, unsere Schweine zu klauen. Außerdem wollte er Frieden mit den Türken schließen. Wenn wir Frieden mit den Türken hätten, könnten wir uns von den Russen befreien. Er meinte: »Wenn die Engländer uns kolonisieren, wird Juliet (das ist meine Schwester) mit ihrem englischen Namen überleben. Wenn wir unsere Unabhängigkeit zurückgewinnen, wird es Suka (meinem Bruder) mit seinem georgischen Namen gut gehen. Und wenn die Amerikaner oder die Türken einmarschieren, wird Slims Achmed davonkommen.«

Jetzt möchte ich Ihnen eine sehr wichtige Frage stellen: Haben Sie den Film Jesus Christ Superstar *gesehen? Kennen Sie den Titelsong »Was interessiert euch das Morgen, lebt lieber im Heute«?!! (!) So leben wir schon sehr lange, vielleicht schon seit fünfzehn Jahrhunderten, und ich glaube nicht, dass es ein besonders guter Rat ist. Wir ha-*

ben uns von Russland befreit, und jetzt strecken wir die Hand aus und warten darauf, dass uns jemand aufhilft.

Mit Respekt für Ihre Art
Slims Achmed Makaschwili

2 Während ich am Boulevard saß und meinen Brief schrieb, kroch eine Wolke über den Himmel wie ein riesiger Ölfleck. Petroleum, Dieseldunst und der scharfe Geruch eines bevorstehenden Unwetters erfüllten beißend die Luft. Die Schatten der städtischen Gebäude wurden winterlich, die Farben gedämpft wie die eines Gewehrs. Georgien hat immer noch seine eigene Poesie, dachte ich, und es konnte auf eine designerhafte Art sogar schön sein wie die sandweißen Dünenhäuser in *Casablanca*.

Ich packte meinen Brief an Hillary ein und machte mich auf die Suche nach Malchasi, um ihm zu erzählen, dass die Haselnusspreise in den Keller gegangen waren.

Wenn man es jetzt ansieht, möchte man es kaum glauben, aber es heißt, als Königin Tamar im 12. Jahrhundert mit ihren Soldaten nach Batumi kam, war die Stadt so sauber, dass sie ihren Truppen befahl, die Schuhe auszuziehen. Selbst zu Sowjetzeiten war alles in Ordnung, und die Bäume standen wie Soldaten in einer Reihe. Die sowjetische Nationalhymne unserer Stadt ging so:

Gehst du in die adscharischen Berge,
Wehen süße Düfte durch dein Herz,
Und schaust du Batumi tief in die Augen,
Bist du geheilt von jeder Krankheit.

Batumi, so blitzsauber,
Batumi, so atemberaubend,
Du bist der Smaragd, du bist das Paradies.
Wenn diese Stadt sich in dich verliebt,
Dann schenkt sie dir ihre ganze Seele,
Und wenn nötig, wird sie für dich sterben.

Aber ich glaube, die Stadt hat einen Teil ihrer Kraft verloren. Ich kenne zum Beispiel niemanden, für den die Stadt in letzter Zeit gestorben wäre.

Ein Brotlaster hielt vor dem Café Paradies. Sein Motor übertönte das Geschrei der Männer, die Kasbegi-Bier aus braunen Flaschen tranken. Der Fahrer sprang heraus und trug mit seinen schmutzigen Händen Brote und Brötchen ins Restaurant.

In der Ferne, und zur Feier des letzten Sommertages, war Batumis Bibelkünstler dabei, mit Steinen von der Farbe des jungen grünen Weins und allen Schattierungen des Sonnenbrands georgisch-orthodoxe Kreuze in den Strand zu sticken.

Auf der anderen Seite des Platzes entdeckte ich Malchasi. Er stand mit Gotscha Abaschidse an dem Steindenkmal für Gotschas Großonkel, den Paten unserer Stadt. Der Pate in seiner traditionellen georgischen Tracht – die *tscherkeska* mit den speziellen Brusttaschen für Artilleriepatronen, die Dolchscheide am Gürtel, die Filzmütze auf dem Kopf – sollte jeden daran erinnern, wie ein echter georgischer Mann aussieht, dass er ein Edelmann ist, der stets seine Würde bewahren muss. Aber Gotscha hatte dieses Erscheinungsbild nicht geerbt. Gekleidet in sein neues schwarzes Seidenhemd aus Thailand – für sein »Image« –, verjagte er jeden, der auf sein kleines Rasenstück trat, auf Batumis neue Minigolfanlage.

Gotscha stammt aus einer der *aristokratischen* Familien, die in jüngerer Zeit sämtliche Grundstücke am Meer aufgekauft haben. Er wohnt in einem der zentral gelegenen Apartmenthäuser, die kürzlich renoviert wurden und jetzt wie griechische Tempel aussehen und Balkone haben, deren Geländer von Batumis berühmtesten Bronzeschmieden angefertigt wurden. Gotscha sagt, er ist mit einem berühmten König aus dem 4. Jahrhundert v. Chr. verwandt, dem die Kachelbrennerei gehörte, die jetzt von den Archäologen ausgegraben wird. Aber Gotscha ist keine edle Seele. Er denkt das eine, sagt das andere und tut dann das Dritte.

Malchasi, der neben ihm stand, sah aus wie eine Figur aus einem der viktorianischen Romane meiner Schwester, düster und romantisch – abgesehen von seiner gigantischen Nase. Wenn Malchasi auf dem Rücken im Meer schwimmt, zeigen die Leute am Strand auf seine Nase und rufen: »Vorsicht! Ein Hai!« Er erinnert mich an das armenische Rotkäppchen, das zum Wolf sagt: »Oh, was hast du für eine große Nase«, und der Wolf antwortet: »Schau doch mal in den Spiegel.«

Malchasi trug die neue Jeans, die er sich in der vorigen Woche auf dem türkischen Markt gekauft hatte, und sein »GEORGIA TECH«-T-Shirt. Er schaute auf seine Stiefel hinunter und wippte vor und zurück, wie getrieben von der Last irgendwelcher Überlegungen. Malchasi konnte den ganzen Nachmittag so stehen. Es war sein bevorzugtes Vergnügen. Er sah aus wie der südamerikanische Pfauenbarsch, den ich im Delfinarium von Batumi gesehen hatte, als es noch existierte – braun und rostrot gezeichnet, undomestizierbar. Träge schwamm er hin und her, und dann plötzlich schnellten seine Flossen hoch, und im Bruchteil einer Sekunde hat er den kleinen Goldfisch gefressen. Im nächsten Moment verfiel er wieder in seine Trägheit und spuckte die Schuppen aus. Malchasi hat den gleichen Unterkiefer.

Ich pfiff, und als Malchasi mich sah, verabschiedete er sich von Gotscha.

»Gotscha hat mir einen Job bei Herbalife angeboten«, vertraute Malchasi mir an, als wir auf dem Boulevard zum Meer hinuntergingen. »Aber ich lehne es ab, für eine russische Firma zu arbeiten. Diese Typen fahren mit ihren Volkswagen in Georgien herum und halten Predigten über Kräuterheilmittel. Aber Kräuterheilmittel – ihre Mutter! Georgier haben Gedichte geschrieben, als die noch auf den Bäumen hockten. Wir sollten in Jekaterinburg herumfahren und Werbung für Wein und Haselnüsse machen.«

»Gute Idee«, sagte ich. »Denn jetzt kostet ein Kilo Haselnüsse gerade so viel wie ein Hörnchen Eis.«

»Scheni deda!«, sagte er und wühlte in der Hemdtasche nach den Streichhölzern. Wenn Malchasis Mund ein Kunstmuseum wäre, dann wäre die Zigarette eine Dauerinstallation.

Wir kletterten über die Steinblöcke zum ausgefransten Saum der Brandung. Malchasi hatte eine neue Packung Viceroys aufgerissen und das Silberpapier mit dem Wind flattern lassen. Er schüttelte eine Zigarette heraus und bot sie mir an. Die Brandung war wilder als sonst, weil ein Unwetter aufzog, und dichte Schwärme von Quallen dümpelten nahe am Strand.

Wir setzten uns hin und rauchten und schauten hinaus zu den Frachtern aus Bulgarien, Odessa, der Türkei. Ans Meer gekettet, saßen sie da draußen, als ob sie auf etwas warteten, genau wie wir alle. Malchasi betrachtete prüfend das Wasser, als wäre er sein Beschützer. Die Wellen prasselten über die Steine und näherten sich kriechend seinen Stiefeln.

Das Schwarze Meer sah im Moment nicht besonders romantisch aus; also spähte ich hinüber und versuchte, die andere Seite auszumachen, wo ich gern sein wollte. Aber die Badenden waren im Weg – unschuldige Kinder, die mit bunten Schwimmgeräten spielten und die letzte Wärme der Sonne ins Wasser quirlten, während die Wärme ihrerseits das radioaktive Material aufquirlte, das dort unten schlummerte.

Es wurde windig, Wasser bäumte sich auf, und eine feine Schicht Rohöl legte sich auf Malchasis Jeans. Er wollte sie mit dem Taschentuch wegwischen, aber er verschmierte den Fleck nur noch weiter. Ich dachte an die Dornhaie im Schwarzen Meer, die ausstarben wegen dieses Rohöls, das sich auf der Wasseroberfläche sammelte wie Kommunalpolitiker zu einer Sitzung. Ich grub meine Hand in die Strandkiesel, hob einen auf und rollte ihn auf der Handfläche hin und her, sodass sie sandig wurde. »Was ist mit dem italienischen Schiffskapitän?«, fragte ich Malchasi. »Hast du was von ihm gehört?«

Ende Juni hatte ein italienischer Schiffskapitän Malchasi aufgefordert, ihm einen Brief mit einer detaillierten Auflistung seiner Berufserfahrung zu schreiben. Malchasi hatte geschrieben: »Scheunenzimmerer, Bauer, Toastmeister für Dorfhochzeiten, Leibwächter, Casinoangestellter.« Dann hatte er noch Größe, Alter und Sternzeichen angegeben (192 cm, 27 Jahre, Waage), außerdem sein Temperament (Choleriker) sowie die Eigenschaften, die er bei anderen Leuten schätzte (Frauen: Intelligenz, Ehre, spirituelle Kraft. Männer: Tapferkeit, Geselligkeit, körperliche Beschützerfähigkeit), seine schlechteste Angewohnheit (gerät immer zwischen die Fronten), sein Lieblingsland (Georgien), seine Schulbildung (keine Schulbildung) und seine Sprachkenntnisse (Georgisch, Russisch, ein bisschen Englisch).

Aber nein, Malchasi hatte noch nichts gehört, und als er es mir jetzt sagte, wirkte er verärgert, als wollte er, dass ich aufhörte, davon zu reden. Ich erkannte, dass Malchasi, der Träumer vom Berg, sich zu einem der typischen georgischen Männer entwickelte, die auf der Straße in der Nähe der Busfahrer die Köpfe zusammensteckten, ihre private Junta bildeten und zu viele Geschäfte mit Gotscha auf dem Boulevard machten.

»Wahrscheinlich hat der Italiener versucht, dich anzurufen, aber das Telefon hat nicht funktioniert«, sagte ich. »Hast du deinen Brief dem Postboten gegeben oder in den Briefkasten geworfen? Sie leeren die Briefkästen nicht mehr.«

»Ich habe ihn per E-Mail verschickt«, sagte er.

»Oh.« Ich zielte auf eine Qualle und warf meinen Kieselstein ins Wasser. »Wusstest du, dass die Koreaner die Dinger essen?«

»Blach«, sagte er und warf auch einen Stein, aber nicht auf die Qualle.

»Was wäre«, fragte ich, »wenn du die Chance bekämst, Georgien zu verlassen und auf einem Schiff zu arbeiten, aber nie mehr zurückkommen dürftest?«

Malchasi antwortete nicht. Seine dörfliche Schwere nahm nur noch weiter zu, und er starrte düster auf das Meer hinaus. Flüsternd zitierte er unseren Dichter Alexander Gomiaschwili:

In diesen Bergen bin ich geboren,
Ihre Lieder und Legenden haben mich stark gemacht.

Dann saßen wir schweigend da und schauten auf das Meer.

»Ich glaube nicht, dass ich Georgien für immer verlassen könnte«, sagte Malchasi schließlich. »Lieber möchte ich sehen, was hier passieren wird.«

»Aber was ist denn hier? Das Land ist praktisch zerstört«, sagte ich.

»Nur Georgien kann Georgien zerstören«, sagte er. »Zwei Georgier können ein Land sein. Wenn drei sich einig sind, sind sie eine Welt.«

»Das Problem ist nur«, sagte ich, »dass es heutzutage fast unmöglich ist, drei Georgier unter einen Hut zu bringen.«

»Es seid denn«, sagte er, »es wären du und ich und Schalwa.«

»Schalwa. Welcher Schalwa? Der Optiker oder der Polizist?«

»Der Polizist«, sagte er. »Hör zu, Slims, ich habe heute einen Ausländer kennengelernt, einen Engländer, der im Hafen arbeitet. Er ist Geologe, ein Pipeline-Spezialist. Ich halte ihn für sehr wertvoll.«

»Und was willst du mit ihm machen? Ihn kidnappen?«

»Ich habe keine Angst vor dem elektrischen Stuhl. Wir haben ja keinen Strom.« Das war ein Witz mit langem Bart.

»Sei kein Esel«, sagte ich. »Du kriegst kein Geld von der englischen Regierung. Das hat schon letztes Jahr jemand versucht. Da haben sie den Fußballspieler entführt.«

»Kein Geld von der Regierung. Von Schalwa. Er sagt, er gibt mir sein Auto.«

»In seinem Auto wohnt ein Huhn.«

»Wir können das Huhn essen und das Auto reparieren. Du weißt, dass niemand Respekt vor unserer Polizei hat. Die Leute bitten sie um Feuer. Schalwa sagt, er gibt mir sein Auto, wenn ich den Engländer entführe, sodass er ihn vor laufenden Fernsehkameras retten kann. Das wird die Polizei in ein heldenhafteres Licht setzen.«

»Warum will Schalwa ihn retten? Sonst ist es immer die Polizei, die Leute entführt.«

»Pipeline-Mitarbeiter sind tabu. Das ist eine Regel.«

»Es klingt nicht machbar.«

Malchasi zog eine Braue hoch, sodass sie aussah wie ein Krummschwert. »Zeig mir einen Mann, der mit beiden Beinen fest auf dem Boden steht, und ich zeige dir einen Mann, der außerstande ist, sich seine Hose anzuziehen.«

»Woher hast du denn das?«

»Aus Juliets Buch mit berühmten englischen Redensarten. Aber im Ernst.« Er verschränkte die Arme vor der mächtigen Brust, und seine glühenden Wangen wollten nicht zu seinen kleinen Ohren passen. »Du kannst jeden fragen, was der Name Makaschwili bedeutet. Alle wissen, dass die Makaschwilis berühmt für ihre Träume sind.«

Malchasi und ich haben denselben Nachnamen, aber wir sind nicht blutsverwandt. Malchasis Mutter starb bei seiner Geburt. Ich kenne nicht alle Einzelheiten, aber sie war jung, die örtliche Klinik war noch nicht geöffnet, die Hebammen waren auf dem Rinderjahrmarkt. Alle waren fassungslos über Malchasis Unglück, als sein Vater drei Jahre später von türkischen Scharfschützen erschossen wurde, als er versucht hatte, die Grenze zur Türkei zu überschreiten, um nicht nach Afghanistan geschickt zu werden. Nach der Beerdigung übernahm es Malchasis Onkel, ihn in den georgischen Traditionen zu unterweisen: wie man jagt, wie man Wein macht oder zumindest am Geruch erkennt, aus welcher Traubensorte er gemacht ist, und wie man einen richtigen georgischen Toast ausbringt. Der Onkel war so versessen darauf, Malchasi zur Selbstständigkeit zu erziehen, dass er einmal seine Scheune abriss, damit Malchasi lernen konnte, sie wieder aufzubauen. Das war vielleicht übertrieben.

»Unser Name kommt in den Geschichtsbüchern nicht

vor«, sagte ich. »Wahrscheinlich weiß niemand außerhalb des Brauereiviertels, dass wir berühmt sind.«

Aber Malchasi hatte recht. Die Makaschwilis sind Träumer. Wenn wir uns zu Sowjetzeiten auf dem Strandboulevard trafen, fingen wir schon an zu träumen, noch bevor wir einander mit einem Kuss auf die Wange begrüßten. Wir träumten davon, wie wir in den nördlichen Regionen von Abchasien goldgefleckte Forellen angelten. Wir träumten davon, wie wir unsere Schwerter schärften, um gegen die Türken zu kämpfen. In holprigem Englisch verfassten wir Briefe an die niedlichen europäischen Mädchen, die wir auf der Internationalen Schachmeisterschaft in Batumi kennengelernt hatten: *Hallo Sweet Heart, wann immer Du willst, Du kannst zurückkommen und das wahre Leben genießen. Wenn man hat keine Sorge wegen Geld und wenn hat Auto – Georgien! ist genau richtig, um wahre Natur zu fühlen.*

Als Malchasi und ich noch im Dorf wohnten, streiften wir über die Weiden und mischten die Milch eines Schafes mit der Säure eines zerdrückten Feigenblattes. Die Säure ließ die Milch zu Quark gerinnen, und den kühlten wir in einem Bach und aßen ihn dann zu Mittag. »Das ist ein echtes romantisches Touristenklischee«, sagte ich mal zu ihm. »Du solltest Fremdenführer werden. Dann könntest du die russischen Touristen überraschen, indem du so tust, als wärest du ein ungebildeter Schafhirte, und sie dann verblüffst, weil du ihre Fragen auf Französisch beantwortest.« Das war ein Witz, denn er sprach kein Französisch, und Schafe konnte er auch nicht leiden.

Als ich in die Stadt gezogen war, bedrängte ich ihn, mir zu folgen. »In Georgien geht die Privatisierung los«, sagte ich, »und dadurch gibt es in Batumi jede Menge gute berufliche Chancen. Ein Freund von mir fotografiert georgische Türen, ein anderer macht Fenster, und ich studiere Seerecht.« Und so war Malchasi, damals Anfang zwanzig, zu uns gezogen – zu jung zum Heiraten und zu alt für die Uni, und er rauchte nicht mal.

Er war auch kein Freund des Rauchens, schon gar nicht bei Frauen. Wenn er eine junge Frau rauchend an einer Ecke stehen sah, bat er sie um die Zigarette, steckte sich das Filterende in die Nase und gab sie ihr dann zurück. Aber als er seinen ersten Job bekommen hatte und in einem Hochzeitsrestaurant in Batumi arbeitete, rasierte er sich den Schnurrbart ab und fing an zu rauchen. Qualmend saß er unter einem Tungbaum in der Nähe und hörte seine Kassette mit *Superhits aus den 90ern*: Alla Pugatschowa, Kino, Nautilus und sogar »Aisha«, den algerischen Schlager. Im Dorf nannte man ihn Malchasi, den Disco King, seit er von einem Anthropologen einen Kassettenrekorder ergattert und in einem alten Güterwagen eine Disco eingerichtet hatte.

Aber die Leute hatten aufgehört zu heiraten, Malchasi hatte seinen Job verloren, und wir träumten davon, die wahre Natur anderer Gegenden zu fühlen, uns auf einem Öltankzug nach Kasachstan zu verstecken und in der zentralasiatischen Haschischindustrie zu arbeiten. Malchasis Onkel im Dorf hatte uns beigebracht, Marihuana zwischen den Handflächen zu rollen, bis sie schwarz wurden, und er hatte uns das ganze Verfahren beschrieben: wie die Frauen nackt über die öligen Felder in der Steppe rannten und das feinste Harz an ihren Körpern kleben blieb (das Harz von zweiter Güte ist das, welches an den Pferden kleben bleibt). Aber wir hatten den größten Teil des letzten Sommers am Kiesstrand herumgelegen und uns in Malchasis Radio die neuen Punkbands aus Tbilissi angehört. In ihren Texten baten sie Gott, Georgiens Seele zu erretten, sie beklagten sich, ohne den verdammten Krieg gebe es keinen Frieden und die Welt habe die Nase voll von blöden Gitarrensolos. Jetzt träumten wir davon, einen Job im Hafen zu bekommen, bei einer Klimaanlagenfirma oder einem schwedischen Hausgerätehersteller zu arbeiten, bei einem Postdienst. Irgendetwas Verlässliches.

»Wie wär's, wenn du wieder im Casino arbeiten würdest?«, fragte ich ihn.

»Nugsar, der Eigentümer, meinte, ich melke zu oft den Büffel. Er meinte, deswegen rutschten mir die Karten immer aus der Hand.«

»Und was ist mit dem Job im Wald, den sie dir angeboten haben?«

»Ich will kein Holzhacker sein! Ich hab's satt, unsere Bäume an die Türkei zu verkaufen, damit sie dort ihre Städte aufbauen können.«

»Aber ich kriege nie ein Ausreisevisum, wenn sich rausstellt, dass ich bei einer Entführung mitgeholfen habe.«

»Ich sage dir doch, es ist besser, nicht wegzugehen. Außerdem spricht der Engländer nicht Georgisch. Ich brauche deine Englischkenntnisse.«

»Aber ich habe genug von kriminellen Aktivitäten«, sagte ich. »Ich bin heute wieder mal ausgeraubt worden.«

»Schon wieder?« Malchasi hatte die merkwürdige Angewohnheit, mir jedes Mal die Schuld zu geben, wenn ich ausgeraubt wurde. »Jedenfalls – der Engländer heißt Anthony. Er hat Probleme mit der Pipeline. Ich habe ihm erklärt, die Pipeline soll durch unser Dorf gehen und wir könnten ihm helfen. Er hat schon zugesagt, morgen Abend zum Essen zu kommen, zur Feier von Mariä Himmelfahrt.«

3 Der Wind über dem Meer nahm weiter zu – die Wellen wurden schon ungeduldig –, und er wehte die Stimmen der stämmigen Mütter davon, die ihren Kindern zuriefen, sie sollten aus dem Wasser kommen, und sie an das Datum erinnerten: Es sei der 19. August und deshalb Schluss mit Schwimmen.

Ich nahm Malchasis Radio, stellte den Jazzsender ein und klemmte es mir unter den Arm, als der Regen losprasselte. Wir rannten am Wasser entlang nach Hause, quer über den Schulhof, bevor die Fluten unser Viertel abriegeln konnten.

Wir wohnen in Piw Sawod, dem Brauereiviertel, in einem Plattenbau aus den Siebzigerjahren. Allerdings sollte es, weil die Bierbrauerei nach dem Zusammenbruch der Sowjetunion geschlossen wurde, eigentlich besser »Öltankzugviertel« heißen, denn durch unseren Hinterhof kreischen und scheppern mitten in der Nacht sämtliche Öltankzüge. Wir wohnen in Reihe 8, Gebäude 7, aber eigentlich haben wir keine Adresse. Wenn jemand uns sucht, reicht es, wenn er ruft: »Makaschwili!«, und noch mal: »Makaschwili!« Jeder weiß, wo wir wohnen.

Eigentlich braucht jeder, der zu uns möchte, nur nach dem Gebäude zu suchen, an dem die unordentlichste Wäsche hängt. Die Sadsaglischwilis, die über uns wohnen, drapieren ihre Wäsche zum Trocknen immer vor unseren Fenstern, und zwar ohne jede Ordnung. Der Name Makaschwili kommt von dem georgischen Wort für »träumen«. Sadsaglischwili kommt von dem Wort für »Söhne einer unordentlichen Familie«.

Als wir ins Haus rannten, klang der Regen, der herunterrauschte, wie ein Riesenapplaus vom Großen Toastmeister. Der Einzige, der sich bei diesem Wetter stur und unbeeindruckt zeigte, war Batumis neuer Bischof, Vater Michail. Er hatte vor Kurzem einen ganzen Klan von »Groupies«, wie wir sie nannten, rekrutiert, die ihm halfen, unserer Wohnung direkt gegenüber seine Hütte aus dem 12. Jahrhundert zu bauen. Sie hatten Steine aus dem Flussbett gesammelt und mit einem Eselskarren quer durch die Stadt transportiert, und jetzt legten sie einen Block auf den andern und verschmierten die Fugen mit Mörtel.

»Baut weiter!«, hörten wir Vater Michail singen.

Malchasi legte die Hand wie einen Trichter an den Mund und brüllte aus dem Fenster: »Bauen!«

»Die Inbrunst des 12. Jahrhunderts!«, rief meine Mutter zu Guliko, der Kindergartenleiterin, auf dem Nachbarbalkon hinüber.

»Was hat er denn da vor? Will er etwas bauen?«, rief Guliko zurück. Was sie zum Ausdruck brachte, war der aktuell weitverbreitete Unglaube, irgendjemand könne auf den waghalsigen Gedanken verfallen, etwas zu bauen.

»Sogar Juliet hilft mit«, stellte Malchasi stirnrunzelnd fest.

Ich schaute aus dem Fenster. Meine Schwester stand am Rand der Gruppe von Heilsuchenden und malte mit ihrem Stiefel ein kleines Fragezeichen in den Schlamm. Seit sie im Kinematografischen Club von Batumi den neuen Film gesehen hatte, *Jeanne D'Arc*, hatte sie einen Johanna-von-Orléans-Komplex entwickelt. Sie trug einen schwarzen Rollkragenpullover, aß *lobiani* – Bohnenbrot – und besuchte an den Fastentagen, mittwochs und freitags, das neue Sojabohnenrestaurant nahe der Universität.

Malchasi zog sein Hemd aus, hängte es über den Küchenstuhl, streifte die Hose herunter und stellte sich in Unterhose in die Balkontür, wo er seine ölfleckige türkische Jeans in Fetzen riss, die seine Finger blau färbten. »Sieh mal, wie billig diese Jeans ist«, sagte er. In Georgien hat man manchmal Lust, Löcher in Sachen zu machen. Angeblich bedeutet es, man sei verliebt. Im 19. Jahrhundert sagte der Dichter Tschawtschawadse: »Georgische Liebe ist eine Versehrung.«

Während Malchasi die Fetzen seiner Jeans nacheinander über das Geländer warf, sah ich, dass sich auf der anderen Seite des Hofes immer mehr Leute um den Bischof versammelten. Vielleicht wollten einige seine Mauertechnik aus der Nähe begutachten. Andere wollten sich anscheinend seinen Segen holen. »Er ist wie ein Rockstar«, sagte Malchasi. Seine nackten Beine waren ölfleckig wie das Fell einer gescheckten Kuh, eine von der deutschen Rasse, die ausgezeichnetes Rindfleisch liefert, keine georgische, die besser für Butter geeignet ist.

»Vater Michail sagt, heutzutage geschehen Wunder«, sagte meine Mutter, die am Herd stand. »Er sagt, die Ikonen in der Kirche haben angefangen, um Georgien zu weinen. Malchasi, hast du schon gehört, dass die Ikonen zu weinen angefangen haben?«

»Das ist kein gutes Zeichen«, sagte Malchasi. »In der Vergangenheit haben sie immer vor einer Invasion geweint.«

»Von dieser neuen Christlichkeit wird mir ganz übel«, sagte ich und ließ Wasser in einen Topf laufen, um Makkaroni zu kochen. »Ich glaube, ich werde die Religion wechseln.«

»Hmm.« Malchasi kratzte sich am Kopf. »Wie kann ein georgischer Mann seine Religion wechseln?«

»Das war ein Witz.«

»In jedem Witz steckt ein Körnchen Wahrheit«, sagte er.

Meine Mutter drehte sich zu mir um. »Slims«, sagte sie, »hast du die Kornspeicher repariert, als du im Dorf warst?«

»Ja, Deda«, sagte ich.

»Als dein Vater noch lebte«, sagte meine Mutter brummig, »mussten die Kornspeicher nie repariert werden. Ach, wenn dein Vater doch noch lebte – er hätte das Korn längst gemäht. Der da, der arbeitet einfach nicht gern.« Sie zeigte auf mich. Ich saß auf der Couch und schlug Wörter im englisch-georgischen Lexikon nach.

Ich wollte meinen Brief an Hillary weiterschreiben, aber es war schwer, ein ruhiges Plätzchen zu finden, wo ich mich konzentrieren konnte. Zu Hause störten sie mich ständig und zwangen einander, Suppe oder sonst etwas zu essen. Und alle waren laut. Ich glaube, das größte Problem in Georgien ist die Lärmbelästigung.

Als meine Schwester Juliet nach Hause kam, zog sie sich um und tauschte das schwarze viktorianische Kostüm, das sie an der englischen Fakultät der Universität trug, gegen ein Hauskleid, in dem sie aussah wie ein Pirat aus dem Iran. Dann setzte sie die Banditenmütze auf, die unsere Urgroßmutter während der Sowjetrevolution getragen hatte. Juliet hatte angefangen, diese Mütze zu tragen, nachdem ihr jemand den Schirm geklaut hatte, aber inzwischen trug sie sie, weil sie sich damit fühlte wie eine Art klassischer Bandit. Sie und meine Mutter standen zusammen am Herd und brauten eine Hautcreme aus Ziegenmilchsahne und einem Büschel Rosmarin.

Ich sah mich in der Küche um, denn ich wollte versuchen,

Hillary detailliert zu beschreiben, wie wir lebten. Wir hatten zu viele Möbel. Derselbe riesige, orangegelb glänzende Porzellanschrank aus Sowjetzeiten stand immer noch unverrückbar an der Wand und rief kleinlaut: »Stabilität!« Jemand hatte den Deckel einer Pappschachtel für Süßigkeiten, der mit einem Bild von blauen Nelken bedruckt war, hinter die Glasscheibe im Fenster der Backofentür geklemmt. Der Backofen funktionierte nicht mehr; wir benutzten nur noch die Kochplatten. Auf dem Tisch lag keine Decke. Ich habe keine Ahnung, wo meine Mutter die Tischdecke aufbewahrt. An der Wand hingen Bilder von Palmen und Meer. Juliets Gitarre hing auch da, neben einem ausgehöhlten Kürbis für Wein und einem gusseisernen Porträt unseres großen mittelalterlichen Epikers Rustaweli in seinem Rittergewand aus dem 12. Jahrhundert. Auch ein Kalender von der örtlichen Ölgesellschaft mit Bildern vom Bau der neuen Pipeline in Bordschomi hing dort an der Wand.

Aber dann dachte ich mir, Hillary würde sich vielleicht nicht so sehr für unsere Küche interessieren.

Anders, als meine Mutter glaubte, war ich nicht faul. Das Hauptproblem war unser Geschäftsklima.

Liebe Hillary,
ich möchte Ihnen unser Geschäftsklima etwas eingehender beschreiben. Der örtliche Diktator hier besitzt das Monopol für alle Unternehmen: Er züchtet Strauße wegen der Eier und Ziegen wegen der süßen Milch. Jeder kauft seine süße Milch, weil er den Ziegen beim Melken Wiener Walzer vorspielt. Er hat auch über hundert kaukasische Hunde für … ich weiß es nicht – weil sie ihm ein gutes Gefühl im Herzen geben. Was die uralte Rasse des Kaukasischen Schäferhundes angeht: Sie ist der

Stolz aller Völker im Kaukasus und in Transkaukasien, aber zugleich auch eine Plage für diese Völker. Nach dem Zusammenbruch der Sowjetunion versuchte jede ihrer souveränen Republiken sich zum wahren Begründer dieser Hunderasse zu erklären. Was wurden da nicht für neue Namen erfunden! Arsaks Hund? Langhaariger georgischer Wolfshund? Aserbaidschanischer Gurdbasar? Alanischer Hund? In jeder Gegend, jedem Dorf gibt es einen Namen, und das ist tragisch für diese Rasse. Haben Sie einen Vorschlag, wie sie heißen sollte? Einmal, als unser Diktator im Urlaub in der Schweiz war, wollte sein Lieblingshund nicht mehr fressen. Also schickten seine Wärter den Hund zu ihm. Dies illustriert, wie Sie sehen, die Liebe zwischen einem Mann und seinem Hund.

Weil Juliet an der Universität Englisch unterrichtete, fragte ich sie, ob ich ihr vorlesen könnte, was ich bisher an Hillary geschrieben hatte. Ich hoffte, sie könnte mir bei der Grammatik helfen.

Das werde sie gern tun, sagte sie, aber als ich alles vorgelesen hatte, fragte sie nur: »Meinst du, Hillary interessiert sich so sehr für Hunde?«

»Es geht nicht nur um Hunde, sondern um Geschäfte«, sagte ich.

»Ich glaube, wenn du einen geschäftlichen Brief an Hillary Clinton schreiben willst, dann musst du direkt zur Sache kommen.«

»Na, woher soll ich wissen, was ich Amerikanern schreiben kann, wenn ich noch nie einen kennengelernt habe oder in ihrem Land gewesen bin?«

»Hillary kennt dich auch nicht«, sagte Juliet. »Wahrscheinlich hat sie überhaupt noch nie von Georgien gehört. Du solltest ihr lieber ein breiteres Panorama bieten.«

»Wenn sie ein breiteres Panorama will, kann sie im Internet nachsehen«, sagte ich. »Aber was ist mit dem Englischen? Mit der Grammatik?«

Sie warf einen Blick auf den Brief. »*I* schreibt man groß«, sagte sie, »und *you* schreibt man klein.«

»Aber das ist sehr unhöflich«, sagte ich.

»Warum schreibst du überhaupt, wenn du nicht die Wahrheit schreiben kannst?«, warf Malchasi ein. »Wörter sind gar nichts, denn du kannst lügen oder etwas hinter ihnen verstecken, wie es dein Chef tut, und es gibt kaum eine Garantie dafür, dass das, was einer sagt, die Wahrheit ist. Besonders in der Stadt. Da ist es besser, sich auf Instinkt, Emotion, Gefühl und gute Erfahrungen mit freundlichen Menschen zu verlassen, denn dann geht es nicht um Worte, die täuschen können. Slims, wenn du einen Liebesbrief an Hillary schreiben willst, dann solltest du ins Dorf gehen. Nur im Dorf findest du noch wahre Liebe auf dieser Welt.«

»Ich versuche, Amerika um Hilfe zu bitten«, sagte ich. »Sonst enden wir noch alle wie du und schlagen uns mit kriminellen Aktivitäten durch.«

»Ich sage doch, es ist ein guter Plan«, sagte Malchasi. »Keine kriminelle Aktivität.«

»Amerika! Dollar! Was anderes habt ihr jungen Leute nicht im Kopf«, beschwerte sich meine Mutter, die jetzt den Rosmarin im Mörser zermahlte. »Erst waren es Rubel, jetzt sind es Dollar. Was ist denn mit unserem eigenen guten alten Lari? *Opa!*«

»Was ist passiert?«, fragte Juliet.

»Der Stößel ist abgebrochen«!, rief meine Mutter und verlor sich dann in ihrer üblichen Tirade darüber, dass alle intelligenten Georgier fortgingen und unsere Bevölkerung schrumpfte. »Genau wie die Sardellenbestände«, sagte sie. »Wegen dieser gefährlichen amerikanischen Lady.« Sie redete von *Mnemiopsis leidyi*, der fremden Quallensorte, die zehn Jahre zuvor in unser Meer eingedrungen war, nachdem so viele Öltanker gesunken waren und den pH-Wert aus dem Gleichgewicht gebracht hatten.

»*Ich* will *nicht* nach Amerika«, sagte Malchasi und brachte seinen Suppenteller zum Spülbecken. »Und ich habe dieses Gejammer satt. Es ist langweilig.«

»Wo willst du hin?«, fragte ich.

»Ich werde eine Ehefrau entführen.« Er schnallte sich die Stiefel zu.

»Geh nicht weg!«, rief meine Mutter ihm nach. »Ich brauche deine Hilfe beim Pflaumenabfüllen.« Aber Malchasi war schon zur Tür hinaus.

»Oh, was für ein Albtraum! Ein Albtraum. Sie arbeiten nicht gern«, sagte meine Mutter, und dann stieß sie den Löffel in das Pflaumenmus und ertränkte eine Biene.

4 Am nächsten Morgen hatten die Regengüsse aufgehört, und ich saß vor dem Café Paradies und kämpfte mit den Worten für einen neuen Brief an Hillary. Ich beobachtete, wie ein Regentropfen von der Eisenkette eines Ladenschilds fiel. Der Himmel war grau und weiß gestreift – in der bevorzugten Farbkombination mittelalterlicher Pferde.

Was ich Hillary eigentlich erklären wollte, war, dass es bei uns früher nicht üblich war, die kupfernen Stromleitungen zu stehlen oder die staatlichen Stromzähler mit dem Hammer zu zerschlagen. Als wir jünger waren, schlugen wir höchstens Äste der Maulbeerbäume, um mit den Blättern die Seidenraupen zu füttern. Mein Vater hatte gehofft, unser Dorf werde eines Tages ein Dorf der großen Helden des Kommunismus werden, das die staatliche Produktivität im Bereich der Seidenraupenerzeugnisse steigerte. Er war derjenige gewesen, der unser Seidenraupenkollektiv organisiert hatte, während der dörfliche Sowjet die Bücher mit dem Bildnis Lenins verteilte, die wir jetzt auf der Latrine als Klopapier benutzen. Aber seitdem die Seidenraupen eingegangen waren und die Leute aus den Dörfern in die Stadt zogen, veränderte sich alles. Sogar Malchasi hatte angefangen, wie ein Gockel herumzustolzieren. Er achtete jetzt immer darauf, dass seine Stiefel glänzten, und zitierte Sätze von Al Pacino.

Aber wir Makaschwilis sind keine Schauspieler, dachte

ich. Schon gar keine Schauspieler aus dem Remake dieses religiösen Films über Johanna von Orléans.

Wir brauchen die Bibel nicht, überlegte ich. Wir brauchen sie nicht mehr in dem Sinne, dass wir irgendwelche Ratschläge darin finden könnten. Wir wissen bereits, wer wir sind – instinktiv und ohne nachzudenken. Die Kenntnis unserer selbst entstammt der Erfahrung, nach dem Zusammenbruch der Sowjetunion alles verloren zu haben und trotzdem noch hier zu sein. Wir sind geblieben.

Ich schaute über das Wasser zu den Vereinigten Staaten hinüber. Tatsächlich lag Bulgarien auf der anderen Seite des Meeres, aber ich schaute noch weiter nach Westen und wandte mich flehentlich an Hillary. »Was kann ich denn sonst tun in dieser winzigen Stadt, wo man nur herumsteht, den Boden anschaut und sich darüber streitet, wem er gehört? Wo man mit den Taxifahrern Backgammon spielt oder Blechstücke durch die Gegend kickt und so tut, als wäre man ein schüchterner und konzentrierter Mann, der ohne Wein nicht über die Liebe sprechen kann?« Ich merkte, dass ich einknickte. Ich würde Malchasi doch noch helfen, den Mann von der Pipeline zu kidnappen.

Genau genommen hatte ich meine Meinung über Nacht geändert. Ich war im Bus eingeschlafen, und ich habe den Verdacht, als Malchasi nach Hause kam, richtete er seine hellseherischen Hypnosekräfte aus dem *tschidaoba* – der georgischen Kampfkunst, die er in einem sowjetischen Pionierlager erlernt hatte – auf mich, denn als ich aufwachte, konnte ich nur noch daran denken, wie nützlich es wäre, wenn wir ein Auto hätten. Wir könnten ein Kilo Kaugummi kaufen, mit einem Kofferraum voll Trauben nach Sibirien fahren und mit dem Gewinn den Weinkeller meines Onkels zurückkaufen, den wir auf dem Weg in die Unabhängigkeit verloren hatten. Wir könnten in die Fußstapfen meines Vaters treten und Chauffeure werden, denn das war ein wirklich vornehmer Beruf. Wir könnten Witwen umsonst fahren. Wir könnten Wassermelonen in die Dörfer bringen, und Getreide. Ich könnte mithelfen, Georgien wieder zu einem Netzwerk zusammenzuknüpfen. »Also gut«, hatte ich am Morgen zu Malchasi gesagt. »Ich werde dir helfen, den Engländer zu kidnappen.«

Ich studierte die Broschüre für Touristen, die ich mir im Zentrum für Demokratie in Batumi hatte geben lassen. Da stand:

Zwar kommen Entführungen in Georgien gelegentlich vor, aber ein nennenswertes Risiko besteht nur in einigen Unruhegebieten (besonders in Abchasien und an der tschetschenischen Grenze, in geringerem Umfang auch in Swanetien und Südossetien). Aber ganz so, wie die Intensität der georgischen Gastfreundschaft gelegentlich das Gefühl wecken kann, man sei entführt worden, erweist sich eine tatsächliche Entführung in Georgien in den meisten angezeigten Fällen als nicht so furchterregend wie in anderen Gesellschaften. Gefährlicher sind vielleicht die Fahrgewohnheiten. In Georgien gibt es keinen Pannennotdienst.

Ich fing einen neuen Brief an.

Hillary, haben Sie jemals weiter darüber nachgedacht, dass wir Abschleppwagen brauchen?

(Oder hatte sie überhaupt jemals weiter darüber nachgedacht, dass unsere Straßen so sehr von Schlaglöchern übersät sind, dass selbst sehr *gute* Entführer von Pipeline-Mitarbeitern nicht damit rechnen können, schnell zu entkommen in einem klapprigen alten Lada, verfolgt von der Georgian International Oil Association in *ihrem* klapprigen alten Lada. Nein, nicht sehr aufregend, nicht wie dieser James-Bond-Film über die Ölpipeline.)

Wichtiger noch, Hillary – kennen Sie die Geschichte von unseren kurdi, *den georgischen Mafiosi? Es ist eine Geschichte, die wir uns in der Küche erzählen: wie nach der Russischen Revolution von 1917 Georgier nach Italien gingen und die italienische Mafia gründeten. Es ist eine lange Geschichte, mit vielen Sohn-von-diesem und Sohn-von-jenem. Wir haben jetzt keine echten* kurdi *mehr. Nur die Jugend spielt noch* kurdi, *um an Drogen zu kommen, nicht um eine Möbelfirma aufzumachen oder sonst etwas Nützliches für ihren Lebensunterhalt zu tun. Ich habe Sorge, dass mein kleiner Bruder Suka seine Zeit auf der Straße mit diesen Möchtegern-*kurdi *verbringt, den Rauschgifthändlern. Meine Mutter klagt ständig darüber. Aber das ist der neue Trend. Echte* kurdi *haben kein Diplom; sie müssen ihr ganzes Wissen selbst erwerben. Den Kommunismus hassen sie so sehr, dass sie nicht mal den roten Zuckerguss auf einer Torte essen. Sie dürfen niemanden aus selbstsüchtigen Gründen töten, und sie können nicht heiraten, denn sie sind zu oft nicht zu Hause, weil sie den größten Teil ihres Lebens im Gefängnis verbringen. Sie machen die Gesetze im Gefängnis, diese weisen Männer. Mein Freund Malchasi versucht, die alten* kurdi-*Traditionen neu zu beleben, aber er ist bereits* *ein Edelmann, und er braucht diesen neuen Beruf nicht. Deshalb bitte ich Sie, uns zu verstehen. Bitte glauben Sie nicht, was Sie im Fernsehen sehen. Wenn Sie in den Nachrichten demnächst sein oder mein Gesicht wegen krimineller Aktivitäten sehen, dann ist es wahrscheinlich nur staatlich finanzierte kommunistische Propaganda. Oder es ist ein Witz.*

Wie stets in Hochachtung für Ihr Tun
Slims Achmed Makaschwili

Auf dem Platz vor unserem Häuserblock stand die übliche Versammlung von Männern mit den Filzmützen der Bergbewohner dicht gedrängt unter dem Dachvorsprung, weil die leeren Benzinkanister auf dem Hof zu nass waren, um darauf zu sitzen. Einer brüllte zu meiner Schwester herauf, sie solle Kleingeld herunterwerfen. Eine tiefe Stimme drang aus der Gruppe zu mir herauf: »Slims Achmed! *Modi ak!*« Aber ich wischte die Einladung, etwas mit ihnen zu trinken, beiseite. »Wir bekommen Besuch«, erklärte ich. Sie nickten und richteten ihre Aufmerksamkeit wieder auf unseren Nachbarn Soso, der eben aus seinem Dorf zurückgekommen war und einen Vortrag darüber hielt, wie man elektrischen Strom klaute, ohne einen tödlichen Schlag zu bekommen.

Mein kleiner Bruder Suka schlief auf dem Sofa. »Steh auf«, sagte ich. »Du machst das *tschaadi*, und ich versuche, den Strom wieder in Gang zu bringen.«

Da Suka in seiner Freizeit Ikonenfiguren schnitzt und Ikonen und Brot das Gleiche sind – der Leib Christi und so weiter –, ist er dazu bestimmt, unser *tschaadi*-Bäcker zu sein. Suka ist auch der Arzt der Familie, seit er am Strand ein Blutdruck-Messgerät gefunden hat, das dort angeschwemmt worden war. Ich persönlich glaube ja, Suka macht sich damit an ältere Frauen heran, denn die Damen wissen gern, wie hoch ihr Blutdruck ist.

»Gott schickt uns einen Ausländer«, sagte ich zu ihm, damit er ein bisschen schneller wach wurde. »Wir müssen unserem Gast ein paar unvergessliche Augenblicke bereiten.« Suka stand auf und klopfte ein bisschen Sägemehl von seinen Sachen – wenn Suka an seinen Heiligenfiguren arbeitet, klebt immer eine dünne Schicht Holzstaub an ihm. Wie das Harz der Hanfpflanzen auf einem zentralasiatischen Feld.

Suka riss den Sack *tschaadi*-Mehl auf, warf ein paar Handvoll in eine Schüssel, gab etwas Wasser aus dem Eimer dazu und knetete alles mit den Fingern. »Es muss nicht *genau* achtzig Mal sein«, sagt Malchasi immer zu ihm, denn der Hausfrauen-Aberglaube geht ihm auf die Nerven. Während Suka die Teigkugeln mit den flachen Händen hin und her rollte, spleißte ich die Drähte im Stromkasten zusammen und sang dabei das neue Lied, das ich im Radio gehört hatte: »Ich habe keine Lust mehr, im Aufzug zu stecken, ich will elektrischen Strom.« Suka warf die Maisteigklumpen in das rote Sonnenblumenöl, und ich salzte die Auberginen und presste den bitteren braunen Saft heraus. Suka hustete, und ich fragte ihn, ob er zu rauchen angefangen habe. Er bestritt es.

Irakli Korischwili, der Nachbar von unten, kam vorbei, um zu sehen, was wir machten. Weise bemerkte er schließlich: »Ha! Zwei Männer in der Küche. Wo ist denn eure Schwester?« Da Juliet in den letzten zehn Jahre so viel englische Literatur gelesen hatte, versuchte sie, eine unabhängige Frau zu werden. Aber ich wusste nicht, wie ich ihm das erklären sollte – der Nachbar gehörte zu einer älteren Generation und verstand nichts von solchen Dingen. Die Folge der Philosophie meiner Schwester war jedenfalls, dass jetzt Suka und ich die ganze Kocherei erledigen mussten. Malchasis Aufgabe war es, das Bügeleisen zu reparieren, aber das Bügeleisen ging nie kaputt.

Ich schärfte das Messer an der Unterseite eines kleinen Tellers und viertelte die Kartoffeln. Dann briet ich sie mit Knoblauch und einer Handvoll Koriander. Meine Mutter kam mit einem Bündel Roter Bete aus dem Garten. Ihre Hände und ihre Füße waren schwarz, und sie wollte wissen, warum wir niemals Handtücher hätten und sie sich die Hände immer an den Seiten englischer Grammatikbücher abwischen müsse. Dann schimpfte sie mit Suka, weil er seinen Ikonenmulch auf dem Küchenboden verstreut hatte.

Als Juliet nach Hause kam und erfuhr, dass wir einen englischen Gast haben würden, stellte sie sich vor den Spiegel neben der Tür und stopfte die losen Strähnen ihres dunklen Haars in den Dutt unter ihrer neuen Mütze – ein schwarzsamtenes Englischlehrerinnending, das aussah wie ein viktorianisches Möbelstück.

Malchasi zog seine Regenjacke an. »Ich besorge ein bisschen Wein.«

Meine Mutter sah mich an. »Slims, wenn wir Besuch bekommen, müssen wir Knoblauch zerdrücken, und wie sollen wir das machen, wenn der Stößel kaputt ist? Geh zum Strand und such einen neuen Stößel.«

Ich ging die paar Straßen hinunter zum Meer, das aussah wie unpoliertes Silber. Ich fror, wenn ich es anschaute. Die Wellen entrollten sich zu meinen Füßen und kräuselten sich rückwärts über die Strandkiesel, durch die ich stapfte, um einen neuen Stößel zu finden. Ich entdeckte einen länglichen Stein und klemmte ihn unter den Arm.

Aber trotz des grauen Wetters hatte ich gute Laune. Wir

würden einen Gast haben. Unser Leben wurde zu einem Fest. Normalerweise trafen wir uns nur mit den anderen Männern aus der Nachbarschaft, hoben unsere Gläser mit dem rubinroten Chwantschkara, dem jungen Rotwein aus unserem Dorf, und bündelten alle Worte georgischer Weisheit, die wir kannten, zu einer letzten Proklamation: »*Am Ende wird die Erde einig, und König und Sklave werden eins.*«

Heute Abend, das schwor ich mir, würde ich einen klaren Kopf behalten. Ich würde nicht aus meinem *kanzi* trinken, dem Trinkhorn meines Großvaters, geschnitzt aus dem ausgehöhlten Horn eines berühmten Bisons, denn sonst würde ich mich vielleicht ablenken lassen, endlose Toasts auf Georgien ausbringen und darüber meinen Plan vergessen: Wenn Malchasi den Engländer entführt hätte, würde ich ihn um eine Visa-Einladung bitten.

Auf dem Heimweg versuchte ich, mir unseren Gast vorzustellen. Würde er aussehen wie die ausländischen Seeleute, die Malchasi und ich immer auf dem Boulevard verfolgt hatten? »Brauchen Englisch! Brauchen Englisch! Ganz dringend!«, schrien wir dann und trabten ihnen hinterher. Wenn sie nicht reagierten, schrien wir: »Oder Deutsch!« Damals hatten wir ein Importgeschäft aufmachen wollen. Über ein paar südamerikanische Seeleute hatten wir Hühner aus Brasilien bekommen. Wir malten ein Reklameschild mit einem verführerisch angezogenen Huhn, das wir am Boulevard an eine Palme klebten: »Brasilianische Hühner. So sexy!« Aber leider kriegten die Hühner die Vogelgrippe, und wir verlegten uns auf Eiscreme. Wir importierten spezielle Eiswaffeln aus Russland. Aber dauernd fiel der Strom aus, und man kann sich vorstellen, dass unsere Nerven blank lagen! Wir bewahrten das Eis in der großen Kühltruhe am Hafen auf, weil sie dort immer Strom hatten. Aber dann ließ der örtliche Diktator die Kühltruhe in seine Privatresidenz transportieren. »Zu viele Leute benutzen diese Kühltruhe. Wir sind kein kommunistisches Land mehr«, sagte er.

Vielleicht war dieser Engländer auch ein Ringkämpfer. Ich sang ein Ringerlied aus Ostgeorgien vor mich hin.

Du bist mein Bruder,
Du siehst aus wie ein Adler,
Und bist so stark.
Aber deine Mütze sitzt schief,
Und du siehst aus wie ein Angeber.
Ich weiß, deine Stadt ist weit entfernt von meiner,
Aber ich bin trotzdem zu dir gekommen,
Denn ich habe nichts Besseres zu tun.

Was hatte er eigentlich zu tun? Vielleicht konnte er es mit mir zusammen tun, denn ich tat ja sonst gar nichts.

Als Malchasi nach Hause kam, stellte er zwei Glaskrüge mit kachetischem Wein auf den Esszimmertisch. »Konntest du ein bisschen Strom klauen?«, fragte er mich.

»Die dritte Leitung ist auch tot«, sagte ich.

»Na los, los«, sagte er zu den Drähten, die aus der Wand hingen, und entwirrte sie mit den Zinken eines Plastikkammes. »Ich hab keine Lust mehr, mich immer nur mit kaltem Wasser zu rasieren.«

Weil wir keinen elektrischen Strom aus der Leitung des Bürgermeisters abzweigen konnten, beschlossen wir, unser restliches Benzin für den Generator zu verwenden. Als Malchasi die Maschine in Gang gesetzt hatte, brüllte er durch das Knattern: »Dieser Engländer arbeitet für eine Ölfirma. Vielleicht kann er uns neues Benzin besorgen.«

Meine Mutter besah sich das ganze Essen, das wir kochten, und schrie Malchasi an: »Wo sind denn die Gäste alle?«

Malchasi zuckte die Achseln und sagte, niemand sei da.

»Er hat überhaupt niemanden sonst eingeladen«, rief Suka. »Er will den Besuch für sich allein haben!«

»Geh und ruf Tamriko an«, sagte meine Mutter.

»Tamriko ist ins Seebad abgereist«, sagte ich. »Mit Gotscha.«

»Dann ruft Sasa an. Ruft Guliko an. Ruft den Bischof an«, sagte meine Mutter.

»Mit dem Telefon stimmt was nicht«, sagte Malchasi.

»Dann schreit aus dem Fenster«, sagte meine Mutter.

Irakli, der Nachbar, der immer noch da war und uns beim Kochen zusah, rief alle Nachbarn zusammen.

Wir hörten ein leises Klopfen an der Tür, und wir wussten, das musste der Ausländer sein, denn niemand klopft mehr an die Tür. Man schreit einfach.

Anthony, der Ausländer, stand vor der Tür. Er hatte eine Taschenlampe in der einen und einen Schirm in der anderen Hand. »Sie haben da ein paar Drähte im Treppenhaus, die Funken sprühen«, sagte er.

»Das ist normal«, antwortete ich auf Englisch.

Er sah aus wie der Wiedehopf auf den Bildern in unserem Lesebuch in der dritten Klasse. Er trug eine olivgrüne Krawatte und hatte sein blondes Haar in einer schiefen Strähne hinter die Ohren gekämmt. Er war dünn und hätte auf die englische Art munter ausgesehen, wenn er die Stirn nicht so grimmig gerunzelt hätte. Seine Stirn erinnerte an die des amerikanischen Präsidenten Bush, wenn der überlegte, was er sagen sollte, während er mit den Stiefeln im Lehm feststeckte und ein Mähdrescher auf ihn zukam.

Meine Mutter starrte ihn an und wandte sich dann an Juliet. »Frag ihn, wie alt sie in England sein müssen, wenn sie heiraten. Siebzehn? Sag ihm, sobald du verheiratet bist, kann ich zurück ins Dorf. Sag ihm, das Wasser ist da sauberer.«

»Deda«, sagte Juliet und legte das Gesicht in Falten. »Ich hab's dir doch gesagt. Ich habe einen guten Job. Du brauchst nicht zu warten, bis ich heirate, wenn du zurück ins Dorf willst.«

Meine Mutter fing an zu jammern. »Oh, wie sehr ich das Dorf vermisse.«

Ich zitierte ein georgisches Sprichwort. »Die Mutter sagt: Ich werde sterben. Die Tochter sagt: Ich werde heiraten. Und in der Zwischenzeit verdreckt das Haus.«

Meine Mutter zuckte die Achseln. »Bringt ihn zu allen anderen ins Wohnzimmer. In der Küche ist der Generator zu laut.«

Irakli Korischwili, seine Frau und die örtlichen Alkoholiker vom Hauseingang saßen bereits aufgereiht wie Parlamentsabgeordnete. Den grünen Polsterstuhl hatten sie für unseren Gast frei gehalten, damit er sich fühlen konnte wie ein König.

»Bitte setzen Sie sich hierhin«, sagten wir alle zusammen in einem Potpourri aus Englisch, Russisch und Georgisch.

Anthony nahm Platz und streckte die Beine aus. Er hatte komische Schuhe an: rotlederne Sportschuhe.

»Wieso trägt er Rot?«, fragte Malchasi mit leiser Stimme. »Ist das zu Ehren des Kommunismus?«

»Das ist Euro-Fashion«, sagte Juliet, als ob sie Bescheid wüsste.

Ich schaltete den Fernseher ein. Da lief eine Comedy-Sendung. Der Komiker weinte und sagte: »Nein, zwingt mich nicht, nach Kasbegi zu gehen. Die Frauen dort weigern sich, vor der Hochzeit Sex zu haben. Waa waa.«

»So ein Blödsinn«, sagte Malchasi. Seine Familie stammt aus Kasbegi.

Ich schaltete zu den Nachrichten um. Ein amerikanischer Soldat verteilte Stiefel an das georgische Militär. »Wir möchten diese Stiefel nicht auf dem Schwarzmarkt wiederfinden, denn damit würden Sie die amerikanisch-georgischen Beziehungen aufs Spiel setzen«, sagte der amerikanische Soldat zur Kamera. »American G. I. Joe«, sagte ich zu Anthony. Jetzt erklärte der Nachrichtensprecher – der junge, von dem alle Mädchen in Tbilissi schwärmten (bevor er später auf tragische Weise von irgendwelchen Gangstern in seinem Hausflur umgebracht wurde): »Heute hat Präsident Schewardnadse *erneut* versprochen, die Korruption zu beenden ...« Ich stand auf, um den Apparat lauter zu stellen, aber Malchasi winkte mich weg und schaltete zu einer Gymnastiksendung um. Die Aerobic-Trainerin schrie mit schriller Stimme auf Russisch: »Nicht aufgeben!«

Mein Bruder Suka, das Blutdruck-Messgerät um den Hals gelegt, zeigte Anthony die neue Ikonenfigur, die er geschnitzt hatte.

»Sehen Sie diese Ikone?«, fragte ich Anthony. »Finden Sie sie schön?« Ich konnte mich allerdings nicht erinnern, welchen Heiligen sie darstellte. »Das Problem ist, dass wir heutzutage nicht mehr wissen, wie man die Namen der Heiligen richtig ausspricht. In den Dorfschulen waren so viele Löcher in den Dächern, dass wir bei Regen nur lernten, wie man sich die Haare wäscht.«

Anthony runzelte die Stirn noch stärker, und ich fragte mich besorgt, ob er vielleicht keinen Humor hatte.

Juliet zündete die Kerzen auf dem Tisch an, während

Suka Teller mit Bauernkäse, Tomatenspalten und grünen Zwiebeln auftrug. Meine Mutter machte *chatschapuri* in einer Pfanne; die Ränder wurden knusprig, und es duftete in der ganzen Küche. Ich stellte die Jadebecher hin und verteilte fünf Liter Weißwein auf drei Tonkrüge.

Auf dem Tisch marinierten dünne Streifen von Sulguni-Käse in Schüsseln mit brauner Butter. Teller mit Auberginen, die in Knoblauch und Nüssen gewälzt worden waren, standen auf dem Truthahn. Bei uns in Georgien stürzen die Häuser ein – und wir stapeln Teller auf Teller, als wäre das unsere letzte Hoffnung. Iraklis Frau hatte einen bescheidenen Klumpen Gänsepastete aus dem Importgeschäft mitgebracht. Platten mit süßen Möhren, gerösteten Paprika, gefüllten Weinblättern und Oliven drängten sich dicht an dicht. Ich schaufelte ein bisschen *pchali* auf Anthonys Teller. »Pchali!«, sprach ich ihm vor. »Gemahlene Walnüsse und gekochte Nesseln.«

»Fali?« Er versuchte, mir nachzusprechen.

»Pchali, pchali.« Malchasi versuchte ohne viel Erfolg, zu helfen. Wir hatten Rindfleisch-Kartoffel-Eintopf, ebenfalls von Iraklis Frau, eine Hühnersuppe mit Tomaten von einer anderen Nachbarin, ein Hammel-Pilaw, gehackte Leber, einen geschichteten Salat aus Roter Bete und saurer Sahne, gebratene Waldpilze und dünne Pfannkuchen mit Paprika. Malchasi hatte eine Forelle im Fluss gefangen, sie aufgeschlitzt und den Rogen herausgenommen. Jemand hatte eine Knochenbrühe mitgebracht. Es gab Bananenlikör für die Damen und Wodka für die Herren am hinteren Ende des Tisches, die einander leise zutranken. Anthony nahm seine Gabel. »Das sieht aus wie ein römisches Bankett«, sagte er, »wie man sie auf frommen Gemälden sieht.«

»Sag ihm, er soll essen«, sagte Malchasi zu Juliet.

»Sag ihm, wenn er nicht isst, sind wir leider gezwungen, ihn zu töten«, erklärte Suka, gottlob auf Georgisch wie Malchasi, und sah diesen Beifall heischend an.

Ich gab Anthony das Trinkhorn meines Großvaters und sagte, er solle es ruhig halten, damit ich Wein hineingießen könne.

Malchasi war der *tamada*, unser Toastmeister. Als alle etwas im Glas hatten, stand er feierlich auf. »Obwohl es Krieg gibt, sehnen wir uns immer nach Frieden«, verkündete er. »Und es geht nicht nur um den Frieden zwischen Brüdern, sondern auch um Frieden zwischen den Völkern. Der armenische Grenzsoldat steht vielleicht so.« Malchasi kreuzte die Fußknöchel. »Der türkische Grenzsoldat steht vielleicht so.« Er verschränkte die Arme. »Der georgische Grenzsoldat steht, wie er will, denn er ist Georgier, aber wir alle sind Kaukasier, und wir kennen die Wahrheit der Natur.«

Als ich versuchte, diesen Trinkspruch für Anthony ins Englische zu übersetzen, klang es schludrig – wie wenn jemand über seine Schnürsenkel stolpert oder als ob der Satz gleich auseinanderfallen und nur von einer zerfransten Schnur oder von demselben Schnürsenkel zusammengehalten würde. Oder, eher noch, als ob einer unserer Bergmusikanten aus Ossetien versuchte, den Takt eines Liedes auf der *tschonguri* zu halten, während er sich darüber ärgert, dass der Schlagzeuger in der Küche verschwunden ist. »Auch wenn Sie den Trinkspruch nicht verstanden haben«, sagte ich zu Anthony, »dürfen Sie nicht nur nippen. Sie müssen ganz austrinken.«

Meine Mutter kam mit einem georgischen Blutpudding aus der Küche, der nach Haselnussöl duftete. Das Rezept war in der Familie Makaschwili über acht Jahrhunderte weitervererbt worden. Und dann kam Suka und präsentierte Anthony drei weiße Kuchen, geformt wie Lämmer.

»Wie lange werden Sie in Georgien bleiben?«, fragte ich Anthony.

»Das weiß man nie«, sagte Anthony. Er balancierte einen Streifen vom gebräunten Dorfkäse auf einem Stück Maisbrot, beträufelte ihn mit Wildpflaumensauce mit Knoblauch und streute *chmeli suneli*-Kräuter darüber. »Meistens«, sagte er dann und versuchte, das Maisbrotgebäude in den Mund zu bugsieren, »meistens kommt mitten in der Nacht ein hektischer Anruf von British Petroleum, und dann heißt es: ›Es gibt ein Problem. Bitte nehmen Sie den nächsten Flug.‹« Ein violettes Rinnsal aus Pflaumensauce ringelte sich um sein Handgelenk. Er sah sich nach einer Serviette um. Juliet stand auf und holte eine Stoffserviette, die sie mit gelben Schmetterlingen bestickt hatte. »Danke«, sagte er und zwinkerte ihr zu. »Das ist nicht sehr kompliziert, denn ich wohne in der Nähe von Heathrow, und British Airways bietet jetzt Direktflüge an. Das schmeckt köstlich. Haben Sie es gemacht?«, fragte er Juliet.

»Sag ihm, dass du nicht mehr kochst«, sagte Malchasi zu ihr.

»Also fliege ich nach Tbilissi, und von dort fahren sie mich nach Supsa, dem Hafen im Norden«, erzählte Anthony. »Es ist immer das Gleiche. Ich sage, ja, da gibt es wirklich ein Problem, und dann fliege ich wieder nach Hause. Ich erkläre BP immer und immer wieder: ›Wenn Sie wollen, dass die Pipeline dem Druck des Flusses widersteht, müssen Sie sie drei Meter tiefer eingraben.‹ Dann schütteln sie den Kopf und sagen: ›Drei Meter? Das ist teuer!‹«

»Sehr teuer«, verkündete Irakli Korischwili, der unseren Übersetzungen gelauscht hatte.

»Ich habe ihnen gesagt, es wäre natürlich viel einfacher, wenn sie die Pipeline über der Wasseroberfläche bauen würden, zumal für diese neue Pipeline hundertfünfzig Flussüberquerungen vorgesehen sind. Aber sie sagen, das geht nicht, weil die Leute in den Dörfern Löcher hineinbohren würden. Unsere Firma hat sogar einmal fünfundzwanzig Dollar für jeden Dorfbewohner ausgelobt, der ein Leck in der Leitung findet.« Er nahm noch einen Bissen. »Aber dann haben wir herausgefunden, dass sie losziehen und selbst Löcher bohren.«

»Sie sind sozusagen die Nummer zwei«, sagte ich zu Anthony.

»Wie bitte?«

»Der eine gräbt ein Loch, und der andere schüttet es wieder zu. ›Was tut ihr da?‹, fragt ein Nachbar. ›Na, ich bin Nummer eins, und er ist Nummer drei. Nummer zwei soll das Rohr verlegen, aber er ist nicht da.‹ Mit anderen Worten: Willkommen in Georgien.«

Malchasi sah mich an. »Frag ihn, ob er mit seiner Pipeline eine Welt erschaffen will. Die Amerikaner wollen ›eine Welt‹. Wie die Freimaurer. Und unser Präsident – sogar er will unsere Traditionen zerstören, indem er ›eine Welt‹ schafft. Aber wir werden dabei zerquetscht werden. Alle kleinen Länder werden zerquetscht.«

Eine Kerze war weich geworden und neigte sich zur Tischplatte. Malchasi blies sie aus. »Diese Kerze wäre keine gute Werbung für Viagra«, flüsterte er mir zu. »Frag Anthony, warum er nach Georgien gekommen ist. Was gibt es hier für ihn?«

Als ich Anthony diese Frage stellte, stand er auf und fing an, auf und ab zu gehen. »Es ist kein einfaches Land. Es ist verdammt schwer hier, wenn ich das sagen darf. Ich war schon in vielen Entwicklungsländern. In Indien. Im Mittleren Osten. Sogar in Mexiko ist die Infrastruktur besser als hier.«

»Wir sind kein Entwicklungsland«, sagte ich. »Wir sind – na ja, unsere Entwicklung geht rückwärts.«

»Die Pipeline hier wird Ihnen die dringend benötigte Entwicklung bringen, das ist sicher. Öl fließt geschmeidiger durch gelddurstige Republiken als durch Länder im Mittleren Osten mit prekären Regimes. Hier gibt es keine verzwickten Verhandlungen. Unser größtes Problem bisher war die Räumung der Minenfelder aus dem armenisch-aserbaidschanischen Konflikt. Sorge bereitet uns außerdem die Sabotage der Pipeline durch Ihre Rebellengruppen. Aber wenn wir dieses Ding fertigstellen, haben wir es nach unseren Schätzungen mit einer Größenordnung von einer Million Barrel pro Tag zu tun. Georgien kassiert dafür – wie viel? Fünfzig, sechzig Millionen Dollar an Transitgebühren. In einem Land, wo jeder Einwohner nur ein paar Dollar im Monat zum Leben hat, ist das kein Kleingeld. Ich glaube, es ist mehr als Ihr Bruttosozialprodukt. Warum die Leute in den Dörfern die Leitung also sabotieren, begreife ich nicht.«

»Glauben Sie etwa, *wir* werden etwas von diesem Geld zu sehen bekommen?«, fragte ich.

»Ich glaube, das haben Sie schon. Bevor ich hergekommen bin, hätte ich niemals gedacht, dass Sie so trinken und singen und essen, wie Sie es hier tun.«

»Sehen Sie das Haus da oben auf dem Berg?«, fragte ich und zeigte durch das Fenster hinter ihm.

Anthony drehte sich um. »Welches Haus?«, fragte er. »Ich sehe da keins.«

»Können Sie auch nicht«, sagte ich. »Wir haben es gerade aufgegessen.«

Er verstand kein Wort.

»Wir haben es verkauft, um dieses Essen zu bezahlen«, erklärte Juliet.

»Was?«

»Das ist ein georgischer Witz«, sagte Juliet.

»Oh.«

»Bitte erzählen Sie niemandem, wie viel wir hier essen«, bat Juliet. »Sonst schickt die Internationale Lebensmittelhilfe uns kein Geld mehr.«

»Das war auch ein Witz«, sagte ich sofort. Gern hätte ich Anthony gesagt, wenn ihm wirklich klar wäre, wie großzügig die Georgier seien, würde er den ganzen Tag weinen. Vielleicht sogar die ganze Woche. Unsere Großzügigkeit bei unseren Festessen übersteigt jedes vernünftige Maß.

Einer der Männer am anderen Ende des Tisches stand auf und hob sein Glas. »Jeder weiß zwar, dass London die großartigste Stadt der Welt ist, aber wir hoffen, Sie werden auch ein bisschen von der Großartigkeit Georgiens sehen.«

Ich erhob mich ebenfalls. Der georgische Wein stieg mir bereits zu Kopfe und machte mich noch gastfreundlicher. »Ich habe den Namen Anthony immer gemocht. Wenn ich einmal einen Sohn bekomme, werde ich ihn Anthony nennen. Wenn ich eine Tochter bekomme, auch.«

»Ruhe!«, rief unser Nachbar Irakli vom anderen Ende des Tisches. Er hatte auch etwas Wichtiges zu sagen. Er erzählte die Anekdote von der berühmten georgischen Dorfbewohnerin, die eines Tages beim Graben in ihrem Garten auf das Grab König Tuts stieß und ihn von den Toten auferweckte. König Tut öffnete die Augen und sagte: »Der Schweiß von deiner Stirn hat mich befreit. Ich werde dir einen Wunsch erfüllen, was immer es sei.« Die Georgierin sagte: »Ich möchte zehn Mal mit dir schlafen.« Nach dem siebten Mal war König Tut wieder tot.

Ein Hoch auf die Manneskraft der georgischen Frauen!

Irakli brachte noch einmal alle zum Schweigen. Er wollte von seiner Zeit in Afghanistan erzählen und wie er mitten in der Nacht aus seinem Dorf entführt und mit verbundenen Augen aus einem Flugzeug geworfen worden war. Ich kannte diese Geschichte gut, denn er redete immer davon, wie er nach seiner Rückkehr nach Tbilissi erfahren hatte, dass seine Mutter gestorben war. Daraufhin war sein innerer Kamikaze-Krieger entfesselt worden, und er hatte einen Polizisten angegriffen, der den Verkehr regelte. »Was ist los mit dir?«, hatte der Polizist gefragt. »Ich tue hier nur meine Arbeit.« Irakli erklärte ihm, er sei eben aus Afghanistan zurückgekommen und fühle sich wie ein Verrückter. Darauf, erzählte Irakli, antwortete der Polizist: »Das verstehe ich. Wenn es dir hilft, darfst du mich noch einmal treten.« Mit diesen Worten war Irakli geheilt. »Ah, das Leiden der Georgier«, stöhnte Irakli und legte die Hand auf sein Herz. »Ein Herz ist nicht groß genug, um das alles zu ertragen. Darum brauchen wir einander.«

Darauf tranken wir, und dann wollte Irakli einen Toast auf meine Mutter ausbringen. Ich wusste schon, was er sagen würde, denn es ist immer das Gleiche. »Hat irgendeiner von euch eine Ahnung von der Größe dieser Frau? Ja? Wisst ihr, mit welchen Schwierigkeiten sie zu kämpfen hatte?« Er fing an, mit der Faust auf den Tisch zu schlagen, um Anthonys Aufmerksamkeit auf sich zu ziehen. Er hatte vergessen, dass Anthony kein Georgisch verstand. »Ihr Mann starb vor neun Jahren«, setzte er seine Klage auf Georgisch fort. »Er hat ihr drei Kinder hinterlassen, die sie allein aufziehen musste. Ah, das Leiden der Georgier.«

»Was sagt er?«, fragte Anthony mich, denn Juliet, die für ihn übersetzt hatte, war auf den Balkon gegangen.

»Das können Sie nicht verstehen«, sagte ich. »Vielleicht, wenn Sie noch ein bisschen essen.« Es war schwer, vom Georgischen ins Englische zu übersetzen. Die meisten Männer in Batumi finden immer noch, Englisch sei eine Frauensprache und verfüge nicht über die richtigen Laute, um echte Empfindungen auszudrücken. Ich habe nur aus einem Grund Englisch gelernt, nämlich weil der Ausbilder beim Militär mir sagte, wenn ich Englisch lernte, würde ich werden wie eine Frau, und dann brauchte ich nicht Soldat zu sein.

Auf Anthonys Teller landeten gedämpfte Pflaumen mit Butterkruste, Baklawa und drei Sorten Torte. Malchasi brachte das Fleisch auf den Tisch, das er auf Walnusszweige gespießt und den ganzen Abend in Wein und Salz mariniert hatte.

Anthony beugte sich zu mir herüber. »Dieser Mann hat soeben das Fleisch auf den Nachtisch gestellt.«

»In Georgien leben wir gern rückwärts«, sagte ich.

Als Juliet an den Tisch zurückkam, roch sie nach Zigaretten. Sie setzte sich neben Anthony und maulte: »Irakli bringt jedes Mal denselben Toast auf meine Mutter aus. Hat sie so viel Pech gehabt, ja? Dass man sie nur auf diese Weise kennt?«

Malchasi, der sich jetzt mit den Männern am anderen Ende des Tisches vergnügte, goss sich Wein auf sein Brot und schrie: »Dieser Wein ist für meinen Vater und für Slims' Vater. Im Himmel gibt es Coca-Cola für sie.«

»Am Ende wird die Erde einig, und König und Sklave werden eins«, rezitierte Irakli.

»Anthony, *alewerdi*!«, schrie Malchasi.

»Das bedeutet, Sie sind an der Reihe mit einem Toast«, sagte ich zu Anthony und drängte ihn, seinen Wein auszutrinken. »Trinken wir auf George Bush. Sie sehen ein bisschen so aus wie er.«

»Auf George Bush?«, fragte er.

»Okay, nicht auf George Bush. Wie wär's mit Hugo Chávez? Auf irgendetwas müssen Sie trinken. Wenn Sie an einer georgischen Tafel auf etwas getrunken haben, sind Sie einer von uns und fühlen das wirkliche Leben. Danach können Sie nie in Ihr eigenes Leben als englisches Individuum zurückkehren. Na los.«

Er hob sein Glas, aber er tat es ein bisschen zaghaft. »Was ist mit den Frauen?«, fragte er mich flüsternd. »Sie sehen ein bisschen gelangweilt aus. Ich trinke auf die Damen«, verkündete er, und alle nickten.

Ich schaute zu den Frauen hinüber. Sie aßen schweigend ihre Torte. »Haben Sie von dem Mann gehört, der ins Irrenhaus kam, weil er sich für Napoleon hielt?«, fragte ich Anthony. »Der Arzt fragte ihn: ›Warum halten Sie sich für Napoleon? Der ist doch schon lange tot.‹ ›Nein, nicht *der* Napoleon‹, sagte der Mann. ›Ich meine die Torte Napoleon.‹«

Malchasi kam zu uns und legte Anthony einen Arm um die Schultern. »Juliet, sag ihm, die Frauen sehen gelangweilt aus, weil sie wissen, dass Frauen ohne Männer leben können, aber Männer nicht ohne Frauen. Wie könnte ich, ein georgischer Mann, ohne Frauen leben? Selbst wenn ich gegen einen Türken kämpfe – wenn eine Frau ihr Taschentuch auf mein Schwert wirft, muss ich aufhören. Ist es nicht so, Juliet? Nur sie kann mich besänftigen. Wir müssen der Frau gehorchen, und wir müssen für sie kämpfen, und wir müssen sie erobern, auch wenn sie nicht erobert werden will.«

Aber Juliet hörte nicht länger zu. Sie nahm ihre Gitarre von der Wand.

»Was hat er da gebrüllt?«, wollte Anthony wissen.

»Ich weiß es nicht«, sagte ich. »Fragen Sie sie.«

»Männergeschwätz«, sagte Juliet. »Wenn Sie Georgisch verstehen könnten, würden Sie sehen, wie dumm das alles ist.« Sie fing an, die Akkorde zu einem alten adscharischen Zigeunerlied zu spielen. Wenn sie Wein getrunken hat, sieht man sie nie ohne ihr Instrument.

»Was singt sie?«, fragte Anthony und suchte nach einem Platz, wo er sein Trinkhorn abstellen konnte.

»Vorsicht! Das können Sie nicht hinstellen, sonst verschütten Sie alles«, sagte ich. »Sie singt ein Lied über einen kleinen Bach.«

Suka fing an, den *giorgoba* zu tanzen, einen ossetischen Volkstanz, den er geübt hatte. Immer wieder rief er Anthony auf Georgisch zu: »Warum ziehen Sie nicht zu uns? Warum nicht? Sie brauchen nicht ganz allein zu sein!«

»Wenn er hier schlafen will, wird er das tun«, sagte Malchasi.

Die Männer am anderen Ende des Tisches wurden lauter und noch stumpfsinniger.

»Stellt den Generator ab«, rief meine Mutter. »Es ist zu laut hier drin.«

»*GaumarDSCHOS! GaumarDSCHOS! GaumarDSCHOS!*«, sangen die Männer, als der Generator verstummte und das Licht ausging.

»Was singen sie da?«, fragte Anthony.

»Sie singen ›Lang lebe‹«, antwortete ich.

»Lang lebe was?«, fragte Anthony.

»Nur ›lang lebe‹. Keine Ahnung. Lang lebe ihr Lied.«

Er schüttelte den Kopf. »Wie ist das möglich? Ich verstehe nicht, wie ihr alle überlebt, oder zumindest, wieso ihr nicht alle umkippt.«

»Das nennt man das Große Georgische Geheimnis«, verriet ich ihm. »Jeder möchte wissen, was dahintersteckt.«

»Ich vermute«, sagte Anthony ein bisschen angesäuert, »ein Land wie Georgien kann nur existieren, weil Gott es erhält.«

»Oder weil jeder hier kriminell ist«, sagte ich.

»Selbstverständlich«, sagte Malchasi, ohne mich zu beachten, auf Englisch. »Gott erhält jedes Land.« Er schob sich einen Löffel Butter in den Mund.

»Hier glaube ich das, absolut, aber woanders kann ich es nicht glauben. Nicht, wenn ich in London bin.«

Anthony war allmählich ein bisschen betrunken, nahm ich an. Es ist so: Wenn Leute anfangen, über den Sinn des Lebens nachzudenken, sind sie meistens ein bisschen betrunken. In dieser Situation können sie leicht drogensüchtig werden. Wie oft habe ich gesehen, dass solche Georgier an den Stadtrand von Batumi gingen, wo das Rauschgift zwischen den Bahnschwellen wächst. Sie denken, wieso hat der Nachbar ein Auto und so eine Frau, und warum habe ich idiotische Kinder und so eine Frau? Da ist es besser, noch ein bisschen zu trinken und etwas vom gesalzenen Fisch zu essen. Menschliche Gesetze und Gottes Gesetze sind sehr verschieden voneinander, und vielleicht kann man sie niemals in Einklang bringen. Vielleicht will Gott nur, dass wir uns an unser Menschsein erinnern, wenn uns auf der Busfahrt nach Hause ein bisschen übel wird vom gesalzenen Fisch.

Schließlich fragte ich Anthony selbst auf Englisch, was ich in Wirklichkeit wissen wollte. »Ihre Regierung zahlt Ihnen eine Menge Geld. Oder? Warum kommen Sie sonst immer wieder her?«

»Slims«, sagte Juliet, »das hat er doch gerade beantwortet. Er findet hier Gott.«

»Nein, es ist eine gute Frage«, sagte Anthony. »Vielleicht komme ich her, weil es eine große Herausforderung ist.«

»Ja, wenn man Mühe aufwenden muss, um seine Ziele zu erreichen, findet man großes Glück.« Ich zitierte einen Satz aus meinem aus dem Iran importierten Lehrbuch der freien Marktwirtschaft. »Aber ich glaube, in Ihrem Land ist es viel leichter, seine Ziele zu erreichen.«

»Aber diese Ziele taugen nichts«, sagte Anthony. »Oder glauben Sie, es ist eine Herausforderung, im Supermarkt einzukaufen?«

»Haben Sie Ihre Herausforderung hier gefunden?«, fragte ich. »Und können Sie mir sagen, was es ist?«

»Na ja, manchmal sind die Herausforderungen hier *allzu* groß«, gestand Anthony.

»Ja. Die meisten Leute hier haben schon aufgegeben«, sagte ich.

»Das ist ein langweiliges Gespräch«, sagte Malchasi. »Lasst uns das Thema wechseln.«

Ich hob mein Glas. »Lasst uns von ganzem Herzen auf den Frieden zwischen unseren beiden Völkern trinken. *Gaumardschos!*«

Zwar hatte Malchasi den Plan, den Ausländer zu kidnappen, aber ich beschloss, mich an die moderneren georgischen Bräuche zu halten, was die Behandlung von Gästen anging: ihn betrunken machen, entwaffnen und um eine Visa-Einladung bitten.

»Nein, das würde niemals klappen«, sagte Anthony. »Um ein Arbeitsvisum zu bekommen, müssen Sie im Auftrag eines Industrieunternehmens tätig sein. Ich bin selbstständiger Unternehmer. Das einzige Visum, das Sie von einem Privatmann bekommen können, ist ein Verlobtenvisum.« Er zwinkerte mir zu.

»Ich bin nicht schwul!«, rief ich, bevor mir klar wurde, dass er Juliet zugezwinkert hatte.

»Na schön. Haben *Sie* eine Schwester?«, fragte ich.

Anthony schüttelte den Kopf.

»Eine Cousine?«

Wieder schüttelte er den Kopf.

»Ihr Land ist sehr reich, aber arm an Manneskraft«, stellte ich fest.

Ich füllte sein Trinkhorn, reichte es ihm zurück und sagte: »Wenn Sie mir kein Visum besorgen können, dann könnten Sie mir wenigstens erlauben, ein Loch in Ihre Pipeline zu bohren.« Ich deutete auf unseren Benzinkanister. »Damit können wir nur drei Tage heizen. Diese Pipeline wird durch das Dorf meiner Mutter verlaufen. Ich kann Sie in Rosen bezahlen. Unser Dorf ist berühmt für seine Rosen. Wir können sie nirgendwo mehr verkaufen, weil wir ein Transportproblem haben. Aber wenn Sie den Treibstoff beschaffen, kann ich dafür sorgen, dass Sie Ihr Leben lang mit Rosen versorgt werden.«

Anthony erhob sich. Er hielt das Trinkhorn immer noch in der Hand, aber es sah aus, als wollte er gehen. Malchasi schrie Juliet an: »Sag ihm, er muss auf das Horn trinken, das er da in der Hand hält. Das ist älter als sein Land!«

»Beleidige sein Land nicht«, sagte Juliet.

»Ich meinte nur, er soll es nicht wegstellen. Es ist noch nicht Zeit zum Gehen.«

»Wie steht's mit einer Mutter? Haben Sie eine Mutter?«, fragte ich. »Sogar Armenier haben eine Mutter. Ich könnte *sie* ihr Leben lang mit Rosen versorgen.«

»Ich sage Ihnen was«, antwortete Anthony. »Kein Mensch wird jemals in Ihr Land investieren, wenn Ihre Leute weiterhin Löcher in die Pipeline bohren.«

»Ich glaube, Sie unterschätzen die Macht der Rose«, sagte ich.

Plötzlich ging der Strom an.

»Ah«, sagten alle am Tisch wie aus einem Munde und zeigten hinauf zum strahlenden Kronleuchter.

»Ein Zeichen«, sagte Malchasi.

In diesem Augenblick trat Schalwa, Batumis beliebtester Polizist, mit dem Stiefel die Tür ein. Hinter ihm kam ein Kamerateam von unserem lokalen Fernsehsender herein. Während ein Kameramann seinen Stiefel in Großaufnahme filmte, sagte Schalwa auf Georgisch zu uns: »Tut mir leid wegen der Tür.« Dann spähte er über den Tisch und sah Anthony, der unbeholfen sein Trinkhorn in der Hand hielt. Er stürzte auf ihn zu und schrie auf Englisch: »Geht es Ihnen gut!« Es war eher eine Feststellung als eine Frage.

Vielleicht hätte Schalwa so getan, als legte er Malchasi jetzt Handschellen an. Die Fernsehkameras waren bereits auf ihn gerichtet. Aber in diesem Moment kam mein Großvater durch die Tür gestürmt. »Ein Engländer?«, rief er. »Ein Engländer in diesem Hause? Ich habe Kirschlikör, seht ihr? Seit drei Jahren steht er bei mir im Regal und wartet auf einen besonderen Anlass.«

Sosehr es Schalwa auch zu seiner Großtat drängte, einen ausländischen Pipeline-Mitarbeiter vor seinen Kidnappern zu retten, um auf diese Weise in die Zeitung zu kommen, der Brauch verlangte doch, dass er den Trinkspruch meines Großvaters abwartete.

»Warum hat mir niemand gesagt, dass wir einen englischen Gast haben? Ich hätte einen Fisch gefangen.« Mein Großvater goss Kirschlikör in winzige Kristallgläser und verteilte sie am Tisch. »Oh, was für ein Glück für uns, einen englischen Gast zu haben«, sagte er zu Irakli und hob

Anthony sein Glas entgegen. »Auf Sie«, sagte er. »Möge alles gut gehen für Sie. Mögen Sie eine gute Frau heiraten, und möge Ihr Leben voller Glück sein. Als Nächstes trinke ich auf Ihre Familie, auf Ihre Brüder und Schwestern und auf Ihre Eltern. Und auf Ihre Vorfahren. Wir wollen niemals unsere Vorfahren vergessen. Christoph Kolumbus. Erinnern Sie sich an ihn? Warum musste er uns den Mais bringen? *Fuck you,* Christoph Kolumbus! Ich hasse die Arbeit auf diesen verdammten Maisfeldern. Warum konnte er uns keinen Kakao bringen oder Kaffeebohnen oder andere interessantere Früchte? Ach, warum hat niemand mir vorher gesagt, dass ein Engländer kommt? Ich hätte ein Schaf geschlachtet!«

5 In Georgien sagen wir: »Wenn der Gast kommt, geht die Sonne auf. Wenn er geht, versinkt sie für den Gastgeber.«

»Oh, Mamma mia«, sagte Malchasi und hielt sich den Kopf. »Ich habe gestern Abend zu viel getrunken.«

Auf dem Weg zur Arbeit wirbelte ich mit den Schuhen kürbisfarbenes Laub in die blassblaue Luft. Das schimmernde Herbstlicht auf den Bergen hinter Batumi war getüpfelt von winzigen Rauchwölkchen – wahrscheinlich Explosionen, verursacht von Leuten, die irgendwie Strom zu erzeugen versuchten. Ich warf einen Blick auf die Schlagzeilen an der Fassade der Zentralen Telefongesellschaft: KASPISCHES MEER IMMER NOCH EINS DER GRÖSSTEN ÖLLAGER DER WELT. WEITERHIN TURBINENSTILLSTAND WEGEN WASSERMANGELS IM STAUSEE. SCHWEINESTERBEN IN PROVINZ ADSCHARIEN VERMUTLICH VERURSACHT DURCH TÜRKISCHE SCHWEINEFLEISCHHÄNDLER. PRÄSIDENT SCHEWARDNADSE VERSPRICHT – ERNEUT! – KORRUPTION ZU BEENDEN. GEORGISCHE GASTFREUNDSCHAFT IMMER NOCH AUF PLATZ EINS! Ein Foto zeigte Anthony mit einem Widderhorn.

Surab, der Zeitungsverkäufer, sprach über den Marktpreis für Benzin. Ich kaufte eine *Newsweek* bei ihm, er rollte sie in braunes Papier, und ich klemmte sie mir unter den Arm.

Beim Seerechtsministerium sah ich, dass die weiße Farbe an meiner Seite des Gebäudes immer noch abblätterte, obwohl ich die Wand vor ein paar Wochen mit einer Schutzlösung gegen Salz gestrichen hatte. Das Schwarze Meer würde die Farbe bald bis auf den Marmor hinunter zerfressen. Die Wachleute, die am Eingang am Empfang lehnten und Kreuzworträtsel lösten, blickten nicht auf, als ich an ihnen vorbeiging. Sie hinderten niemals jemanden am Betreten des Gebäudes. Nur wenn man hinauswollte, wurden sie aktiv, und deshalb mussten wir unsere Besucher immer zum Ausgang begleiten.

»Wenn drei Georgier sich einig sind, dann sind sie eine Welt«, sang ich vor mich hin, als ich durch den Korridor zu meinem Büro ging. Aber auf der Arbeit war es unmöglich, auch nur zwei Leute unter einen Hut zu bringen. Ich konnte mich weder mit meinem Boss einigen noch mit seiner Sekretärin noch mit dem Big Boss. Jede Art von Einigung ging immer wieder in irgendeinem Affentheater unter. Auf dem Flur war mein Boss Mr Fax dabei, seine Sekretärin anzuschreien. Ich muss kurz abschweifen und das erklären. Es ist sehr unhöflich, in der Öffentlichkeit zu sagen: »Ich muss auf die Toilette.« Stattdessen sagt man besser: »Ich muss ein Fax abschicken.« Mein Boss benutzte diesen Satz so häufig, dass »Mr Fax« zu seinem Spitznamen geworden war. Dazu kam: Er hatte sein Faxgerät ungewöhnlich gern. In der vergangenen Woche war das Faxgerät hier auf dem Korridor voller Staub gewesen, aber jetzt war in der Staubschicht der Abdruck eines Körpers sichtbar, als hätte Mr Fax es schützend umarmt. Als hätte er es bei einem Wettbewerb gewonnen, als wäre es ein *neues* Faxgerät. Vielleicht wusste Mr Fax nicht, dass die neuen Faxgeräte kleiner waren. Dieses hier war noch riesengroß. Als Mr Fax sah, dass ich sein Faxgerät betrachtete – die Anzeige »Toner is low« blinkte in englischer Sprache –, runzelte er die Stirn. Ich schaute weg. Es machte mich nervös, wenn ich das Gerät zu lange anschaute, denn ich befürchtete, Mr Fax könnte irgendwann darauf kommen, dass ich sein Fax von Hillary Clinton geklaut hatte.

Er sah auf die Uhr. »Es ist schon halb zwölf«, sagte er. »Sie kommen wieder zu spät.«

»Stimmt«, antwortete ich. »Aber der Staat ist mehr als sechs Monate im Rückstand mit meinem Gehalt.«

Mr Fax ignorierte meine Antwort. Sein Gehalt war das gleiche wie meins, aber er verdiente sehr viel mehr Geld auf dem Schwarzmarkt. Als ich ihm einmal eine Heftzwecke auf den Stuhl gelegt hatte, hatte er an seinem Faxgerät gelehnt und war so vertieft darin gewesen, seinem Gesprächspartner am Telefon Geld abzupressen, dass er nicht sofort wusste, was das Problem war, als er sich wieder hinsetzte. Nur langsam wurde ihm klar, dass ihm unbehaglich war, weil er auf einer Heftzwecke saß. Aber während er sich mit der einen Hand den schmerzenden Hintern rieb, war die andere Hand immer noch ausgestreckt, als wollte er sein Schmiergeld entgegennehmen. Immer wenn er jemanden über den Tisch ziehen oder eine überhöhte Rechnung anmahnen wollte, spazierte ich in sein Zimmer und fragte sehr freundlich, ob ich ein Buch aus seinem Regal ausborgen könne, zum Beispiel die *Seerechtskonvention*, oder ich erkundigte mich: »Ach, übrigens, wie weit ist der Hafen von Batumi in Kilometern vom Kap der Guten Hoffnung entfernt?« Dann warf ich einen Blick auf die Rechnung und teilte den Betrag durch zwei. Vor seinen Kunden lächelte er immer, aber ich sah seine geballte Faust und die Zahnrädchen in seinem kleinen Gehirn bei dem Gedanken: »Hah! Erwischt!«

Das ist ein Ausdruck von Sherlock Holmes, den ich ihm beigebracht habe. Ich bin ein begeisterter Fan von Sherlock Holmes, auch wenn die meisten seiner Geschichten von der kommunistischen Propaganda verhunzt worden sind. Am Schluss der Sherlock-Holmes-Story über das geheimnisvolle Verschwinden des Ku-Klux-Klans in Amerika zum Beispiel kamen am Ende der Seite in echtem Sowjetstil die Zensoren herein und verkündeten in unverschämtem Ton in einer Fußnote: »Leider irrte Sherlock Holmes. Der KKK wächst und gedeiht in Amerika. Sieg dem sowjetischen Georgien!« Im *Roten Stern der Arbeit* behauptete die Sowjetpropaganda auch immer, der amerikanische Ehemann sitze zu Hause mit den Füßen auf dem Schlafsofa und sage zu seinem Gast: »Komm herein und nimm dir ein Bier aus dem Kühlschrank. Aber nur eins. Ich habe nicht viel Zeit«, und dann schaue er auf die Uhr. Das sei nur Propaganda, sagte ich zu Mr Fax. »Woher wollen wir denn wissen, wie ein Amerikaner sich benimmt, wenn wir noch keinen lebendig zu Gesicht bekommen haben?«

Mr Fax wusste, was ich von ihm hielt, aber er konnte nichts machen, denn ich war der einzige Mensch in Batumi, der sich in meinem Bereich des Seerechts auskannte – ich beschäftigte mich mit den Auswirkungen des Öltankerverkehrs auf die Fische. Viele Jahre lang hatte ich gewissenhaft die schwindenden Populationen des Schwarzmeer-Dornhais erforscht, der auch unter der Bezeichnung Stachliger Hundsfisch bekannt ist. Ursprünglich hatte er mein Interesse geweckt, weil dieser Name klang wie ein ruppiges Schimpfwort, das ein Matrose benutzt. Aber bald nahm meine Liebe zu diesem Fisch zu, weil er ein vollblütiger, reinrassiger georgischer Fisch war, der in tollkühnen Schwärmen über die Riffe und Felsen des Schwarzen Meeres zog, und weil unser beider Schicksal unentwirrbar miteinander verknüpft war. Ein Teil meiner Aufgaben bestand darin, die Bestände dieses Fisches zu kartografieren und Öltanker umzuleiten, um seinen Lebensraum zu schützen. Mr Fax warf mir deshalb vor, ein Umweltschützer zu sein. Aber ich war nicht vom gleichen Schlag wie die furchtlosen Greenpeace-Aktivisten, die auf ihren Booten durch die Nordsee kreuzten und von den Russen hemmungslos als »Hooligans!« beschimpft wurden.

Wie dem auch sei, jetzt hielt Mr Fax die Zeitung vom Tage in der Hand und wedelte mir damit vor dem Gesicht herum. »Wie ich sehe, haben Sie den neuen Ausländer kennengelernt, der in der Stadt ist? Mr Anthony?«

Ich nickte.

Fax zog eine Braue hoch. »Und was können Sie mir über ihn erzählen?«, fragte er leise, und seine Stimme klang schmierig wie die Unterseite eines Automotors.

»Was gibt es da zu wissen? Er mag gern *tkemali* auf seinem Maisbrot. Und ich glaube, er mag meine Schwester.«

»Dieser Anthony«, sagte Mr Fax, »behauptet, er ist in Georgien, um die Ölpipeline zu inspizieren. Aber man hat ihn im Hafen gesehen, wo er die Öl-Inspektionen beobachtete. Und jetzt fotografiert er die Neubauten in Batumi. Gestern wurde er am neuen Kindergarten gesichtet, wo er sich erkundigte, wer das Projekt finanziert. Und nächste Woche wird er unsere Büros besuchen, um unsere Zollverordnungen zu fotografieren. Wie kann ein einzelner Mensch so viele Aufgaben haben? Es gibt nur eine Erklärung.«

»Er ist offensichtlich ein *agent provocateur*!«, sagte ich. »Mit dem Auftrag, sich selbst zu belasten.«

»Kein Spion«, sagte Mr Fax. »Ein Richter. Er urteilt über unser Land.«

»Oh.« Ich überlegte. »Eine interessante Perspektive.«

»Der springende Punkt ist, wenn er uns beurteilen will, müssen wir vorher renovieren.«

Ich war immer wieder überrascht von der Methode, mit der Mr Fax zu seinen Schlussfolgerungen kam. Er hatte sie entwickelt, nachdem er das berühmte kapitalistische Handbuch *Wie man Freunde gewinnt: Die Kunst, beliebt und einflussreich zu werden* von Dale Carnegie gelesen hatte. Er war ein Meister der Dale-Carnegie-Technik geworden und verstand es perfekt, einen Westler zu imitieren – oder sich doch so zu benehmen, wie er es sich bei einem Westler vorstellte: kriecherisch, geschmeidig, scheinheilig.

»Vielleicht sollten wir ihm ein paar Antikorruptionsstrategien zeigen«, schlug ich vor. »Es könnte die perfekte Gelegenheit sein, unseren Gemeindestromzähler einzurichten. Ein Vorzeigeprojekt.«

Im Büro setzte ich mich hartnäckig für den gesetzmäßigen Einsatz von Gemeindestromzählern ein. Die alten funktionierten nicht mehr und wurden von allen Elektrizitätsgesellschaften ignoriert. Ich hatte meinem Boss erklärt, wenn wir es so weit bringen könnten, dass fünfzig Familien sich einen Zähler teilten und als Gruppe dafür bezahlten, würde keiner seine Nachbarn betrügen und wir hätten jederzeit eine zuverlässige Stromversorgung. So war das nun einmal: Die Leute bestahlen den Staat, aber niemals einander.

Fax sah mich zweifelnd an. »Wollen Sie nicht daran arbeiten, während ich zum Essen gehe? Und behalten Sie das Faxgerät im Auge.«

Ich behielt das Faxgerät immer im Auge. Und ich war nicht der Einzige. Wenn Mr Fax in der Mittagspause war, kamen meistens seine Bekannten zu Besuch. Heute kamen sie wie gewöhnlich mit einem schwarzen Wolga vorgefahren, aus dem Radio Fortuna plärrte. Der Fahrer blieb im Wagen sitzen, und Saliko, der Chef-Archäologe unserer Stadt, stieg aus, schlenderte zum Eingang, zog sich seine Bergmütze über die Augen und fragte, ob Mr Fax da sei.

»Keine Sorge. Er ist weg«, sagte ich.

Saliko trat nah an mich heran. »Sind irgendwelche Faxe für mich gekommen?«, flüsterte er.

Ich verneinte.

»Mist! Ich erwarte einen ganzen Stapel aus den USA über staatliche Hilfsprogramme in Armenien. Unser Land ist vollgestopft mit eins Komma sieben Millionen Jahre alten Giraffenschädeln, aber denkt *unsere* Regierung daran, Mittel zur Verfügung zu stellen? Die haben schon genug Mercedes für ihre Familien.« Er sprach das Wort »Mercedes« französisch aus, mit Betonung auf der letzten Silbe. »Wofür sollten sie ihr Geld sonst noch ausgeben?«

»Was weiß ich?«, sagte ich. »Batumi hat nicht mal einen Kegelclub.«

Die Archäologen verkehrten normalerweise im Zentrum für Demokratie, um dort Auslandstelefonate zu erledigen. Aber im Zentrum für Demokratie konkurrierten zu viele Archäologen miteinander. Leute brausten schnell auf und gingen hoch wie die Raketen, die Jelzin in die Luft schießen ließ, um für eine Sportveranstaltung die Wolken zu vertreiben. Der Archäologe musste sich seine Freunde umsichtig auswählen, um nicht untergebuttert zu werden. Unweigerlich wurde er trotzdem untergebuttert, und dann musste er sich wieder aufrappeln und lernen, mit den Wölfen zu heulen.

Als Saliko wieder weg war, gab ich bei Google »Schwarzmeerfische« ein. Aber ich fand nur ein weiteres Rezept für gesalzene Qualle.

Am Nachmittag nach der Pause ließ Mr Fax mich in sein Büro kommen. Auf seinem Schreibtisch lag der Stapel Faxe für Saliko. »Sehen Sie sich das an«, sagte er. »Das ist hochinteressant. Letztes Jahr haben die Amerikaner eine Menge Auslandshilfen nach Armenien fließen lassen! Eine NGO gründet eine Firma für – hier, lesen Sie«, sagte er und zeigte mit dem Finger auf das Fax, »für ›Nachhaltige Verwendungsmöglichkeiten für armenischen Bruchstein‹.«

Mr Fax blätterte weiter, und sein Finger stach wie ein stumpfes Schwert auf die Seite. »Hier ist ein Joint Venture mit einem amerikanischen Marketingunternehmen, das den Genuss von Ketchup in Armenien populär machen soll.«

Ungläubig beugte ich mich vor. »Und hier«, fuhr er fort, »eine Tourismus-NGO zur Förderung der religiösen Bedeutung des Berges Ararat. Und schauen Sie sich das Darlehensprogramm für landwirtschaftliche Familienbetriebe an. Das Budget, das die haben. Da ist das Gehalt für eine Sekretärin pro Kuh dabei. Ah …« Er blätterte noch weiter. »Hier ist eins, das heißt ›Globales Marketing für traditionelles armenisches Brot‹. Slims!«, rief er. »Sie haben doch Englisch gelernt. Warum machen Sie sich nicht ausnahmsweise nützlich? Sie müssen etwas darüber schreiben, dass georgisches Brot für den Export besser geeignet ist als armenisches.«

»Aber was ist denn der Unterschied zwischen georgischem und armenischem Brot?«

»Der Unterschied ist, dass die Amerikaner die Armenier wirklich mögen«, behauptete seine Sekretärin, als ob sie Bescheid wüsste.

»Es kommt doch nicht auf das Brot an«, sagte Mr Fax und sah uns stirnrunzelnd an, als wären wir Esel. »Wichtig ist, was man darin schmuggelt. Wie wollen wir vorwärtskommen, wenn wir diese Ressource nicht anzapfen?«

»Sie sind ein noch größerer Träumer als ich«, sagte ich. »Und dabei sind Sie nicht mal mit mir verwandt.«

»Slims, Sie müssen lernen, Ihre Macht zu nutzen wie diese Journalisten in Moskau, die der politischen Prominenz immer mit Satire drohen.«

»Das war im 19. Jahrhundert wirkungsvoller«, wandte ich ein.

»Die Amerikaner geben nur den Abchasen ausländische Hilfen. Ich habe gehört, sie helfen nur Flüchtlingen gern«, sagte die Sekretärin.

»Für das Brotgeschäft interessiere ich mich nicht, aber wie wäre es mit Wasser?«, fragte ich.

»Wasser? Ja, Wasser aus Bordschomi«, sagte Mr Fax. »Gutes Wasser. Berühmtes Wasser. Wir können ein Geschäft gründen.«

Obwohl Fax vom süßen georgischen Wasser redete, klang seine Stimme schroff, als käme sie aus einem sehr bedeutenden Vulkan.

Kurz vor Feierabend hörte ich, wie seine unangenehme Stimme durch den Korridor dröhnte, als er seiner Sekretärin Msia zurief, sie solle Gläser für ihn und Wachtang, einen Staatssekretär aus dem Finanzministerium, bringen.

Als Msia ihm die Gläser brachte, ging ich mit ihr hinein, um in seinem Bücherschrank nach dem georgischen Geschichtsbuch *Schwerter ohne Scheide* zu suchen. Ich wollte hören, welche Art von korruptem Geschäft Mr Fax für diesen Abend plante.

Mr Fax schenkte Wein für den Staatssekretär, Msia und sich selbst ein und gab mir dann auch ein Glas. »Dieser Wein gehört zu den Schönheiten meines Dorfes. Süß und schwer.« Fax hob sein Glas und brachte einen Toast aus, bei dem es um eine wahre Geschichte ging: Seine Frau kritisierte ihn immer, weil er so unausstehlich wurde, wenn er trank. Eines Tages, am Geburtstag ihres Sohnes, trug er ihr auf, ein Festessen zuzubereiten, und natürlich musste sie zu Ehren ihres Sohnes trinken. Sie war immer schnell betrunken, selbst wenn sie nur Rosenblütencognac trank, und wollte deshalb nur ein Glas, aber Fax trank immer wieder auf ihren Sohn, und da konnte sie nicht Nein sagen. Sie trank, und dann fühlte sie sich benommen und ging zu Bett. Daraufhin zerbrach Mr Fax alle Teller im Haushalt. Als sie aufwachte, sah sie das zerbrochene Geschirr und fragte, was passiert sei. »Du bist eine schreckliche Frau«, sagte er. »Du warst gestern Abend so betrunken, dass du das ganze Geschirr zerdeppert hast. Jetzt mach mir nie mehr Vorwürfe, wenn meine Freunde *mich* zum Trinken zwingen.«

Wachtang klopfte Mr Fax auf den Rücken. »In vino veritas«, sagte er.

Ich stellte mein Glas hin.

»Warum trinken Sie nicht?«, fragte Fax.

»Ihr Wein ist zu süß.«

»Zu süß? Dann tun Sie Salz hinein!«, sagte Fax und räusperte sich. »Wie auch immer, wie auch immer – ich habe Sie hergebeten, um zu besprechen, wie wir Mr Anthony in unserem Haus begrüßen sollen. Wir müssen ihm das Inbild der Modernität präsentieren.«

»Wie sollten wir das anstellen?«, fragte ich.

Mr Fax legte sein Jackett ab. Er trug ein pinkfarbenes Hemd. »Stellen Sie sich eine georgische Version von *Santa Barbara* vor«, sagte er.

»Die Fernsehserie?«, fragte ich.

»Wenn wir nur unsere Strände ein bisschen sauber machen und den ganzen Mist beseitigen würden, der von der Türkei her angeschwemmt wird … stellen Sie sich vor, was für Leute wir da anlocken könnten.« Fax hielt ein Foto hoch. »Sehen Sie sich den Empfang an, den British Petroleum im Park Hyatt Hotel in Baku veranstaltet hat.« Das Foto zeigte ein paar dunkelhaarige Russinnen, die auf der Motorhaube eines Sportwagens saßen und nichts anhatten außer hochhackigen Schuhen. Er schnippte mit dem Finger darauf. »Meine Schauspielerinnen«, sagte er. »Sie werden in der Lobby sitzen.«

»Warum drehen Sie nicht eine Fernsehserie mit dem Titel *Sex im Aufzug*? Das ist lebensechter.« Ich bezog mich darauf, dass er und seine Sekretärin mal im Aufzug stecken geblieben waren. Danach war ihre Beziehung nicht mehr die gleiche gewesen. Obwohl, der Fairness halber muss man sagen, dass die Aufzüge ständig stecken blieben und dieses Phänomen deshalb ziemlich alltäglich war. »Im Grunde könnte das eine Art Dokuserie werden«, schlug ich vor.

»Und Sie, nehme ich an, würden gern einen Film mit dem Titel *Der Gemeindestromzähler* drehen«, sagte Mr Fax.

Msia, Mr Fax und Wachtang schauten mich mitleidig an, und dann nannte Mr Fax mich einen Bolschewiken.

Auf dem Heimweg setzte ich mich in das Café Paradies, bestellte mir ein Bier und holte Papier heraus, um an Hillary zu schreiben. Das Bier war warm und stark und brachte mich auf philosophische Gedanken. Es ist besser, beim Trinken philosophisch zu werden, dachte ich mir, auch wenn manche das für mondän halten könnten. Es ist immer noch besser, als sich zu benehmen wie ein Russe, der auf der Straße brüllt: »Respektiert ihr mich?«

Liebe Hillary, begann ich,
seit die Sowjetunion zusammengebrochen ist, können die Russen uns nicht mehr vergeben. Es ist eine komplizierte Geschichte, eine uralte Geschichte der Eifersucht. Wir waren das Kronjuwel des russischen Imperiums. Jetzt betrachtet Russland uns mit Nostalgie, was normal ist, aber es ist eine gefährliche Sorte von imperialer Nostalgie. Wissen Sie, wir hatten schon einiges zu leiden gehabt unter den Arabern, unter den Persern, Mongolen, Seldschuken und osmanischen Türken, aber keine Macht der Welt konnte die georgischen Bauern von ihren Weinreben trennen. In den Tälern ist die erste Frage, die ein Gast seinem Gastgeber stellt, immer diese: »Ich hoffe, deinen Reben geht es gut?« Alle fremden Invasoren haben versucht, die Reben zu vernichten. Sogar die Russen wollten uns zwingen, Wassermelonen statt Wein zu ziehen! Mir scheint, es ist ein schlimmes Schicksal, dass Gott uns solche Nachbarn gegeben hat.

Aber verzeihen Sie mir. Inzwischen haben Sie wahrscheinlich genug davon, von unseren Kriegsepisoden zu lesen. Hillary, ich möchte Sie knuddeln, Sie und Ihr mächtiges Land.

Ich muss zugeben, beim Schreiben dieser Briefe hatte ich mich ein bisschen in Hillary verliebt. Aber vielleicht brauchte ich auch nur eine Frau.

Zu Beginn des letzten Sommers hätte ich fast eine Frau gefunden. Ich war zum Rinderjahrmarkt ins Dorf zurückgefahren. Als ich von der Bushaltestelle zu unserem Haus ging, sah ich kichernde Mädchen durch den Schleier der Balkongeländer mit den geschnitzten Motiven der jeweiligen Familie: Wiedehopfe, Apfelkerne, Weinkrüge, Mohnblüten. Ein paar Jungen wuschen Wäsche, und andere spielten Tauziehen mit der Wäscheleine. Die Kleinste flocht aus Schnüren eine Hängematte. Ihre Mütter saßen im Schatten der Balkonmarkisen und fächelten sich Luft zu.

»Slims!«, rief eine der Frauen. »Ich hörte, deine Mutter ist auf den Markt gegangen, um den Bullen gegen eine Kuh einzutauschen!« Ihre Freundin Nona, die Postbeamtin, rief, sie habe alle Briefe gelesen, die ich in diesem Monat an meine Freundin Tamriko geschrieben hatte. Genauer gesagt, sie *alle* hatten meine Briefe an Tamriko gelesen. »Das stimmt«, bestätigte eine Dritte. Aber mir war es inzwischen egal, was sie dachten. Die Probleme von Batumi kamen mir allesamt vor, als gehörten sie in einen bösen Traum, den ich mit kaltem Wasser aus dem Brunnen abwaschen konnte. Es war Sommer, und ich war zu Hause im Dorf, und Sonne und Wassermelonen wuchsen aus meinen Gliedern. Ich sang sogar ein Lied vor mich hin, ein altes adscharisches Volkslied.

Ein Falke ist geflogen aus seinem Seidennest,
Aber deine Liebe, Mädel, wird niemals aus meinem Herzen fallen.
Es regnet,
Und das Wasser tränkt meine weiße Hose,
Aber, mein Mädel, deine Liebe ist tief in meinem Herzen.

Ich kam bei dem Arzt vorbei, der Medikamente aus Kräutern und Blumen herstellte, die er in seinem Mörser aus Buchsbaumholz zerstampfte, den der Mörsermachermeister unseres Dorfes gedreht hatte. Er nahm einen Löffel von seinem berühmten Bienengiftpulver und streckte ihn mir entgegen. »Das wird dir helfen, ein potentes Leben zu führen«, sagte er augenzwinkernd.

Neben ihm wohnte der Bettenschreiner. Er war nicht zu Hause, er war draußen und pflügte die Popcornfelder. Schota, der Künstler, der aus Blech biblische Szenen nachbildete, war sein Nachbar. Es tue ihm sehr leid, rief er mir zu, aber er habe alle seine Wellblechlandschaften an ein paar reiche Touristen aus Tbilissi verkauft.

Als ich nach Hause kam, war die Geburtstagsparty für meinen Cousin in vollem Gange. Meine Onkel waren halb betrunken, genau wie der Priester, der sich eine Gitarre ausgeliehen hatte und Django Reinhardts »Minor Swing« spielte. Meine Mutter erwartete mich in der Tür und gab mir einen Krug Sahne, den ich gegen eine Flasche Shampoo eintauschen sollte – ein Geburtstagsgeschenk für Giorgi, meinen fünf Jahre alten Cousin. Giorgis ältere Schwestern sagten, sie wollten mitkommen, aber stattdessen schleiften sie mich hinaus zu den Tomatenpflanzen, setzten mich auf einen Holzklotz und erklärten, sie fänden, ich sollte Tamriko noch an diesem Tag einen Heiratsantrag machen.

»Weshalb sonst sollte deine Mutter ihren Bullen gegen eine Färse eintauschen?«, riefen sie.

Alles an diesem Tag war bunt und gefühlsbewegt. Weinranken wucherten über die rostigen Eisenbalkone, samtene Pflaumen reiften zu den orangegelben, roten und königspurpurnen Farben eines Reitertrikots heran. Wilde süße Erbsen baumelten kreuz und quer durcheinander und trugen ihre kleinen Volkstanzhüte. Ich musste daran denken, wie die tiefe Niedergeschlagenheit des Morgens auf dem Dorf immer schon durch das Frühstück kuriert wurde.

Als ich mit der Shampooflasche zurückkam, stand Tamriko in einem weißen Kleid vorn am Tor. Ich zog die Schuhe aus und setzte mich darauf.

»Warum sitzt du da?«, fragte sie mich.

Ich sagte, das sei doch offensichtlich.

Sie stand vor mir und sah plötzlich schüchtern aus. Ich sagte, ich wartete auf meinen Freund Sasa, der mir einen falschen Pass bringen würde, mit dem ich eine Arbeit bei der Regierung bekommen könnte, und ich bot ihr einen Schuh an, auf den sie sich setzen könnte. Sie fragte mich noch einmal, wieso ich so lange da saß. Ich schaute sie eindringlich an und sagte: »Ist doch ganz einfach.« Dann bewarfen wir uns mit kleinen grauen Steinen. Sie stand immer noch da, und ich fragte: »Warum stehst du da wie ein Soldat, so steif?« Sie antwortete nicht: »Ich dachte, eine Ehefrau sollte so sein. In Habachtstellung.« Und ich sprach den traditionellen Heiratsantrag des Mannes nicht aus, der lautet: »Folge mir!« Ich machte ihr auch keinen Heiratsantrag, wie er in unseren alten sowjetischen Lehrbüchern stand, in denen es hieß, wenn ein Mann eine Frau zu seiner Gattin machen wolle, müsse er sagen: »Lass uns zusammen nach Sibirien gehen und eine Stadt bauen!« Oder, noch besser: »Wir melden uns zum Raumfahrtprogramm. Fliegen zum Jupiter und bauen dort eine Stadt.« Georgien hat mit der kasachischen Raumfahrtstation nichts mehr zu tun, und deshalb sind solche Heiratsanträge heutzutage bedeutungslos. Stattdessen fragte ich sie also, wie viele Tage sie durchhalten könne, ohne zu essen.

Drei. Genau wie ich.

Und dann überlegte ich es mir anders. Das Dorf mit seinen Früchten und Weinreben und Blechkunstwerken, mit seinen verheißungsvollen Möglichkeiten, sah plötzlich wieder arm und trostlos aus. Ich hatte noch keinen Job, zumindest keinen, bei dem ich etwas verdiente. Was einmal wahr war, stimmte nicht mehr. Ich konnte nicht zulassen, dass sie im Dorf wohnte und am Straßenrand Zigaretten verkaufte, wie die schwarz verschleierten Witwen es taten. Ich müsse

Arbeit finden, um sie zu ernähren, sagte ich. Sie könne sich selbst ernähren mit ihrem Gesang, sagte sie. Ich könne mich nicht davon abhängig machen, dass eine Frau mich ernährte, sagte ich. Sie könne sich nicht von den unbeständigen Gefühlen eines Mannes abhängig machen, sagte sie.

»Außerdem«, fuhr sie grausam fort, »Gotscha sagt, er kann mir eine Stellung in seiner Bank verschaffen.«

»Auf der Bank ist kein Geld«, sagte ich.

»Slims Achmed«, sagte sie. »Du solltest wissen, du bist nicht der Einzige, der mich heiraten will. Gotscha möchte mich auch heiraten.«

Georgier haben ein großes Herz. Wenn wir lieben, ist es, als wären wir verrückt. Aber wenn wir hassen, ist es furchtbar. Ganze Bergdörfer sind zerstört worden, weil jemandes riesiges Herz vergiftet wurde und eine Vendetta über neun Generationen in Gang setzte. Wäre ich ein Georgier dieses Typs, hätte ich ein Schwert genommen und Gotscha umgebracht. Zumindest hätte ich seinen Kopf in die Toilette getaucht. Stattdessen saß ich stumm und feige auf meinen Schuhen und sah ihr nach, wie sie die Straße hinunterging.

Oh, die georgische Frau! Zu Anfang ist sie eine zitternde Braut, ein neugeborenes Kälbchen auf dem Markt. Aber wenn sie verheiratet ist, steht sie in der Milchkammer vor einem Topf mit kochender Milch, ihre Wangen sind rot vom Feuer und rund von der süßen Büffelsahne, und ihr Herz ist erfüllt von Frivolität und Tratsch. Sie kann singen von ihrer Liebe zum Dorf, dass sie es nicht erwarten kann, im Sommer zu den Bergweiden von Beschumi zurückzukehren, um am Rinderjahrmarkt teilzunehmen, und wie sie aus den Ranken der weiß blühenden Kartoffelpflanze Kränze für das Haar ihres Ehemanns flechten wird.

Es ist weithin bekannt, dass wir Georgier die höchste Spermienzahl der Welt haben, und wir halten uns stolz zugute, dass wir jedes Mädchen bekommen, das wir haben wollen. Aber es war offensichtlich, dass Tamriko einen Geschäftsmann suchte. Ich war nur ein Träumer, der ihre Hand halten wollte.

Ich ging wieder zurück ins Dorf, wieder auf der Suche nach dem Glück. Die Frauen auf dem Feld ernteten riesige violette Kohlköpfe und trugen sie nach Hause, als schleppten sie Zwillinge. Die Jungen, die mit der Wäsche beschäftigt gewesen waren, machten jetzt Handstand und versuchten, Jean-Claude Van Damme zu imitieren. Isa von der Post, die immer noch mit ihren Busenfreundinnen herumschwatzte, rief mir zu: »Du gehst aber viel spazieren.«

Ich schlenderte zum Fluss hinunter und schaute zu, wie der Schaum ihn anschwellen ließ. Man sagt, es sei unmöglich, eine georgische Seele vom Land zu trennen, aber ich konnte die Seele des Landes nicht mehr finden. Ich kam mir vor wie die Gestalt aus »Suliko« – dem alten adscharischen Zigeunerlied, das meine Schwester immer auf dem Klavier spielte –, die Gestalt, die ihre Seele sucht und den Vogel fragt: »Bist du meine Seele? Hast du meine Seele gesehen?«, und dann die Rose: »Bist du meine Seele? Hast du meine Seele gesehen?«

Ich spazierte am Pflaumengarten vorbei zurück zum Haus meines Onkels und fühlte mich *naialagari* – ein georgisches Wort, das bedeutet: »soeben zurückgekehrt von den Sommerweiden in den Bergen«. Anders ausgedrückt: »entwurzelt«. Ich stapelte drei Stühle aus dem Kindergarten aufeinander, um in der richtigen Höhe zu sitzen, und fing an, Getreide zu reinigen. Die Maschine war schon halb voll, und deshalb saß ich da und klappte alle paar Sekunden den Hebel herunter, um das saubere Korn in den Metalleimer rieseln zu lassen. Das Rumpeln der Maschine wirkte beruhigend auf mich.

Und dann hörte ich Tamrikos Stimme hinter mir. Sie sang das Lied, das mich immer zerriss, das Lied, das die Georgier immer für ihre Verwandten auf der anderen Seite der türkischen Grenze sangen, wenn die Grenzposten nicht herschauten. Wollte sie mich quälen?

Warum drehst du dich nicht um?
Vielleicht hast du Tränen in den Augen.
Warum pflügst du mit Tränen in den Augen?
Ich wünschte, ich wäre eine Silberschale,
Gefüllt mit rotem Wein,
Den du trinkst, bis du dich satt getrunken hast.
Oder ich wünschte, ich wäre ein silberner Fingerhut,
Der deinen Finger schützt,
Oder eine Silbermünze
In deiner Tasche.
Ich wünschte, ich wäre eine Sichel auf deiner Schulter
Oder die Trauer in deinem Herzen.

Früher fanden die mit dem gebrochenen Herzen und die Missverstandenen Rat in den Liedern, aber heute hat die Liebe keine Ähnlichkeit mehr mit den alten Liedern. Also schaufelte ich weiter Hirse in die Kornreinigungsmaschine, und immer wenn das Getreide zwischen den Zahnrädern stecken blieb, legte ich den Hebel um. Sie hörte auf zu singen und rief: »Ist das so interessant?«

Ich drehte mich zu ihr um. »Es ist Arbeit«, sagte ich und stand auf. Sie schaute mich mit schmalen Augen an. Vielleicht taumelte ich ein bisschen, vom *tschatscha* auf der Geburtstagsparty.

»Du hast deine Zügel nicht mehr im Griff«, stellte sie fest.

»Ha!«, sagte ich. Sie merkt es also, dachte ich. Das Pferd meiner Seele führt mich in eine neue Richtung. Und wohin?

6 Liebe Hillary,
glauben Sie an die Wahre Liebe? Wenn es so etwas wie Wahre Liebe gäbe, wäre ich dann nicht auch gestorben, als mein Vater starb? Hillary, was fühlen Sie wirklich für ihn, Ihren Ehemann? Ich weiß nicht mehr, ob Wahre Liebe im Wahren Leben zu finden ist, aber ich vermute, man findet sie in unseren georgischen Filmen. Wenn Sie unsere berühmten georgischen Filme nicht kennen, macht das nichts. Ich werde Ihnen davon erzählen.

Im Kinematografischen Club von Batumi schauen wir uns unterschätzte osteuropäische Filme an und schätzen sie, oder wir versuchen es wenigstens. Mein Freund Malchasi sagt, er würde lieber auf einer Heftzwecke sitzen, als sich diese Filme anzuschauen, denn sie hätten alle keinen Plot. Aber Plot ist etwas für den Westen, für Helden, die mit Hindernissen zu kämpfen haben, die überwindbar sind. Die Filme, die wir sehen, vermitteln stattdessen eine Idee. Normalerweise handeln sie von Menschen, die durch ihr Leben hetzen und in ihrer Beziehung zueinander niemals etwas hervorbringen, das der Harmonie georgischer Musik entspricht. Diese Filme fragen uns: »Erkennt ihr euch wieder?«

In Ihren amerikanischen Filmen ist die Story nicht

so komplex: Der Junge begegnet dem Mädchen, und dann verliert er das Mädchen, weil seine Stärke irgendwie schwach ist. Dann wird er ein bisschen stärker (aber er ist immer noch kein besonders starker Junge), und er kriegt das Mädchen, das er nicht verdient hatte, wieder. In unseren georgischen Filmen sieht der Junge das Mädchen und macht mit den Zähnen eine Flasche Bier für sie auf. Ein anderer Mann, vielleicht sein fetter Boss, sieht das Mädchen auch. Er glotzt sie mit offenem Maul an und lässt sich eine Radkappe auf den Fuß fallen. Für den Rest des Films versuchen die beiden Männer mit mannigfaltigen und innovativen Methoden, einander umzubringen: Der eine lässt den anderen vom Kran fallen, der andere versucht, den Ersten in einem tiefen Loch zu vergraben, das er mit einem vom Staat geborgten Bulldozer ausgehoben hat. Gegen Ende des Films, als die beiden Männer oben auf einem Öltankwagen miteinander kämpfen und Gefahr laufen, an einer Tunneleinfahrt enthauptet zu werden, vergessen sie das Mädchen, springen hinunter auf einen leeren Flachgüterwagen und umarmen sich wie zwei lange voneinander getrennte Brüder. Das ist die georgische Art, wie sie sein sollte. Wenn Sie herkommen, werden Sie verstehen, was wahre georgische Liebe ist, und glücklich sein.

»Das ist aber nicht der Plot in *allen* unseren Filmen«, sagte Malchasi, als ich ihm zeigte, was ich geschrieben hatte. »So ist es nur in *Serenade*.«

In unseren georgischen Filmen gibt es immer einen Mann, der das Dach repariert. Dabei repariert er das Dach eigentlich gar nicht. Er sitzt nur oben auf dem Haus, gibt persönliche Kommentare ab oder erklärt die Handlung. Ich würde einen amerikanischen Brief schreiben, sagte ich zu Malchasi, und ein Dachdecker brauche darin nicht vorzukommen.

»Woher soll Hillary dann wissen, was los ist?«, sagte er. »Du bringst sie nur durcheinander.« Malchasi hielt es also für seine Aufgabe, gleich zwei Rollen auf einmal zu spielen – die meines Freundes und die des Dachdeckers, der redaktionelle Kommentare an Hillary einschob.

»Du brauchst aber lange für deinen Brief an Hillary«, sagte Suka. Er schnitzte ein Heiligenbild: St. Eustachius, der Schuster.

Ich zeigte ihm ein georgisches Kochbuch, *Alles über Teig*, das ich aus der Bücherei entliehen hatte. »Dieser Autor hier hat vierzig *Jahre* gebraucht, um die Nuancen der georgischen Küche zu beschreiben.«

»Hast du dieses Kochbuch gelesen?«, fragte Malchasi meine Schwester. Juliet sagte, sie hätte nicht mehr die Zeit, um Kochbücher zu lesen, und sie fing an, von dem Grammatik-Symposium an der Uni zu erzählen, an dem sie an diesem Nachmittag hatte teilnehmen müssen. »Nadia, meine frühere Klassenkameradin, stand vor uns und hielt ihren Zeigestock ganz steif in die Höhe. Wenn sie energische Bewegungen damit gemacht hätte, hätte das dem Dekan nicht gefallen, der in der zweiten Reihe saß und sich Notizen machte. Die Kultiviertheit, mit der Nadia mit ihrem Zeigestock hantiert, soll beweisen, dass wir eine westliche Nation sind, ein Teil Europas, keine östliche, kein Teil des schleppend vorankriechenden Asiens.«

»Ich glaube, die Englischlehrer sind so kultiviert, weil sie nicht genug Alkohol trinken«, vermutete ich.

»Tja, meine Kollegen kann ich mir in einem berauschten Zustand wirklich nicht vorstellen«, sagte Juliet.

Jemand auf der Straße rief Malchasis Namen. Er ging hinaus auf den Balkon.

»Außerdem«, flüsterte Juliet mir zu, »dachte ich an andere Formen der Kommunikation. Nicht an Worte. Ich dachte an Anthony und wie er mir zuzwinkerte, als er zum Essen hier war und ich ihm eine Serviette reichte. Als ich an dem Abend mit ihm die Treppe hinunterging, sagte er, ich sähe nicht aus wie eine typische georgische Frau. Nicht so altmodisch, nicht wie die Damen an der Universität. Die erinnerten ihn an Nancy Reagan, sagte er. Das stimmt auch, sie benutzen Wörter wie ›Gossenjunge‹. Als Nadia heute auf dem Symposium als Beispielsatz für ein englisches Stilmittel an die Tafel schrieb: ›Die Welt ist ein Heuballen, ein jeder schleppt ihn auf seine Weise‹, da erhoben sofort alle meine Kolleginnen Einspruch, weil sie sich verschrieben hatte: Sie hatte bei dem englischen Wort für ›jeder‹ ein *e* zu viel geschrieben. Ich fing an, über jeden von uns nachzudenken, über Anthony und mich. Ich dachte daran, dass ein echter Engländer in unserem Land ist und dass ich mit ihm zusammen meine Persönlichkeit neu erfinden könnte. Ich könnte eine richtige klassische Banditin werden. Eine Julietta vom Schießstand.«

»Diese Universität bringt wirklich die Aristokratin in dir zum Vorschein«, bemerkte ich.

»Jedenfalls muss ich etwas publizieren, bevor das neue Semester anfängt. Sonst gibt die Universität mir nur noch die Studenten, die im Unterricht Sonnenblumenkerne essen.«

Sie sollte etwas über alle englischen Autorinnen des 19. Jahrhunderts schreiben, die mit Vornamen George hießen, aber als Malchasi wieder hereinkam, überredete er sie, stattdessen lieber unseren Bergdichter Wascha-Pschawela ins Englische zu übersetzen, und er versprach, ihr zu helfen. Weil Malchasi länger als wir alle in den Bergen gewohnt hatte, war er vertrauter mit dem, was sie zu sagen hatten. Er war durch die Schluchten geklettert, hinauf auf ihre nebelverhangenen Gipfel, und verzaubert von den Gedanken der Berge, hatte er seine und ihre Gedanken miteinander vermischt, bis sie nicht mehr zu unterscheiden waren. Tatsächlich hatte er aber auf dem Gipfel überhaupt keine Gedanken mehr, denn die Berge sind so steil, dass alle Gedanken herunterfallen.

An diesem Abend lag ich auf der Couch, satt vom berühmten Vitamin-Borschtsch meines Bruders Suka, und starrte die Wand an. Juliet hatte unsere Wohnung vor Kurzem tapeziert, und die olivgrüne Tapete mit ihrem arabischen Muster erinnerte an die blumigen Initialen in ihren viktorianischen Romanen. Sie hatte außerdem alles mit englischen Etiketten versehen und englische Wörter an jedes Hauptwort im Hause geklebt. H_2O stand am Wasserbehälter. SALT an der Kristallschale mit dem Salz. DOOR, WINDOW, LAMP (NOT WORKING) an der kaputten Lampe.

Das erinnerte mich an die Kulissen in den alten sowjetischen Filmen aus den Siebzigerjahren, wo die starken sowjetischen Hausfrauen alle ihre Haushaltsprodukte mit dem Periodensystem etikettierten, weil es ein wissenschaftliches Jahrzehnt war, dem das Jahrzehnt der Sechziger vorausgegangen war, in dem sowjetische Wissenschaftler John F. Kennedys Gehirn studiert hatten. »Na ja, wenn der Kopf schon mal offen ist«, hatten sie gesagt, »da können wir auch gleich das Gehirn wiegen.«

Ich hörte, wie Malchasi in der Küche Juliet dabei half, »Die welke Buche« zu übersetzen. In diesem Moment fragte ich mich, ob ich mich irrte, wenn ich sagte, die georgische Liebe existiere nicht mehr, denn ich hörte die Liebe zwischen den beiden. Ihre Worte lehnten sich aneinander, berührten einander und vereinten sich zu einem sommerlich klingenden Murmeln. »Jeder, auch ich«, rezitierten sie, »liebt die hohen grünen Berge mit ihrem Lichtkranz aus Blumen. Frühlingsduft und frisches Gras, das schmilzt wie aufbrechendes Eis. Sündenlos und ohne Arg schauen junge Schösslinge zur Sonne hinauf, zur Welt, versteckt, doch in diesem milden Antlitz ...«

Malchasi protestierte auf Georgisch. »Nein, nein, ich glaube, das Wort funktioniert nicht.«

»Welches Wort?«

»Sündenlos. *Sinlessly.* Gibt es kein besseres englisches Wort für das zarte junge Gras im Frühling? Weißt du, die Unschuld der kleinen Kinder, wenn sie umhertanzen und die Finger bewegen, *so*, und wenn sie sich trauen, tief in den Sommer einzutauchen?«

»Weiß ich nicht«, sagte Juliet. »So ein Wort kenne ich nicht.«

»Was hat Englisch für einen Sinn, wenn du so ein Wort nicht kennst?«

Ja, dachte ich, was hat Englisch für einen Sinn, wenn niemand auf das Wort hört? Ich holte mir ein neues Blatt Papier.

Liebe Hillary, begann ich wieder,

ich möchte gern auf die Gefahr hinweisen, dass das Vertrauen in die Dokumente eines kleineren Landes verloren geht. Diese Dokumente sind nur ein Stück Papier, ein Gelöbnis, und nichts wird getan, um es Wirklichkeit werden zu lassen. Erinnern wir uns an die Worte Ihres berühmten amerikanischen Denkers und Politikers Fulbright:

Es sei eine Ungerechtigkeit des Lebens, dass Kinder in einem Krieg sterben, den ihre Väter begonnen haben, und dass Väter in einem Krieg sterben, der von Männern begonnen wurde, die sich wie Kinder aufführen. Was ist mit dem Anspruch der Generalversammlung der Vereinten Nationen, dass Frauen und Kinder geschützt werden sollen? Denn Abchasen und Georgier können nur erbittert grinsen angesichts eines solchen Gesetzes. Vom Beginn des Krieges in Abchasien an waren Kinder Zeugen von Verbrechen. In der Schule Nummer 12 in Suchumi spielten betrunkene abchasische Soldaten Fußball mit den Köpfen von Kindern. Das Gleiche geschah, als Separatisten 600 Menschen umbrachten und ihre Köpfe auf Zaunpfähle spießten.

Ich wollte nicht weiterschreiben. Mein Magen hielt das nicht aus.

Als ich klein war, sagten meine Freunde im Dorf, ich hätte ein Hasenherz. Als Malchasi das hörte, fragte er: »Wieso *Hasenherz*? Haben sie denn nicht gesehen, wie du auf deinem Esel über die Hängebrücke reitest?«

»Aber ich habe lieber ein Hasenherz als ein Herz ohne Boden. Für ein Herz ohne Boden kennt der Schmerz kein Ende.«

»Nein, das gilt für ein unerprobtes Herz«, sagte Malchasi.

Weil der Strom ausgefallen war, sparte ich mir die Mühe, am nächsten Tag ins Büro zu gehen. Ich blieb zu Hause und hörte Jazz auf Malchasis batteriebetriebenem Radio. »Das Seerechtsministerium überlebt auch ohne mich«, sagte ich zu meiner Mutter. »Hier hält sich sowieso kein Mensch mehr an Recht und Gesetz, nicht mal auf See.«

Draußen verwirbelte der Sturm der letzten Augusttage schwarzes Wasser um uns herum wie Benzin in einer Pfütze, nur ohne die Regenbogenfarben. Es waren schwüle Tage, trist wie die stumpfen Aluminiumgabeln in einer sowjetischen Cafeteria oder wie ein Gummistiefel, der durch das sprudelnde Wasser der Gosse watet.

Die Ikonen in der Kirche weinten weiter, wie Vater Michail es gesagt hatte, aber für mich war es offensichtlich, dass die Farbe in der gesättigten Luft einer chemischen Reaktion ausgesetzt war, bei der kondensiertes Wasser herunterlief wie Kerzenwachs. Ich leckte sogar einmal daran, als niemand es sah. Es schmeckte salzig, aber ich glaubte nicht an diese Tränen.

Wenn die Ströme von Regen auf die Weinranken an unseren Eisenbalkonen herunterhämmerten, nahmen die meisten Leute das Wetter persönlich und schmollten zu Hause, wo sie Zeilen unseres epischen Dichters Rustaweli aus dem 12. Jahrhundert zitierten: »Dem Schicksal danken wir dies Leidensmeer, das um uns ewig fließt daher.« Nur die Betrunkenen auf der Straße boten dem Regen die Stirn: »Du glaubst, du gewinnst? Nein, ich gewinne!«

Ich versuchte, mir etwas Gutes einfallen zu lassen, das ich an Hillary schreiben könnte, bevor ich schließlich den halb fertigen englischen Brief zusammenknüllte: *Hillary, es geht uns gut, aber wir sind ein bisschen traurig. Sogar nach dem Zweiten Weltkrieg hatten wir mehr elektrischen Strom als heute. Heute gibt es weder Heizung noch fließendes Wasser. Von morgens bis abends denken wir nur an fließendes Wasser und den Preis für Brot. Aber ich glaube, es ist unsere Bestimmung, weiterzumachen.*

Aber wie weitermachen? Wenn ich versuchte, mich auf den Boden zu kauern und Gottes Wort zu hören, sagte er immer nur: »Warum vergesst ihr alles?« Einen guten Rat gab er uns nicht.

Malchasi hockte schmollend zu Hause, weil sein Plan nicht aufgegangen war. Er brütete in der Küche, zurückgelehnt auf dem Stuhl sitzend, und sprach den Namen Georgiens vor sich hin. Er redete davon, wie sehr er sich wünschte, seine Regionen mit dem Auto zu erkunden, als wäre es eine längst verlorene, unerreichbare Freundin – eine Leidende auf dem Berg, wo sie die Ziegenherde hütete. Eine, die wusste, wie man Brennholz hackte, die aber auch in einem Kleid gut aussah, ein Mädchen, das ihn besser kannte als er sich selbst. »Sakartwelo«, murmelte er – das ist der richtige Name unseres Landes – und schaute mit Beschützerblick zu den Bergen hinaus.

Entschuldigen Sie, Hillary, aber ich habe einfach nichts zu sagen. Immer die gleichen grauen Farben hier. Ich versuche mich aufzumuntern, aber es hilft nichts. Vielleicht sollten Sie einfach herkommen. Ich glaube, dann finden wir etwas Interessantes zu tun. Die KGB-Archive sind uns leider verschlossen, aber wir können uns ein Gewehr ausborgen und ein Schaf schießen gehen.

Irgendwann war die Batterie des Radios leer, und ich wusste nicht mehr, was ich Hillary noch schreiben sollte, denn zum Schreiben fühlte ich mich nur inspiriert, wenn ich Radio hörte – bei der Musik kam ich mir vor, als wäre ich der Protagonist in einem Film und als hätte ich Grund zu der Hoffnung, dass mein Traum wahr werden könnte.

Ich versuchte, nach Anleitung eines Artikels, den ich in der Bibliothek gefunden hatte – »Veggie Power – Batterien aus Obst und Gemüse« –, eine Batterie zu bauen. Der Artikel warnte: »Das Obst und das Gemüse, aus dem die Batterien gebaut worden sind, sollte man nicht verzehren. Eine Batteriezelle aus einer Kartoffel liefert eine andere Sorte Strom als eine Batterie aus einer Zitrone oder einer Zwiebel.« Leider hatte der Verfasser des Artikels zu erwähnen versäumt, dass der Strom aus einer Kartoffel nicht ausreicht, um ein Radio zu betreiben.

Im Generator war noch ein bisschen Benzin. Ich gab das Briefschreiben auf und schaltete den Fernseher ein. »Heute geht es den Georgiern nicht mehr um die Vogelgrippe, sondern eher um die Frage, wie sie in diesem Winter heizen sollen«, verkündete der Nachrichtensprecher. »Das Wetter hat sie im Stich gelassen.« Ich schaltete um. Ein Reporter interviewte den amerikanischen Direktor von Sateli, einer neuen, multinationalen Elektrizitätsgesellschaft in Tbilissi. »Wir lieben Georgien«, sagte der Direktor vor einem Haufen jubelnder Frauen ins Mikrofon. »Wir lieben die Menschen hier. Die Traditionen. Aber per saldo muss man sagen: Wenn sie den elektrischen Strom nicht bezahlen, dann können wir sie nicht weiter damit versorgen.« Im Hintergrund schrie eine Meute von Kindern nach Elektrizität. *»Schuki! Schuki! Schuki!«*, schrien sie und stießen die Fäuste in die Luft. Licht! Licht! Licht! »Wir können uns die Präsenz auf diesem Markt nicht länger leisten«, sagte der amerikanische Direktor und zog konzentriert eine Augenbraue hoch – er war berühmt für diese Geste –, »wenn neunzig Prozent der Einwohnerschaft den elektrischen Strom stehlen. Sie haben hier eine, na ja, überqualifizierte Bevölkerung. Bob, haben Sie die Apparatismen gesehen, die man installiert hat, um die Zähler zu umgehen? So etwas habe ich noch nie gesehen. Aber sie müssen wissen, dass wir die gesamte Stadt abschalten werden, wenn sie ihre Rechnungen nicht bezahlen.« In der hinteren Ecke schrie eine alte Frau: »Möge Gott dir helfen, wie du uns hilfst!« Eine andere schickte sich an, dem

Amerikaner einen Kohl an den Kopf zu werfen, aber da – *verdammt!* Das Benzin war alle.

Wir sehnten uns nach Licht. Zu Sowjetzeiten kriegten wir es umsonst. Jetzt war die Stromrechnung höher als unser Monatsgehalt, aber die Verschwörungstheorien gab es immer noch umsonst. Manche erzählten, die Regierung schalte den Strom im Winter ab, um die Leute zu zwingen, ihr Öl abzukaufen, um damit ihre Häuser zu heizen. Andere behaupteten, der gesamte elektrische Strom werde aus Tbilissi hinaus und in die Aluminiumfabrik in der Vorstadt geleitet. Einige meinten im Scherz, wenn es wirklich so etwas wie Big Brother gebe, dann habe man seinen kleinen Bruder im Elektrizitätswerk losgelassen. An, aus, an, aus. Jedes Mal, wenn das Licht anging, klapperten die Kühlschränke in unserem Block. Wir hatten eine Kühlschrank-Rockband in der Küche. Einmal riss ich das Fenster auf und schrie: »Ich möchte auch noch an was anderes denken, nicht immer nur an elektrischen Strom! Auch an was anderes!« Niemand antwortete, aber dann flog bei jemandem die Fensterscheibe heraus, und das Glas landete klirrend unten auf der Straße. »Das war's!«, schrie eine Frauenstimme von unten. »Ich gehe zurück nach Armenien!«

Aber manche sagten, wir lebten in unruhigen Zeiten und die Dunkelheit halte uns zusammen. Denn in der Wartezeit klopften manchmal Nachbarn mit Streichhölzern und Laternen an unsere Tür, und gelegentlich brachten sie einen von einer Hochzeit übrig gebliebenen Schweinskopf mit, an dem noch Fleisch war. In der Wartezeit lieh ich einem Nachbarn, der renovieren wollte, ein bisschen Werkzeug – eine Leiter, einen Hammer. Und in der Wartezeit kam Juliet von der Universität nach Hause und hämmerte adscharische Zigeunerlieder auf dem Klavier. In der Wartezeit fingen grüne

Erbsen auf der Küchentheke an zu sprießen. Sie überraschten uns ein bisschen und erinnerten uns an Dinge, die wachsen, an das wahre Leben draußen auf dem Feld unter der Sonne. In der Wartezeit war alles großenteils einfach. Tatsächlich war es in diesen harten Zeiten schwer, auf der Welt einen Ort zu finden, der Georgien ähnlich war. Wir hatten unsere ganz eigene Logik, die nicht auf dem individuellen Vorteil basierte. Es gibt auf der Welt kein individuelles Glück, aber wir erfanden unsere ganz eigene Ruhe, wenn wir auf das Meer hinausschauten oder wenn wir unseren eigenen Willen wahrnahmen oder wenn wir den Louis-Armstrong-Song »What a Wonderful World« hörten. Es war sogar eine Art von irdischer Verzückung, die ganze Fülle des Daseins, zu wissen, dass im nächsten Augenblick alles aufhören konnte zu funktionieren. Die Stromausfälle hielten uns in einem Zustand, in dem wir uns ständig daran erinnerten. Wir konstruierten Dinge ohne Spezialausrüstung, ohne Spezialeffekte. Das ging ohne Institutionen, ohne jede Art von Unterstützung. Natürlich kam dabei kein Meisterstück oder so etwas heraus. Es gab keine Waren. Manchmal gab es nicht mal was zu essen. Aber das Leben war überaus unmittelbar. Weil ich nur Dunkelheit gekannt hatte, fragte ich mich manchmal, ob es stimmte, dass wir die Dunkelheit brauchten, damit sie uns alle zusammenhielt, denn manchmal saßen wir einfach da und warteten, erfüllt von einer seltsamen Art von Glück.

In einer Zeitschrift habe ich einen Artikel über ein neues Therapieprogramm in der Tschechoslowakei gelesen, das Dunkeltherapie hieß und bei dem man sich einfach im Dunkeln hinsetzte. Fünf Wochen lang sitzt einer da im Dunkeln und malt. Vielleicht malt er Dinge wie Tiere – Säugetiere oder Fische. Nach ein paar Tagen fängt er an zu sehen. Es ist eine Art inneres Sehen – nicht durch die Luft, sondern im Kopf. Wenn man ein bisschen verrückt ist und das tut, soll es einem helfen. Wenn man normal ist und es tut, macht es einen vielleicht ein bisschen verrückt. In der Zeitschrift waren ein paar der Zeichnungen abgedruckt, die ein Mann dort gemacht hatte. Ich kann nicht sagen, dass sie gut waren. Die Körper waren vielleicht zu lang gezogen. Aber das kommt, weil er im Dunkeln gesessen hat. Wenn man die Dunkelkammer verlässt, sagt einem die Aufsicht, wie es weitergeht. Zu Anfang muss man eine Sonnenbrille tragen, um sich an die Helligkeit zu gewöhnen. Ich dachte mir, wenn wir lange genug im Dunkeln sitzen, um verrückt zu werden, dann können wir auch noch ein bisschen länger im Dunkeln sitzen und wieder normal werden.

Aber meistens wüteten wir gegen die Dunkelheit wie Jelzin gegen das Wetter, und wir versuchten, etwas dagegen zu unternehmen. Malchasi hatte sich einmal vorgenommen, aus dem Nichts ein bisschen Licht zu machen und aus den Überresten der stillgelegten Teefabrik eine Windmühle zu bauen. Er war monatelang damit beschäftigt, aber sogar er war überrascht, als es tatsächlich funktionierte und sie genug Strom produzierte, um acht Elftel des Hauses seines Onkels im Dorf zu versorgen. Keiner von uns war jedoch überrascht, als die Regierung, zwei Tage nachdem er seine Windmühle in Betrieb genommen hatte, bekannt gab, dass Windmühlen illegal seien. Ohne Elektrizität waren wir gezwungen, wieder Benzin zu benutzen. Aber das hatten wir jetzt auch nicht mehr.

Ich tastete mich über die dunkle Treppe hinunter auf den dunklen Hof und suchte nach Ölcoupons für den Generator. Ich setzte mich auf eine leere Öltonne im Hof und schaute hinauf zu den kalten Sternen, die durch den Himmel herunterschienen wie Faxnachrichten. Ich wartete darauf, dass jemand vorbeikam, den ich kannte, aber ich bekam nur wieder Klagen zu hören.

Von meinem kleinen Bruder Suka: »Der Strom ist ausgefallen, und ich konnte nur den halben Film sehen!« Von meiner Mutter: »Warum kriegt nur der *Gouverneur* Strom?« Von Juliet: »Zu Hause habe ich kein Licht zum Lesen. Deshalb bleibe ich lieber in der Uni.« Von unserem Nachbarn Sadsaglischwili: »Der Freund meiner Tochter hängt auf dem Skilift fest. Jetzt haben wir keinen Chauffeur mehr.«

Vor ein paar Jahren kam eine westliche Hilfsorganisation in die Stadt, wie eine Zirkustruppe in einem Roman. Sie nannten sich Al-Anon und eröffneten ein Büro in Batumi, um den Frauen und Schwestern von Alkoholikern zu helfen. Sie sagten immer das Gleiche: »Lass los, überlass es Gott.« Wir fanden diesen Satz sehr komisch. Al-Anon hielten drei Wochen durch, und dann machten sie wieder zu, weil sie merkten, dass wir ohnehin schon so lebten. Jeder überlässt alles Gott.

Wie sieht es denn mit individueller Problemlösung aus?, fragte ich mich. Was ist mit dem Vertrauen in unsere eigene Leistungsfähigkeit? Aber wie ist es möglich, eingehend über die Lösung der Probleme unseres Landes nachzudenken, wenn wir stattdessen immer nur über Elektrizität nachdenken? Uns immer überlegen: Wenn ich jetzt aus dem Haus gehe, versäume ich vielleicht die Stunde, in der es Strom gibt, und dann verpasse ich die Gelegenheit, den Wassereimer aufzufüllen. Aber wenn ich den Hahn offen lasse, komme ich dann rechtzeitig wieder nach Hause, bevor das Wasser überfließt und durch die Decke der Nachbarwohnung unter uns tropft? Sollte ich Urlaub im Skigebiet auf dem Kasbegi machen, auch wenn ich mit dem Sessellift stecken bleiben könnte, wenn der Strom ausfällt? Da es nie einen Zeitplan für die Stromversorgung gab, mussten wir unseren Tag von einem Augenblick zum nächsten planen und konnten nie weiter vorausschauen.

Ich hob den Kopf und teilte dem Großen Toastmeister im Himmel mit: »Ich habe keine Lust mehr, über Strom nachzudenken. Das Thema ist sehr langweilig. Ich werde es mit eigener Kraft versuchen. Und wenn daraus nichts wird, werde ich endgültig aufgeben, und dann trinke ich auf deinen Namen.«

7 Als ich am nächsten Morgen mit dem Bus zur Arbeit fuhr, blätterte ich im Stapel meiner liebsten englischen Verben: *to strive* – sich bemühen, *to aspire* – streben, *to achieve* – erreichen, *to succeed* – Erfolg haben. Vor dem Büro warf ich einen Blick auf den Zeitungskiosk. ERNEUTE KÄMPFE IN PANKISI-SCHLUCHT. PRÄSIDENT SCHEWARDNADSE VERSPRICHT – ERNEUT! – KORRUPTION ZU BEENDEN. UMWELTSCHÜTZER IMMER NOCH GEGEN PIPELINE. MICHEIL SAAKASCHWILI, NEUER WESTLICH GEPRÄGTER DEMOKRAT, LEHRT SCHEWARDNADSE DAS FÜRCHTEN.

Ich beugte mich vor und las den letzten Artikel. Nach Meinungsumfragen war dieser neue Saakaschwili der zweitpopulärste Mann in Georgien. Im vergangenen Jahr hatte er den Minister für Staatssicherheit und Polizei beschuldigt, korrupte Geschäfte zu machen. Jetzt erklärte er den Parlamentsabgeordneten, sie hätten detaillierte Belege über den Erwerb ihrer Armani-Anzüge und Mercedes-Fahrzeuge aufzubewahren und zu erklären, wie sie ihre Kinder auf Schweizer Schulen schicken könnten. Die jetzige Regierung hatte sich verächtlich über ihn geäußert und ihn als Bolschewiken bezeichnet. Wow, dachte ich, er hat Ähnlichkeit mit mir.

Im Foyer ertönten die leise summenden Saitenklänge der

panduris. Ein paar adscharische Arbeiter vergnügten sich hier; sie tranken und sangen Lieder von Ilja Tschawtschawadse zu Ehren der georgischen Krieger, deren Taten einst die Welt in Ehrfurcht versetzten.

»Wenn drei Georgier sich einig sind, dann sind sie eine Welt«, sang ich auf dem Weg durch den Korridor vor mich hin. Am Ende des Ganges begrüßte Mr Fax mich mit einer kleinen Verbeugung. »Slims – Anthony, der Ausländer, wird heute unser Gast sein. Ich brauche Ihre Hilfe, um ihn im Auge zu behalten.«

Als Anthony um ein Uhr kam, hatte Mr Fax sich umgezogen und trug sein pinkfarbenes Hemd. Er wuchtete eine Kiste Äpfel mitten auf den Konferenztisch und fing an, seine Rolle als sehr wichtiger Mann zu spielen. Er setzte sich auf den einzigen Stuhl im Raum, und Anthony blieb vor ihm stehen. Wachtang starrte Mr Fax durch eine Wolke von Zigarettenrauch nachdenklich an, und als er mich sah, befahl er mir, dem Gast einen Stuhl zu besorgen.

Als ich mit dem Stuhl zurückkam, war Anthony dabei, Mr Fax zu erläutern: »Ich bin Geologe, kein Schiffsmakler.«

»Sie sind Pipeline-Spezialist«, sagte Fax. Haha. Zwinker, zwinker. Er rieb sich die Hände wie ein nervöses Mädchen beim Flirten. »Ein sehr begehrter Beruf in Georgien. Wenn Sie sich die Liste der Jobs ansehen, für die wir eine Daueraufenthaltserlaubnis erteilen, werden Sie feststellen, dass Pipeline-Spezialist darunter ist. Aber erzählen Sie – kennen Sie Hillary?«

»Wer ist Hillary?«, fragte Anthony.

»Hillary Clinton.«

»Leider nicht.«

»Schade. Ich warte auf ein Fax von ihr«, sagte Mr Fax. »Möchten Sie eine Zigarette?«

»Danke.«

»Sie haben Kinder?«

»Nein«, sagte Anthony. Er sah ein bisschen abgespannt aus, und ich fing an zu befürchten, Mr Fax könnte ihn übervorteilen. Ich versuchte mir Malchasis Hellseherkräfte auszuborgen, um Anthony lautlos anzuspornen. In seinem Herzen stellte ich mir eine Mini-Cheerleaderin vor, die ihre Pompons in den Farben seiner Nationalflagge schwenkte.

»Keine Kinder?«, fragte Wachtang und beäugte Anthony skeptisch. Er richtete seine beiden Zeigefinger aufeinander und stieß die Fingerspitzen gegeneinander. »Plus. Minus. Aus zweimal Plus wird nichts. Was haben Sie studiert?«

»Geologie.«

Ich versuchte mir vorzustellen, wie die kleine Cheerleaderin jubelte. »Yeah! Geologie!«

»Ah, dann ist Biologie nicht Ihre Stärke«, sagte Wachtang. »Sie haben eine Freundin?«

»Äh, haha.« Anthony lachte. »Ich brauche keine Rosenlieferungen bis an mein Lebensende.«

Doch, brauchst du doch, dachte ich. Für die kleine Cheerleaderin in deinem Herzen.

»Ach ja«, sagte Mr Fax. »Unser Freund ist Geschäftsmann. Er interessiert sich nicht für Rosen.«

»Vielleicht sind ihm Äpfel lieber.« Wachtang machte sich über die Kiste mit den Äpfeln her, nahm einen heraus und gab ihn Fax. Fax studierte ihn.

»Er ist fest. Er ist rosig. Ein schöner Apfel«, sagte Mr Fax zu Wachtang. »Und davon haben wir einen kompletten Schiffscontainer voll.«

»Essen Sie nichts davon«, sagte ich zu Anthony. »Die sind neben dem armenischen Kernkraftwerk gewachsen. Fax hat die Ladung Äpfel in Armenien gekauft, weil sie im Werbevideo so gut aussahen. Aber er wird sie nicht los. Das Transportwesen ist hier ein nationales Problem.«

Mr Fax musterte mich. Er bemühte sich, ein Kapitalist zu sein, aber sein unglückseliges Schicksal war es, auszusehen wie ein Kommunist. Die Haut an seinen Händen war gelb von den filterlosen Zigaretten, die er bis auf die Finger herunterrauchte, wobei die Asche lang wurde wie bei den Verbrechern in den Illustrationen meiner Sherlock-Holmes-Bücher, und seine Brillengläser waren wie Lupen, die seine wässrigen Augen übertrieben vergrößerten: Der Himmel mochte dem helfen, auf den er sie richtete. »Sie sind wie ein kleiner Junge aus dem Kindergarten«, sagte er. »So niedlich mit Ihren kleinen Witzen.«

Ich hörte einen Mann, der draußen Wassermelonen verkaufte. »Möchten Sie ein Stück Wassermelone?«, fragte ich Anthony. »Unsere Wassermelonen sind nicht verstrahlt.« Ich lief hinaus, um eine zu holen.

»Reif wie eine gute Frau«, sagte der Wassermelonenverkäufer.

»Ich will keine Frau. Ich will eine Wassermelone«, sagte ich und trug eine hinein.

»Ist sie gut?«, fragte Mr Fax.

Ich schnitt sie auf. »Na ja, sie ist rot«, sagte ich und reichte Anthony eine dicke Scheibe.

Anthony biss hinein, und der Melonensaft lief ihm über das Kinn. »In Georgien gibt es die süßesten Wassermelonen, die ich je gegessen habe«, sagte er. »Ich würde gern ein paar Kerne mit nach Hause nehmen, um sie auszusäen.«

»Haben Sie eine Kuh?«, fragte Mr Fax.

»Wie bitte?«

»Man braucht guten Kuhmist für diese Sorte Wassermelonen«, warf Wachtang ein.

»Okay, Kuhmist«, sagte Anthony und schrieb etwas in sein Notizbuch.

»Wollen Sie wirklich wissen, wie das geht?«, fragte ich ihn, und ich sagte, ich hätte ein paar Wassermelonenkerne aus Kacheti, falls er sie haben wollte, und es sei besser, die Stelle, wo man sie aussäen wolle, brandzuroden, um das Wurzelwerk zu beseitigen. »Pflanzen Sie sie zuerst im Haus, auf Zellophan. Wenn Sie sie dann auspflanzen, können Sie sie überlisten, denn das Plastik können Sie sehr vorsichtig mit dem Messer aufschneiden, ohne sie zu stören und ohne dass sie es merken.«

»Listig, listig«, sagte Mr Fax.

»Und hören Sie auf, die Wassermelonen zu gießen, wenn sie groß sind und die Blätter zu welken anfangen«, sagte ich.

»Dann müssen Sie warten«, sagte Wachtang. »Warten, dass die Wassermelonen süß werden.«

»Essen Sie noch ein bisschen Melone«, sagte Mr Fax. »Und jetzt lassen Sie uns über Äpfel reden.«

Aber da streckte Mr Fax' Sekretärin den Kopf zur Tür herein und teilte ihm mit, der Schiffskapitän aus Odessa sei gekommen.

»Wollen Sie nicht mit Anthony in mein Büro gehen?«, sagte Fax zu mir. »Verwöhnen Sie ihn mit einem Glas Wein aus meinem Dorf.«

Im Flur blieb Anthony stehen und fotografierte die Hutablage, auf der sich Matrosenmützen stapelten. Ich sagte: »Mein Boss will all diesen Ukrainern eine georgische Flagge verkaufen, damit sie ihre Schiffe leichter über die Zollgrenze kriegen.« Ich zeigte auf die Bücherschränke. »Außerdem will er renovieren.«

In Mr Fax' Büro öffnete ich den Schrank und sah die Flasche Wein aus seinem Dorf und eine Flasche Brandy. Ich entschied mich für den Brandy und goss ein wenig davon in eine Tasse.

»Aber jetzt sagen Sie: Finden Sie, dass unsere Rechtsabteilung nach moderner Zivilisation aussieht?«

»Modern genug, finde ich.«

Ich sah, dass Anthony seinen Drink nicht anrührte. »Das wird Ihnen helfen, uns besser zu verstehen«, sagte ich und schob ihm den Brandy hinüber. »Na los. Trinken Sie. Ich war als Gastgeber leider nicht gut«, sagte ich. »Ich wünschte, ich hätte Ihnen mehr zu bieten.«

Anthony lachte. »Sie haben mir ein riesiges Festessen serviert und dafür Ihr Haus verkauft – oder wie ging dieser Witz?«

»Nein, eigentlich hätten wir Sie mit einem Orchester empfangen müssen.«

Anthony lachte wieder.

»Das hat es schon gegeben. Wirklich. Wenn ich nur nach England gehen könnte.«

»Ich glaube, dort würde es Ihnen nicht gefallen. Wir sind dort nicht so gastfreundlich.«

»Nein, ich meinte, dann könnte ich *dort* Ihr Gastgeber sein.« Ich schaltete den Computer ein und wartete, bis er hochgefahren war. »Meine Website zieht nicht sehr viele Kunden an«, sagte ich und rief die Seite auf (www.blackseatrading.org.ge). »Haben Sie Vorschläge für mich, die Ästhetik betreffend? Ich möchte Investoren ansprechen.« Ich zeigte ihm, was wir anzubieten hatten:

GEORGISCHE FLAGGEN
MATERIAL: POLYESTER
FLAGGENMASTMATERIAL: PLASTIK

STIL: FREI FLIEGEND
VERWENDUNG: WERBUNG UND ZOLLGRENZ-VERKEHR

Und: »Wir haben auch Bestände an grünem Tee vorrätig. Georgiens feinster Elite-Tee. Körperreiches Malzaroma (klar und mit Blasen). Wir haben große Mengen.«

Und: »Zurzeit können wir Flugzeugschrottmetall von einer L-29 anbieten, stückweise. Mindesteinheit: eine. Maximale Einheiten pro Wochen: sieben.«

Er schaute die beiden Bilder von Öltankern an, die miteinander verschlungenen Flaggen, die georgische und die amerikanische, und die Bildunterschrift, die lautete: »Eine Brücke zwischen den Nationen«. Er las auch das Zitat am unteren Rand: »Wir füttern unsere Pferde mit Wolfsfleisch.«

»Die Georgier sind ziemlich begeistert von dieser Kriegermentalität«, sagte er. »Der Komplex des männlichen Mannes.«

»Was?«, fragte ich. »Da geht es nicht um Krieger. Wissen Sie denn nicht, dass es unmöglich ist, Pferde mit Wolfsfleisch zu füttern? Die fressen Hafer. Aber wir müssen das Unmögliche möglich machen. Unsere Gesellschaft ist so korrupt, dass die einzige Hoffnung darin besteht, gegen den Strom zu schwimmen. Wir müssen ausländische Investoren für unser Land finden. Aber kein Unternehmen will das Risiko eingehen, nach Georgien zu kommen, weil es finanziell nichts einbringen wird, zumindest im Moment noch nicht, solange die Führung in die eigene Tasche wirtschaftet. Investoren müssen aus Liebe investieren, aus Liebe zu unserer Geschichte und unseren Traditionen.«

Ich bemerkte einen seltsamen, sarkastischen Ausdruck auf seinem Gesicht. »Vielleicht sollten Sie sich dem Rest der

Welt anschließen«, sagte er. »Versuchen Sie, *mit* dem Strom zu schwimmen.«

»Wie unser früherer Präsident Gamsachurdia einmal sagte: ›Nur tote Fische schwimmen mit dem Strom.‹«

Anthony räusperte sich und rückte seinen Stuhl näher an die Heizung.

»Ich hätte ein Diplom in Luftqualitätskontrolle erwerben sollen«, sagte ich. »Das wäre nützlicher als mein Wissen über Fische. Aber ich kann diesen Heizkörper in Ihr Hotel bringen lassen, wenn Sie wollen, zusammen mit den Regalen im Flur. Dafür könnten Sie mir etwas über langfristige Geschäftspraktiken beibringen, über die freie Marktwirtschaft.«

»Ich brauche keine Heizung«, sagte er gereizt. »Und keinen Bücherschrank. Aber ich kann Ihnen sagen, wenn Sie wirklich wollen, dass man in Ihr Land investiert, dann sollten Sie sich zuallererst diesen Mafioso-Stil abgewöhnen.«

Ich sah ihn überrascht an. »Mafioso? Glauben Sie, wir rollen unsere Feinde in Salzfässern durch die Gegend? Glauben Sie, wir haben Beziehungen zu Saudi-Arabien und schleppen Koffer mit zwanzig Millionen US-Dollar in bar mit uns herum? Glauben Sie, wir sagen zueinander: ›Ich habe ein *wunderschönes* Haus in Beverly Hills, aber du kannst das Haus daneben kaufen‹, und brennen es dann ab, um die Feuerversicherung zu kassieren?«

»Na ja, die Mächtigen hier schon. Nehmen Sie nur den Diktator Ihrer kleinen Provinz Adscharien. Der ist schon ein bisschen halbseiden, finde ich.«

»Ah ja«, sagte ich. »Natürlich. Aber. Glauben Sie, den interessiert, was Sie finden?«

»Vielleicht nicht. Aber wie sieht es langfristig aus? Ist es langfristig wirklich in seinem geschäftlichen Interesse, seine ausländischen Investoren zu verlieren?«

»Glauben Sie, das kümmert ihn langfristig? Langfristig sitzt er am Strand und lacht Sie aus.«

»Ich halte es trotzdem für notwendig, einen Präzedenzfall zu schaffen, der zeigt, dass es möglich ist, auf legalem Wege voranzukommen.«

»Na dann!«, sagte ich. »Zeigen Sie es mir!«

»Sie können damit anfangen«, sagte er und nippte an seinem Brandy, »Sie können damit anfangen, dass Sie den Männern in Ihren Dörfern sagen, sie sollen aufhören, Löcher in unsere Pipeline zu bohren.«

»Ach, ich verstehe. Sie glauben, es sind nur Männer. Aber es sind auch die Frauen. Und die Archäologen. Um ihre Forschung zu finanzieren. Sie sagen sich: ›Wenn diese Pipeline durch unsere archäologischen Stätten und über alte Gräber und Grundstücke verläuft, dann haben wir auch ein Anrecht auf ein bisschen von dem Öl. So ist das im Kapitalismus.‹«

Anthony schnaubte.

»Bitte sagen Sie mir absolut ehrlich: Glauben Sie, wir haben Aussicht auf Erfolg?«, fragte ich. »Oder sollte ich aufgeben und den Namen Gottes preisen?«

»Sie haben hier eine Chance, wenn Sie mir helfen, die Leute in den Dörfern daran zu hindern, Löcher in die Pipeline zu bohren.«

Ich zündete mir eine Zigarette an und musterte ihn. »Die Leute im Dorf sind echte Bergbewohner«, sagte ich. »Sie sind, wissen Sie – ungehobelt. An Ausländer sind sie nicht gewöhnt. Wer weiß, was sie mit Ihnen machen werden?«

»Ich glaube, es ist Ihnen nicht klar, aber wenn sie die Leitung weiter sabotieren, wird man das Militär hinschicken.«

Ich musste lachen. »So wichtig sind unsere kleinen Dörfer? Ich bringe Sie hin, und dann können Sie den Archäologen selbst sagen, sie sollen aufhören, Löcher in die Pipeline zu bohren.«

Er nahm noch einen Schluck Brandy und bat um eine Zigarette. »Ich habe nie geraucht«, sagte er. »Anscheinend habe ich so was wie einen Kulturschock. Ich habe meinen eisernen Willen verloren. Den ganzen Morgen habe ich nur geglotzt. Komme mir vor wie eine Art Hamlet. Wie die Männer da draußen. Die Männer, die da auf dem Parkplatz herumschreien.«

»Welche?«, fragte ich.

»Die da draußen, vor dem Obststand.«

»Die? Aber sie schreien nicht einfach nur herum«, sagte ich. »Sie passen füreinander auf.«

»Ja, und was schreien sie dann?«

»Na, der da? Der Wachmann? Der war ein berühmter sowjetischer Schauspieler. In Kutaissi steht ein Denkmal für ihn. Er hat eben gerufen: ›Hey, Bruder, das Mehl ist da drüben billiger.‹ Und der, der sich da im Bierlaster ausruht? Der war mal Opernsänger. Er hat der Frau an der Bushaltestelle zugerufen, dass der Bus dort nicht mehr hält. Und der mit der Ziege war ein berühmter Mathematiker am Landwirtschaftlichen Institut. Er schreit den kleinen Jungen an, er soll nicht rauchen.«

»Ich fühle mich träge«, sagte er. »Als könnte ich mich nicht bewegen.«

»Das ist der Blutdruck«, sagte ich. »Liegt am Wetter. Sie müssen eine Tasse Kaffee trinken.«

»Ich glaube nicht, dass es etwas mit dem Blutdruck zu tun hat«, sagte er entschieden. »Bevor ich herkam, habe ich meinen Astrokartografie-Chart anfertigen lassen. Mein Astrologe meinte, Georgien sei eine gefährliche Gegend für mich und ich würde es mit Kräften zu tun bekommen, auf die ich keinen Einfluss habe – Sex, Tod, Ölindustrie. Offen gesagt, ich sollte gar nicht herkommen, es sei denn, ich nehme an einer Sportveranstaltung teil.«

»Ihr Astrologe sollte sich mit einem dicken Knüppel auf den Kopf schlagen«, sagte ich.

»Aber vielleicht hatte er recht. Mein Kampf-oder-Flucht-Instinkt macht sich hier bemerkbar.«

»Sie sind für Ihre geologischen Gutachten um die ganze Welt gereist. Haben Sie sich an dieses Gefühl noch nicht gewöhnt?«

»Doch, aber anderswo hatte ich Lust, zu kämpfen. Hier überwiegt der Drang, zu fliehen.«

»Ja, ich verstehe.«

Er sah hier nur die Dunkelheit, nicht das Licht und die Erleichterung, die das Dunkel mit sich bringt.

Als ich nach Hause ging, predigte der neue Bischof vor seiner neuen, selbst gebauten Kirche, die eben fertig geworden war. Tamriko war da und hörte zu. Ich hatte Tamriko seit dem Sommer nicht mehr gesehen, aber ich hatte gehört, sie sei mit Gotscha nach Bordschomi an den Strand gefahren. Sie trug ein gelbes Hauskleid, und ihr Haar, das sonst wie ein Lichtkranz um ihren Kopf stand, klebte an ihrem Gesicht, anscheinend von der Hitze der Anstrengung.

Der Bischof gab Folgendes bekannt: »Ich habe euch schon früher gesagt, es ist eine Sünde, seine Kuh gegen ein paar Möbel einzutauschen.«

Tamriko widersprach. »Natürlich ist es Sünde, wenn man seine Ehre gegen Gold tauscht«, rief sie. »Aber was ist sündhaft daran, Sahne gegen einen Sack Mehl zu tauschen?« Das Problem war, dass der neue Bischof für die Regierung arbeitete, und für die staatliche Wirtschaft war der Tauschhandel schlecht, denn diese Praxis ermöglichte kein nachhaltiges Steuersystem.

Als sie mich sah, zeigte sie auf meine Hose. »Schöne Hose. Neue Schuhe?« Der Bischof hatte neulich versucht, solche Unterhaltungen während seiner Predigt zu unterbinden. »Wenn ihr in der Kirche seid oder davorsteht«, hatte er gesagt, »dann solltet ihr leiser sprechen. Zeigt Ehrfurcht.« Aber wir sind Georgier. Wir können nicht leise sprechen.

Der Bischof las jetzt aus der Bibel vor, aus dem Buch Jesaja. »Die auf den Herrn harren, kriegen neue Kraft ...« Er blickte von seinem Buch auf und sagte: »Diese Geschichte wurde von einem Wüstenvolk aufgeschrieben, nicht in einem subtropischen Klima, aber haben wir heute nicht das gleiche Wüstenklima in unseren Herzen?« Er senkte den Blick wieder auf das Buch. »Dass sie auffahren mit Flügeln wie Adler, dass sie laufen und nicht matt werden, dass sie wandeln und nicht müde werden ...«

Das Problem ist, dass georgische Frauen heutzutage meistens keine Flügel mehr haben. Wenn sie einen Berg hinaufsteigen, sagen sie »Puuuh!« und fächeln sich Luft zu und müssen sich setzen, um ein bisschen auszuruhen.

»Slims, kannst du mir helfen, ein paar Eimer zu tragen?«, fragte Tamriko. »Das Wasser ist alle.« Ich fragte mich, ob sie der Ansicht war, dass Männer nur dazu taugten, Sachen zu schleppen. Aber im Brauereiviertel helfen die Nachbarn einander immer, Eimer zu tragen. Gäste helfen ihren Gastgebern, Eimer zu tragen. Man drückte auf den Aufzugknopf. Fest. Man drückte noch einmal mit übertriebenem Eifer, als stünde man auf einer Bühne, weit entfernt von seinen Zuschauern.

»Das Problem ist das neue Importgeschäft«, sagte Tamriko auf dem Treppenabsatz. »Wenn bei denen der Strom ausfällt, wirkt sich das auf den vierten, sechsten und achten Stock aus. Wann werden die das reparieren?«

Das war die Frage. Die Antwort war, dass niemand wusste, wie man das reparieren sollte. Und das war das Problem.

»Wir verstehen nichts von diesen *industriellen* Problemen«, sagte Tamriko, als wir noch einen Eimer die Treppe hinaufschleppten. »Wir sind eine Landwirtschaftsnation. Slims, wir erinnern uns nicht mehr, aber meine Mutter sagt, die industrielle Arbeit hätten immer die Russen gemacht. In Rustawi, im Metallurgiewerk, mussten sie Leute aus dem Ural kommen lassen, die sich mit solchen Dingen auskannten. Wir selbst sind zutiefst verbunden mit dem *Land*. Wir sind hervorragend darin, die Weinberge zu versorgen.« Sie fing an zu singen.

Blühender Weinberg,
So klein und so gut,
Gepflanzt im Paradies.
Wir sind ein Land der Weinberge,
Solange ihr lebt,
Leben wir auch.

»Weißt du noch, wie ich dieses Lied auf der Schachmeisterschaft gesungen habe?«, fragte sie.

»Ja«, sagte ich. »Das war schön.«

»Tja, die Regierung hat kein Geld mehr, noch ein Konzert zu sponsern. Was soll ich jetzt tun? Nach Moskau gehen? Da sind sie scheußlich zu Georgiern. Außerdem habe ich gehört, heutzutage muss man in Moskau immer pünktlich sein. Wie grotesk!«

In ihrer Küche fächelte Tamriko sich das Gesicht trocken und zündete sich eine Zigarette an – aber es war keine Zigarette, sondern ein Knoblauchstiel.

»Gegen Zahnschmerzen«, sagte sie und blies den Knoblauchrauch zum Fenster hinaus. Mit einer Schere schnippte sie die Asche ab. »Trink«, sagte sie und reichte mir ein Glas mit fermentiertem Pilztee. »Herbalife empfiehlt es.«

Um der unheilvollen Wirkung der Strahlung zu begegnen, tranken Tamriko und ihre Mutter Guliko, die Kindergartenleiterin, den ganzen Sommer hindurch diese Gläschen mit fermentiertem Pilztee bei Zimmertemperatur, ein umstrittenes Mittel, weil man es im Verdacht hatte, Sommerhalluzinationen auszulösen. Die Gläser mit den Pilzen drängten sich auf ihrer Küchentheke wie eine amerikanische Schulpflegschaftsversammlung. Obwohl sie gärten, vermehrten die Pilze sich weiter. Tamriko hatte den Verdacht, dass alle Nachbarn ein Auge auf den größten geworfen hatten. Sie nannte ihn »Unsere Mutter«.

»Hab ich dir erzählt, dass Schalwa gestern hier war, um unser Auto abzuschleppen?«, fragte sie. »›Du hast kein Recht, unser Auto abzuschleppen!‹, hab ich ihn angeschrien. Ich bin sogar hinausgelaufen und hab ihm gedroht, bis er weggerannt ist. Stell dir vor. Der Polizist rennt weg, und ich renne hinterher.« Sie ging zur Spüle und fing an, mit dem Wasser aus einem Eimer Gurken zu waschen. »Manchmal denke ich … Was ist denn jetzt wieder?« Etwas vor dem Fenster hatte ihre Aufmerksamkeit erregt.

Ich schaute hinaus und sah einen Laster, der ein Haus an einem Sicherheitsgurt die Straße entlangzog. Ein Fußgänger, der keine Lust mehr hatte, zu warten, stieg über den Gurt hinweg.

»Die sind immer froh, wenn sie was abschleppen können«, sagte Tamriko und schnitt die Gurken in Scheiben.

Ich schaute ihr bei den Gurken zu und bewunderte dabei unwillkürlich ihre Hüften. Um mich abzulenken, rief ich mir ins Gedächtnis, was zwischen uns beiden üblich war: Wir haben ein und dasselbe Bewusstsein, wie meine Freunde und ich, wenn wir die ganze Nacht auf sind und Monopoly spielen, bis jedem alles gehört und wir eine riesige Monopoly-Kommune sind. Aber mein Blick wanderte immer wieder zu ihren Hüften zurück. Wie wir in Georgien sagen: »Die, die *ich* liebe, ist die Schönste.« Aber sie gehörte mir nicht mehr. »Tamriko«, sagte ich, »ich sollte jetzt gehen.«

»Aber du musst diese Gurken probieren«, sagte sie. »Ich hab sie aus einem Dorf bei Bordschomi mitgebracht. Oh, und mach das Fenster zu. Es fängt wieder an zu regnen.« Sie legte das Messer hin und betrachtete mich. »Warum trägst du immer Schwarz? Und du solltest dir eine andere Mütze zulegen, weißt du? Deine Mütze erinnert mich an einen Revolutionär. Aber Revolutionäre sind keine guten Ehepartner.«

»Na, welcher Mann ist denn ein guter Ehepartner?«

»Besser ist einer mit so einem Robin-Hood-Komplex«, sagte sie. »Das ist sehr romantisch. Aber anders als in dem Film mit Errol Flynn. Ihr georgischen Männer seid so emotional. Stell dir vor, ihr würdet diese ganze Energie auf etwas Nützliches verwenden, zum Beispiel darauf, etwas zu stehlen.« Plötzlich ging das Licht an. »Oh! Siehst du? Meine Worte werden wahr. Kannst du den Kühlschrank einstöpseln?«

»Okay.« Ich bückte mich nach dem Stecker. »Kann ich dir etwas vorlesen, das ich auf Englisch geschrieben habe? Ich will Hillary Clinton bitten, uns zu helfen.«

Als ich ihr alles vorgelesen hatte, was ich geschrieben hatte, stand sie auf, ging zum Herd, beugte sich über einen Topf und probierte etwas. »Komisch«, sagte sie. »Mir ist schlecht.«

»Was ist los?«

»Geht gleich wieder.« Sie fächelte sich mit der Hand Luft zu. »Ich bin ein bisschen matt. Das ist der Wechsel der Jahreszeiten.«

»Hoffentlich ist es nicht wegen etwas, das ich gesagt habe.«

»Nein, nein«, sagte sie. »Das heißt, ja. Doch. Slims. Es ist deprimierend, was du da über Georgien schreibst.« Sie ließ sich auf einen Stuhl fallen. »Aber vielleicht ist es wichtig, der Wahrheit ins Auge zu sehen. Das müssen wir.«

Mir war unbehaglich. Die Leute deprimieren war das Letzte, was ich wollte. »Aber ist das denn die Wahrheit? Das ist meine Frage«, sagte ich.

»Ich weiß nur, ich bin Georgierin. Das gibt mir ein bisschen Kraft, wenn ich mitten in der Nacht aufwache und mir Sorgen mache. Meine Mutter bekommt nur fünfzehn Lari Rente im Monat. Sie hat ein schlechtes Gewissen, weil sie unser Essen nicht bezahlt. Ich sage ihr, sie bezahlt mit ihren fünfzehn Lari unser ganzes Brot, aber sie sitzt auf ihrer Couch und schmollt. Und gestern ist sie hingefallen und musste ins Krankenhaus. Ach, hör nicht auf mich. Solche Klagen gehören in den Beichtstuhl. Normalerweise versuche ich, mir andere einfallen zu lassen. Aber manchmal frage ich mich doch, wer meine wahren Freunde sind. Aber wer bin ich, dass ich mich beklage? Der Sohn der Nachbarin ist herzkrank, und die Operation wird tausend Dollar kosten. Vielleicht solltest du *wirklich* hinfahren. In Amerika sind sie sehr großzügig, habe ich gehört. Sie haben Spendenvereine, und am Flughafen werfen die Leute Geld in einen Kasten.« Sie reichte mir den Teller mit den Gurkenscheiben. »Egal, mach dir keine Sorgen. Probier die mal. Hast du gehört, dass dieser neue Bischof einen Traum hatte? Er sagt, wenn Jesus wiederkehrt, wird Er als Erstes nach Georgien kommen, in die Berge bei Kasbegi. Er hat die Stelle mit einer georgischen Flagge markiert. Wenn das passiert, werden die Leute auch wieder anfangen zu heiraten.«

»Wir müssen warten, bis Jesus wiederkommt, ehe wir wieder heiraten?«

Sie zuckte die Achseln.

»Ich sollte jetzt gehen«, sagte ich. Aber die Gurken waren so frisch. Ich wollte eine nehmen und stieß dabei das Messer an, sodass es auf den Boden fiel.

»Opa!«, rief Tamriko. »Wenn ein Messer runterfällt, wird ein Mann kommen, und wenn es eine Gabel ist … nein. Nein. Ein Löffel. Ach, ich weiß es nicht. Aber wenn es ein Messer ist, wird ein Mann kommen.«

»Vielleicht Jesus.« Ich hob das Messer auf und reichte es ihr.

8 Als der Strom das nächste Mal ausfiel, war Malchasi der Einzige, der sich nicht beschwerte. »Gut, dass wir so eine starke Autobatterie haben«, sagte er. »Sie gibt genug Licht zum Rasieren.« Schalwa hatte beschlossen, ihm sein Auto doch noch zu schenken. »Er ist eben aus Frankfurt zurückgekommen, wo er sich ein neues Auto gekauft hat«, erzählte Malchasi. »Er ist damit durch Österreich, Italien und die Türkei gefahren. Bulgarien hat er links liegen lassen, weil er da schon mal zusammengeschlagen wurde. Weißt du, Slims, mit einem Auto kannst du normalerweise eine vierköpfige Familie ein Jahr lang ernähren. Aber Schalwa ist sehr erfindungsreich. Er kann auf seinem Schneidebrett Fruchtrollen machen. Als ich bei ihm zu Besuch war, musste er dauernd auf den Balkon hinaus, um nach den Hühnerwürsten zu sehen, die er da räucherte. Er hat sogar ein eingerahmtes Zertifikat an der Wand hängen.«

Malchasi verbrachte jetzt seine ganze Zeit im Hof unter dem Feigenbaum, wo er sein neues Auto instand setzte und dabei endlos eine Kassette mit »alternativer« Musik hörte, die er von ausländischen Seeleuten im Hafen bekommen hatte: Nina Simone, Ray Charles, Tulku. Aus Malchasi, dem Disco King, war praktisch über Nacht DJ Ethno-Musikologe geworden.

Auch ich verbrachte eine Menge Zeit in dem Auto. Es

war unsere private Meditationshütte. »Ich weiß nicht, was ich Hillary noch schreiben soll«, gestand ich Malchasi eines Abends, als er gerade mit dem Lackieren fertig war. »Ich glaube wirklich, ich wäre ein guter Kandidat dafür, vom Frieden und von der Sicherheit in unserer Welt zu sprechen. Ich sollte dort hingehen und Georgien einen besseren Ruf verschaffen. Weißt du, dass unsere ausländischen Schiffskunden sich hier alle nicht sicher fühlen?«

»Wieso nicht? Wir sind ein freundliches Volk.«

»Ich habe im Büro eine Online-Befragung veranstaltet und sie gebeten, ihr Sicherheitsgefühl in Georgien auf einer Skala von eins bis zehn zu bewerten. Sie haben es im Durchschnitt mit minus fünf bewertet.«

»Übel. Aber wenn du wirklich willst, dass Hillary dich nach Amerika einlädt, solltest du deinen Namen ändern. Es ist ein muslimischer Name. Hillary wird denken, du bist ein Terrorist.«

»Warum änderst du deinen Namen denn nicht?«, fragte ich. »Malchasi bedeutet ›kleiner, flinker Mann‹. Aber du bist groß und langsam.«

»Lies mir vor, was du bis jetzt an sie geschrieben hast«, sagte Malchasi. »Vielleicht kann ich dir einen Rat geben.«

Er hörte zu, als ich vorlas, und schwieg, als ich fertig war. Schließlich sagte er: »Du hast ihr noch nicht von David, dem Baumeister, erzählt. Trinken wir auf David, den Baumeister.«

»Seid still«, rief Guliko, die Kindergartenleiterin, von ihrem Balkon herunter. »Ich habe eure georgischen Helden satt!«

Ich kurbelte mein Fenster hoch. »Ich könnte Tamriko niemals heiraten, denn dann wäre Guliko meine Schwiegermutter.«

»Hmmm«, sagte Malchasi, als müsste er wirklich über das Pro und Kontra dieser Möglichkeit nachdenken. »Aber da sie noch nicht deine Schwiegermutter ist und es wahrscheinlich auch nicht werden wird, wenn du nichts unternimmst, solltest du über unsere Schlachten im 12. Jahrhundert schreiben. Du kannst Hillary erzählen, dass unsere georgischen Traditionen zu fünfzig Prozent darin bestehen, zu erklären, wie es möglich ist, dass Männer und Frauen eine Beziehung miteinander führen, und bei den anderen fünfzig Prozent geht es um unsere Schlachten.«

Also schrieb ich Hillary etwas über David, den Baumeister. Er sei ein großer georgischer Diktator im 12. Jahrhundert gewesen, unter ihm hätten fünftausend Georgier gegen fünfzigtausend Perser gekämpft, und er habe die Georgier im Namen Christi geeint. Es war sehr inspirierend, aber obwohl er viel baute, fand er immer noch, er habe nicht genug gebaut, und deshalb wollte er, dass die Leute über sein Grab in Gelati trampelten. »Aber, Malchasi«, sagte ich, »als Tbilissi im 17. Jahrhundert zum vierzigsten Mal geplündert wurde und unsere Leute in ihrem Blute lagen, ein Arm hier, ein Kopf da – wer dachte da an David, den Baumeister? Außerdem handelt es sich hier um einen modernen Geschäftsbrief.«

»Was heißt denn *modern*?«, fragte Malchasi. »Die Kommunisten haben unsere Traditionen vernichtet. Der wahre Georgier findet sich nur noch im 12. Jahrhundert, in unserem goldenen Zeitalter.«

»Aber die Gestalten des 12. Jahrhunderts waren ständig im Wald und haben geweint«, sagte ich. »Und ich hab's satt, dass die Leute um Georgien weinen. Sogar die Ikonen in den Kirchen weinen angeblich um Georgien.«

»Weil sie vor einer Invasion immer weinen. Deshalb muss

ich mein Schwert ergreifen, um gegen den Feind zu kämpfen.« Er drehte sein Fenster herunter und rief zum Balkon hinauf: »Juliet, lass uns ein Kotelett essen gehen.« Aber Juliet hatte keine Zeit für uns. Die Englischlehrer veranstalteten einen wissenschaftlichen Wettbewerb über das Verb »to be«.

Wir hatten jetzt seit neun Tagen keinen Strom mehr, und ich machte mir Sorgen wegen Anthony. Er tat mir leid, wenn ich mir vorstellte, wie er allein und ohne Hilfe Wassereimer die Treppe hinaufschleppte. Ich sagte zu Malchasi: »Wir sollten diesem Briten ein bisschen helfen.«

Er startete den Wagen, und wir fuhren zusammen zum Hotel Paradies, wo Anthony wohnte.

Aber als wir auf die König-Parnawas-Straße kamen, fluchte Malchasi plötzlich: »*Scheni deda* – deine Mutter!« Ein Polizist winkte uns mit seinem leuchtenden roten Stock heran. Malchasi fuhr an den Straßenrand. Er zog seine Papiere unter der Sonnenblende hervor, stieg schwerfällig aus und versuchte dem Mann mit dem leuchtend roten Stock zu erklären, er sei ein guter Freund von Schalwa, dies sei Schalwas ehemaliges Auto, und deshalb solle er, selbst wenn der Blinker nicht funktionierte, keinen Strafzettel schreiben. Natürlich stimmte der Polizist ihm zu und fand auch, er solle keinen Strafzettel schreiben, denn wer hätte schon etwas davon? Er, der Polizist, jedenfalls nicht. Er habe schon seit zehn Monaten kein Gehalt mehr bekommen. Ein paar andere Polizisten schlichen um die beiden herum.

Malchasi sah zu, wie der Polizist sein Gewicht von einem Fuß auf den anderen verlagerte, während er mitten auf der Straße stand und die Papiere im Licht eines Feuerzeugs inspizierte.

Malchasi kam zu meiner Seite herum und griff ins Handschuhfach. »Hier, wollen Sie dieses Dokument auch?« Malchasi war plötzlich sehr vergnügt und reichte dem Polizisten eine Seite aus einer englischen Grammatik. »Und wie wär's hiermit?« Er gab ihm eine Karteikarte mit einer Examensfrage von der Uni. »Und das hier?« Er hielt seinen Bibliotheksausweis hoch. Und obwohl er zu jung für eine solche Urkunde war, zeigte er als Nächstes einen Pass mit der Aufschrift *Opfer der sowjetischen Unterdrückung* vor, mit dem er freien Eintritt in jedes Museum bekam.

Ein anderer Polizist, der vom Zögern des ersten vielleicht genug hatte und lieber einen lukrativeren Kunden finden wollte, trat auf Zehenspitzen hinter den ersten, der noch versuchte, sich in Malchasis zahlreichen Papieren zurechtzufinden, und sagte zu ihm: »Wieso bestehst du darauf, *alle* seine Papiere zu sehen, wenn du nicht mal lesen kannst?« Augenzwinkernd winkte er Malchasi weiter.

Malchasi lachte herzlich, als wir die Straße hinunterfuhren. »Hast du das gehört?«

Ich schüttelte den Kopf. »In Amerika wärst du damit niemals durchgekommen.«

»Willst du damit sagen, wenn mich in Amerika ein Polizist anhält und ich ihm sage: ›Ich bin verwandt mit George Bush‹, dann wird er mich nicht weiterfahren lassen?«

»Nein, nach meinen Gesetzestexten nicht.«

Er schüttelte den Kopf und schnalzte mit der Zunge. »Was willst du von einem solchen System lernen?«

Das Viertel, in dem das Hotel Paradies lag, hieß »Ich bin freundlich« (es ist freundlicher, als es aussieht) und war ein Überbleibsel aus der Zeit der Sowjetunion. Wir parkten auf dem Parkplatz und gingen auf das Gebäude zu. »Was glaubst du, wie viele Stunden pro Tag hat er Wasser?«, fragte Malchasi.

»Drei vielleicht?« Ich suchte nach dem Eingang.

»Das ist doch gut«, sagte er achselzuckend.

»Zumindest im Hof gibt es immer welches«, sagte ich und zeigte auf einen Wasserhahn.

Wir stiegen die Treppe hinauf und wichen den Betonstabstählen aus.

Vor seiner Tür riefen wir nach ihm. Während wir warteten, bog Malchasi ein paar Drähte, die über der Tür hingen, zurück in die Wand.

Als Anthony die Tür öffnete, stand er im Dunkeln.

»Gib ihm Streichhölzer«, sagte Malchasi zu mir.

Ich zündete mein Feuerzeug an. »Was machen Sie da im Dunkeln?«, fragte ich.

»Mich stört es eigentlich nicht«, sagte er. »Ich kann so besser denken.«

Er hatte sich nicht die Mühe gemacht, sich das Haar zu bürsten. Es stand senkrecht von seinem Kopf ab wie ein Stoppelfeld.

»Werden Sie zum Hamlet?«, fragte ich.

Malchasi betrachtete das Telefon, das auf einem Tischchen neben der Tür stand.

»Funktioniert Ihr Telefon nicht?«, fragte ich Anthony. »Ich hab versucht, Sie anzurufen.«

Im Licht lodernder Zeitungen besichtigten wir seine häusliche Umgebung. Malchasi schaute sich in der Küche um. »Wenn er heißes Wasser haben will, muss er anscheinend diesen Tauchsieder benutzen«, berichtete er mir. Er öffnete einen Schrank. Der Schrank war leer. »Sag ihm, er soll eine Liste schreiben, wenn er was braucht.«

Malchasi öffnete den Kühlschrank. »Ah! Ketchup!«, rief er. »Sag ihm, wenn er was essen will – die Frau meines Freundes Wachtang wohnt unten. Manana. Er kann einfach ans Fenster klopfen.«

»Mein Kühlschrank ist leer, weil ich den Stecker herausgezogen habe«, erklärte Anthony. »Er macht immer so viel Krach, wenn der Strom ausfällt.«

Malchasi öffnete das Fenster. »Manana!«, rief er. Er legte die Hand wie einen Trichter an den Mund und rief noch einmal. »Manana! Hmmm. Sie ist nicht zu Hause.«

»Wie lange sind Sie schon ohne Strom?«, fragte ich.

»Ungefähr zwei Wochen.«

»Warum *sagen* Sie denn nichts?«, fragte ich. »Ich hab Ihnen meine *Telefonnummer* gegeben.«

»Ich dachte, das ist normal.«

»Es *ist* auch normal«, sagte ich. »In Afrika. Aber Sie wohnen im selben Gebäude wie der Bürgermeister. Jeder in diesem Viertel sollte elektrischen Strom haben. Ihren stiehlt offensichtlich jemand. Anthony, wenn Sie zu stolz sind, um jemanden um Hilfe zu bitten, werden Sie hier verschmachten. Haben Sie Werkzeug?«

»Wofür?«

»Wir werden Ihren Strom für Sie zurückstehlen. Es ist das Einzige, was wir wirklich gut können. Und Malchasi kann Ihnen eine zweite Leitung legen und eine dritte. Ich kann nicht garantieren, dass sie immer funktionieren. Und Sie müssen vorsichtig sein und darauf achten, dass Sie sich keinen tödlichen Schlag holen, wenn Sie von einer zur anderen schalten.«

»Die legale Methode ist mir lieber.«

»Ja, die gibt's auch immer noch«, sagte ich. »Aber der nächste Sommer wird da sein, bevor Sie da ein Resultat sehen. Dann ist es heiß, und Sie brauchen keinen Strom. Sie können am Meer sitzen. Oder im Café Paradies. Dort ist eine Klimaanlage im Keller, und sie haben einen sehr guten Geiger, der immer französische Lieder spielt. Warum wollen Sie es nicht auf die leichte Tour versuchen? Kennen Sie nicht die Geschichte vom Swani-Mann? Er trieb sein Walross rückwärts, und die Stoßzähne bohrten sich in den Boden. ›Dreh es doch um‹, sagte jemand. ›Oh, jetzt geht es leichter‹, sagte er.«

»Das ist doch lächerlich«, sagte er. »Was ist denn mit der Elektrizitätsgesellschaft? Können die das nicht für mich in Ordnung bringen?«

»Wer?«

»Die Leute, die, na, Sie wissen schon – die für die Elektrizität zuständig sind.«

»Und wer ist das?«

»Wisst ihr das nicht? Kommt ihr denn nie auf den Gedanken, euer Leben in die Hand zu nehmen? Das ist Irrsinn. Wie kann ein Land wie Georgien überhaupt existieren?«

»Das fragen wir uns auch.«

Nachdenklich setzte er sich hin, und ich befürchtete schon, der Hamlet-Komplex könnte wieder erwachen. »Kann ich Ihnen Estragonlimonade anbieten?«, fragte er.

»Nein, vielen Dank«, sagte Malchasi, und ich merkte, er war ein bisschen verschnupft, weil Anthony sein Angebot, den elektrischen Strom wiederherzustellen, abgelehnt hatte.

Er schenkte zwei Becher aus einer grünen Flasche auf dem Tisch ein, aber ich sah, dass die Limonade nicht mehr sprudelte.

»Der Kerl macht mich wirklich ratlos«, sagte Malchasi auf Georgisch. »Er würde wahrscheinlich nicht mal Geld stehlen, wenn er ein Haus voll Witwen zu ernähren hätte. Was ist denn los mit ihm? Hat er vielleicht Hunger?«

»Vielleicht möchte er nichts essen«, antwortete ich auf Georgisch. »Ich glaube, er hat einen Kulturschock.«

»Und was sollen wir machen?«, fragte Malchasi.

Es gab nur eine Lösung. Wir mussten mit ihm ins Fingerpuppentheater gehen.

Dort waren Banker mit ihren Familien. Sie saßen vorn, schrien »Bravo!« und klatschten ungeduldig. Niko, der Direktor des Fingerpuppentheaters von Batumi, hatte für sein Theater einen Kredit aufgenommen. Als die Banker ihn am Dienstagabend angerufen und gefragt hatten, wann er das Darlehen zurückzahlen werde, hatte er gesagt, er könne es in Form von Eintrittskarten zurückzahlen. Jetzt zappelten die Söhne der Banker bei ihren Vätern auf dem Schoß und warteten darauf, dass das Spektakel begann.

Ein Finger, ein professioneller Finger, gekleidet nach der neuesten italienischen Mode, kam auf dem Miniatur-Laufsteg angeschlendert. Weibliche Finger in Tüll und alter Spitze tanzten einen traditionellen Fingervolkstanz aus Ossetien. Die Musik, laut und akkordeonlastig, inspirierte die Finger zu Sprüngen, die doppelt so hoch waren wie sie selbst. Die Bankerkinder lachten hysterisch. Fingersoldaten trugen kleine Federhüte. Zwei Finger, ein Martial-Arts-Kämpfer und ein bionischer Mann, kämpften in Zeitlupe miteinander. Die Banker riefen immer weiter »Bravo!«. Dann kam der erotische Tanz. Die Väter waren so fasziniert, dass sie vergaßen, ihren Kindern die Augen zuzuhalten. Eine ganze nackte Hand zog einer anderen den Handschuh herunter, Finger für Finger. Ausnahmsweise waren die Zuschauer einmal nicht mit ihren trübseligen, schweren Herzen beschäftigt. Anstelle der täglichen heißen Tränen der Verzweiflung flossen die kühlen Tränen der Erleichterung über ihre Wangen.

»Und jetzt fängt die eigentliche Vorstellung an«, sagte ich zu Anthony.

Der Plot ging so: Ein paar Parlamentsabgeordnete aus Tbilissi bauten eine Zeitmaschine und kehrten zurück in die

Dreißigerjahre des 20. Jahrhunderts. Auf der Straße trafen sie eine Fingerpuppe, die Stalin darstellte. Als Stalin ihnen gerade die Köpfe wegschießen wollte, fiel der Strom aus, mit dem die Zeitmaschine betrieben wurde. (Das gehörte zum Stück.) Ohne Strom schaltete die Zeitmaschine automatisch ins moderne Georgien um. Die Fingerpuppenabgeordneten stiegen aus, schlugen die Tür zu und sagten: »Dieses Jahr ohne Strom ist mir jederzeit lieber als die Jahre unter dem Großen Mann.«

Tatsächlich war es eine Wiederholung. Wir hatten das Stück alle schon im Fernsehen gesehen. Und wir alle kannten die Moral von der Geschichte: Der Strom fiel aus, und das war ihre Rettung.

9

Als ich am nächsten Tag von der Arbeit nach Hause ging, kam ich an dem neuen Pizza-Restaurant vorbei. Die üblichen Jungs, die im Internet-Café arbeiten, saßen draußen an den Tischen. Sie hatten düstere Mienen und hängende Schultern und waren dünn vom vielen Trinken. Aber an einem anderen Tisch sah ich Tamriko alleine sitzen. Sie wirkte heute sehr zart und schön, und ihre Lippen erinnerten mich aus irgendeinem Grund an die Rubine in der Halskette der Königin Tamar im Staatlichen Kunstmuseum. Ich schaute mich nach Gotscha um, aber ich sah nur die Jungs aus dem Internet-Café. Sie probierten eine Raucherpose aus, dann noch eine. Ich sah, dass Suka dazugekommen war, und ich nickte ihm zu, aber dann kehrte mein Blick zu Tamriko zurück, zu ihren Lippen.

Ich bestellte einen Eiskaffee für sie. Zu Sowjetzeiten war Kaffee ein kapitalistisches Getränk. Eine Schwiegermutter beklagte sich bei der anderen: »Ach, ich Arme. Ich habe so eine grässliche Schwiegertochter.«

»Warum? Ist sie eine Hure?«, fragte die andere.

»Nein, schlimmer. Sie trinkt Kaffee.«

Aber zu Sowjetzeiten standen Tamriko und ich immer Schlange vor dem Café, wo die Dichter einander heimlich ihre Gedichte vorlasen und der KGB herumstand und alles beaufsichtigte. Wir orderten eine Tasse Kaffee, tranken sie, stellten uns wieder in die Schlange und tranken noch eine Tasse und noch eine, bis wir uns fantastisch fühlten.

Als die Sowjetunion zusammenbrach, tranken wir weiter Kaffee, aber Tamriko sagte keine Gedichte mehr auf, sondern sprach immer davon, wie Georgien sich veränderte, und sie überlegte, ob sie Englisch mit amerikanischem oder mit britischem Akzent lernen sollte. »Warum sprichst du nicht von unserer Beziehung und wie man sie verbessern könnte?«, fragte ich sie einmal.

Soweit ich wusste, trank sie immer noch Kaffee. Aber als der Eiskaffee kam, sagte Tamriko: »Gib den Juliet. Sie trifft sich hier mit mir.«

»Wieso? Fastest du?«, fragte ich.

»Nein, aber ich mache eine Diät, und ich kann mir nicht vorstellen, zu essen. Ich nicht.« Es klang, als könnte sie maßhalten. Aber schaute man hinter eine Säule oder einen Busch, stand Tamriko immer da und rauchte. »Die georgische Frau raucht wie ein Schlot«, sprayt der französische Dichter auf die französischen Busse. Aber die georgische Frau versteht es auch, den Mann mit einem Flattern ihres Taschentuchs zum Sklaven zu machen, sodass er sich nur noch wünscht, sie die Treppe hinauftragen zu dürfen.

Tamriko zupfte die scharfen Peperonischoten von ihrer Pizza und legte sie auf meinen Teller. »Ich denke daran, meine Jungfräulichkeit durch eine Operation wiederherstellen zu lassen«, sagte sie. »Das kostet vierhundert Dollar.«

»Hallo, Mittelalter«, sagte ich.

»Gotscha ist ein moderner Junge wie du, Slims. Er mag Partys, Fußball und Computerspiele, aber er heiratet keine Frau, die keine Jungfrau mehr ist. Es war sein Vorschlag.«

»Wenn du heiratest, ist es schade«, sagte ich. »Wenn du nicht heiratest, ist es auch schade.«

Am Nachbartisch hatte Suka sich eine Zigarette angezündet und seine Pose korrigiert.

»Sieh mich an«, sagte Tamriko und spitzte ihren Lipliner mit einer Rasierklinge an. »Ich war immer so schön, aber nicht sehr klug. So viele Männer wollten mich heiraten. Heutzutage weigern die guten Männer sich, zu heiraten. Aber, Slims, eine Frau braucht einen Mann. Ein Mann ist ein Berg. Eine Frau braucht den Schatten eines Berges.«

»Oder wenigstens den Schatten eines Hügelchens«, sagte Juliet und setzte sich zu uns.

Ich kratzte ein bisschen Mayonnaise von meiner Pizza und tat sie auf Tamrikos Teller. »Heutzutage ist es vielleicht besser, nicht zu heiraten«, sagte ich. »Außerdem hast du doch schon einen Mann«, erinnerte ich sie, denn sie hatte zehn Jahre zuvor geheiratet, als es in Georgien drunter und drüber gegangen war und junge Männer und Frauen in ihrem wirkungslosen Streben nach Stabilität zusammen durchgebrannt waren. Aber dann war ihr Mann auf dem Schwarzen Meer davongefahren. Ich meine, okay, das war sein Job. Als er zurückgekommen war und den Hühnerstall sauber machte, sagte Tamriko zu ihm: »Ich möchte nicht wie die Frau in einem Märchen sein und immer darauf warten, dass du zurückkommst.« Daher hatten sie sich vor fünf Jahren scheiden lassen. Aber dann war Tamriko zur Hypochonderin geworden und bildete sich ein, sie bekomme die Krankheit, die Frauen bekommen, wenn sie keinen Mann haben, und eine Frau brauche Liebe und müsse diese Liebe zum Ausdruck bringen, weil das ihre Natur sei.

Es gibt ein Gedicht über die georgische Frau. Ich hoffe, ich bringe es noch zusammen. Es handelt von ihren Gebeten, von ihrer liebreizenden Seite und davon, wie der Feind sie bedroht. Es geht so:

Georgische Frau!
Gib deine Seele nicht her
Und lass nicht zu, dass der Feind dich bricht.
Du musst deine Vollständigkeit bewahren,
O Frau, du georgische Frau!

Ach, was weiß ich! Ich erinnere mich nicht mehr.

Es gibt noch ein Gedicht, nicht so gut, aber trotzdem bringt es zum Ausdruck, was es soll, und es heißt »Der georgische Mann«:

Ich bin ein Mann.
Ich habe einen Sohn.
Er gibt mir Hoffnung.

Aber ich hatte noch keinen Sohn, und mein Leben raste an mir vorüber, ungenutzt. Hier mit Tamriko zu sitzen schien mir in übertriebenem Maße darauf hinzuweisen. Wenn ich sonst in Depressionen zu versinken drohte, weil ich ein Mann ohne Frau war, erinnerte ich mich immer an die alte georgische Redensart: »Wenn eine Frau so toll ist, warum hat Gott dann keine?« Dann ging es mir ein bisschen besser. Aber als ich mich diesmal daran erinnerte, ging es mir kein bisschen besser.

Juliet riss mich aus meinen Gedanken. »Slims«, sagte sie, »glaubst du, Anthony ist homosexuell?«

»Nein«, sagte ich, »ich glaube, er ist petrosexuell. Er interessiert sich nur für Öl.«

»Ach ja«, sagte Tamriko, »wie sollen wir diese modernen Sexualitäten heutzutage noch verstehen?«

»Ein georgischer Mann kennt nur noch eine Art, mit einer Frau Liebe zu machen: Er kauft ihr Sachen. Dosen mit Pringles-Chips«, behauptete Juliet. »Oder Fanta Orange. Das ist das Problem.«

»Das Problem ist das Wort *Liebe*«, widersprach ich. »Manchmal bedeutet es eine Dummheit, und manchmal bedeutet es den Sinn des Lebens. Meine Liebe zu meinem Freund, zu einer Frau, zu diesem Land, das ist jedes Mal etwas anderes. Wie kann ich eine Liebe, die mich trägt, mit einer vergleichen, die mich zerstört?«

»Genauso ist es mit dem Wort *Kopf*«, meinte Juliet. »Mein Kopf ist ganz anders als der eines iranischen Flüchtlings oder auch als der Kopf eines Engländers. Der Kopf eines Engländers ist großmütig und frei, einfach weil er anders und meinem Kopf überlegen ist. Meiner ist dazu da, zu verhindern, dass es mir in den Hals regnet.«

Ich starrte sie an. Manchmal sagte sie wirklich außergewöhnliche Sachen.

»Ist dir aufgefallen, Slims«, fuhr Juliet fort, »dass Malchasi dauernd irgendwohin verschwindet? Er hat gesagt, er geht Gurken verkaufen, aber ich glaube, in Wirklichkeit ist er in irgendwelche schwarzen Geschäfte verwickelt.«

»Immer sind die armen Gurken schuld!«, sagte Tamriko.

»Vielleicht ist es besser, wenn du Malchasi vergisst«, sagte ich.

»Aber was ist die Alternative?«, fragte Tamriko. »Ich will ja nicht die Klimaxkrankheit bekommen. Eine verheiratete Frau erlebt die Stimmungsumschwünge der Menopause nicht. Was ist denn mit dem Direktor des Fingerpuppentheaters?«

»Niko? Der hat nur ein kleines Zimmer über seinem Fingerpuppentheater.«

»Und was ist mit dem Dokumentarfilmer?«, fragte ich.

»Mit dem, der mich immer mit seinen Filmen über antike

Swani-Türschlösser bezirzen wollte?«, fragte Juliet. »Der findet, bei mir ist die Klimaxkrankheit schon zu weit fortgeschritten. Ich bin gar nicht mehr sicher, ob ich überhaupt noch einen Georgier heiraten möchte. In England glauben sie nicht an diese Krankheit. Sie sind da unabhängiger. Sie leben zurückgezogen, treffen Verabredungen, rufen an, bevor sie zu Besuch kommen. Die Frauen sitzen nicht den ganzen Tag in einem schwarzen Kleid zu Hause herum, mahlen Kaffee und hoffen, dass eine Nachbarin aufkreuzt. Sie gaffen auch nicht vom Balkon und warten darauf, dass etwas Lustiges passiert. Ihre Männer würden meine Bücher nicht klauen und nicht meckern, weil ich nicht öfter Käsebrot backe, und sie würden auch nicht dauernd auf die Vorzüge des Kodex Hammurabi hinweisen. Was ich sagen will: Wenn ich einen Ausländer heiraten würde, könnte ich auch an andere Dinge denken. Neben der Liebe. Die georgische Liebe ist mir zu schwierig.«

»Ja, das wäre sehr modern«, sagte Tamriko und schabte noch mehr gekräuselte Späne von ihrem Lipliner. »Aber«, fuhr sie fort und schaute Juliet an, »sind sie auch fruchtbar?«

»Sie nehmen viele Vitamine«, sagte Juliet. »Im Westen nehmen sie Vitamine, weil sie in beständiger Todesangst leben.«

Ich hatte gedacht, Juliet würde Malchasi heiraten, immer schon, seit er nach Batumi gezogen war und angefangen hatte, ihr den Hof zu machen. Ich hatte immer angenommen, Malchasi würde mein Schwager werden und sie würden eine Dorfhochzeit mit Kartoffelblütenkränzen feiern. Vielleicht würde er sie auch entführen und in einen Turm in den Bergen bringen, um das Geld für eine kostspielige Hochzeit zu sparen, denn so braucht man nicht die ganze Stadt zu verköstigen, sondern nur ein paar der nächsten Verwandten. Aber

Malchasi wollte keine regelmäßige Arbeit, er wollte einen Job, bei dem er sich fühlte wie ein König, und ich war nicht mehr sicher, ob er der richtige Mann für meine Schwester war.

»Es ist besser, einen Mann zu finden, wenn man noch jung ist«, sagte Tamriko. »Es liegt am gegenwärtigen Zustand der Welt, dass die Männer, wenn sie älter werden, die Fähigkeit verlieren, ihre Gefühle zum Ausdruck zu bringen. Sie sagen: ›Ich liebe dich, du Schöne‹, und sie küssen dich, aber ihre Empfindsamkeit, ihre Verwundbarkeit zeigen sie nicht mehr.«

Ich fragte mich, ob Gotscha sie so behandelte.

Als Tamriko ging, drehte Juliet sich zu mir um. »Slims, warum hast du aufgehört, Tamriko den Hof zu machen?«

Ich hörte auf zu kauen. Als Erklärung hätte ich ihr den Text des Liedes zitieren können, das sie auf der Schachmeisterschaft gesungen hatte. »Unsere Liebe war stark, aber so kurz. Wir haben nicht zueinander gepasst. Wir waren nicht wie die Sonne und der Regen.« Aber das stimmte nicht. Stattdessen sagte ich: »Man sollte seine Nachbarin nicht heiraten. Das ist, als ob man seine Schwester heiratet.« Das war eine gute Ausrede. Wenn ein Mann seine Nachbarin heiratet, nennt die ganze Nachbarschaft ihn »Schwager«.

Juliet schüttelte den Kopf. »Der Große wollte sich nicht bücken, der Kleine wollte sich nicht strecken, und so war nichts mit einem Kuss.«

10

Es war Mitte November, und Flocken von frühem, schmutzigem Schnee dämpften das Leben auf der Straße. Ich hatte an einer Tagung an der Universität teilgenommen, die von einer örtlichen NGO gesponsert worden war. Ich war hingegangen, weil Anthony angeboten hatte, einen Vortrag darüber zu halten, wie man an Stipendien für ein Auslandsstudium kam. Aber ich erfuhr nicht viel, denn während er sich noch über die Bedeutung des Internetzugangs für Studenten an der Uni verbreitete, kamen ein paar Bürgerwehrleute aus der Gegend herein. Sie setzten sich nach hinten und weigerten sich, Englisch zu sprechen, das sie als »Sprache der Barbaren« bezeichneten: Sie sprächen nur die »Sprache Don Quijotes«. Vom Spanischen übermannt, beendete Anthony die Sitzung vorzeitig und meinte: »Na, vielleicht schaffen wir beim nächsten Mal mehr.«

Das spanischsprachige Kontingent waren Bekannte von Malchasi, und ich fragte sie, ob sie ihn in letzter Zeit gesehen hätten, aber das hatten sie nicht. Malchasi war vor zwei Wochen verschwunden, und es ging das Gerücht, er habe sich einer Robin-Hood-Bande auf dem Land angeschlossen, die Eisenbahnzüge anhielt, um gegen die bevorstehende Wahl Präsident Schewardnadses zu protestieren. Aber Malchasi interessierte sich nicht für Politik. Er war auch schon früher einmal verschwunden, und bei seiner Rückkehr hatte er eine mexikanische Redensart zitiert, die er in einem Dokumentarfilm gehört hatte: »Mann muss gehen in die Berge, weil ist wichtig.«

Jedes Mal, wenn er verschwand, befürchtete ich, er sei losgezogen, um seinen Vater zu rächen, und wolle an der türkischen Grenze, die acht Kilometer entfernt war, einen türkischen Grenzer erschießen. Aber er wusste auch, dass die Türken nichts von unserer Neun-Generationen-Vendetta wussten, und auf sie zu schießen wäre etwa so, als würde ein kleiner Mann Godzilla herausfordern.

Ich hatte nur noch etwas mehr als einen Monat Zeit, um meine Bewerbung für Hillary Clintons Wettbewerb fertigzustellen. Ich suchte nach etwas Einzigartigem, das ich schreiben könnte, um mich von allen anderen abzuheben und ihr zu zeigen, dass ich meine Hand höher hob als jede andere postsowjetische Person, die sich um diese Chance bewarb. Auf dem Heimweg von der Arbeit musste ich den Glatteisflecken auf der Straße ausweichen. Alles war in der Schwebe, und unter dem bedeckten Himmel konnte ich kaum mehr als ein paar Meter weit sehen. Ich hörte nichts als das Hufgeklapper eines entlaufenen Esels und die Stimme des Bauern, der ihn anschrie und mit seinem Hut bewarf.

Als ich nach Hause kam, gab es immer noch keinen Strom. Meine Mutter war mit Suka auf einem Ausflug zum Wasserkraftwerk, und Juliet las bei Kerzenlicht.

»Juliet«, rief Malchasi von der Straße herauf. »Komm herunter! Juliet!«, rief er noch lauter. »Wir haben einen Sieg errungen!«

»Er hat bestimmt nicht an einem militärischen Gefecht teilgenommen«, sagte Juliet, und es klang, als wünschte sie, er hätte es getan. »Wahrscheinlich hat er nur ein bisschen Benzin aus dem Auto eines Nachbarn gestohlen.«

Ich beugte mich aus dem Fenster und schaute zu ihm hinunter. Sein Oberkörper hing aus seinem Wagen, und er klang wie ein kleiner Junge, der schrie: »Mama, Mama, gib mir Honig!«

»Slims, sag Juliet, sie soll kommen. Und du auch! Wir fahren spazieren.«

»Komm du doch!«, rief Juliet zurück.

Malchasi hatte offensichtlich keine Lust, dem Befehl einer Frau zu gehorchen. Deshalb änderte er seine Taktik. »Bleib da!«, befahl er und zeigte mit dem Finger auf sie. »Komm ja nicht heraus!«

Als Malchasi in der Tür stand, war er außer Atem und hatte einen schweren kristallenen Kronleuchter in der Hand. »Warum habt ihr kein Licht an?«, fragte er. »Wegen der Wahl haben sie den Strom eingeschaltet. Schaut aus dem Fenster.«

Ich schaute aus dem Fenster und sah, dass überall das Licht brannte.

»Hier, den hab ich euch mitgebracht«, sagte er und stellte den Kronleuchter auf den Tisch. »Er ist aus der Tschechoslowakei. Möge euch sein Licht stets erleuchten. Oh, sieh dir deine Hände an.« Malchasi befühlte Juliets Finger. »So kalt! Du musst mir endlich erlauben, dass ich eure Wassereimer für dich fülle. Ach, jetzt hätte ich es fast vergessen.« Er polterte die Treppe hinunter.

»Wie will er die Wassereimer füllen?«, fragte Juliet. »Er ist doch nie da.«

»Hier, Slims, ich hab ein bisschen Sprit für uns aufgetrieben«, sagte er, als er zurückkam, und stellte einen blauen Metallkanister mit der Aufschrift »USA« auf den Boden.

Aus einem Korb, den er an der anderen Hand trug, nahm er einen Strauß Plastikblumen und ein rosarotes Handtuch.

»Ich habe einem britischen Seemann Wein dafür gegeben«, erklärte er.

»Die haben Plastikblumen auf ihren Schiffen?«, fragte ich.

»Setzt euch«, befahl er uns beiden. »Ich mache Kaffee.«

Ich war überrascht, dass er wusste, wie man Kaffee machte. »Ich trinke keinen Kaffee«, sagte er sonst immer, als wäre Kaffee nur etwas für Frauen. Ich hatte immer angenommen, er würde lieber verhungern oder rohen Fisch essen, bevor er etwas kochte. Aber jetzt stand er am Herd, als hätte er sein ganzes Leben lang Kaffee gekocht, als wäre er ein Meister der Kaffeezubereitung wie manche Frauen in unserer Stadt, die Geheimrezepte dafür haben und beliebter sind als die berühmten Dichter.

Er öffnete die Zuckerdose und löffelte Zucker in die Kanne.

»Oh, nicht so viel Zucker«, sagte Juliet. »Ich möchte noch lange leben.«

»Isst du keinen Zucker mehr?«, fragte Malchasi.

Juliet zuckte die Achseln.

»Du magst nicht gern Schaum, stimmt's?« Er goss den Kaffee in drei schwarze Tassen mit goldenen Drachenschwänzen, aber weil er die Mengen falsch abschätzte, bekam ich den ganzen Schaum.

Ich bewegte meine Tasse im Kreis und suchte nach Kaffee, aber ich fand keinen. Malchasi gab mir seine Tasse und sagte: »Ich trinke sowieso keinen Kaffee. Jetzt setzt euch. Sascha und ich haben einen Plan.«

»Wer ist Sascha?«, fragte ich.

»Ein Armenier. Er arbeitet im Hafen.«

»Und was ist das für ein Plan?«, wollte Juliet wissen. »Etwas Illegales?«

»Hättest du denn was dagegen?«

»Käme es darauf an?«

»Der Mann ist keine Mauer«, sagte Malchasi. »Er ist beweglich.«

»Aber die Mauer trägt wenigstens das Dach«, sagte ich.

»Juliet, Slims, meine Lieben«, sagte Malchasi. »Sagt mir. Was ist illegal? Außerdem, wenn da hundert Goldstücke liegen, und niemand zählt sie, weil alle schon reich sind, und wenn ich mir dann ein kleines Goldstück nehme, dann sind alle glücklich, sie und wir. Das ist doch kein Problem.«

»Warum musst du etwas Illegales tun?«, fragte Juliet.

»Es ist nichts Illegales! Okay, ich sag's euch. Ich bin Inspektor.«

»Wie bei Sherlock Holmes?«, fragte ich.

»Nein. Im Hafen. Auf den Schiffen. Gotscha hat mir den Job da besorgt. Ich arbeite für seine Familie. Ihr könnt mich Inspektor Nummer zwölf nennen. Zwölf für das 12. Jahrhundert.« Er zog ein metallenes Abzeichen aus der Tasche seiner Jeansjacke und zeigte auf die Zahl Zwölf.

»Und da bist du gewesen? Ich dachte, du wärst in die Berge gefahren, um Gurken zu verkaufen«, sagte Juliet.

»Du siehst aus, als hättest du dich die ganze Zeit nicht rasiert«, sagte ich.

»Das Meer ist voller Schiffe. Ich hab keine Zeit.«

»Ach, so ein Job ist das«, sagte ich. »Jetzt gehst du die ganze Zeit anschaffen und hast für nichts anderes mehr Zeit. Du musst diesen Job nicht nehmen, weißt du. Wir kommen auch so zurecht.«

»Na klar, indem wir Sukas Heiligenfiguren verkaufen, und mit Juliets Englischunterricht und mit dir, was immer du da tust, und deinem Gehalt, das nur manchmal kommt.«

»Aber was ist das für ein Leben an einem Ölterminal? Davon abgesehen, dass das Öl alle Fische tötet.«

»Schreib Hillary davon. Anfangen könntest du so: Es war einmal ein Mann aus Georgien, der endlich einen Job bekam. Wir Georgier brauchen nichts zu tun, was wir nicht tun wollen. Wir tun *gar* nichts und sind trotzdem Georgier. Dieser Mann nun …«

»Inspektor Nummer zwölf«, wiederholte ich bei mir und schaute aus dem Fenster und durch die Palmen auf die gleichmäßige Brandung des Meeres. Malchasi arbeitete also für Gotscha, den Banker. Jetzt musste ich wirklich weg aus dieser Stadt.

»Ich war beim Vorstellungsgespräch in Baku«, sagte Malchasi gerade. »Ich habe gesagt, ich kann Excel oder Nexel, oder wie das heißt, und ich spreche Englisch. Aber als ich wieder in Batumi war, habe ich als Erstes zu Gotschas Onkel gesagt: ›Ich verstelle mich nicht gern. Deshalb sage ich dir jetzt, dass ich diese Computerprogramme, Excel und Nexel – dass ich davon nichts verstehe.‹ Aber, habe ich gesagt, ich lerne schnell. Ich habe ihm auch gesagt, dass mein Englisch nicht sehr gut ist. Und dass ich nicht ans Internet glaube. Wir haben zehntausend Jahre ohne Internet gelebt, also wozu brauchen wir es jetzt? Außerdem bombardieren Computer uns mit Radioaktivität. Und sie ruinieren die Augen der Frauen. Aber Gotschas Onkel weiß, dass ich aus den Bergen komme und mit einem Swan verwandt bin und dass es bei den Swani-Familien die Neun-Generationen-Vendetta gibt. Deshalb sagte er: ›Diese Programme sind nicht schwer zu lernen.‹«

»Und was *inspizierst* du jetzt?«, fragte ich.

»Öl und Gas. Wir haben noch eine andere Abteilung, die Abteilung für die Inspektion landwirtschaftlicher Erzeugnisse und Mineralien, aber von Mineralien verstehe ich nichts.«

»Da musst du viel Milch trinken«, sagte ich. »Wegen der Dämpfe.«

»Kapierst du das nicht, Slims?«, fragte er. »Wir inspizieren nicht *nur* Öl und Gas. Letzte Woche habe ich mein erstes Schiff inspiziert. Es kam aus Polen und war mit Bananen beladen. Die Arbeiter im Hafen konfiszierten zwanzig Kisten davon, und wir sagten, wir müssten sie prüfen. Dazu haben wir sie gegessen. Wir haben auch Fotos gemacht und sie an den polnischen Seehafenspediteur gefaxt. Wir dachten, er würde wütend werden, weil wir so viele Kisten Bananen gestohlen hatten, aber er schickte nur ein Telegramm mit den Worten ›HAHAHA‹. Ich inspiziere alles wie ein echter Georgier.« Er lachte. »Sogar Estragonsprudelwasser! Und gestern Abend hab ich acht Kisten Bananen ins Dorf geliefert! Ich hab ihnen gesagt, ich bringe noch mehr Lebensmittel. Dann müssen sie nichts von diesen Zeugen Jehovas annehmen.«

»Wussten sie überhaupt, was eine Banane ist?«, fragte Juliet.

»Nein. Sie haben versucht, sie wie Kartoffeln zu kochen.«

»Vergiss die Bananen!«, sagte ich. »Wie ist es damit, dass Öl zur globalen Erwärmung beiträgt?«

»Pah. Wenn das wirklich wahr wäre, glaubst du, dann würde ich für so eine Firma arbeiten? Ich würde meinen goldenen Ring verkaufen, um uns zu ernähren. Nein, das geht nicht. Der hat meinem Vater gehört. Aber unseren Herd würde ich verkaufen. Nein, ich arbeite nicht nur wegen des Geldes. Ich möchte arbeiten. Sonst kann ich nachts nicht schlafen.« Er nahm eine Tomate aus der Glasschale auf dem Tisch und sah Juliet an. »Magst du die Farbe Rot wirklich? Liegt es daran, dass Anthony rote Schuhe trägt?«

Juliet ließ den Kaffeesatz auf dem Boden ihrer Tasse kreisen, drehte die Tasse um und stellte sie auf die Untertasse. Sie warf den Kopf in den Nacken. »Wie soll ich lernen, eine unabhängige Frau zu werden, wenn ich andauernd von dir verhört werde?«, fragte sie Malchasi.

»Warum willst du unabhängig sein? Was bedeutet das denn? Willst du allein in den Bergen leben wie Wascha-Pschawelas Frau? Nicht mal sie war glücklich damit, den ganzen Tag unter der Buche zu sitzen, mit nichts als dem zarten grünen Gras.«

»Tja, ich habe auch etwas bekannt zu geben«, sagte sie. »Ich habe mich entschieden, dass ich keinen Georgier mehr heiraten möchte, sondern lieber einen Ausländer. Die sind viel höflicher.«

»Pffft«, sagte Malchasi. »Du meinst, jemanden wie Anthony?« Er spuckte auf seinen Stiefel und beschloss dann, ihn zu polieren.

Juliet drehte ihre Tasse auf der Untertasse wieder um und schaute hinein.

»Nicht nur Frauen können im Kaffeesatz lesen«, sagte Malchasi und nahm ihr die Tasse ab. »Ah!« Er spähte hinein. »Ich sehe Dunkelheit und Einsamkeit. Aber dann ist da Licht. Und hier, ein Mann, auf einem Pferd – oder vielleicht bist das du –, und ihr jagt davon, um zu heiraten. Vielleicht hat er dich entführt, um das Geld für eine kostspielige Hochzeit zu sparen. Dann wirst du ein schönes Leben führen. Alles wird gut, und nichts ist schlecht.«

Juliet öffnete das Fenster und holte den Teller herein, den sie zum Abkühlen auf das Sims gestellt hatte. Darauf lag der Schweinskopf, den Irakli mitgebracht hatte. »Willst du auch was?«, fragte sie Malchasi.

Er saß auf der Stuhlkante, bereit zur Flucht.

Juliet kratzte mit einer Gabel Fleisch von dem Schädel,

aber es war teilweise schwer zu fassen, und so benutzte sie die Finger. »Slims?«, fragte sie einladend. Ich langte auch zu. Das Fleisch war fettig. Juliet stand auf, um eine Serviette zu holen, und die Gabel fiel auf den Boden.

»Opa!«, rief sie und bückte sich, um sie aufzuheben.

»Siehst du?«, sagte Malchasi. »Du vergisst schon, was eine georgische Frau ist.«

»Weil mir eine Gabel heruntergefallen ist?«

»Nein, weil du sie von einem Mann aufheben lassen musst.«

Ich sah ihn an und fing dann an zu lachen. Manchmal war er wirklich ein Bauer.

»Und ein Mann aus, zum Beispiel, England würde einer Frau die Gabel nicht aufheben?«, fragte sie.

»Versuch's doch«, sagte Malchasi. »Wenn du das nächste Mal mit Anthony isst, lass deine Gabel fallen.«

»Wann soll ich mit ihm essen? Ich kenne ihn ja kaum.« Juliet goss sich Wasser aus dem Krug ein.

»Du hast es schon wieder getan!« Malchasi schlug sich mit der Faust auf den Schenkel.

»Was?«

»Du hast dir selbst Wasser eingeschenkt. Du hättest mich fragen sollen.«

»Ich frage dich doch nicht, ob du mir ein Glas Wasser einschenkst!«

»Nicht fragen! Du brauchst nur dein Glas hin und her zu schieben, dann weiß ich, dass du Durst hast.«

Malchasi betrachtete sie über den Tisch hinweg mit einer Art inbrünstiger Anbetung.

»Warum behandelst du mich immer so?«, fragte Juliet.

»Warum? Wie meinst du das, warum? Glaubst du, ich will was von dir? Meine Aufgabe besteht darin, dir zu dienen.«

»Und weiter nichts?«

»Ich glaube, du weißt, was ich will.« In diesem Moment hatte ich den Eindruck, dass sein Blick wollüstig war.

Ich nahm mein Glas und wollte es ihm an den Kopf werfen.

Malchasi drehte sich verärgert zu mir um. »Ich glaube, sie weiß, dass sie mit mir auf ein Schiff kommen soll, zusammen mit all meinen besten Freunden, um aufs Meer hinauszufahren. Ich hab keine Ahnung, was *du* gerade denkst. Hör zu, Juliet«, sagte er. »Ich verrate dir ein Geheimnis, das Slims nicht kennt. Pass auf. Du hast so viele englische Bücher gelesen, dass du es vielleicht vergessen hast, aber ein echter georgischer Mann hilft auch manchmal bei der Hausarbeit. Du brauchst nur abends hinauszuschauen, und dann siehst du, wie die Ehemänner die Wäsche aufhängen.«

Ich schaute aus dem Fenster. Juliet auch.

»Man *sieht* sie nicht. Sonst würde am nächsten Tag die ganze Stadt tratschen: ›Oh, habt ihr gesehen? Irakli hat die Teppiche gewaschen.‹«

Es klopfte leise. »Vielleicht ist das jetzt Irakli«, sagte Malchasi und ging zur Tür.

»Nicht aufmachen!«, rief Juliet. »Das ist der Mann, der das Geld für den Strom kassiert.«

»Oder möglicherweise – ist das Anthony?«, fragte Malchasi. »Außer ihm klopft hier niemand.«

Und er war es. Der kleine Amateurfilm, zu dem sich diese Sache hier entwickelte, trug jetzt einen neuen Titel: *Imbroglio: Die große Verwirrung.*

»Warum kommt er her? War er schon mal hier?«, flüsterte Malchasi Juliet an der Tür zu.

»Er sagt, in seinem Fernseher gibt es nur MTV«, antwortete sie.

»Und das glaubst du? Das sagt er doch nur, weil er dich sehen will.«

»Er hat hier keine Freunde«, sagte Juliet.

»Warum erzählst du mir das?«

»Um zu erklären, weshalb ich Zeit mit ihm verbringe.«

»Oh, okay. Ich hatte schon Angst, du könntest *mich* bitten, sein Freund zu sein. Setzen Sie sich, Anthony«, befahl Malchasi, als Anthony sein Jackett ausgezogen hatte. »Ich mache Ihnen einen Kaffee.«

»Bitte, setzen Sie sich«, sagte Juliet. »Möchten Sie ein Stück Sahnetorte? Meine Nachbarin macht diesen Kuchen seit acht Jahren. Er besteht hauptsächlich aus Sahne.«

»Möchten Sie ein Glas Walnusslikör?«, fragte ich ihn.

Malchasi brachte Kaffee, und Juliet brachte ein paar Stücke von einer Torte, die aus unzähligen Schichten bestand. »Da ist nicht sehr viel Zucker drin«, sagte sie und sah aufmerksam zu, als Anthony einen Bissen nahm. Sie nahm auch einen, und dann sah ich, wie sie ganz langsam ihre Gabel vom Tisch schob. Wenn eine Gabel zu Boden fällt, ist das kein Grund zur Besorgnis. Besuch wird kommen, männlicher oder weiblicher, und wir sollten deshalb unbesorgt sein, denn alles ist bestens. Es ist ein Feiertag, wenn jemand zu Besuch kommt. Aber wichtig ist, dass man die Gabel für seinen Freund oder seine Freundin aufhebt. Anthony jedoch, der nicht aus einer uralten Zivilisation stammte, kümmerte sich nicht um die Gabel.

»Wenn eine Gabel herunterfällt, wird eine Frau zu Besuch kommen«, erklärte Malchasi und hob die Gabel auf. »Sie kommt, aber sie geht nicht. Sie verlässt Georgien nicht.«

»Wenn eine Gabel herunterfällt, ist es Zeit, eine saubere Gabel zu holen!«, erwiderte Anthony.

»Oh«, sagte Juliet. »Diese Torte ist sehr unhöflich!«

»Wie bitte?«, fragte Anthony.

»Der Geschmack«, sagte Juliet. »Dieser Torte. Er ist sehr unhöflich.«

»O nein, sie schmeckt prima«, sagte Anthony.

»Ich kann es nicht ausstehen, wenn du das tust!« Malchasi schwenkte die Gabel, und sie glänzte unter dem Kronleuchter. »Jedes Mal, wenn du Englisch sprichst, verwandelst du dich in eine Britin. Diese Ausländer dringen in unsere Kultur ein, und du sitzt da und zitierst Engländer! Es wird Zeit, dass ich mein Schwert ergreife, um gegen den Feind zu kämpfen.«

»Tja«, sagte Anthony und stand auf. »Danke für die Torte. Ich wollte wirklich nur auf einen Sprung vorbeikommen.«

»Ich dachte, du wärst ein Anhänger der georgischen Kampfkunst ohne Waffen«, sagte Juliet. »Außerdem kämpft man heute nicht mehr mit Schwertern, mein Lieber. Man drückt einen Knopf.«

»Aber ich habe keinen Knopf«, sagte Malchasi. »Pass auf, was passiert. Diese Ausländer werden kommen, unseren ganzen Grund und Boden aufkaufen und uns ihre Ideale der politischen Korrektheit aufzwingen.«

»Hat er keine anderen Interessen als das Streiten?«, fragte Anthony mich.

»Na ja, im Moment macht er ein Feuer«, sagte ich.

»Er macht ein Feuer?«

»Sie wissen schon – er bringt seine Traurigkeit zum Ausdruck. Auf Georgisch sagen wir dann, er macht ein Feuer. Aber in Wirklichkeit ist er nicht so gewalttätig, wie Sie glauben. Wir kämpfen, weil unsere Schwerter, wenn sie aneinanderschlagen, Funken sprühen und uns Licht spenden.«

Malchasi unterbrach mich. »Neben dem Kämpfen haben wir noch die Liebe. Aber die Liebe stirbt aus.«

»Tatsächlich kämpfen wir sogar, wenn wir uns küssen«, sagte ich zu Anthony.

»Uff!«, sagte Juliet. »Heilige georgische Traditionen.«

»Du bist keine echte Georgierin«, sagte Malchasi und schlug sich wieder mit der Faust auf den Schenkel. Wenn man in Georgien jemanden liebt, möchte man oft auf etwas einschlagen.

»Sehen Sie?«, sagte Juliet und wandte sich an Anthony. »Wie soll man ein Gespräch mit ihm führen? Lieber unterhalte ich mich mit der Katze. Komm her, Miezmiez. Malchasi hasst jeden, wissen Sie.«

»Ich hasse *niemanden*. Aber ich habe es schon einmal gesagt, und ich werde es wieder sagen: Ich bringe jeden um, der uns unser Land wegnimmt oder unsere Traditionen zerstört.«

»Wie gesagt«, wiederholte Anthony, »ich wollte eigentlich nur auf einen Sprung …«

Juliet redete jetzt auf Georgisch mit Malchasi. »Dieser arme Engländer. Er muss ja denken, wir kommen alle aus den Bergen, bei deinen Wertvorstellungen.«

»Nein, er weiß schon, das bin nur ich.«

»Du sprichst von heiligen georgischen Traditionen, die auf dem Dorf noch existieren«, sagte Juliet, »aber du willst nicht auf dem Feld arbeiten. Ich hätte gern im Dorf gelebt. Aber du bist wie diese neue Generation. Du musst immer irgendetwas tun, bist nie zufrieden mit dem Leben, das dir geschenkt wurde. Du bist ehrgeizig oder so etwas.«

Auf Georgisch »ehrgeizig« genannt zu werden ist fast so schlimm wie als *dawcliawdebuli* bezeichnet zu werden, als Pflaumenkopf. Ich befürchtete, auch ich könnte ehrgeizig geworden sein.

Anthony saß einfach da, und man muss ihm zugutehalten, dass er einen stoischen Gesichtsausdruck bewahrte. Der kristallene Kronleuchter klingelte zart über seinem Kopf. »Die Leute hier sind ein bisschen schwerfällig«, sagte er zu mir.

»Wovon reden Sie?«, fragte Malchasi.

»Von den Traditionen. Anscheinend sind sie wie Ketten für die Menschen.«

»Mit was für Menschen reden Sie denn?«, fragte Malchasi.

»Ich brauche mit niemandem zu reden. Ich beobachte es.«

»Dann beobachten Sie andere Georgier als die, die ich kenne«, meinte Malchasi.

»Jeder hier hat Angst vor dem Teufel.«

Malchasi und Juliet starrten ihn an. »Nur unverheiratete Frauen haben Angst vor dem Teufel«, sagte Malchasi und drehte sich zu Juliet um. »Hör zu, Juliet. Ich möchte, dass du frei bist«, sagte er auf Georgisch. »Ich weiß nicht, wie es dazu gekommen ist, aber mich interessiert nur, dass du glücklich bist. Georgien war einmal gesegnet, aber jetzt hat Gott uns vergessen. Wenn du mit einem fremden Mann über das Meer fahren musst, werde ich dich trotzdem aus der Ferne lieben. Plane dein Leben so, wie du es möchtest, ja? Echte *kurdi* heiraten sowieso nicht.« Er warf sich seine große schwarze Jacke über die Schultern und sagte: »Ich bin jetzt mit einem sehr einflussreichen Mann verabredet«, und dann war er verschwunden.

Juliet setzte sich mit Anthony auf die Couch. Wenn dir in Georgien jemand seine Liebe beweist, dann brauchst du sie nicht mehr.

11 Ein paar Tage nach unseren Präsidentschaftswahlen hatte man die Stimmen ausgezählt, und wir erfuhren, dass der alte Schewy wieder gewonnen hatte. »Ich glaube, wir müssen Hillary hier um Hilfe bitten«, sagte ich zu Malchasi. »Sonst bleibt Schewardnadse für den Rest unseres Lebens Präsident.«

»Amerika ist nicht das Land, das Ratschläge über Wahlen zu erteilen hat!«, sagte Malchasi. »Wir könnten zehn Wahlen abhalten in der Zeit, die sie brauchen, um zu entscheiden, wer in Florida gewonnen hat, und dann könnte es immer noch sein, dass wir den gewählt haben, für den niemand gestimmt hat.« Malchasi kurbelte das Fenster herunter und zündete sich eine Zigarette an. Aber dann drückte er sie im Aschenbecher aus, denn meine Mutter überquerte die König-Parnawas-Straße.

»Deda!«, schrien wir beide, und sie winkte.

Ich wollte mit Malchasi hinauf nach Poti fahren und ihm helfen, die Siegel an einem Öltankzug zu kontrollieren, der im Hafen entladen werden sollte.

»*Mir* ist es egal, wer Präsident wird«, sagte ich. »Ich habe zu keinem der Kandidaten irgendeine Beziehung. Ich hatte gehofft, dieser Saakaschwili würde kandidieren.«

»Du meinst den Autobomber?«

»Nein, den Typen, der in Amerika Antikorruptionstechniken studiert hat. Den Menschenrechtsaktivisten. Der hätte einen guten Präsidenten abgegeben.«

Auf dem Land machten wilde Verschwörungstheorien die Runde. Es hieß, aufgrund der Tatsache, dass Schewardnadse die Gesuche der Landbevölkerung fast das ganze Jahr über ignoriert, alles gehortet und in die eigene Tasche gewirtschaftet hatte, müsse er am Wahltag Wiedergutmachung leisten. Er habe deshalb seine edel gekleideten Vertreter, mit Tomaten beladen, in die Dörfer geschickt, wo sie von Haus zu Haus gingen. Ben Hur, mein Cousin, informierte mich darüber. Er sagte, Schewardnadses Abgesandte hätten mit der Wahlurne in der Hand an die Tür seiner Kiefernholzhütte geklopft und wie Straßenhändler gesungen: »Tomaten für echte Georgier!« Dann hätten sie zu ihm gesagt: »Wer nicht zur Urne gehen kann, zu dem kommt die Urne nach Hause, zu denen, die echte Georgier sind.« Der Vertreter und der mit der Wahlurne hätten sehr höflich und patriarchal gewirkt. Sie hätten mehrere Atemzüge in der Bergluft getan, mit den Füßen aufgestampft und darauf gewartet, dass mein Cousin seine Unterschrift leistete. Dann hätten sie in ihre rot gefrorenen Hände gehaucht, sich die Stiefel mit dem neuen Schnee poliert und seien dann zu den Nachbarn weitergegangen. »Danke für Ihre Beteiligung an der Neuen Demokratie«, hätten sie noch gerufen.

Schewardnadse hatte eine Menge Speichellecker aus der Großstadt an der Hand, die an diesem Tag für ihn arbeiteten und mit Wahlurnen und Tomatensäcken in die Dörfer gingen. 99,9 Prozent der Bevölkerung stimmten für ihn, aber was diese Prozentzahl angeht, habe ich meine Zweifel.

Wir fuhren am Schwarzen Meer entlang, vorbei an schmutziger Gischt und schwankenden Palmen. Kleine Lampen waren kunstvoll um Telefonmasten und das Gewirr von Stromleitungen drapiert worden, um König David zu Pferde darzustellen. Sie blinkten zur Feier der Weihnachtszeit und beleuchteten die Reste von Schnee, die an den Ästen hafteten. Vielleicht hatte ich übertrieben, was den Elektrizitätsmangel angeht. Vielleicht gab es doch öfter Strom als keinen.

Wir fuhren in die Berge oberhalb von Batumi und kamen auch an Stalins altem Limonarium vorbei. Leider wuchsen dort keine Limonen mehr. Es waren früher sehr berühmte Limonen.

Malchasi schob den Soundtrack von *Braveheart*, den er im Hafen von ein paar Rumänen bekommen hatte, in den Kassettenrekorder. Ich hörte Klirren und einen dunkel stampfenden Bass. »Das ist der neue Sound für dieses Jahrhundert«, sagte Malchasi. »In dieser Musik kannst du fühlen, wie wir Georgier unsere Schwerter für die Schlacht ergreifen.«

»Aber in dem Film *Braveheart* verraten die Adligen das Volk«, sagte ich.

Malchasi starrte nachdenklich nach vorn auf die Straße. »Die Rumänen haben mir die Kassette gegeben, weil es der Sound der Unabhängigkeit ist. Sie verstehen, wie sehr wir für unsere Unabhängigkeit kämpfen mussten. Sie verstehen die Georgier. Aber ich hatte große Mühe, die Filipinos zu verstehen. Zum einen essen sie nichts, sie trinken nur die ganze Zeit Tee. Aber das größte Problem ist, die Filipinos haben solche Angst vor Georgien, dass sie nicht mal einen Witz kapieren. Als sie dabei waren, das Öl auf ihr Schiff zu verladen, sagte ich im Scherz zu einem von ihnen: ›Ah, ich verstehe, du hast fünfzig Tonnen Öl in diesem Tank gebunkert, die du für dich behalten willst.‹ Man brauchte nur einen Blick in den Tank zu werfen und konnte *mühelos* erkennen, dass er trocken war und dass ich einen Witz gemacht hatte. Aber dieser Matrose steigt tatsächlich in den Tank hinunter, um nachzusehen! Als er sah, dass er trocken war – natürlich war er trocken, das konnte jeder sehen! –, kam er wieder heraus und fing an, herumzuhüpfen. Als er das tat, wirkte er ein bisschen größer. Er schrie auf Englisch: »Du bist ein Lügner! Mafioso! Mafioso!«

»Oy!«, sagte ich und drehte *Braveheart* lauter. »Lass uns diese Musik hören. Ich mag das Gerede über unseren Mafia-Ruf nicht. Es ist sehr anstößig.«

»Das ist ein großes Problem. Vielleicht hat Georgien seinen schlechten Ruf, weil die Welt die Geschichte von Sapar nicht kennt. Er stahl Almaschitis geschecktes Pferd aus Liebe zu Sia-Chanum, denn höher als das Gesetz steht die Frau. Es ist okay, zu stehlen, wenn man es aus Liebe tut. Aber wie dem auch sei, die Geschichte ist noch nicht zu Ende.«

»Das ist eine lange Geschichte.«

»Gestern Abend im Café kam einer der philippinischen Matrosen zu mir und fragte: ›Kannst du mir sagen, wo ich eine gute Frau finde?‹ Ich antwortete, so ein Land seien wir nicht. ›Komm schon, Mann!‹, sagte er. ›Gibt's denn keinen Club hier?‹ Das ist ein Problem, denn der einzige Laden im Hafen, wo sie hingehen können, um sich zu entspannen, ist das Café. Er lud mich auf ein Bier ein. Ich lehnte ab und lud stattdessen *ihn* auf ein Bier ein. Und weißt du, was? Auf einmal war er kein verschüchterter philippinischer Matrose mehr, der Angst vor allem hatte. Ich erkannte, dass wir einander vollkommen ähnlich waren.«

»Inwiefern?«, fragte ich.

»Er erzählte mir, in seinem Dorf auf den Philippinen, am Meer, habe er eine öffentliche Bekanntmachung abgeben müssen, eine Bekanntmachung über die Lautsprecher des Mülllasters. Er musste verkünden, dass er nicht mehr auf Hochzeiten gehen werde. Allen seinen Nachbarn teilte er mit: ›Ich bin ein moderner Arbeiter, und ein Arbeiter hat nur ein paar Tage Urlaub. Die will ich nicht mehr auf Hochzeiten vergeuden.‹«

»Wie sieht es denn mit Beerdigungen aus?«, fragte ich.

»Zu Beerdigungen muss er natürlich gehen«, sagte Malchasi. »Aber ich musste ihm recht geben: Hochzeiten sind ein Problem. Ich musste schon auf vierzehn Hochzeiten den Toastmeister geben. Ich hab's so satt, das dauernde Essen und Trinken und die viele Butter, die ich vorher essen muss. Kein Mensch kommt jemals auf die Idee, dass ich vielleicht auch ein bisschen abnehmen möchte. Wäre das nicht lustig, Slims, wenn ich auch bekannt geben würde, dass ich auf keine Hochzeit mehr gehen werde? Das wäre wie ausländische Comedy. ›Comedy, Comedy‹, würden die Leute sagen.«

Es war Abend, als wir schließlich in die Nähe von Poti kamen. *»Scheni deda!«*, schimpfte Malchasi plötzlich. »Die halten mich nie an, wenn ich allein bin. Das muss an dir liegen!« Am Straßenrand stand ein Polizist und winkte uns heraus. »Jetzt pass auf«, sagte Malchasi und hielt an. Er stieg nicht aus. Der Polizist musste an sein Fenster kommen, und Malchasi kurbelte es herunter und sagte: »Ich bin Inspektor Makaschwili.« Und dann stellte er seinen Rückspiegel ein.

»Ah, Inspektor Makaschwili«, sagte der Polizist. »Sind Sie verwandt mit den Makaschwilis aus Haschuri? Nein? Wie ist es mit den Makaschwilis aus Hulo? Auch nicht?« Er versuchte eine Verbindung zu finden.

Er kontrollierte Malchasis Papiere, und dann sah er Malchasis Abzeichen, das im Scheinwerferlicht eines vorbeifahrenden Autos aufblinkte, und sagte: »Gute Fahrt.«

Weil es in der Region Mingrelien weniger Strom gab als bei uns, war es dort einfach, in der Dunkelheit zu den Tankwagen zu schleichen und Löcher hineinzubohren, ohne dass man sie sah. Als Malchasi an diesem Abend die Siegel oben auf den Eisenbahnwaggons kontrolliert hatte und wir an den Gleisen entlang zurückgingen, ertappten wir einen alten Mann dabei, wie er einen Eimer Acetat klaute. Als er uns sah, fiel er vor Malchasi auf die Knie.

»Steh auf«, sagte Malchasi. »Diesmal hast du dich vertan. Das da ist kein Benzin, sondern eine Chemikalie, aus der man Flugzeugtreibstoff macht. Was hast du damit vor?«

»Meine Frau braucht es als Nagellackentferner«, sagte der Mann.

»Von mir aus«, sagte Malchasi und ließ ihm seine Beute. Mein Cousin war nicht hartherzig.

Malchasi bestand darauf, er sei nicht korrupt. Als Inspektor müsse er nur die Qualität des Öls für die ausländischen Schiffsspediteure kontrollieren. Da gehe es um Ölprodukte jeder Art: Rohöl, Turbinentreibstoff, Benzin. Manchmal sogar Olivenöl. »Keine Sorge«, sagte er ein paar Abende später zu meiner Mutter, als er einen Krug davon mitbrachte. »Wir tun das Olivenöl nicht in dieselben Behälter, die wir auch für Benzin benutzen.« Er überwachte auch die Mengen an Öl, das aus den großen Lagertanks am Nordrand von Batumi heraus- oder dort hineingepumpt wurde, bei der Raffinerie und dem Ölpipeline-Museum. Dicke Schläuche auf dem Meeresgrund verbanden die Lagertanks mit den ausländischen Tankschiffen. Die ausländischen Reedereien bezahlten ZGZ Oil Inspections, dieses »globale Unternehmen«, um dafür zu sorgen, dass die georgischen Behörden nicht mehr als fünfzig Tonnen pro Schiff als Zollabgabe einbehielten. Fünfzig Tonnen waren zulässig, mehr nicht.

Als Erstes stellte Malchasi fest, wie viel Öl sich in den Lagertanks an Land befand, um sicherzustellen, dass die führenden Familien von Batumi tatsächlich so viel Öl abgaben, wie sie abzugeben *behaupteten*, abgerundet auf eine Tonne. Dann maß er das Volumen des Öls auf dem Schiff und ließ es aussehen, als wäre die gleiche Menge Öl, die aus den Lagertanks im Hafen abgeführt worden war, auch an Bord des Tankers und als wäre über die Gabelung im Schlauch auf dem Meeresgrund nichts abgezweigt worden. Die Tatsache, dass dort einiges abgezweigt worden war, empfand Malchasi nicht als Widerspruch. Er rechtfertigte sie damit, dass die ausländischen Tankschiffe reicheren Ländern gehörten, die das Öl weniger nötig brauchten. Er druckte die Dokumente zu Quantität und Qualität aus und sorgte dafür, dass das Rohöl von gehöriger Süße und Leichtigkeit war: zweiundsiebzig Kopien desselben Dokuments, die der Kapitän (»Master« nannte Malchasi ihn) unterschreiben musste. Zweiundsiebzig Dokumente auszudrucken, das klingt nicht sehr beeindruckend, aber es dauerte lange, weil der Strom immer wieder ausfiel und weil der altertümliche Computer, den eine NGO gespendet hatte, nicht besonders effizient arbeitete und Malchasi den armenischen Wachmann Sascha im Hafen bitten musste, regelmäßig auf die PRINT-Taste zu drücken.

Malchasi hatte Schiffe immer geliebt – er hatte sich sogar angewöhnt, nautische Vokabeln zu benutzen –, aber jetzt, da das Schwarze Meer sich mit ihnen zusehends füllte, hatte er allmählich genug von ihnen. Wenn er nach Hause kam, schlief er sofort ein. Eines Abends, als wir nach Hause kamen und noch bevor er einschlafen konnte, sagte ich zu ihm, vielleicht sollte er aus diesem Job aussteigen und lieber ein echter georgischer Held werden, der gegen die Korruption kämpfte. »Außerdem«, sagte ich, »brauche ich einen Plot. Im

Westen machen die Romanfiguren immer irgendeine positive Wandlung durch.«

»Kennst du nicht die Geschichte von dem Mann, der seine *tschonguri* spielt?«, fragte Malchasi. »Den ganzen Tag über spielt er immer denselben Ton. Seine Frau fragt: ›Mann, wieso spielst du immer nur eine Note, während alle anderen immer verschiedene Noten spielen?‹ Und er sagt: ›Sie spielen verschiedene Noten, weil sie die eine suchen, die ich schon gefunden habe.‹ So ist auch Georgien. In Georgien brauchen wir uns nicht zu verändern, weil wir perfekt sind, wie wir sind. Gott hat uns Sein Land gegeben … ach, ich bin jetzt zu müde, um diese Geschichte zu Ende zu bringen.«

»Dann musst du mehr schlafen«, sagte ich. »Ich habe keine Lust mehr, mir für andere Leute Ausreden auszudenken, weil du ständig ihre Geburtstagspartys versäumst.«

»Aber was kann ich daran ändern? Ich muss mich immer um die ausländischen Seeleute kümmern. Der Gast kommt von Gott, und als Georgier habe ich diese Pflicht.«

Die einzige Gelegenheit, bei der der Plot unseres Lebens voranschreitet, ist ein Festtag, an dem wir unser Leben auf den Kopf stellen und das Gegenteil unserer selbst sein können, in einer Karnevalswelt, einer Schwellenwelt. An Heiligabend gab es den Festumzug, bei dem der Bischof mit seinen Groupies durch die Straßen zog. Sie sangen Kirchenlieder und hielten Ikonen und die Kirchenfahne hoch in die Luft. Auf der Fahne stand: »Hört auf, das Universum als gigantische Maschine zu betrachten, die durch Raum und Zeit auf ihren Bestimmungsort zurast.« Sie sahen aus wie die echten drei Könige, die die frohe Botschaft überbrachten. Jeder, der Lust hatte, konnte sich dieser Parade anschließen und sehen, wie die Kerzen ihr gelbes Licht in die blauen Fenster jedes Hauses warfen. Als Malchasi und ich jünger waren, ließen wir uns die Prozession im Dorf nie entgehen, aber in diesem Jahr war Malchasi sogar am Heiligen Abend so sehr mit seinen Schiffen beschäftigt, dass er nicht nach Hause kam.

Im Staatsfernsehen lief *Lazarus*, der alte georgische Klassiker. Es ist die Geschichte einer Liebe in uralten Zeiten. Meine Mutter und ich schauten uns den Film zusammen an, aber am Ende war ich deprimiert, weil ich mich fragte, ob eine solche Liebe noch existierte. Deshalb holte meine Mutter die Flasche heraus. Auf Georgisch heißt Hafergrütze *papa*, Papa heißt *mama*, und Mama heißt *deda*. Also aßen wir *papa*, und *deda* goss uns einen Martini ein. Dann stellte sie mir eine Schale mit geschmolzener Eiscreme hin. »Festtagsessen«, sagte sie. Ich fragte mich, ob es mir mehr wie ein Festtag vorkäme, wenn ich eine Frau hätte. Ich fragte mich, ob Tamriko in der Kirche war. Also ging ich hinüber zur Kirche und durch die Menschenmenge. Anfangs sah ich mich noch nach ihr um, aber dann versuchte ich mich stattdessen auf die Ikone der Mutter Maria zu konzentrieren und Sie ein bisschen zu spüren. Ich weiß schon, Sie wird ein bisschen anders gemalt, als Sie im wirklichen Leben war, aber das ist Kunst: Unsere einzige Möglichkeit, Sie zu finden, besteht in der Übertreibung. Ich glaube, Sie versuchte sich mir durch die Farben zu zeigen, denn während ich so dastand und die rissige Bemalung des Jesuskindes betrachtete, sah ich, wie Sie mir zuzwinkerte, mir mit meiner Sherlock-Holmes-Mütze, und meine Tränen begannen zu fließen. Wenn man durch solche Augen schaut, sieht man die Wahrheit am besten, denn die Welt fließt ineinander, und alles Trennende verschwimmt. Das ließ mich glauben, ich hätte vielleicht noch ein wenig Liebe übrig, die sich ins All hinauswölbte und Formen schuf, denen die Tentakel eines anderen sich entgegenstrecken könnten, und so wäre nicht alles verloren.

»Möge alles gut werden und nichts schlecht sein«, flüsterte ich Ihr zu. »Mögen die Fischer viele gute Fische fangen, mögen die Schweizer Schokoladenfabriken unsere Haselnüsse entdecken, möge der Boden stets fruchtbar und mögen unsere Becher stets voll sein.«

Das war genug gebetet. Ich hätte hier aufhören sollen. Wie wir in Georgien sagen: »Gibst du einem Blinden ein Paar Augen, verlangt er Augenbrauen.« Ich wurde gierig wie ein Armenier und fügte hinzu: »Möge ich es nach Amerika schaffen.«

Dann kam Saliko, der Archäologe, angefahren und rief dem Bischof zu, er solle ihm Benzin geben. Alle fingen an zu schreien wie Politiker, die einander ins Gefängnis bringen wollen, und alles verschwand, als stünde ich nicht da und als redete ich nicht mit Ihr. Meine einzige Hoffnung, erkannte ich, bestand darin, die strahlend smaragdene Schönheit dieser Welt vor ihnen zu schützen – vor allen, die da schreien – und vor mir, wenn ich schreie.

An Weihnachten hatte Malchasi arbeiten müssen, aber an Neujahr musste er einen Tag freinehmen, weil die Frau unseres Nachbarn ihn gebeten hatte, den Mann mit den »Glücksfüßen« zu spielen. Man nennt ihn auch den Mann mit den »goldenen Pfoten«. Weil er einer der wenigen mit einem Job war, meinte sie, er eigne sich am besten dafür, ihr Heim zu segnen und ein bisschen Glück zu bringen, indem er mit einem Korb voll Wein, Süßigkeiten und gekochtem Schweinefleisch über ihre Schwelle trat.

Als Malchasi nach dieser wichtigen Aufgabe nach Hause kam, trug er Neujahrskleidung: eine neue Wolljacke, die ein indischer Seemann ihm geschenkt hatte. Meine Mutter servierte *chatschapuri* und Hühnchen »Kiew«, das nach der

Hauptstadt der Ukraine benannt ist. Wie in allen kulinarischen Dingen sind es aber die Georgier, die es besser zubereiten. Malchasi sah sie dankbar an. »Ach, *deda*«, sagte er und seufzte. »Das ist für mich die liebste Zeit des Tages. Alle sind beieinander, und dieses Essen!«

Er stach mit der Gabel in das Huhn, und geschmolzene Butter spritzte auf seine neue Jacke. Er wischte sie mit der Serviette weg. Ich sah, dass Juliet sich bemühte, die Butter auf ihrem Teller nicht anzurühren. Ich faltete mein *chatschapuri* einmal zusammen, wie ich es die Jungs in einem amerikanischen Film mit ihrer Pizza hatte tun sehen. Suka machte es mir nach und bat Malchasi, ihm noch eine Schiffsfrachtgeschichte zu erzählen.

»Ja«, sagte Juliet, »erzähl uns noch eine von deinen Geschichten über Korruption auf hoher See.«

»Juliet«, sagte Malchasi, »erzählt dir das etwa Anthony? Dass ich korrupt bin? Er ist ja ein guter Kerl, aber … er erinnert an einen geräucherten Fisch: emotional eher unzugänglich. Er versteht nicht, was wir tun.«

»Und was tut ihr?«, fragte sie.

»Ich arbeite mit ihm zusammen. Aber letzte Woche in Poti schlich er dauernd mit seinem Notizbuch herum und inspizierte den Betrieb, während wir andern versuchten, Pingpong zu spielen. ›Yeap, yeap‹, sagte er dauernd. Was bedeutet dieses englische *yeap*? Anfangs predigte er mir sämtliche Vorschriften, zum Beispiel: ›Der Aufseher muss einen Schutzhelm tragen.‹ Aber als ihm klar wurde, dass er in den Wind redete, versuchte er sich mit mir anzufreunden und sagte: ›Ach, ich wusste nicht, dass es dir *so* lieber ist‹, als ich mit den Messungen beschäftigt war.«

Malchasi brach ein Stück Brot ab und tauchte es in die flüssige Butter auf Juliets Teller. »Hier«, sagte er und schob es ihr in den Mund, »das musst du essen. Das ist das Beste. Jedenfalls, wie immer waren die Zahlen auf dem Schiff andere als die, die wir an Land bekommen hatten. Es gab eine Diskrepanz von achtundvierzig Tonnen, die ich korrigieren musste. Aber Anthony? Pff! Ich versuchte ihn vor dem Wissen darüber zu schützen, dass ich die Zahlen korrigieren muss, denn er ist jetzt schon so nervös. Immer wenn ich ihn bitte, die Messlatte zu halten, hat er so verschwitzte Hände, dass sie nass ist, wenn er sie mir zurückgibt. Als er sah, wie ich die Zahlen am Computer änderte, sagte er bei sich: ›Wo bin ich hier? Das ist ja unglaublich!‹ Ich versuchte ihn zu beruhigen und sagte, die Differenz in den Zahlen beruhe wahrscheinlich auf einem Rechenfehler. Unsere georgischen Rechner funktionierten nicht immer richtig. Vor allem machte ich mir Sorgen um seine Gesundheit. Wieso interessiert er sich so sehr für Korruption, wo er doch lieber auf seine Gesundheit achten sollte? So, wie er atmete, dachte ich, er steht kurz vor einem Herzinfarkt. Aber dann fragte er: ›Was ist, wenn die Matrosen ihrem Kapitän erzählen, dass du die Zahlen manipuliert hast?‹ ›Warum sollen sie das tun?‹, fragte ich. ›Sie sind Filipinos, und er ist Grieche.‹ ›Ah‹, sagte er. ›Bei uns zu Hause nennt man das Mafia.‹ ›Nein, nicht Mafia‹, erinnerte ich ihn, ›sondern Regierung.‹ ›Ich bitte dich‹, sagte er. Warum hält jeder mich für einen Mafioso? Ich bin ein einfacher Mann. Ich frage nur nach den korrekten Dokumenten. Vor ein paar Tagen habe ich dem Master eines italienischen Schiffes *geholfen*. Der Hafen hatte ihm hundertsiebzig Tonnen Öl gestohlen. Da habe ich sie angerufen und gesagt: ›Ihr solltet mindestens hundertfünfzig Tonnen zurückpumpen.‹«

»Vielleicht hält man dich für einen Mafioso, weil du dich immer bekreuzigst, wenn du an der Kirche vorbeifährst«, vermutete ich.

»Aber ich gehe nicht zur Beichte! Ich bin nicht einverstanden mit diesem neuen Vater Michail und seinem dicken Mercedes. Dabei versucht er, sich mit mir anzufreunden. Er hat mir seine Handynummer gegeben für den Fall, dass ich jemals beichten möchte. ›Ich habe nichts zu beichten‹, habe ich zu ihm gesagt. ›Ich stehle kein Öl, nicht an Ostern und nicht am Tag davor. Und sollte ich jemals über das Kirchengrundstück gehen und einen Diamanten auf dem Boden liegen sehen, würde ich ihn nicht aufheben.‹«

»Wenn du ein Mafioso sein willst, darfst du nicht reden wie eine Figur aus einem Dickens-Roman«, sagte Juliet. »Weißt du, dass du Englisch mit viktorianischem Akzent sprichst?«

»Das kommt wahrscheinlich, weil ich so viel Zeit mit Anthony verbracht habe. Weißt du noch, Slims, wie wir mit ihm ins Fingerpuppentheater gegangen sind? Jedenfalls, auf dem Schiff kam er auf die Idee, ein eigenes Anti-Korruptions-Fingerpuppentheaterstück aufzuführen. Ein Finger war ein Zollbeamter an der türkischen Grenze, der andere ein georgischer Räuber, der ein Gemälde hinausschmuggeln wollte, das er während eines Stromausfalls im Staatlichen Kunstmuseum gestohlen hatte.«

»Ha!«, sagte ich.

»Aber dann fingen seine Finger an, sich auf Englisch zu beschimpfen, als wollte er ruppige Matrosen darstellen. Ausländer, speziell die Seeleute, glauben, wenn sie zu uns gehören wollen, müssen sie fluchen. Dabei fluche ich nie auf Georgisch, weil das schrecklich klingt, sondern nur auf Italienisch. Italiener reden sehr unflätig. Als ich einmal einen Matrosen fragte, wie man auf Italienisch sagt: ›Bitte geben Sie mir eine Ölprobe‹, brachte er mir stattdessen bei zu sagen: ›Bitte geben Sie mir Ihre Schwester.‹ Ich bitte um Entschuldigung, die Damen. Das sollte euch nicht kränken.«

»Würdest du bitte damit aufhören?«, fragte meine Mutter. Malchasi ließ sein Handy in der Hand hin und her flippen, als wäre er hyperaktiv. »Iss noch etwas.«

»Jedenfalls, je mehr ich von diesen *anderen* Schiffen sehe, desto stolzer bin ich, Georgier zu sein. Jedes Schiff ist ein Vertreter seines Landes. Alle sprechen ihre eigene Sprache und befolgen ihre eigenen Gebräuche. Betrittst du ein mit Georgiern bemanntes Schiff, werden sie dir immer etwas zu essen anbieten, und jeder weiß, wie alles läuft. Aber heute war ich auf einem amerikanischen Schiff. ›Ah! Das amerikanische Schiff!‹, sagten alle. ›So sauber und computerisiert.‹ Aber ich verstand nicht, weshalb alles mit einem Zaun von lauter Einschränkungen umgeben war. Es war, als hätten sie Angst, mit jemandem zu reden, als wüssten sie nichts über die menschlichen Gesetze. Das Schiff hatte nicht mal einen Kapitän, sondern wurde von einem Computer gesteuert. Frühstücken mussten wir, Gott schütze uns, auf dem rumänischen Schiff. Deren Borschtsch war merkwürdig, und sie gaben jedem von uns nur ein Stück Brot. Wir mussten unseren Borschtsch mit Keksen essen!« Malchasis Telefon klingelte mit seinem neuen Nina-Simone-Klingelton.

»O nein, nicht schon wieder!«, rief meine Mutter.

Er klappte sein Telefon auf. »Ich höre«, sagte er. »Ich bin gleich da!« Er klappte das Telefon zu und sagte zu meiner Mutter: »Da ist wieder ein türkisches Schiff gekommen, und sie wissen wieder nicht, wie sie die Ladungsverteilung hinbekommen sollen.«

»Nimm wenigstens ein bisschen *chatschapuri* mit«, rief meine Mutter ihm nach.

»Und trink wenigstens Milch, um dich vor den Benzindämpfen zu schützen«, sagte ich.

»Ich hoffe, ich bin bald wieder zurück«, sagte er und zündete mit seinem Feuerzeug die Lampe vor der Ikone an.

Dann ließ er uns im Lampenschein sitzen.

»Und hast du Hillary von diesen Öltankergeschichten geschrieben?«, fragte Juliet.

Ich dachte an die Bewerbung, die am Ende der Woche fällig war. »Am Öl liegt Amerika mehr als an allen anderen Dingen, materiellen oder immateriellen. Deshalb nehme ich an, es wird sie interessieren, was auf Amerikas Öltankern vor sich geht«, sagte ich.

»Warum schreibst du über Öl?«, fragte Juliet. »Warum schreibst du nicht über unsere wilden Erdbeeren oder unsere Verfahren bei der Käseherstellung oder darüber, wie man Schweinswürste macht? Warum schreibst du nicht, dass das neue Jahr umso süßer sein wird, je mehr Süßigkeiten wir an Silvester essen? Oder von unseren georgischen Tänzen, heiß wie die Sonne und schnell wie die Bergflüsse?«

»Davon schreibe ich ja. Aber ich glaube, auch die Ölindustrie ist ein Teil unseres Schicksals«, sagte ich.

»Aber wenn du von unserem Schicksal schreiben willst – das *ist* schon festgeschrieben«, sagte Juliet.

Puh, ich hatte die Gespräche über Öltanker und Ölpipelines wirklich satt. Ich hatte es satt, Fische in den Regenbogen der Ölleckage sterben zu sehen. Vor allem hatte ich meine sinnlosen Aufsätze an Hillary satt, die kleinen, kursiv hervorgehobenen Wörter, mit denen ich ihre Aufmerksamkeit auf die Probleme meines Landes lenken wollte.

Wenn man die Welt ganz richtig betrachten will, auf die modernste Art und Weise, ist es vielleicht am besten, sie als vorläufig und provisorisch anzusehen – wie unsere provisorische Regierung, unser Oligarchen-Interregnum. Oder die provisorische, vorläufige Lösung des Energieproblems. Tausende und Abertausende Fässer sind über unser Meer, über alle Meere transportiert worden. Aber die Ölindustrie hat nichts zu tun mit dem wahren Gesetz der See oder dem Gesetz der Menschen. Im Laufe des letzten Jahrhunderts sind auf dem Schwarzen Meer bereits einhundertfünfzig Schiffe miteinander kollidiert und haben ihr Öl in unser Meer fließen lassen.

Ich wollte keine Briefe mit kleinen Buchstaben mehr schreiben. Ich wollte in großen Lettern schreiben, auf Plakatwände, und die wollte ich aufpflanzen wie Mr Fax seine falschen Flaggen auf fremden Schiffen, sodass der Rest der Welt sie sehen konnte – Flaggen, auf denen stand: »VÖLKER DER INDUSTRIALISIERTEN WELT, WIR LADEN EUCH EIN, AUFZUWACHEN.«

Also schrieb ich Hillary etwas über das Schwarze Meer – über die Geschichte all seiner 420 300 Quadratkilometer. Dass wir das Schwarze Meer normalerweise als wohlwollend betrachten und die Strömungen nur vom Wind getriebenes Wellengekräusel im Uhrzeigersinn sind. Dass der Salzgehalt des Wassers nur halb so hoch wie bei einem normalen Ozean ist: ein natriumarmer Kartoffelchip. Ich erzählte, dass die Türken es *Kara Deniz* nennen, Schwarzes Meer, wegen der Stürme, die sich unvorhersehbar in seiner Mitte erheben. Bei den Griechen dagegen heißt es »Gastliches Meer«, weil es genug Fische ernährt, um alle Menschen zu sättigen, die an seinen Ufern leben, und ihre sechs Millionen Gäste. Fünfzigtausend Öltanker im Jahr transportieren in ihren Tanks das kohlenwasserstoffhaltige Rohöl über die weite Wasserfläche und navigieren durch Nebelbänke und die feindselige, verstopfte Meerenge des Bosporus hinaus in den Rest der Welt und bringen das versteinerte Sonnenlicht zur

Raffinerie, damit es Elektrizität hervorbringt, Industrien schmiert und zu Gummi, Chemikalien, Kunststoffen und Reinigungsmitteln verarbeitet wird. Und was ist mit uns hier an den Gestaden der Unterwelt, hier drüben in der Dunkelheit, im Schatten ihrer Industrien? Während sie ihre Wolkenkratzer über der Erde und in ihren Himmel bauen, bauen wir unsere nach unten, Hunderte von Fuß tief. Ganze Städte bauen wir in die Tiefe, ins Meer, zu *ihrem* Vorteil, für Hillarys Volk, damit bei ihnen das Licht weiterbrennt.

Und dann schrieb ich Hillary über das, was an der Oberfläche meines Herzens lag, an dem am leichtesten zugänglichen Teil, und vor allem schrieb ich über den Schwarzmeer-Dornhai. Ich schrieb:

> *Europa und die Vereinigten Staaten exportieren gemeinhin Rohstoffe und Halbfertigwaren nach Asien, d. h. Fisch, Textilien und Papier. Das bedeutet, der Ferne Osten exportiert hauptsächlich Fertigprodukte zurück nach Europa und Amerika, d. h. Kleidung und Fischstäbchen. Ist es nicht eine bessere Idee, den Fisch auf ein und demselben Kontinent zu verarbeiten? Es wäre ein ausgezeichnetes Geschäft, ein Schwarzmeer-Dornhai-Verarbeitungsunternehmen zu gründen.*

Bis jetzt hatte ich mich selbst nie als Geschäftsmann betrachtet, zumindest nicht in dem Sinne, in dem Mr Fax einer war. Ich meinte nicht wirklich ernst, was ich in meinem Brief von einer Dornhai-Verarbeitungsanlage schrieb. Außerdem würde sowieso kein Mensch in Georgien dort arbeiten wollen. Ich wollte auf den Wert des Fisches an sich hinweisen, nicht in seiner Eigenschaft als Konsumgut. Ich wollte den Fisch als eine Art Rollenbild darstellen und zeigen, wie er gelernt hatte, sich an moderne Einflüsse anzupassen, und dass er ein Symbol der Inspiration für die globalisierte Welt sein und sogar mithelfen konnte, den Tourismus in Georgien anzukurbeln. Aber wie so viele andere georgische Wörter ließen meine Ideen sich nicht gut ins Englische übersetzen. Also fügte ich noch einen Absatz über die Verwendungsmöglichkeit des Fisches nach seinem Tod hinzu. Er enthielt eine Menge Omega-3-Fettsäuren. Ich hatte gelesen, dass die Amerikaner Omega-3 lieben.

An dem Morgen, als ich meine Bewerbung an Hillary schickte, backte meine Mutter einen ihrer Kuchen nach amerikanischer Art. Ich sagte: »Man sollte nicht versuchen, das Zentrum für Demokratie zu *bestechen.*« Aber als ich dort hinkam, sah ich schon ganze Stapel von Kuchen im Eingang: große Schokoladen-Schichttorten, Kuchen mit frischer Sahne, verziert mit Maulbeeren und Kiwis und mit Lagen von Graham-Crackern, rund wie der Mond, Kuchen, die mit importierten Kokosraspeln, Baiserpilzen und Bananenscheiben bedeckt waren.

»Aber nur drei Leute aus Batumi haben an diesem Wettbewerb teilgenommen!«, sagte ich mit Nachdruck zu Geloti, dem Wachmann.

»Dann soll hier sicher in einer anderen Sache bestochen werden«, beruhigte er mich.

In die Bewerbungsmappe steckte ich alle Briefe, die ich an Hillary geschrieben hatte. So würde man denken, ich hätte Beziehungen. Und dann wartete ich. Ans Warten war ich gewöhnt.

12 Ende Januar war der Regen besonders heftig, und er überflutete die Straßen. Malchasis Auto wurde beinahe ins Meer geschwemmt, als er unterschlagenes Getreide ins Dorf lieferte. Er kam klatschnass nach Hause und beschwerte sich, kein Mensch könne so Auto fahren, dass der Wagen nicht vom Meer weggetragen wurde. Ein paar Autos waren tatsächlich untergegangen.

Der Postbote händigte mir persönlich einen Brief aus. »Er ist aus Amerika!«, sagte er und entschuldigte sich dafür, dass er nass geworden war. »Geld ist keins drin«, sagte er. »Ich hab schon nachgesehen.« Ich blieb in der Tür stehen, riss den Umschlag auf und las, was in dem Brief stand.

Sehr geehrter Slims Achmed,
vielen Dank für Ihr Schreiben an die Ehrenwerte Hillary Clinton. Sie schätzt es, verschiedene Standpunkte kennenzulernen. Sie und ihr Team danken Ihnen für Ihren Input. Wie Sie wissen, ist Hillary eine Frau von beeindruckender Intelligenz und mit entschiedenen Ansichten. Herausforderungen sind ihr immer willkommen, denn sie steht in einer Tradition von Disziplin und Pragmatismus. Obwohl sie eine Frau voller Energie ist, hat sie nur selten Zeit, jeden Brief persönlich zu beantworten. In Ihrem Fall jedoch hat sie eine Ausnahme

gemacht. Das Folgende ist eine persönliche Nachricht von ihr:

»Ich danke Ihnen für Ihren freundlichen und inspirierenden Brief. Ich weiß, die Zeiten sind hart, aber zu wissen, dass es Menschen wie Sie und Ihren Gatten gibt, bestärkt mich in dem Vertrauen darauf, dass es immer besser werden wird. Wir ersuchen Sie eindringlich, Kontakt mit dem Weißen Haus aufzunehmen, wenn Sie noch Unterstützung bei einer Bundesbehörde benötigen.«

Die Unterschrift war mit dem Computer gedruckt. Das konnte ich sehen, weil der Regen die Stelle angefeuchtet hatte und die Tinte nicht verlaufen war.

Malchasi saß in der Küche und spielte Poker mit Suka. »Ich wette zwei Kerzen, dass sie Zwillinge kriegt«, sagte Malchasi. Er sprach von einer Nachbarin, die schwanger war.

Suka legte noch drei Kerzen drauf. »Drillinge!«, sagte er. Anscheinend waren Babys unsere einzige Hoffnung.

Das Licht ging an. »Ah! Siehst du?«, rief Suka. »Es ist wahr. Ich geh lieber gleich hin und sag's ihr!«

Als Suka weg war, versank ich in Düsternis. Das Gefühl war sehr vertraut. Wir verherrlichen es gern und nennen es menschlich. War Amerika wirklich so unpersönlich? War dies das Ergebnis meiner ganzen Mühen? Malchasi sagte: »Freu dich. Zumindest haben wir heute Strom.« Normalerweise hätte ich mich auch gefreut, aber diesmal war ich innerlich immer noch dunkel. Er schlug vor, ins Café der Sowjetnostalgie zu gehen, und erinnerte mich daran, dass Tamriko dort arbeitete und dass sie die besten *chinkali* machte, und dieser Gedanke munterte mich ein bisschen auf. Ich dachte an das Versprechen, das ich dem Großen Toastmeister gegeben hatte: Wenn aus meinen persönlichen Bemühungen nichts werden sollte, würde ich aufgeben und auf Seinen Namen trinken.

Unterwegs wollte Malchasi am Hotel Paradies vorbeifahren und Anthony abholen.

»Du kannst den Kerl doch nicht mal leiden«, sagte ich.

»Ich habe eine Idee, wie er uns aushelfen könnte.«

»Was für eine Idee?« Funken des Ärgers erleuchteten die Düsternis meiner Laune.

»Im März findet eine Schiffsauktion statt. Sie werden türkische Schiffe sehr billig versteigern. Wenn wir ihn dazu bringen können, in ein Schiff zu investieren, können wir ihm Öl verkaufen.«

»Das Öl bringt alle Fische um! Und verursacht die globale Erwärmung.«

»Das hast du mir schon mal gesagt. Durch die Wiederholung wird es nicht wahrer. Das ist nur ein billiger Trick der westlichen Wissenschaftler.«

»Ja, und das hast *du* mir schon mal gesagt.«

Anthony erwartete uns vor dem Hotel Paradies. Er trug eine Krawatte und ein Sportjackett und rauchte eine Zigarette. Als er die hintere Tür öffnen wollte, stellte er fest, dass sie verriegelt war. Ich lehnte mich nach hinten, um sie zu entriegeln, aber Malchasi sagte, ich solle es sein lassen, und drehte sein Fenster herunter. »Rauchen Sie erst Ihre Zigarette zu Ende«, befahl er Anthony. Während wir auf ihn warteten, bat Malchasi mich um Feuer. Ich riss ein Streichholz an, aber Malchasi nahm mir stattdessen die Schachtel aus der Hand, holte ein Streichholz heraus und schob es sich zwischen die Zähne. Er kaute darauf herum und ließ es zwischen den Lippen hin und her wandern. »Ich will mir das Rauchen abgewöhnen«, erklärte er.

Er lehnte sich nach hinten, entriegelte die Tür hinter ihm,

als Anthony zu Ende geraucht hatte, und ließ ihn dort einsteigen.

Das Café der Sowjetnostalgie war so voll, dass wir uns draußen in eine lange Schlange stellen mussten, wo Malchasi meine restlichen Parliament-Zigaretten aufrauchte.

»Ich rauche nur, wenn ich Schlange stehen muss«, erklärte er Anthony.

Die gurkengrüne Wandfarbe im Vorraum und die symbolische Palme weckten tatsächlich ein Sowjetgefühl. Eine wortkarge Frau unter der Palme sah aus wie ein Klappstuhl. »Gibt es einen Tisch für uns?«, fragte ich.

»Es gibt keine Tische«, sagte sie, ohne von ihrem Kreuzworträtsel aufzublicken.

So kamen wir nicht weiter.

»Ich weiß, dass Sie *sagen*, es gibt keine Tische, aber wir möchten wissen, ob es *freie* Tische gibt!«, dröhnte Malchasi. Ein Sesam-öffne-dich nach sowjetischer Art.

Die Frau lächelte mütterlich und ließ uns hinein.

Tamriko, in ein schäbiges grünes Kleid gewickelt, kam auf klobigen Absätzen herübergetrampelt. »Was möchtet ihr?«, fragte sie. Eine georgische Frau hätte uns niemals so begrüßt, aber Tamriko wurde dafür bezahlt, es so zu sagen, denn hier ging es um Sowjetnostalgie. Aber als sie mich sah, küsste sie mich auf beide Wangen und sagte: »Hallo, mein Prinz.« Prinz war eine sehr förmliche Begrüßung. Früher benutzte sie für mich immer das georgische Wort für »Liebling«, das aber unübersetzbar ist. Vielleicht könnte man es mit *Organe* oder *Eingeweide* wiedergeben, aber das trifft es nicht ganz.

Wir setzten uns an einen Tisch unter einem mit Rosenblüten verzierten Kronleuchter. Schwere grüne Vorhänge blähten sich an den Wänden. Wackere Männer in militärischen Uniformen mit Blechsammlung an der Brust saßen unter den Rüschen dieser Drapagen. Ich fragte mich, ob ihnen klar war, dass das Motto dieses Cafés die Sowjetnostalgie war, nicht die sowjetische Kontinuität.

Tamriko brachte uns drei Koteletts auf Blechtellern, eine Schüssel zu lange gekochte Buchweizengrütze, ein schmutziges Glas Kirschkompott und einen Löffel. Als sie wegging, schimmerten ihre grünen Hüften wie die kein bisschen saugfähigen sowjetischen Plastikservietten.

Malchasi hauchte auf eine Sonnenbrille. »Ich habe mein ganzes Gehalt dafür ausgegeben«, berichtete er und putzte die Gläser mit einer Serviette. Als er und ich jünger und ohne Arbeit waren, gingen wir immer ins Café, bestellten heißes Wasser, setzten Sonnenbrillen auf und sagten: »So trinken die Leute aus der Region Radscha Kaffee.« Durch die dunkle Brille sah das Wasser schwarz aus, und die Leute aus Radscha waren so arm, dass sie sich keinen Kaffee leisten konnten. Dies führte meistens zu der Klage: »Radscha, oh, Radscha, du schönes Land in den Bergen, wer besucht dich heute noch?«

Jetzt fragte ich mich, ob Malchasi überhaupt noch an die Berge dachte. Das Lokal war von den Laternen nur matt beleuchtet, aber Malchasi hatte seine Sonnenbrille trotzdem aufgesetzt. Die Gläser sahen aus wie zwei kleine Spiegel. Malchasi besaß zwar nicht den extravaganten Reichtum der *nouveaux* Georgier, aber er versuchte trotzdem, ihren Stil zu kopieren.

»Gib mal her«, sagte ich. Sie trugen ein kleines Logo an der Seite: POLIZEI. »Ist es Absicht, dass das hier steht?«, fragte ich.

»Bah! Ich trage keine Sonnenbrille, auf der ›POLIZEI‹ steht! Du kannst sie behalten«, sagte er.

»Ich will sie nicht«, sagte ich und schob sie Anthony hinüber. Er merkte es nicht, denn er starrte eine Gruppe von Leuten der älteren Generation, die am Nachbartisch saß, eindringlich an. Sie waren schon betrunken und sangen dreistimmig ein Lied über Stalin.

Die Zähne der einen Sängerin waren mit ihrem sowjetroten Lippenstift beschmiert, und ihr Kopf lehnte am Blondschopf einer anderen Frau. Sie sahen aus wie ein Foto in einem sowjetischen Coffee Table Book – wenn man es genau nimmt, sollte es Tea Table Book heißen – über das Georgien, in dem die Kombinate noch funktionierten, die Teesträucher noch hoch wuchsen und die Frauen bei der Ernte hochhackige Schuhe trugen.

Gegen meinen Willen erfüllten die alten Sowjetlieder mich mit einem komplizierten Gefühl. Ich wollte es abschütteln, aber ich hatte kein größeres Gefühl als Ersatz. Ich trank das Kirschkompott. Das kalte, halb volle Glas erinnerte mich an die Zeit, als wir zum Frühstück eine sowjetische Variante von Kool-Aid tranken. Ich hatte die Aufgabe, jeden Morgen den gelben Krug mit dem rosa Pulver und dann mit Wasser aus der Leitung zu füllen. Wassermangel gab es damals nicht. Wenn ich gerade erst aufgewacht war und mich nach einem Albtraum verkatert fühlte, erzählte ich dem fließenden Wasser davon und sah zu, wie der Traum wirbelnd im Abfluss verschwand. Aber nur, wenn es ein schlechter Traum gewesen war, in dem wir zum Beispiel mit dem Schwert gegen die Türken gekämpft und die Flüsse sich mit Blut gefüllt hatten, oder wenn ich von einem Mann aus der Gegend von Hulo geträumt hatte. (Da oben gibt es sehr hässliche Menschen.) Wenn es ein guter Traum gewesen war, erzählte ich ihn dem Wasser, das in den Krug lief, und sah zu, wie alle daraus tranken und stark wurden von meinem guten kirschroten Traum, der die Farbe von Kool-Aid hatte. Dann schaute ich hinauf zum überwältigenden Himmel und zwinkerte dem Großen Toastmeister zu, der dort wohnte. Damals wurde sogar das morgendliche Wetter politisch ausgerichtet. Der Himmel mit seinen grauen und geschwollenen Wolken enthielt das Gefühl der Erwartung, und schon seine endlose Weite erinnerte uns daran, dass wir ein Teil von etwas waren, das größer war als wir, Teil des Neuen Menschen, des *Homo sovieticus*, als der wir ein Leben voller Erfahrungen und Erwartungen lebten. »Sieg dem sowjetischen Georgien!« waren die Worte, die im Morgengrauen aus dem Lautsprecher auf dem Müllwagen in die Straßen gepumpt wurden. Irrsinn! Und doch war dieser Flickenteppich aus sowjetischen Träumen und sowjetischen Verheißungen der Stoff meiner Kindheit. Ich schaute zu Malchasi hinüber. Er spuckte die Splitter seines Streichholzes aus.

Ich sah, dass in den Löffel, mit dem ich meinen Buchweizen aß, das Zeichen der Moskauer Olympiade von 1980 eingeprägt war. »Weißt du noch, wie wir jeden Tag unsere Schuluniform bügeln mussten, mit einer scharfen Bügelfalte?«, fragte ich Malchasi.

Er nickte.

»Inzwischen habe ich vergessen, wie man bügelt. Juliet bügelt für mich.«

Malchasi zupfte an seinem Hemd. »Und wir tragen jetzt türkische Hemden. Die knittern nicht.«

Ich schaute mich um. Alle sangen in Misstönen, die nach Wodka rochen, und ich wurde nachdenklich: Da saßen wir in diesem Café der Sowjetnostalgie mit seinen schmutzig grünen Vorhängen und betranken uns an der Desillusionierung. Die grüne Wassermelone war uns unter der Achsel weggerutscht, wie wir sagen.

An einem anderen Tisch entdeckte ich Saliko, den Archäologen. Er redete verächtlich von falschen amerikanischen Versprechungen: Sie führten uns mit ihrem Kapitalismus in Versuchung und sagten, sie würden uns helfen – aber was hatten sie getan? Wem hatten sie geholfen außer sich selbst? »George Bush will unseren Flughafen als Stützpunkt für seine Angriffe auf den Irak benutzen. Und Schewardnadse wird es ihm erlauben.«

Ich rief zu ihm hinüber: »Schewardnadse erlaubt ihm, den Flughafen zu benutzen, weil er hofft, George Bush wird die Schlaglöcher in der Startbahn ausbessern.«

Ich fing an, Malchasi einen alten Chruschtschow-Witz zu erzählen, aber er schrie den Chorsängern zu: »Hört auf mit eurem Stalin-Lied!«

Tamriko kam zurück und fragte, was wir trinken wollten.

»Was ist Ihnen lieber?«, fragte ich Anthony. »Ihre Fanta Orange oder unser Estragonsprudel?«

»Lieber ist mir ein Bier«, sagte er.

»Er möchte ein Bier, aber ich würde lieber dich trinken«, sagte ich zu ihr.

Tamriko wandte sich hastig ab. Als sie die Getränke brachte, sah sie mich nicht an, und ich schämte mich. Ich wandte mich an Anthony und sagte so laut, dass Tamriko es hören konnte: »Normalerweise stoßen wir nicht mit Bier an, aber so oder so müssen wir mindestens drei Toasts auf die drei verschiedenen Namen Gottes ausbringen.«

»Aber wenn alle einander so lieben, wie ihr es hier anscheinend tut, dann brauchen wir Gott eigentlich nicht«, meinte Anthony.

»Na ja, wir lieben einander nicht so sehr, wie wir *sollten*«, antwortete ich, aber Tamriko war nicht mehr in Hörweite. »Jedenfalls müssen wir als Erstes auf Upali trinken, den

Gott, dem alles gehört. Dann auf Chmerti, die göttliche Präsenz des Augenblicks, und dann auf Mazchowari, den Gott, der dich segnet, nicht nur im Leben, sondern auch danach.«

»Aber warum nur drei Toasts?«, fragte Malchasi. Er goss Wein in unsere Gläser und Bier in Anthonys. »Vielleicht möchte er mehr.«

»Drei sind genug«, sagte Anthony.

»Ah, aber Sie müssen noch einmal trinken, wenn Sie diesen Toast gehört haben«, sagte ich. »Denn der vierte Toast gilt der Freundschaft zwischen England und Georgien. Na? Sehen Sie? Darauf müssen Sie trinken.«

Tamriko setzte uns ihre dampfenden Klöße vor. Sie war berühmt für ihre Lamm-*chinkali*; sie machte sie auf die altmodische Art, sodass sie aussahen wie eine alte Frau mit einundzwanzig Runzeln. Niemand kann davon nur einen essen.

Ich prostete Tamriko zu, aber sie ging weg, und dann fing Malchasi an, auf die Frauen zu trinken. Anthony sah mich an. »Im Moment sitzen hier keine Frauen am Tisch, denen man schmeicheln müsste. Sollte der Typ sich nicht ein bisschen locker machen?«

Malchasi murmelte auf Georgisch: »Wenn er es so sehen will, werde ich einen unkonventionellen Toast ausbringen. Frag ihn, worauf ich trinken soll.« Er zog eine Colaflasche aus der Jackentasche, gefüllt mit Wodka, den er aus Melonen destilliert hatte.

»Malchasi sagt, er trinkt auf alles, was Sie wollen«, teilte ich Anthony mit.

»Die Pipeline ist fast fertig«, sagte Anthony. »Darauf können wir trinken.«

»Sie wird durch unser Dorf verlaufen«, sagte ich. »Dann werden wir reich.« Ich hob mein Glas. »Und viele Fische werden sterben.«

»Und ich werde meinen Job auf den Schiffen verlieren«, sagte Malchasi.

»Unwahrscheinlich«, sagte Anthony. »Schiffstransporte werden immer gebraucht.«

»Aber möglich.«

»Also schön, von mir aus«, sagte Anthony. »Trinken wir auf die Armenier. Sie haben uns bei der Pipeline sehr geholfen.«

»Die Armenier?«, fragte Malchasi auf Englisch. »Weshalb?«

»Weil sie Ihre Nachbarn sind. Wie soll Ihr Land Fortschritte machen, wenn Sie nicht ein bisschen staatliche Diplomatie lernen?«

»Warum interessieren Ausländer sich so sehr für Armenien?«, fragte Malchasi mich. »Warum soll ich auf Leute trinken, die uns unser Land weggenommen haben?«

»Und unseren See«, fügte ich hinzu.

»Wäre er nicht auch beleidigt, wenn die Armenier sagen würden, geschrieben sähe *seine* Sprache aus, als ob jemand Spaghetti an die Wand geworfen hätte?«, fragte Malchasi auf Georgisch.

»Hören Sie nicht auf ihn. Wir haben Freunde, die Armenier sind. Wenn wir über sie reden, sagen wir: ›Er ist Armenier, aber er ist okay.‹«

»Mein Freund Sascha ist Armenier«, sagte Malchasi. »Und ich habe einen Cousin, dessen Mutter Armenierin ist.«

»Und mögen Sie Ihren Cousin?«, fragte Anthony wie ein Lehrer in der ersten Klasse.

»Ja. Er ist mein Lieblingscousin«, sagte Malchasi. »Die Armenierin ist seine Mutter, und sie ist merkwürdig.«

»Als Gott die Menschen schuf«, erzählte ich Anthony, »da nahm Er eine Handvoll Lehm und machte einen Mann und sagte: ›Amen.‹ Da wollte der Teufel auch einen Menschen schaffen. Er sammelte ein paar Steine ein und machte einen Mann und sagte: ›Armen.‹ Darum gibt es die Armenier.«

Malchasi seufzte. »Ein Georgier muss immer tun, was sein Gast sagt. Deshalb werde ich für ihn auf die Armenier trinken.« Er hob sein Glas und stellte es wieder hin. »Aber das darfst du niemandem erzählen, okay?«, sagte er zu mir. Als er getrunken hatte, sah er sich um, ob jemand es beobachtet hatte, aber die einzigen Zeugen waren die Leute am Nachbartisch, und die waren schon zu betrunken, wie man an dem Lied erkennen konnte, das einer von ihnen jetzt sang: »Die Lippen des Weinkrugs liebe ich mehr als die Lippen der Frau.«

»Sie haben natürlich recht, Anthony«, sagte Malchasi. »Es ist unrecht, Armenier zu hassen. Wir sind deshalb schlechte Menschen. Vielleicht die schlechtesten auf der Welt. Aber wieso kümmert Sie das so sehr?«

»Weil ich versuche, es zu verstehen«, sagte Anthony. »In jeder Kultur gibt es Glück und Freude. Aber in Georgien fühle ich nur Schmerz.«

»Ah, jetzt haben Sie Georgien verstanden.« Malchasi klopfte ihm auf den Rücken. »Jetzt sind Sie an der Reihe, auf etwas zu trinken.«

»Wissen Sie, ich habe da keine Komplexe«, sagte Anthony. »Ich kann auf alles trinken. Ist keine große Sache.«

»Er hält sich für so unkompliziert«, sagte Malchasi zu mir und wandte sich dann an Anthony. »Okay. Trinken wir auf unseren örtlichen Diktator.«

»Aber der ist völlig korrupt!«

»Aber warum *kümmert* Sie die Korruption so sehr? Sagen Sie zu Ihren Kindern: ›Passt auf, seid brav und gehorcht mir, sonst kommt der Korruptionsmann aus dem Schrank und holt euch‹? Und machen Sie dabei so?« Malchasi hielt die Hände rechts und links neben die Ohren und wackelte mit den Fingern. »Für uns ist das kein Problem. Er hat sich alles genommen, was er braucht. Wenn man ihn jetzt ersetzen würde, nähme der Neue alles andere. Warum versuchen Sie nicht mal, *ihn* zu verstehen?«

»Ich bin nicht daran interessiert, ihn zu verstehen. In meinen Augen ist er ein korrupter Despot.«

»Ich muss Ihnen recht geben«, sagte ich.

Malchasi lachte. »Aber seht doch, wie viel wir bestellt haben! Und niemand isst.« Er schaufelte Anthony das Essen auf den Teller und nahm sich selbst nur Brot, die Endstücke. »Anthony«, sagte er und biss in sein Brot, »haben Sie die türkischen Schiffe im Hafen gesehen?«

»Mhm«, sagte Anthony.

»Sie sind sehr alt. Sehr billig. Sie werden im März in Sarpi versteigert. Ich habe da eine sehr gute Geschäftsidee für Sie. Ich kann Ihnen helfen, Öl zu einem sehr guten Preis in Ihr Land zu exportieren. Sehr billig.«

»Ich bin Geologe. Ich bin nicht daran interessiert, für ein korruptes Land Öl zu verkaufen.«

»Sind wir schon wieder bei der Korruption gelandet?« Malchasi warf die Hände in die Höhe. Er sah mich an und sagte auf Georgisch: »Er ist nicht sehr gescheit, was? Glaubst du, er ist vielleicht ein bisschen schwachsinnig?« Zu Anthony sagte er: »Wissen Sie, wie viel Öl ich Ihnen besorgen kann?«

In diesem Augenblick kam der Strom wieder.

»Ah«, sagten Malchasi und ich gleichzeitig. »Ein Zeichen!«

Malchasi bestellte noch eine Flasche.

»Malchasi«, sagte Anthony, »kein anderes Land wird hier investieren, weil man nicht mal sicher auf Ihren Straßen fahren kann, ohne zu befürchten, von Banditen überfallen zu werden.«

Malchasi schien eingehend darüber nachzudenken. Er legte die Hände flach auf den Tisch und starrte auf seine Handrücken. Schließlich hob er den Kopf und sagte: »Danke, dass Sie mir die Augen geöffnet haben.«

Ich starrte ihn überrascht an. Dass Malchasi sich die Augen öffnen ließ, und dann auch noch für die Perspektive eines Engländers, war etwas, das sehr selten vorkam. Anthony sah die Sache offenbar ähnlich. »Ist das Ihr Ernst?«, fragte er.

»Ich weiß, Sie wollen für Georgien nur das Beste«, sagte Malchasi schlicht. »Aber genug gejammert. Lasst uns singen. Singen Sie für uns ein Lied über Ihre Mutter.«

»Ich kenne keine Lieder über Mütter«, sagte Anthony.

»Aber jedes Land hat ein Lied an die Mütter. Sogar Armenien. Für wen sollen wir dann singen? Ich weiß: Wir singen für die Soldaten. Unsere und Ihre. Zusammen kämpfen sie gegen die Terroristen im Irak.«

»Nein, nicht gegen Terroristen«, sagte Anthony. »Ich glaube, sie kämpfen da um das Öl.«

Malchasi lachte. »Jedenfalls haben wir beide Soldaten, die dort aus Gründen zusammen kämpfen, über die wir nichts wissen.«

Er fing an zu singen.

Wir sprechen zwar nicht darüber,
Aber wir werden alle sterben.
Darum singe ich.

Ich kannte das Lied und sang mit:

Mütter lieben ihre Söhne,
Aber Söhne sprechen nicht von ihren Müttern.
Ich werde sterben.

Ach, ich kann den Text nicht gut behalten. Er ist auch besser, wenn man etwas getrunken hat. Ich rief Tamriko: Sie sollte mitsingen und meinem Gedächtnis auf die Sprünge helfen.

Das Dorf ist verhüllt vom Nebel in der Farbe der Nacht.
Was ist unser Leben?
Es kann fliegen wie ein Vogel.
Unser Leben ist nichts.
Mütter lieben ihre Söhne,
Aber Söhne denken nie an ihre Mütter.
Wenn ich sterbe,
Soll mein Weib um mich weinen.
Mein Dorf soll immer glücklich und hübsch sein,
Ich, unter der Erde, bin tot.
Wer kann um uns weinen?
Was bleibt übrig von unserem Haus, wenn es sich in eine Blume verwandelt?

13

Die Makaschwilis sind berühmt für ihre Träume, aber alle, sogar Natascha, die Russin, die im zentralen Fernsprechamt in Batumi arbeitete, wussten, dass die Makaschwilis ihre Träume nicht unbedingt wahr werden ließen. Wenn ich hereinkam, um zu telefonieren, sah sie mich normalerweise mit mürrischem Gesicht an. Wenn ich nichts hörte in der Leitung als ein Rauschen oder ihre russische *Ich liebe dich, Sergej!*-Mafia-Musik, zuckte sie nur die Achseln. Niemals veränderte sie ihren herablassenden Gesichtsausdruck, obwohl die Stränge von hellem Stroh, mit denen der Stuhl bespannt war, auf dem sie saß, manchmal rissen. Ohne von ihren Fingernägeln aufzublicken, die sie feilte, sagte sie mir, ich solle später zahlen. Nur einmal habe ich bei ihr ein Funkeln der Erregung gesehen – nämlich als eines Tages ihr Boss hereingeschlendert kam, in die Tasche seiner Westernjeans griff und sie bat, auf seine Pistole zu achten. Ich sagte zu den beiden: »Ich glaube, ihr habt im Kinematografischen Club zu viele Fellini-Filme gesehen.«

Aber am 31. Januar erhielt ich im Seerechtsministerium ein an mich adressiertes Fax von der amerikanischen Botschaft. Zum Glück war gerade Mittagspause, und Mr Fax war nicht da. Ich steckte es in die Tasche und suchte mir ein leeres Büro, wo ich es lesen könnte. In dem Fax stand, die amerikanische Botschaft habe meine Bewerbung erhalten, sie hätten alle meine Briefe an Hillary gelesen, und ich sei zu einem sechswöchigen Praktikum in den USA eingeladen. Weiter hieß es, ich sollte mit anderen Studenten aus ausgewählten postsowjetischen Ländern studieren, bei einer amerikanischen Familie wohnen und die erforderlichen Fähigkeiten zur Leitung eines Fischverpackungsbetriebs in San Francisco kennenlernen.

War ihnen hier ein Fehler unterlaufen? Ich dachte, Hillary hätte mir schon geantwortet. Moment mal, überlegte ich – existiert Hillary Clinton überhaupt? Aber San Francisco! Aber Verpackung? Wer will denn Fisch verpacken? Nur Türken verpacken Dinge. Ihre Pralinenschachteln sind so glänzend, dass es ist wie Fernsehen, wenn man sie anschaut, wie ein Musikvideo von Ricky Martin.

Ich wollte sicher sein, dass das Fax auch echt war, und deshalb ging ich zum zentralen Fernsprechamt von Batumi, um dort das Telefon zu benutzen und den Konsularbeamten anzurufen, während Natascha mich die ganze Zeit mit ihrem versnobten Gesichtsausdruck anstarrte. Als er mir bestätigt hatte, dass alles seine Richtigkeit hatte, bedankte ich mich überschwänglich dafür, dass man mich für ein Visum in Betracht zog. »Danke. Danke«, sagte ich. »Ich freue mich so sehr, Ihr schönes Land sehen zu dürfen. Die Rocky Mountains, Las Vegas. Ich bin sehr, sehr glücklich.« Als ich mit meinem Fax in der Hand vom Fernsprechamt nach Hause ging, überlegte ich, ob ich ihm eine Käsepastete schicken sollte. Ich könnte eine Karte dazulegen, auf der stand: »Ich schreibe dies mit dem Herzen in der Hand.« Nein, ich würde schreiben: »Es kommt aus dem Herzen in meiner Brust.« Aber dann wagte ich nicht, ihm die Käsepastete zu schicken. Vielleicht, dachte ich, durfte er keine Pakete öffnen. Vielleicht würde er denken, es sei eine Paketbombe.

Als ich zu Hause angekommen war, ging ich noch ein paar Mal um den Block, bis ich anfing, die Aufmerksamkeit der üblichen Alkoholikerversammlung zu erregen. Aber ich musste mir überlegen, wie ich Malchasi erzählen sollte, dass ich nach Amerika gehen würde.

Malchasi saß am Tisch und aß Brot mit Margarine. Ich reichte ihm das Fax. Malchasi legte es auf den Tisch und aß weiter sein Brot. Ich wischte die Krümel weg, und er nahm es in die Hand, drehte es hin und her und sagte: »Du weißt, mein Englisch ist nicht so gut. Was steht denn da?« Ich übersetzte es ihm ins Georgische. Er legte seine Brotscheibe hin, lehnte sich mit dem Stuhl nach hinten, sodass die vorderen Stuhlbeine sich vom Boden hoben, und griff sich in das kurz geschnittene Haar. Ich fragte mich, ob der Schock eines wahr gewordenen Traums seine Vorstellung von dem durcheinanderbrachte, was es bedeutete, ein Makaschwili zu sein. Ich sagte ihm, wir sind Makaschwilis, wir sind Träumer, wir können tun, was wir wollen. Unser Name ist nicht abhängig von dem Ort, an dem wir leben oder gelebt haben oder fortan für alle Zeit leben werden – wie die Muchranelis, die in Muchraneli wohnen, oder die Mitaischwilis, die zwischen den östlichen Kirchen leben. Wir sind auch nicht verwandt mit der Familie Kontschulia, deren Name von der Bezeichnung für Leute kommt, die in einer Ecke wohnen, weshalb die Kontschulias in einer Ecke wohnen. Aber unser Name ist nicht an einen Ort gebunden.

Sosehr ich mich bemühte, Malchasi das alles zu erklären, er tat, als kümmerte es ihn nicht, als wäre die Gründung eines Geschäfts niemals *sein* Traum gewesen, nur eine kindische Idee, eine launische Sehnsucht. Mit dumpfer Wut tappte er in der Küche umher und brach die Griffe von den Schranktüren.

»Was machst du denn da? Die hast du gerade erst repariert!«, schimpfte meine Mutter, die mit einem Armvoll Kartoffeln aus dem Garten zurückkam.

»Was?«, sagte er. »Das sind billige Möbel. Hier drin ist es zu eng für uns alle.« Er sprang die Treppe hinunter, und sein Schritt war der gleiche wie im Dorf, wenn er mit seinen Freunden am Fluss gezockt hatte und ihm plötzlich einfiel, dass es Zeit war, die Kuh von der Weide bei der Schule zu holen.

Nachdem Malchasi das Haus verlassen hatte, weil ich nicht sehen sollte, wie er schmollte, holte ich den Koffer hervor. Wahrscheinlich war es noch zu früh zum Packen, aber ich war rastlos und musste etwas tun – wie wenn man beim Bergauffahren auf das Armaturenbrett des Autos trommelt, obwohl man weiß, es wird dem Wagen nicht helfen, schneller zu fahren: Die Ungeduld lässt einem einfach keine andere Wahl. Ich legte meine grau-blau karierte Sherlock-Holmes-Mütze mit den Ohrenklappen hinein, dazu ein Buch mit Gemälden des großen georgischen Malers Pirosmani. Meinen Geigerzähler verstaute ich in einer Reißverschlusstasche. Vorsorglich, dachte ich und erinnerte mich, dass ich ihn so empfindlich eingestellt hatte, dass er schon piepste, wenn eine Qualle vorbeischwappte. In einem Restaurant hatte ich ihn über die gesalzenen Tomatenspalten gehalten, und alle meine Freunde waren zurückgewichen. Sie hatten ihre Teller weggeschoben, sich auf ihren Stühlen zurückgelehnt und sich Zigaretten angezündet. Sie hätten keinen Hunger mehr, hatten sie gesagt, und ich hatte den ganzen Salat gegessen, weil ich fand, es sei besser, früh zu sterben. Das war nur ein Scherz gewesen. Aber trotzdem. Ich legte meinen Schuhlöffel dazu, eine Polierbürste und eine halb leere Dose Schuhcreme. Meine Mutter stopfte die Löcher in meinen Socken und gab mir eine Rolle Klebstreifen, mit der ich die Fusseln von meiner Hose entfernen konnte. Suka schnitzte eine kleine Figur der Königin Tamar, eine Miniaturnachbildung der Statue im Staatlichen Museum von Tbilissi, und er bestand darauf, dass ich sie immer bei mir tragen sollte. Juliet gab mir ein Buch mit englischen Redensarten. Ich blätterte darin. *Friss oder stirb. Wer A sagt, muss auch B sagen.* Ich warf es oben auf die anderen Sachen.

Ich hasste Abschiede. Außerdem, sagte ich ihnen, war es ja nur für sechs Wochen.

Tamriko wollte mich nicht sehen, aber sie schrieb mir einen Brief, in dem stand: »Leb wohl. Nicht einfach ›Auf Wiedersehen‹, sondern leb wohl, für immer.« Warum für immer?, dachte ich verärgert. Außerdem, wenn ich wirklich dort hinziehe, kann ich alle anderen nachkommen lassen. Zumindest kann ich den Sommer über nach Hause kommen. Das tun alle andern auch. Dann fügte sie noch die georgischen Worte für das wahre Leben an. Als würde ich sie vergessen! ფრინველი – die Vögel, die den Regen bringen. ლყელიანი ფეხსაცმელი – Schuhe, die sich an der Spitze nach oben biegen. სარწყულებელი – verborgene Mineralquellen mit lebensverlängerndem Wasser. მანნა – die weißen Flocken, die vom Himmel fielen und die Menschen ernährten, bis sie auf der Erde bessere Nahrungsmittel anbauen konnten. მზე – die Sonne, die mit den Frauen verbunden ist. მთვარე – der Mond, der die Männer beherrscht. ია – die Veilchenart, die auf Steinen wächst. სვა – der Bienenkorb, der das Leben versüßt. მაყვალი – Brombeergestrüpp. პური – Mutterbrot. იხილეთ – der Schnurrbart eines Mannes aus den Bergen. წარბი – zwei Augenbrauen, die auf der Stirn zusammenwachsen, wie sie jedes persische Mädchen in den Bergen bei einem Mann sucht. ბაყაყი – der Frosch und das Geräusch, das er macht, wenn er sein Dorf sucht. Ich wollte zurückschreiben: »Die Sonne und den Mond gibt es auch in Amerika, genau wie Brombeeren. Aber warum schreibst Du von Augenbrauen? Hast Du deshalb Gotscha so gern? Wegen seiner zusammengewachsenen Brauen?«

Aber nein, das konnte ich nicht schreiben. In Georgien erlauben uns die Kaukasusberge nur ganz spezielle Gedanken auszusprechen. Vor langer Zeit fanden unsere Dichter diese Sätze, als sie die Natur nach ihnen durchsuchten, und noch heute genügt es uns, nach ihren Worten zu leben. Wenn ich versuchen wollte, einen Satz zu schreiben, den ich nicht vom Pathos der Berge erhalten hätte, wenn ich zum Beispiel einen Satz schreiben wollte, der bei der Frau Anstoß erregte, dann würde mein Schriftzug sich zu einem Knoten schlingen.

Mr Fax war wütend. »Sie haben mein Fax gestohlen!«, sagte er, und es klang wie ein Aufstoßen, als spräche er *immer noch* vom Grund seines Vulkans, hätte aber begriffen, dass er vielleicht niemals wieder herauskommen würde. »Diesen Antrag auf Teilnahme an einem Geschäftsseminar habe *ich* gestellt!« Er zählte an seinen Fingern ab. »Im letzten August? Ich habe mich schon gefragt, warum ich keine Antwort bekomme.«

»Ich erlaube Ihnen nicht, Ihren Arbeitsplatz für sechs Wochen zu verlassen!«, fügte er hinzu, als ich es abgelehnt hatte, in Amerika seine antiken Teller und Silberkreuze für ihn zu verkaufen. Aber ich hatte mein staatliches Gehalt seit über acht Monaten nicht mehr bekommen, und deshalb konnte er mich nicht zwingen zu bleiben, denn unter diesen Zahlungsbedingungen waren wir praktisch schon eine Freiwilligenorganisation. »Don't Cry for Me, Argentina«, flüsterte ich, und dann lud ich Mr Fax auf ein Bier ein, um die Sache zu feiern. Aber da war er beleidigt, weil ich ihn nicht auf einen Whiskey eingeladen hatte.

An diesem Abend machte ich mich auf die Suche nach Malchasi. Er saß in dem Café am Hafen. Obwohl es frostig war, hoben die Matrosen Krüge mit eiskaltem Bier an ihre aufgesprungenen Lippen. Aber Malchasi trank nur heißes Wasser, und zwischendurch knackte er Haselnüsse mit einem Hammer. Mit einem Fußtritt schob er einen weißen Plastikstuhl unter dem Tisch hervor und zu mir herüber. Ich bot ihm eine Zigarette an. Ein paar türkische Matrosen, die uns gegenübersaßen, machten sonderbare Kunststücke mit ihren Feuerzeugen, aber Malchasi achtete nicht auf sie.

»Slims«, sagte er und rückte mit seinem Stuhl näher zu mir. »Lass uns aus tiefster Seele sprechen.« Jetzt würde er dorfschwer werden. »Ich weiß, wir versuchen, aus Georgien wegzugehen, seit … ich weiß es nicht mehr. Es war unser Traum und manchmal unsere einzige Hoffnung.« Er nickte jemandem zu, der ein paar Tische weiter saß. »Aber was ist mit Ninos Tante? Erinnerst du dich an sie?«

»Nein.«

»Sie hat im Interclub im Hafen gearbeitet, vor der Unabhängigkeit, und sich da in einen ausländischen Matrosen verliebt. Sie ist nach Jugoslawien geflüchtet und durfte zehn Jahre nicht zurückkommen. Vor lauter Heimweh ist sie Nonne geworden. Als sie schließlich heimkehrte, konnte sie nur noch den Boden küssen. Heute habe ich sie auf dem Markt gesehen. Sie küsst immer noch den Boden.«

Ich verdrehte die Augen.

»Ich hab schon öfter Leute fortgehen sehen«, sagte er. »Als sie zurückkamen, waren sie verrückt.«

»Ich bin hier und jetzt auch schon nicht mehr normal«, sagte ich und schaute zu den türkischen Seeleuten hinüber, die Fanta, ein Getränk, das ich mir nicht leisten konnte, durch getüpfelte Strohhalme tranken. »Was gibt's denn hier noch für mich?«

Malchasi seufzte. »Ich hab's dir noch nie erzählt, aber weißt du, dass es dein Großvater im Dorf war, der mich gerettet hat? Er ist nie zur Schule gegangen, aber er weiß alles darüber, wie die Menschen leben sollten. Früher dachte ich immer, Georgien ist ein gottverdammtes Land, aber als ich im Dorf lebte, hat er mir beigebracht, was es bedeutet, ein echter Georgier zu sein. Überall sieht er nur Leichtigkeit. Du weißt, wie sehr er alle Welt liebt, nicht wahr? Natürlich ist er dadurch leicht zu übervorteilen. Aber er hat mir gesagt, Menschen hätten die Dunkelheit und den Teufel geschaffen. In Wahrheit sei überall nur Licht. Aber du verstehst, dass ich das niemandem erzählen kann, weil die Leute sonst denken, ich missachte ihre Religion.«

»Mein Großvater hat dir das erzählt? Na, wenn überall Licht ist, dann ist auch Licht in Amerika«, sagte ich.

An diesem Abend reparierte Malchasi die Griffe an den Schranktüren, die er abgebrochen hatte, und holte unseren Vorrat an Walnusslikör hervor. Der war so stark, dass sich sogar die Walnussschalen aufgelöst hatten, die darin eingelegt waren, und so war er gut für die Nieren. Malchasi goss jedem von uns einen Becher ein, hob seinen und sagte: »Jeden Tag, an dem du weg bist, werde ich den Boden für dich küssen. Ich meine, ich werde mich nicht wirklich auf dem Boden wälzen, aber ich werde ihn anschauen und es im Geiste tun.«

Aber jetzt frage ich mich, ob mir überhaupt etwas daran lag, dass er den Boden für mich küsste. Meine Gedanken vor der Abreise aus Georgien waren rastlos und aufsässig – ein georgischer Mann, der sich gegen den engen Sicherheitsgurt sträubt.

Nach dem Essen gab Malchasi mir ein Bündel *tschurtschchela*, die süßen Traubenstäbchen aus gekochtem Traubensaft und Nüssen – unseren traditionellen Reiseproviant, den wir mitnehmen, wenn wir in den Krieg ziehen und die Skythen vertreiben, die Mongolen, Türken, Perser, Tscherkessen, Ghlighvi, Dido, Kisten oder Leki. Unsere georgischen Snickers.

»Die sind aus dem Dorf«, sagte Malchasi. »Sie werden dich an zu Hause erinnern, an deine Wurzeln, und dich zurückrufen. ›Bittere Wurzeln bringen süßere Früchte hervor‹«, zitierte er Dawid Guramischwili.

»Ich habe keinen Platz mehr im Koffer«, sagte ich. Aber der wahre Grund, weshalb ich keine *tschurtschchela* mitnehmen wollte, war der, dass ich mich erinnerte, wie mein Freund Wano sie nach Amerika mitgenommen und sie in seinem Hotelzimmer an den Türknauf gehängt hatte. Das Zimmermädchen hatte die Polizei gerufen, und die hatten ihn beschuldigt, Dynamit zu besitzen. Statt Malchasi diese Geschichte zu erzählen, sagte ich: »Ich habe nicht vor, mich in diese Kleinstadt und zu meinen Wurzeln zurückrufen zu lassen. Was ich vor allem brauche, sind neue Stiefel.«

»Dann nimm wenigstens meine Stiefel.« Malchasi holte sie vom Stiefelregal neben der Tür und warf sie mir zu. Oh, ich fühlte mich versucht: Es waren hochwertige russische, robuste, lederne Bergstiefel. Aber an der Ferse war ein Stempel: UdSSR. Nein, ich brauchte keine Achillesferse. Also kaufte ich mir von dem Stipendiengeld, das ich bekommen hatte, selbst Stiefel, und zwar in dem neuen italienischen Schuhgeschäft in der Majakowskaja-Straße.

Ich hatte immer noch meine Zweifel, ob es tatsächlich möglich sein würde, in Georgien eine Fischverpackungsfabrik zu gründen. Dazu brauchte man wirklich viele Investoren, und die meisten Investoren scheuten, wie meine Erhebungen im Büro vermuten ließen, davor zurück, in Georgien zu investieren. Aber der optimistische Geist Amerikas rührte mich, und ich wollte seinen Glauben an mich nicht enttäuschen.

Als ich mich von Anthony verabschiedete und ihm sagte, dass ich seine Hilfe bei der Erlangung eines Visums nicht mehr benötigte, wollte er wissen, ob ich traurig sei, weil ich Georgien verlassen würde.

»Bin ich traurig, weil ich weggehe?«, fragte ich ihn. »Das ist eine sonderbare Frage. Kein Georgier würde sie mir stellen.«

»Ach so, ja. Weil eure Kultur so männlich ist?«, fragte er. »Ihr steht nicht auf Gefühle?«

»Nein, wir haben *zu viele* Gefühle«, sagte ich. Aber ich versprach ihm, ein paar Dosen Kokosmilch mitzubringen, denn er war mit der Arbeit an der Pipeline so beschäftigt gewesen, dass er überhaupt keine Zeit gehabt hatte, in den Supermarkt der amerikanischen Botschaft in Tbilissi zu gehen.

Kurz vor meiner Abreise aus Georgien bestellte unser Diktator mich zu sich. Ich war von unserem örtlichen Diktator noch nie zu irgendetwas eingeladen worden. Manchmal durfte eine Opernsängerin auf Tournee sich mit seiner Frau unterhalten oder seiner Wiener Ziegenherde etwas vorsingen, aber sogar das war ungewöhnlich.

Als ich an den Soldaten vorbei war, die seinen Rasen bewachten, der länger war als der norwegische Tanker, der vor

Kurzem in Batumi angelegt hatte, sah ich ihn im Eingang seiner Residenz stehen, wo er mich erwartete. Es überraschte mich, dass ich größer war als er. Er ließ mich in seinem Wohnzimmer Platz nehmen, das aussah wie ein Saal, aber wie ein königlicher Audienzsaal, nicht wie ein Gerichtssaal. Sein Gesicht sah angespannt und niederträchtig aus, aber er wirkte seltsam unbedeutend auf seinem großen goldenen Stuhl und in dem goldenen Licht der Kronleuchter, das sich auf seiner Glatze spiegelte. Er sprach leise. Auch das war ein Schock. Wie konnte so ein stiller Mann der oberste Georgier sein? Das war nicht normal.

In gewinnendem Tonfall erinnerte er mich daran, dass wir in puncto Entwicklung und Industrie – wenn auch natürlich nicht geistig – hinter dem Westen zurücklagen. Sein Blick machte allerlei Anspielungen – die ich nicht besonders gut verstand – auf die goldgerahmten Fotos seiner aristokratischen Vorfahren an der Wand, und er redete davon, dass er hoffentlich bald eine Erholung in Georgien bewerkstelligen werde, und zwar *er* und nicht der *andere*. Mit einer Kopfbewegung deutete er in die Richtung, wo der *andere*, Präsident Schewardnadse, weiter unten an der Straße sein Büro hatte.

Dann gab er mir Flaschen mit französischem Parfüm, ein Plastikmodell seines geplanten Super-Hyper-Markt-Bauprojekts, einen Kalender mit Vorher-nachher-Fotos der alten georgischen Wohnhäuser in den Blocks rings um seine Residenz (die Nachher-Fotos waren anscheinend in der Zukunft aufgenommen, denn die Häuser waren viel sauberer und größer als jetzt), ein T-Shirt der Erneuerungspartei mit dem Parteiemblem auf der Brust und einen Umschlag mit hundert Dollar. »Betrachten Sie es als Geste einer Vaterfigur«, sagte er onkelhaft.

Ich war bewegt, aber ich dachte doch unwillkürlich: Oh, hier sind zwei der Monatsgehälter, die der Staat mir schuldet. Jetzt fehlen nur noch sechs.

Danach nahm alles so schnell seinen Lauf, als wäre eine Feststoffrakete gezündet worden. Die Leiterin des Zentrums für Demokratie, Abteilung Tbilissi, führte mich an der Schlange vor dem Eingang der amerikanischen Botschaft vorbei nach vorn. Sie stürmte an Leuten vorbei, die seit fünf Tagen vor dem Tor campierten, und ich bemühte mich, mit ihr Schritt zu halten. Als wir vorn angekommen waren, rief die Konsulatsmitarbeiterin meinen Namen. »Slims Achmed Makaschwili. Ist er hier?«

Vor der amerikanischen Konsulatsmitarbeiterin musste ich die importierte mimische Variante namens »Pokerface« aufrechterhalten. Ich erzählte ihr, ich liebte mein ruhmreiches Land Georgien, aber ich wollte den amerikanischen Polizisten kennenlernen und die Fähigkeit erwerben, über das Fischverpackungsgeschäft Demokratie und Kapitalismus in Georgien zu befördern. Ich holte ein Blatt Papier hervor und zeigte ihr das Logo mit den zwei Widderhörnern, das ich für eine Kühlerhaube entworfen hatte, für den Fall, dass Georgien jemals eine neue Automarke produzieren würde. Ich erzählte ihr nicht, dass ich nicht die Absicht hatte, zurückzukommen. Nicht, wenn ich die Chance hätte, in einem Land zu leben, in dem ich bezahlt würde für das, was wir zu Hause kostenlos erledigen mussten.

Am Flughafen marschierte ich die Zugangsrampe hinunter und ins Flugzeug. Der Luftdruck schmatzte in meinen Ohren, ich setzte mich auf den mir zugewiesenen Platz, riss die Plastikverpackung der Ohrhörer auf und hörte Kanal sieben, den Rave-Sender des Flugzeugs. Jetzt kam ich mir vor wie eine Filmfigur auf wichtiger Mission.

Als wir über das Meer flogen, drehte ich den Musikregler zum Kanal »Atmosphere« und hörte Wellenrauschen. Ich schoss darüber hinweg, als wäre ich eine Möwe, die den Wasserspiegel nach dem silbrigen Aufblitzen von Fischen absucht. Eine tiefe Männerstimme sagte: »Spüren Sie, wie ruhig und entspannt Sie sind … Sie haben Ihre Gedanken und Ihre Gefühle zur Ruhe gebracht und angefangen« – das Wellenrauschen –, »dreimal tief ein- und auszuatmen, ruhig und entspannt.« Ich riss mir die Ohrhörer herunter und hörte Unruhe im hinteren Teil des Flugzeugs. Ein Clan von georgischen Geschäftsleuten war aufgestanden, um zu rauchen. Sie klappten die Gepäckfächer über ihnen auf und holten in fettiges Tuch gewickeltes Essen heraus. Die Stewardess bat sie höflich, ihre Zigaretten auszumachen und sich wieder hinzusetzen, denn es sei mit Turbulenzen zu rechnen. Ich beruhigte sie und sagte, es werde schon alles gut gehen, und ich versuchte, ihr die *tschurtschchela* zu geben, die meine Mutter mir ins Gepäck geschmuggelt hatte.

»Was ist das, eine Kerze?«, fragte die britische Stewardess und hielt den langen, knotigen *tschurtschchela*-Spieß ins Licht am Fenster.

»Eine Kerze, ja, eine Kerze«, sagte ich und gab ihr das ganze Bündel. Nie wieder wollte ich etwas anschauen, das auch nur *aussah* wie eine Kerze.

Als ich aus der Transkontinentalmaschine stieg, den Bauch voll mit Transfettsäuren von der Bordmahlzeit, zitierte ich still bei mir die Worte unseres Dichters Joseph Tbileli: »Ich verlasse die Heimat, die mir Freude, doch auch Elend war.« Allerdings schrieb er über seinen Onkel Giorgi Saakadse, den georgischen Militärführer aus dem 17. Jahrhundert, der versucht hatte, die gesellschaftliche Lage der Bauern zu verbessern, bevor er dann nach Persien emigrierte. Meine Situation, das musste ich zugeben, war ein bisschen anders.

Und wie ein Kind, das einem lange verlorenen Gott in die Hände fällt, schloss ich mich dem herzlichen Menschenschlag der Amerikaner an. Sofort war ich geblendet von Elektrizität. Westlicher Strom erleuchtete eine andere Welt, ein ruhigeres Königreich. Amerikanisches Land war verschwommen wie der unscharfe Rand eines Bildes unter dem Mikroskop. Die Straßen waren praktisch menschenleer. Wer doch dort unterwegs war, trug eine Baseballkappe, ohne sich um Euro-Fashion zu kümmern. Wie Karikaturen aus einem sowjetischen Propaganda-Cartoon gingen sie zu ihren Autos, konsultierten ihre Palm Pilots und schlugen ihre nächsten Termine nach. »Oh! Die Parkuhr ist abgelaufen«, sagt einer und sieht einen Strafzettel an der Windschutzscheibe, und dann hört er ein *ding ding*-Signal, als er die Wagentür öffnet, und er fragt sich, in welches Restaurant er zum Essen gehen soll.

Aber ich schreibe zu schnell. Die Frustration angesichts eines Strafzettels hatte ich noch gar nicht erlebt, denn es war Nacht, als ich in San Francisco landete.

Als ich mich in der Schlange vor der Passkontrolle bückte, um meine Schuhe zu polieren, hörte ich einen Zollbeamten zu einem Mann vor mir, der nicht besonders gut Englisch konnte, sagen: »Die sind nicht erlaubt. Und Unwissenheit ist keine Entschuldigung.« Und er beschlagnahmte eine Tüte mit Obst, die der Mann bei sich hatte.

Ich war dankbar, dass jemand mich in San Francisco abholen würde, sodass ich mich an diese amerikanischen Gebräuche gewöhnen konnte, bevor ich mich auf den schlüpfrigen Boden hinauswagte, auf dem sich die Meute der amerikanischen Geschäftsleute bewegte. Ich hatte gehört, dass amerikanische Geschäftsleute einander gern einer Psychoanalyse unterzogen. Sie fragen: »Was ist dein Lieblingstier?«, um auf diese Weise zu verstehen, was für ein Mensch man sei. Ich hatte mir für den Fall, dass jemand mir diese Frage stellen sollte, vorgenommen zu sagen, die Maus, denn Mäuse sind äußerst gerissen. Einmal habe ich fünf Tage gebraucht, um eine zu fangen.

In der Ankunftshalle standen Scharen von Geschäftsleuten und hielten Tafeln mit englischen Namen hoch. Dann sah ich »SLIMS ACHMED MAKASCHWILI«. Ein Mann mit gelbem Haar und der Frisur eines Bergbewohners hielt es hoch. Er trug das traditionelle amerikanische Volkstanzkostüm: ein Bauernhemd, Jeans und Sandalen.

Als ich auf ihn zuging, streckte er mir auf die überschwängliche Art der Amerikaner die Hand entgegen und sagte: »Slims? Slims. Freut mich. Ich bin Merrick. Sie sprechen Englisch, oder?«

Ich nickte.

»Super. Ist das alles, was Sie dabeihaben?«, fragte er und sah sich nach weiterem Gepäck um, während er sich meinen blauen Segeltuchkoffer auf die Schulter wuchtete. »Sie reisen mit leichtem Gepäck. Das ist gut. Hier entlang.« Wir schoben uns durch Gedränge. »Ich bin mit dem BART hergekommen, mit dem Zug. Ich hab einen Pick-up, aber den hat der Freund meiner Schwester sich ausgeborgt. Egal, ich dachte auch, Sie möchten gern unseren öffentlichen Nahverkehr kennenlernen.« Wir fuhren mit der Rolltreppe nach unten und gingen durch neonrot beleuchtete Korridore, die mich an amerikanische Actionfilme aus den Achtzigern oder russische Actionfilme aus den Neunzigern erinnerten. »Ich habe Ihr Paper über den Dornhai gelesen und dass Sie aus der Leber Omega-3 gewinnen, dass das Fleisch lebenswichtige Vitamine enthält und dass Sie aus der Haut Schleifpapier herstellen. Sogar Dünger! Das nenne ich Nachhaltigkeit! Nachdem ich Ihren Aufsatz gelesen hatte, hatte ich das Gefühl, wir hätten etwas miteinander gemeinsam, wissen Sie – die Liebe zum Meer. Zwei Planeten im Universum, die aufeinander zustreben. Obwohl, heutzutage nennt man das Universum ja Omniversum. Jedenfalls, so etwas wie Zufall gibt es nicht. Davon bin ich überzeugt. Aber entschuldigen Sie, ich will im Jahr 2003 nicht allzu sehr nach Hippie-Voodoo klingen. Es ist nur so, dass ich vor der Küste Algen ernte, oben im Norden, in Mendocino County. Haben Sie davon schon gehört? Ich meine, von der Gegend. Haben Sie von der Gegend schon gehört? Bei vielen ist sie bekannt für ihr Gras. Isst man bei Ihnen Algen? Ich trockne und verpacke sie und verkaufe sie an Bioläden. Ich fahre mal mit Ihnen rauf.«

Ich befürchtete plötzlich, dass meine Englischkenntnisse doch sehr schlecht sein könnten, denn ich hatte nur wenig von dem verstanden, was er gerade gesagt hatte. Ich kannte zwar jedes einzelne Wort, aber ich begriff nicht, was sie alle zusammen bedeuteten. Ich beobachtete, wie an allen Haltestellen die Türen auf- und zugingen und immer nur ein paar Fahrgäste ein- und ausstiegen. So viel Elektrizität für nur fünf Leute im Zug. An der Wand hing ein Plakat mit einem Baseballteam. Unter dem Foto stand: SIT LOW, PAY LESS DOUGH.

»Ich habe außerdem einen Dachdeckerbetrieb namens ›Präzisionsdächer‹«, erzählte Merrick.

»Sie haben ein eigenes Geschäft?«

»Das macht ziemlichen Stress. Ich hab immer Angst, ein

Kunde könnte sagen: ›Sie behaupten, Sie arbeiten präzise, aber diese Arbeit ist nicht präzise!‹ In einem Namen steckt viel, in dem Etikett, das wir einer Sache geben. Kürzlich hab ich geträumt, ich hätte den Namen geändert: ›Merricks Ausreichende Dächer‹. Die Leute sollten froh sein, wenn etwas ausreicht. Aber natürlich hab ich den Namen nicht geändert, denn wer wird in Wirklichkeit jemanden beauftragen, dessen Arbeit ausreichend ist? Aber dieser Traum war ein Segen aus dem Universum – aus dem Omniversum, meine ich, denn er hat ein paar Ängste gelindert. Ich hab nämlich immerhin beschlossen, nicht mehr überall mit dem Truck hinzufahren. Ich fahre jetzt mit dem Fahrrad zur Baustelle und transportiere meine Dachdeckersachen auf einem Anhänger. Bestimmte Ängste sind geblieben: Ich befürchte immer, dass die Chemikalien in den Dachmaterialien nicht so ganz öko sind. Ich trage eine Gasmaske, aber so fest ich sie auch ziehe, ich kann die Dünste von dem Teer immer noch riechen, und dann denke ich, Mann, das geht alles in die Atmosphäre. Manche Leute sind auch ein bisschen abgetörnt, wenn ich mit meinem Fahrrad ankomme. Sie erwarten einen großen Kerl mit einem Truck. Ist es nicht irre, dass die Leute zu einem Dachdecker nur Vertrauen haben, wenn er mit einem dicken Truck ankommt? Also komme ich am Anfang immer mit dem Truck, lerne den Mann kennen, und nach und nach benutze ich dann das Fahrrad, wenn ich das ganze Material zur Baustelle gebracht habe. Ich hätte Sie jetzt auch mit dem Truck abgeholt, aber, yeah, der Freund meiner Schwester hat ihn ausgeborgt.«

Wir stiegen an der Market Street aus, einem breiten Boulevard, dessen Gehwege mit einem Ziegelsteinmosaik gepflastert waren. Zeitungen kämpften sich durch das Tal zwischen den höchsten Gebäuden, die ich je gesehen hatte.

»Das ist der Financial District«, sagte Merrick. »Aber abends ist es ziemlich *funky*.«

Wir stiegen in einen Bus, und Merrick redete die ganze Zeit. »Ich überlege, ob ich die Dachdeckerei komplett an den Nagel hängen soll, denn in letzter Zeit hab ich das Gefühl, ich arbeite für Menschen. Ich würde lieber für die Menschheit arbeiten. Ich habe einen Freund, der verkauft importierte Textilien aus Thailand vom Fahrrad aus. Er nennt es sein Thairad. Verstehen Sie?«

Ich hörte zu und schaute dabei aus dem Fenster. Die Straßen waren beleuchtet wie bei uns am Tag vor den Präsidentschaftswahlen. Als wir aus dem Bus stiegen, bemühte ich mich, genau aufzupassen, was Merrick sagte, während er auf das Straßenschild zeigte. »Von der kleinen Anhöhe dort kann man die Türme der Golden Gate Bridge sehen, wenn es nicht so nebelig ist. Und wenn Sie in diese Richtung gehen, kommen Sie zur Geary Street. Wenn der Gedanke an die Heimat Sie traurig macht, können Sie dort Russisch sprechen. Und russische Produkte kaufen.«

»Der Gedanke an die Heimat macht uns nur traurig, wenn wir dort sind«, sagte ich.

Wir gingen auf sein Haus zu. »Es ist das graue da vorn. Aber eins muss ich Ihnen noch sagen. Ich habe einen Obdachlosen, der für ein Weilchen bei mir wohnt. Ich hab ihn vor zwei Monaten im Bus kennengelernt. Wir sind ins Gespräch gekommen, und er hat mir seine ganze Lebensgeschichte erzählt und dass er irgendwo im Süden aufgewachsen ist. In Georgia, glaube ich. Haha. Wie Sie.« Merrick schloss das Metalltor auf. Dahinter führten ein paar gemauerte Stufen zu seiner Haustür hinauf. Ich nahm meinen Koffer, den Merrick abgestellt hatte. »Und sein Haus ist abgebrannt, und er sucht seine Frau oder sein Kind, ich weiß es nicht mehr, und er bemüht sich auch um einen Job, aber er schafft es nicht, sich so weit auf Vordermann zu bringen, dass er einen kriegt. Da dachte ich, Mann, so ist es mir auch mal gegangen. Ich hab ihn in mein Haus eingeladen und gesagt, er könne ein Weilchen bei mir wohnen. Ich hatte ein freies Zimmer, weil meine Freundin gerade ausgezogen war. Es gibt nur ein geringfügiges Problem: Er sieht den ganzen Tag fern. Ich hab den ganzen Tag über ziemlich viel zu tun, und deshalb weiß ich nicht, was für Sendungen er sich ansieht. Sehen Sie viel fern?«

»Die Nachrichten.«

Oben an der Treppe blieb er vor der Haustür stehen und fummelte mit seinen Schlüsseln herum. Er sprach jetzt leiser. »Ich hab so einen Puppenhausmöbel-Bausatz bestellt, damit er etwas zu tun hat und in Bewegung kommt. Oh, Scheiße, der falsche Schlüssel. Man bestellt die Einzelteile aus einem Katalog, und sie bezahlen einen für das Zusammenbauen. Man macht kleine Puppenhaus-Schaukelstühle oder -Kleiderschränke, sogar einen DVD-Player, aber ich hab's mir angesehen – oh, ich glaube, das ist jetzt der richtige Schlüssel –, sie sehen alle gleich aus, und selbst wenn man so schnell arbeitet, wie man kann, verdient man nur ungefähr vierzig Cent pro Stunde.« Er schloss die Tür auf und flüsterte: »Ich hab die Teile ein paar Abende mit ihm gemeinsam zusammengesetzt, aber am Ende musste ich die ganze Arbeit alleine machen, weil er so steife Finger hat. Haben Sie schon mal vom Wurstfingersyndrom gehört? Ihre Jacke können Sie da in den Schrank hängen. Ich kann ihn nicht rausschmeißen, denn jeden Tag sagt er: ›Jesus hat sich meiner erbarmt durch dich, der Herr sei gepriesen.‹ Deswegen liegen überall Puppenhausmöbelteile auf dem Boden herum. Passen Sie auf.« Er legte den Finger an die Lippen. »Ich glaube,

Charlie schläft. Ich hab ihm gesagt, er muss im Wohnzimmer auf der Couch schlafen.«

Auf Zehenspitzen gingen wir durch einen dunklen Flur.

»Wahrscheinlich sind Sie müde. Da ist das Bad. Schlafen können Sie hier.« Er stieß eine Tür auf.

Als er das Licht einschaltete, sah ich eine Gitarre auf einem blauen Plastikständer in der Ecke. Eine grüne Decke lag auf dem Bett am Fenster. »Ich hab ein bisschen Salbei verbrannt, um das Zimmer zu reinigen. Schlafen Sie, solange es nötig ist – den ganzen Tag, wenn Sie wollen. Mit den Seminaren brauchen Sie erst Montag anzufangen. Ach, hier sind Streichhölzer, falls Sie noch mehr Salbei verbrennen möchten. Oder wenn Sie ein paar Kerzen anzünden wollen.«

»Bitte keine Kerzen. Kerzen mag ich nicht.«

»Wie Sie wollen.« Er machte die Tür hinter sich zu.

Ich legte mich angezogen auf das Bett und betrachtete die niedrige Decke, die aussah wie ein russischer Bauernkäse. Dann stand ich auf und hängte meine Sachen, Hose, Jackett und Krawatte, in den Schrank, legte die Rolle Klebstreifen und alles andere, was ich besaß, in das halb leere Bücherregal und warf einen Blick auf die Bücher. *Die Renaissance-Gitarre. Surfer-Enzyklopädie. Brücken bauen denen, die sie verbrennen. Steh auf und singe. Schafzucht auf moderne Art. Die Bibel in modernem amerikanischem Englisch.* Ich schlug die Bibel auf und las: »Und dann lud Jesus uns ein, auf ein paar Häppchen herüberzukommen.« Interessant. Ich hatte die Bibel noch nie auf Englisch gelesen.

Merrick hatte den Monatskalender an der Wand noch nicht umgeblättert. Das Januar-Foto zeigte einen Sonnenuntergang über dem Meer. Ich öffnete das Fenster, streckte den Kopf hinaus und schaute in den verwucherten Garten. Der Nebel war zu dicht, um weiter zu sehen. Tropfen hingen an den Blättern von Pflanzen, deren Namen ich nicht kannte. Ich zog den Kopf wieder ein und schloss das Fenster. Ich legte mich auf das Bett und betrachtete noch einmal die Decke.

Obwohl ich davon geträumt hatte, in den Westen zu reisen, seit ich mir mein ersehntes Lehrbuch über das Recht in der westlichen Zivilisation beschafft hatte, war ich doch sicher gewesen, auch in Amerika noch in demselben Film meines Lebens zu sein, nur mit besserer Beleuchtung.

Als ich die georgische Mittelalter-Matinee verließ, hatte ich nicht gewusst, dass ich in einen ganz neuen Film hineingeraten würde, in dem ich keine der anderen Figuren kannte.

Ich holte mir ein Blatt Papier. »Liebe Tamriko«, schrieb ich. Aber dann wusste ich nicht, wie es weitergehen sollte, und deshalb zitierte ich ein paar Gedichtzeilen von Schota Rustaweli:

Dass ich dich verließ und nicht gehorchte deinem Wort,
vergib mir.
Nicht fähig war ich, deinem Wunsch zu folgen: Gebannt
stahl ich mich fort von dir.

Als ich einschlief, ließ ich das Licht brennen.

14

Als ich aufwachte, hörte ich das Plätschern des Meeres. Es gab Strom. Ich sollte die Gelegenheit nutzen, dachte ich, und einen Wassereimer füllen. Dann öffnete ich die Augen und erinnerte mich, wo ich war. Zum ersten Mal im Leben hatte ich Heimweh nach dem Meer.

Merrick machte Pfannkuchen zum Frühstück. »Ich hoffe, du hast Hunger«, sagte er.

Ich nickte.

»Warte, bis du die hier probiert hast. Ich kaufe die Backmischung im Gesundheitsladen. Tatsächlich nennen wir ihn den ›Gesunde-Preise-Laden‹, aber nur dort finde ich blaue Maismehl-Pfannkuchenmischungen. Ich gebe gern noch Walnüsse und Bananen dazu. Und die Blaubeeren wegen der Antioxydantien. Oh«, sagte Merrick, als er den Kühlschrank öffnete. »Ich glaube, ich habe keine Blaubeeren mehr. Charlie«, rief er zur Küchentür hinaus, »ich möchte dich mit Slims bekannt machen. Er ist aus Georgien. Aus dem Land, nicht aus Georgia, dem Bundesstaat. Es gehört zu Russland, oder?«

»Nein«, sagte ich. »Nicht zu Russland.«

Charlie kam in die Küche und drückte sein Haar glatt. Ich gab ihm die Hand.

»Charlie, wenn du Sachen aufisst, geht das in Ordnung«, sagte Merrick und wühlte im Kühlschrank. »Du musst es mir nur sagen, damit ich es ersetzen kann. Du isst doch einen Pfannkuchen mit uns, oder?«

»Lieber möchte ich Speck«, sagte Charlie.

Ich schaute in den Kühlschrank und sah ungefähr ein Dutzend Flaschen Bier. Auf den Etiketten stand »LOW COAST ALE«. Vielleicht hatten die sowjetischen Propagandisten recht mit dem, was sie über die Amerikaner und ihr Bier sagten: dass es ein sehr wichtiger Artikel sei. Aber der Kühlschrank war auch voll von allen möglichen Sorten Gemüse: rote Paprika, Gurken und Büschel Koriander – Gemüse, wie wir sie nur im Frühling und im Sommer essen.

Ich dachte daran, wie Tamriko einmal im Winter das Gemüse ausgegangen war und ich ihr Gläser mit Tomaten und Auberginen gebracht hatte. Aber sie hatte sie nicht haben wollen. Sie hatte gesagt, im Winter Gemüse zu essen sei nach Ansicht der Firma Herbalife genauso, als würde man die Erde bestehlen. Stattdessen ernährte sie sich von Erdbeermarmelade und Gurkenwasser, und wegen der Vitamine schlürfte sie Würzsaucen. Das versuchte ich Merrick zu erklären.

»Sie hat Gurkenwasser getrunken? Mit Salat? Aus der Schüssel?«

»Na ja, mit einem Löffel«, sagte ich.

Merrick schlug ein paar Eier auf. »Mein Essen schmeckt dir hoffentlich. Auf Würzsaucen stehe ich eigentlich nicht so, aber ich glaube, ich habe Senf. Ich bringe Charlie eine neue Art zu essen bei. Genauer gesagt, eine komplett nachhaltige Lebensweise«, sagte er. »Charlie kommt nicht oft aus der Stadt hinaus. Ich hab ihn zu einer Tagung über nachhaltiges Bauen mitgenommen, oben in Hopland, wo wir eine Hütte aus Strohballen entworfen haben.« Merrick blickte von seinem Pfannkuchenteig auf, um sich zu vergewissern, dass Charlie nicht mehr in der Küche war, bevor er flüsterte: »Als wir dort waren, fragte Charlie: ›Was? Ihr baut ein Haus aus Stroh? Was soll das für ein Haus sein?‹«

»Ja, es ist auch ein bisschen merkwürdig«, sagte ich. »Wir benutzen meistens Holz. Oder Beton oder Steine.«

»Ich sage ja auch nicht, dass es *normales* Baumaterial ist. Es geht um nachhaltige Technologie. Es ist so gut isoliert, dass man es mit einer Kerze beheizen kann.«

»Ja, die Leute bei uns in den Dörfern machen so was auch.«

»Aber stellt ihr in Georgien keine alternative Energie her? Gibt es da keine Bewegung?«

»Das ist illegal«, sagte ich. »Die Regierung kontrolliert die Elektrizitätswerke und stellt den Strom die meiste Zeit ab, sodass wir ihr Öl kaufen müssen, um unsere Häuser zu heizen. Aber die Dörfer haben fast alle selbst gemachte Elektrizität. Das ist dann wohl alternativ.« Aus der Bratpfanne spritzte mir Öl an den Hals. »Ist es normal, dass Männer kochen?«

»Na klar«, sagte er. »Als meine Freundin noch hier wohnte – ich sollte jetzt wohl sagen, meine Exfreundin –, habe ich immer gekocht.«

»Warum ist sie gegangen?«

»Es hat einfach nicht geklappt. Kennst du den Spruch: ›Ich bin lieber Single als verheiratet mit einer Psychopathin‹?«

»Nein.«

Er erzählte mir, dass sie immer sehr emotional geworden sei, und wenn er versucht habe, sie aufzumuntern, habe sie gesagt: »Versuch nicht, die Sache in Ordnung zu bringen. Ich muss diese Gefühle einfach empfinden.« Vielleicht bringen die Amerikaner die Dinge nicht gern in Ordnung, weil immer alles gut funktioniert? Wie auch immer, ich hatte den Eindruck, die Frauen in Amerika waren genauso emotional wie bei uns, nur dass sie oft lange Gespräche darüber führen wollten. In Georgien ist das Gegenteil der Fall. Da wollen die Männer immer über Beziehungen reden, und die Frauen sagen: »Ich habe keine Lust mehr, über Beziehungen zu reden.«

»Hier, du musst jetzt probieren, solange sie noch heiß sind«, sagte Merrick und ließ einen Pfannkuchen auf meinen Teller rutschen. »Charlie!«, rief er. »Komm essen.« Charlie kam in die Küche, setzte sich auf einen Stahlrohrstuhl mir gegenüber und fing an zu essen. Also tat ich es auch.

»Charlie, kochst du auch?«, fragte ich ihn.

»Na klar«, sagte er.

»So, das ist also das amerikanische Weekend«, sagte ich und schob mir ein Stück Pfannkuchen in den Mund. »Vom amerikanischen Weekend habe ich schon gehört.«

Merrick schaltete das Radio ein. »Magst du Jazz?«

»Na klar«, sagte ich und versuchte seine Sprechweise zu imitieren.

Der amerikanische Mann nimmt am Sonntag ein großes Frühstück zu sich, hört Jazz und spielt dann Folksongs auf der Gitarre. Das ist anscheinend eine wunderbare Beschäftigung. Bob Dylan, die Beatles und vor allem Lieder über den Frieden.

Nachdem Merrick und ich uns die Pfannkuchen »eingefahren« hatten, sagte Merrick: »Slims, in deinem Zimmer ist ein Buch, das heißt *Steh auf und singe.* Könntest du es mir holen? Und Charlie, könntest du dein Bett zusammenklappen? Ich möchte Staub saugen.« Ich holte das Buch, Charlie klappte sein Bett wieder zu einem Sofa zusammen, und Merrick saugte die Puppenhausmöbelteile ringsum zusammen.

»Setz dich, Slims«, sagte Merrick. »Fühl dich wie zu Hause. Ich wette, die hast du noch nie gehört.« Er blätterte in seinem mit zahlreichen Markierungen versehenen Spiralblock.

Wir sangen »Yellow Submarine«, »I Am Changing My Name to Chrysler« und »Waltzing Matilda«, und dann rief Merrick: »Hier kommt eins für dich, Slims, auf der nächsten Seite, es heißt ›When I First Came to This Land‹.« Und er fing an zu singen: »Als ich in dieses Land kam, war ich kein reicher Mann, also kaufte ich eine Farm und tat, was ich konnte. Und ich nannte meine Farm ›Muskel in meinem Arm‹. Doch das Land war fruchtbar und gut, und ich tat, was ich konnte.«

Ich überlegte, ob ich Merrick ein ähnliches georgisches Lied von Raphael Eristawi vorsingen sollte. Es geht so:

Staub bin ich und häng am Staub.
Als Bauer bin ich geboren,
Mein Leben ist ein ewiger Kampf,
Endlose Mühe und endloses Leid,
Und bis es vorbei ist, werde ich pflügen, säen, arbeiten …
immer weiter,
Die Muskeln gespannt,
Bei jedem Wetter,
Ich kann kaum leben von meinem Verdienst
Und bin immer müde und hungrig.
Die Grundbesitzer quälen mich,
Und selbst die kleine Ameise ist mein Feind.
Für die Menschen in der Stadt,
Für die Priester,
Für die Dörfer, wie ein Schwein
Schwitze ich und pflüge und säe.

Aber dann ließ ich es lieber bleiben.

»Und hier ist eins für dich, Charlie«, rief Merrick. »Das wirst du noch kennen, komm schon: ›Ich habe kein Zuhause, ich streife durch das Land, bin nur ein Wanderarbeiter und ziehe von Stadt zu Stadt. Die Polizei macht es mir schwer, wohin auch immer ich gehe, und ich habe kein Zuhause auf der Welt.‹« Merrick hörte auf zu spielen. »Aber hier hast du ein Zuhause, oder etwa nicht, Bruder?«

Es klingelte an der Tür. Merricks Vater stand draußen. »Dad«, sagte Merrick, »hatten wir nicht abgemacht, dass du anrufst, bevor du zu Besuch kommst?«

»Ja, aber ich wollte deinen neuen Gast kennenlernen.« Als er mich sah, faltete er die Hände, als ob er beten wollte, und machte eine kleine Verbeugung, als wäre ich ein Japaner. »Wir haben großen Respekt vor Ihren Traditionen«, sagte er und sah dann Merrick an. »Kann er mich verstehen? Vielleicht sollte ich langsamer sprechen.« Er wandte sich wieder mir zu und verbeugte sich noch einmal. »Wir. Ehren. Sie. Unsere Kultur hat sich verirrt. Wir leben in einer geistig bankrotten Gesellschaft. Wir hoffen, Sie können uns die alten Sitten lehren. Wir können Ihnen ein Pferd besorgen.«

»Was?«, fragte ich.

»Vielleicht. Sind. Sie. Noch. Nicht. Mit. Einem. Auto. Gefahren.«

»Dad!«, sagte Merrick. »Er ist mit dem Flugzeug gekommen. Von Autos hat er schon gehört.«

»Sei still, Sohn. Hast du noch nie von Ishi gehört, dem letzten Native American? Er ist in einen Zug gestiegen, aber wer weiß, was in seiner Seele vorging? Wir wollen aus diesem Burschen doch keinen übersättigten Amerikaner machen. Was für Unternehmungen hast du für ihn vorbereitet?«

Pling. Plong. Merrick zupfte an seiner dreisaitigen Gitarre. Da waren sie nun. Der Vater, der Sohn und der Obdachlose, und alle sangen Lieder für mich. Sie konnten nicht besonders gut singen und schafften auch keinen dreistimmigen Gesang, aber sie gaben sich große Mühe. Sie hatten so viel Hoffnung, einen so machtvollen Idealismus und einen so offenen Ausdruck. »Ich hatte seit fünfzehn Jahren nicht mehr so viel Spaß«, sagte ich zu Merrick. »Ich glaube, deine Familie ist nicht pessimistisch.«

»Tatsächlich ist mein Dad sogar ziemlich pessimistisch. Er macht sich dauernd Sorgen wegen der globalen Erwärmung. Wenn ich zum Baseball gehe, sagt er jedes Mal: ›Genieß das Spiel lieber. In der Zukunft wird es keinen Baseball mehr geben.‹«

Später zog ich mit dem Klebstreifen, den ich mitgebracht hatte, die Staubfasern von meiner Hose ab und polierte meine Schuhe mit einer Socke. Ich setzte meine Sonnenbrille auf und kämmte mir das Haar mit etwas Wasser glatt nach hinten. Dann sagte ich zu Merrick: »Ich bin bereit, mir die Stadt anzusehen.«

Als wir die Straße hinuntergingen, nahm ich die Sonnenbrille wieder ab, denn der Himmel war bedeckt. Ein paar Blocks weiter waren Arbeiter mit Schutzhelmen und dazu passenden orangegelben Westen mit Reflektorstreifen dabei, den Gehweg aufzureißen, um ein Rohr zu verlegen. Sie waren mit einer Menge Gerät ausgerüstet: Da waren dicke Gurte, schnurrend funktionierende Kräne und brummende Maschinen. »Die einzigen Gurte, die wir in Georgien noch haben, sind meistens Sicherheitsgurte«, sagte ich. »Eure Maschinen geben mir das Gefühl, ein Mann von Würde zu sein. Sie helfen mir, die Dinge aus einer senkrechten Position zu sehen.« Ich bemühte mich, aufrechter zu stehen.

In der Straße von Geary war eine georgische Bäckerei. Ich war sehr überrascht. »Ich bin schockiert, dass ihr hier einen solchen Laden habt, der der Alten Welt gewidmet ist«, sagte ich.

»Der Alten Welt? Ach so. Du bist ja ein Mann der Alten Welt. Möchtest du hineingehen?«

»Warum? Ich weiß schon, wie es in der Alten Welt riecht. Nach alten Ledermöbeln. Euer Land hat einen neuen Geruch. Außerdem, unter welchem Vorwand sollte ich versuchen, die Bekanntschaft dieser Leute zu machen?«

»Um dich zu unterhalten?«

»Worüber? Wir treffen uns doch nicht in fremden Ländern, um Hallo zu sagen. Vielleicht werden sie misstrauisch und halten mich für einen Junkie.«

Aber dort arbeiteten gar keine Georgier, nur vergnügte Chinesen, und mir war nicht wohl dabei, sie nach einem Job zu fragen. Sie verkauften *chatschapuri* zu vier Dollar das Stück. »Ich finde diesen Preis ein bisschen zu hoch«, sagte ich zu ihnen. »In Georgien kosten sie nur zwanzig Cent.« Aber sie verkauften auch schöne und preiswerte Kuchenstücke namens Schwiegermutter, Napoleon, Prinzessin, Madonna und Tbilissi.

Ich kaufte ein Stück Schwiegermutterkuchen, ging damit hinaus und setzte mich auf den Randstein. »Ich habe gehört, in Amerika ist es okay, auf dem Randstein zu sitzen und Kuchen zu essen«, sagte ich zu Merrick. »Wir können uns dieses Stück teilen.« Ich zog meine Gabel aus der Tasche.

»Du hast deine eigene Gabel mitgebracht?«, fragte Merrick. Amerikaner sind leicht zu schockieren, sogar in ihrem eigenen Land.

Noch ein komisches Erlebnis: Radio Shack. Merrick wollte ein paar spezielle AAA-Batterien für ein Projekt kaufen, an dem er arbeitete. Ich betrachtete die Kabel, Drähte und winzigen Adapter, die dort in perfekter Verpackung und mit klaren Anweisungen versehen angeboten wurden. »Diese Anweisungen sind so leicht zu verstehen«, sagte ich zu Merrick. »In Georgien benutzen unsere Autoren Wörter aus dem 16. Jahrhundert, um kultiviert zu klingen.«

Eine Kundin trat an die Theke, wartete auf den Verkäufer und schlug auf die kleine Serviceglocke. Verärgert klingelte sie immer wieder. Ich lotste Merrick hinüber zu der Abteilung mit den Überspannungsschutzschaltern unmittelbar neben der Theke. »Komm her!«, sagte ich. »Schnell! Pass auf!«

»Was denn? Was?«, fragte Merrick.

»Still«, sagte ich. »Hör einfach zu.«

Der Verkäufer war gerade aus einem hinteren Raum gekommen und sagte: »Entschuldigen Sie, dass ich Sie habe warten lassen. Ein Telefonanruf.«

»Oh, verzeihen Sie, aber ich habe mich gefragt, ob Sie mir wohl helfen können. Ich habe ein Problem mit meinem Anrufbeantworter. Vielleicht schauen Sie ihn sich mal an?«

Ich gab Merrick einen Rippenstoß. »Ist das nicht komisch?«

»Was ist daran komisch?«

»Es ist schön. So viele Wörter! In Georgien sagen wir nur: ›Mach mal.‹«

Draußen überquerten wir die Straße an einem Fußgängerüberweg. Ein Auto, das auf uns zukam, hielt an. Ich winkte dem Fahrer zu. »Sie sind so höflich«, sagte ich zu Merrick.

»Eigentlich nicht«, sagte er. »Das ist gesetzlich vorgeschrieben.«

»In Georgien ist es das auch, aber kein Mensch hält sich an das Gesetz. Sag mal, im Ernst: Wie bringt ihr die Leute dazu, dass sie sich alle an die Gesetze halten?«

»Nicht *alle* halten sich hier an die Gesetze«, sagte er.

Das war keine hinreichende Antwort, denn es war offensichtlich, dass die Amerikaner sich gut genug an die Gesetze hielten, um die Stromversorgung zu gewährleisten. Ich zeigte hinauf zu den Dutzenden von Stromleitungen, mit denen die Stadt zusammengebunden war. »In Georgien ist das Kupfer in diesen Leitungen nach dem aktuellen Wechselkurs ungefähr fünf Dollar das Kilo wert. Diese Drähte wären dort schon längst gekappt worden.«

»Das ist schwer zu glauben«, sagte er.

»Glaub's ruhig. Es ist kein Witz. Im Winter vor ein paar Jahren wurde die Hälfte unserer Stromleitungen gekappt und in die Türkei verkauft. Aber hier, habe ich gehört, müssen die Elektrizitätsgesellschaften sogar, wenn sie ihre Preise erhöhen wollen, zahllose Regulierungsvorschriften erfüllen. Sie können nicht einfach teurer werden wie bei uns. Das ist ein wunderschönes System.«

»Yeah«, sagte Merrick. »Ich schätze, wir sind einfach daran gewöhnt.«

»Aber es ist wichtig, darüber nachzudenken und darauf zu achten. Amerika sieht aus, wie Georgien früher aussah. Und dann, in einer Nacht – kaputt. Jetzt, weißt du, reden wir in Georgien nur noch über Mystizismus und Delirium.«

An diesem Abend lag ich im Bett, starrte wieder an die Decke und fragte mich, ob ich würde hierbleiben können. Arbeit finden. Geld nach Hause schicken. Ich warf die Zeilen weg, die ich an Tamriko geschrieben hatte, und nahm ein neues Blatt, um an meine Familie zu schreiben.

Hier ist alles gut. Macht Euch keine Sorgen um mich. Mein Gastgeber ist ein guter Kerl. In den Geschäften lächeln alle sehr glücklich. Das ist das Beste daran. Und die Straßenbahnen fahren die ganze Zeit hin und her mit elektrischem Strom, wie sie es früher auch bei uns getan haben, und so regelmäßig, dass es leicht ist, ruhig zu bleiben. In Kalifornien ist im letzten Sommer auch der Strom ausgefallen, und da nannte man es eine »nationale Katastrophe«. Stellt Euch das vor. Ich möchte ein Abenteuer erleben, aber die Amerikaner sind so ruhige und höfliche Menschen. Sie spenden Zimmer in ihrem Haus an Leute mit geringem Einkommen und erforschen, wie man ein Haus aus Stroh baut. Ich wohne bei einem Demokraten, aber ich weiß noch nicht genau, was das bedeutet. Morgen fange ich mit den Business-Seminaren an. Merrick sagt, da sind lauter Republikaner.

15

Merrick weckte mich früh am Morgen. »Slims«, sagte er, als er an die Tür klopfte, »wenn wir zu spät kommen, bringt meine Schwester mich um.«

Susan, Merricks Schwester, war die Leiterin des Business-Seminars. Ihrer Organisation waren die Gastgeberfamilien ausgegangen, und deshalb wohnte ich bei ihrem Bruder. Er und seine Schwester hatten kein bisschen Ähnlichkeit miteinander. Sie sah – wie kann ich es sonst sagen? – amtlich aus. Aber elegant. Im Gegenlicht vor dem Fenster leuchtete ein filmischer Reflex in ihrem Haar, das die Farbe von guter russischer Qualitätsschokolade hatte. Aber insgesamt gab einem die Atmosphäre, die sie umgab, das Gefühl, auf einem in der Türkei produzierten Fernseher einen Dokumentarfilm zu sehen. Die Rottöne waren zu knallig, ihre Konturen verwischt. Vielleicht sah sie so aus, weil ihr Lippenstift verschmiert war, was den Eindruck erweckte, bei ihr ginge es immer schnell, schnell und sie hätte keine Zeit, allzu eingehend in den Spiegel zu schauen. Ihr kastanienbraunes Kostüm bezeichnete sie als *Power Suit*, und ihre Lippen waren darauf abgestimmt und zogen mich an, denn sie besaßen Autorität, weil sie wussten, was sie sagten. Ich bewunderte sie mit Nostalgie und leiser Zärtlichkeit. Sie erinnerte mich an eine jüngere Hillary Clinton. Ich versuchte, sie mir in einem unserer sowjetischen Bäder vorzustellen, und ich fragte mich, ob sie ihren Körper gern mit dem Saunasalz einrieb, das Merrick neben seiner Badewanne stehen hatte. Trotz der großzügigen Kurven ihres kastanienbraunen Kostüms benahm sie sich wie ein Geschäftsmann. Ich war sicher, sie ging zum Business Lunch in das Lokal unter dem Computer Center und gehörte keiner weiblichen Handarbeitsgenossenschaft an.

Wie es amerikanischer Brauch ist, gab sie uns als Erstes einen *Abriss* über ihr Leben, indem sie mit ihrer Computermaus auf ein Programm klickte, das PowerPoint hieß, wie sie uns erklärte – eine Software, die wir erlernen sollten, weil sie *von Vorteil* sein könne. »Es sieht professioneller aus«, sagte sie, »wenn man Aufzählungspunkte setzt.« Sie nannte sie *bullet points*. »Obwohl es meistens Männer sind, die sich davon eher beeindrucken lassen.«

In ihrem *früheren Leben*, sagte sie, habe sie bei der Weltbank gearbeitet, als man dort den Bau von Kernreaktoren in Osteuropa finanzierte. Aber eines Tages habe sie auf dem Weg zur Arbeit ihr Spiegelbild im schwarzen Glas eines Sparkassengebäudes gesehen und sich gefragt: »Wer ist diese Frau mit diesen professionell aussehenden Schuhen?« Und da habe sie ihren Job bei der Weltbank aufgegeben und beschlossen, für eine Nichtregierungsorganisation in die Außenpolitik zu gehen. »Trotzdem«, sagte sie, »muss ich gestehen, dass der *Konkurrenzkampf* seinen Reiz für mich nie verloren hat. Ich möchte Ihnen allen etwas über die freie Marktwirtschaft beibringen. Wenn Sie etwas über Politikgestaltung lernen, können Sie Politik gestalten. Nicht vielen Leuten ist das klar. Es gibt immer Organisationen, die um schwindende Mittel konkurrieren, aber nicht viele kennen die nötigen Methoden, sie zu erhalten. Die exorbitanten Etatkürzungen der gegenwärtigen Regierung haben unsere

Ressourcen geschmälert, aber die Vereinigten Staaten haben immer noch ein ureigenes Interesse daran, Programme zur Demokratieentwicklung in postsowjetischen Republiken finanziell zu unterstützen.«

Ich hatte seit sieben Jahren nicht mehr als Student in einem Hörsaal gesessen; allerdings hielt ich selbst von Zeit zu Zeit Seerechtsvorlesungen an der Staatlichen Rustaweli-Universität. Aber immer, wenn ich in einer Vorlesung saß, hatte ich die schlechte Angewohnheit, in dem Militärausbilder vor mir eine kleine Biene zu sehen, beschäftigt mit einer Sache, die mit mir nichts zu tun hatte. So waren unsere Dozenten gewesen. Die letzten Monate an der Universität hatte ich kaum noch ertragen; ich hatte dasitzen und zuhören müssen, wie der Militärausbilder uns erzählte, wenn ein Georgier einer Einheit aus y Soldaten gegenüberstände, sollte er in der Lage sein, sie zu besiegen, und würden wir hinterrücks angegriffen, müssten wir kehrtmachen. »Das werden wir jetzt draußen üben!«, schrie er dann.

Natürlich ist es okay, wenn unsere Dichter trinkend unter den Mandelblüten sitzen und philosophischen Gedanken nachhängen. Aber als *ich* unter den Mandelbäumen vor der Universität auf meinen Schuhen saß, damit mein Hintern nicht nass wurde, und an einer Flasche hausgemachtem *tschatscha* nuckelte, kam der Militärausbilder herüber und schrie: »Slims, Sie sollen mit den andern marschieren. Wir sind auf einem Aufklärungseinsatz. Sie nähern sich bereits der türkischen Jungenschule.«

»Haben Sie keinen Respekt vor den großen Philosophen?«, schrie ich ihn an.

»Was für ein Georgier sind denn Sie?«, hatte er daraufhin gefragt, und fast hätte ich für meine übermütige Bemerkung in den georgischen Militärdienst eintreten müssen.

Susan erinnerte mich auch an eine Biene, aber als ich sie anschaute, bekam das Leben einer Biene eine völlig andere Bedeutung. Ich erinnere mich, dass ich gelernt habe, wie die Biene, um mit den anderen zu kommunizieren, einen kleinen Tanz aufführt und mit dem Hinterteil in die Richtung zeigt, in der der Honig zu finden ist. Ich hatte das Gefühl, indem ich Susan zuhörte, würde ich Amerikas Honig finden können. »Wir wissen bereits, dass die derzeit in Ihren Ländern an der Macht befindlichen Führungspersönlichkeiten«, sagte Susan jetzt, »nicht über gangbare Beispiele für eine freie Marktwirtschaft verfügen, für Demokratie, für Anpassungstechniken, in denen nicht das konservative Echo des Kommunismus widerhallt. In den nächsten sechs Wochen werden wir Sie daher zu einer nachhaltigen Unternehmenspraxis anleiten und Ihnen bei der Suche nach Partnern, potenziellen Sponsoren und Investoren behilflich sein. Seite an Seite mit Ihnen werden wir unternehmerische Erfolge in Ihren Heimatländern untersuchen und Ihnen helfen, fundierte Entscheidungen über neue Marketingkonzepte zu treffen, die dazu beitragen können, ein Bewusstsein für Ihre Produkte und Dienstleistungen zu schaffen. Die ersten zwei Wochen werden die Einführungsphase sein, und in den letzten vier werden Sie Ihre Praktika absolvieren. Wie ich schon sagte: Diese Arbeit wird Mut, Kreativität und außergewöhnliche Willenskraft erfordern. Und jetzt lassen Sie uns im Raum umhergehen und uns miteinander bekannt machen. Ich möchte Ihre Standpunkte hören.«

Wir waren alle ein bisschen zurückhaltend, zumal nach dieser Rede. Ich hatte mich darauf gefreut, in den amerikanischen Himmel zu kommen, aber jetzt wurde mir langsam auch klar, dass im Paradies ein ziemlicher Druck herrscht.

»Wovon redet sie da?«, fragte mich der Russe, der neben

mir saß. Ich fragte mich, ob er so schlecht Englisch verstand.

»Folgen Sie einfach ihrem Beispiel«, sagte ich. »Sie ist richtig glücklich, wie eine Optimistin.«

»Wie Puff Daddy«, sagte er.

Wir saßen im Kreis, besser gesagt, im Viereck, auf weichen Ledersofas. Sergej – der Mann, der zusammengesunken neben mir saß – war ein melancholischer Typ. Er trug das traditionelle Mafioso-Outfit: schwarze Lederjacke, Jogginghose und Flip-Flops, und er kaute auf einem Zahnstocher.

»Sergej«, sagte Susan und warf einen Blick auf ihr Clipboard. »Können Sie uns sagen, woher Sie kommen?«

Er kam aus dem Ural. Seine Mutter war eine russische Fabrikarbeiterin, aber sein Vater war Tatar – wie er eilig erklärte. »Meine größte Sorge gilt im Moment unserem Wasser. Es ist voll von allen möglichen Metallen. Wenn ich es in meine Badewanne laufen lasse, hat es die Farbe von Waldhonig, und zwar von dem schwarzen Honig, der aus den Bäumen kommt, nicht von dem klaren Honig aus den Blumen.«

»Sergej hier denkt immer über unsere Natur nach«, unterbrach ihn der Mann neben ihm und klopfte ihm auf den Rücken. »Erlauben Sie, dass ich mich vorstelle.« Er stand auf und sprach Susan an, ohne uns andere zu beachten. »Mein Name ich Michail, aber Sie können mich auch Mischa nennen.« Er war schick angezogen – weißes Hemd, Krawatte und graues Sportjackett –, an seiner Hüfte hing ein Handy, und sogar der langgliedrige Körpertyp war modisch auf die *neurussische* Art. »Und ich, wir« – er beugte sich hinunter und klopfte Sergej noch einmal auf die Schulter –, »wir möchten Ihnen erzählen, dass es in Russland jetzt gute Menschen und schlechte Menschen gibt.« Sergej neben ihm nickte langsam. »Glauben Sie uns«, fuhr Mischa fort, »wirklich, glauben Sie uns. Es ist Fakt. Vielleicht sehen Sie die russischen Einwanderer in Ihren Städten, wie sie laut reden und im Jogginganzug am Swimmingpool Marlboro rauchen. Und wir können Ihre Situation nachempfinden. Deshalb ist Sergej der Einzige in meiner Umgebung, dem ich wirklich vertrauen kann. Finden Sie nicht auch, dass man nur denen vertrauen kann, mit denen man auf die Welt gekommen ist?« Er sah sich im Raum um. »Okay, da sind wir uns alle einig. Es ist Fakt. Deshalb wissen Sergej und ich, dass wir eine neue Tradition unter den Reisebüros begründen können. Ich weiß, Sie denken, unsere Reisebüros seien korrupt. Und jawohl, Sie denken richtig. Unsere Reisebürokaufleute lassen sich von unschuldigen Menschen bestechen. Aber wir streben etwas anderes an. Sergej und ich möchten alles über die amerikanischen Reisebürokaufleute erfahren. Wir haben eine Art Bündnis geschlossen und werden kein Schmiergeld mehr annehmen.« Ich starrte die beiden verträumt an. Das war sehr interessant. »Hier ist unsere Telefonnummer.« Er gab unserer Dozentin seine Visitenkarte. »Wenn Sie jemals nach Russland kommen und Probleme mit der Organisation Ihrer Reise haben sollten, können Sie uns anrufen. So Gott will, werden Sie keine Probleme haben. Aber wenn, rufen Sie uns an.«

»Danke, Mischa«, sagte Susan und nahm die Karte entgegen.

»Bedanken Sie sich nicht jetzt«, sagte er und erschauerte. »Sagen Sie nur Danke, wenn Sie es auch meinen. Aber so Gott will, wird das niemals nötig sein.«

Ich wollte aufstehen und sie nach Batumi einladen, aber anscheinend ging die Reihenfolge andersherum. Das Mädchen neben Mischa mit den vielen kleinen Spangen, aufgereiht wie Eisenbahnschwellen im bunt gefärbten Haar, kam aus Neftograd, einer kleinen Stadt in Russland. »Der Name unserer Stadt bedeutet, wörtlich übersetzt, Ölhausen«, sagte sie. Sie hieß Lena. »Sie können sich sicher schon vorstellen, was unser Problem ist. Wir sind eine sehr reiche Republik, aber der Reichtum ist nicht gleichmäßig verteilt, und viele Leute wehren sich dagegen.«

Sicher hatte Papa die Reise hierher für Lena bezahlt, dachte ich. Er arbeitete wahrscheinlich bei einer jener allgegenwärtigen Firmen, die irgendeine Art von Röhren herstellten. »Meine Sorge ist, dass es in meiner Stadt im Juli geschneit hat«, sagte sie. »Und es hat *letztes* Jahr im Juli geschneit. Das ist nicht unsere übliche Wetterlage. Aber wer hört schon davon? Außerdem interessiere ich mich sehr für die Rechte der Frauen, für Unternehmen von Frauen. Ich würde gern meine eigene Modelinie gründen oder wenigstens lernen, wie man so einen Katalog macht.« Sie nahm einen Stapel Versandkataloge aus einer Einkaufstüte mit der Aufschrift »Krasnyj Wostok« – Roter Osten, Sibiriens beliebteste Biermarke.

Der Mann neben mir war aus Kasachstan. Er stellte sich als Nächster vor. Ich konnte nicht genau sehen, wie er aussah, denn eine Baseballmütze verdeckte sein Gesicht zur Hälfte. Er flüsterte mir auf Russisch zu: »Kannst du für mich übersetzen?«

»Es fällt ihm nicht so leicht, Englisch zu sprechen«, sagte ich. »Ich werde für ihn übersetzen.«

»Das ist schon in Ordnung. Ich verstehe ein bisschen Russisch«, sagte Susan auf Russisch.

»Nein«, sagte Lena. Sie war zusammengezuckt, als sie Susans starken Akzent im Russischen hörte. »Mir wäre es lieber, er übersetzt.«

»Okay.« Susan zuckte die Achseln. »Es ist sowieso besser, wenn wir Englisch sprechen.«

Sein Name war Chemie.

»Sie heißen Chemie?«, fragte Susan überrascht. »Aber das ist ein sehr ungewöhnlicher Name.«

»Es ist ein sowjetischer Name«, erklärte ich. Zu Sowjetzeiten war es normal, seinen Sohn nach einer Naturwissenschaft zu nennen.

Chemie erzählte, und ich fing an zu übersetzen. Seine Mutter strickte Kamelhaarsocken für die Fahrgäste der Trans-Turk-Eisenbahn, aber er arbeitete als DJ in seiner Kleinstadt in der Steppe. »Sag ihr, das ist ein Problem, weil ich immer nur Zugang zu denselben zwanzig Kassetten habe, und die Leute langweilen sich, weil sie immer dieselbe Musik hören. Aber vielleicht ist das nicht so wichtig«, sagte Chemie dann eilig. »Wirklich besorgt bin ich wegen unserer Kartoffelernte. In Kasachstan dürfen wir wegen einer Käferepidemie keine Kartoffeln mehr anbauen. Heutzutage sind Kartoffeln sehr teuer, weil man sie heimlich ziehen muss. Diejenigen, die welche haben, sind wie Mafiosi, die einander auf der Straße verfolgen und einander ständig fragen: ›Wie ist der Preis für Kartoffeln?‹ Die Lastwagenfahrer haben sogar Angst, sie zu transportieren.«

Als ich an der Reihe war, sagte ich: »Ich heiße Slims Achmed Makaschwili, und ich komme aus Batumi. Es ist sehr interessant und macht mich demütig, hier zu sitzen. Was meine Probleme angeht, so haben wir viele davon in Georgien, aber das größte für mich ist – tja, ich frage mich wirklich, wie Sie die Leute hier dazu bringen, sich an Recht und Gesetz zu halten. Natürlich, wenn die Familie Hunger hat, muss man etwas stehlen. Aber wir müssen endlich eine Generation großziehen, in der die Kinder sich nicht Verbrecher zum Vorbild nehmen.«

»Ja, ich sehe, jeder von Ihnen hat einen anderen Hintergrund«, sagte Susan. »Ich hoffe, jeder hier kann von den Erfahrungen der anderen profitieren. Ich möchte ein paar Bücher herumgehen lassen, die Ihnen bei den Demokratisierungsbemühungen helfen können.« Sie reichte einen halben Bücherstapel zur einen und die andere Hälfte zur anderen Seite. Ich sah den Stapel auf unserer Seite durch. *Die 7 Wege zur Effektivität: Prinzipien für persönlichen und beruflichen Erfolg. Eleanor Roosevelt: Wie Frauen in Führungspositionen gelangen. Kapitalismus: Handbuch für den Straßenhändler.*

Ich sah mit Erleichterung, dass Dale Carnegies Buch nicht dabei war. »Sie dürfen sich diese Bücher gern ausleihen«, sagte sie. »Aber am meisten werden Sie durch Eigeninitiative lernen – indem Sie Leute anrufen und Fragen stellen. Der Telefonanruf ist das A und O. Wir raten Ihnen allen dazu, sich ein Mobiltelefon anzuschaffen«, fuhr sie fort. »Unser Institut wird Ihnen einen preiswerten Tarif vermitteln können.« Weil die Tafel mit dem Abriss über Susans Leben ausgefüllt und kein Platz mehr da war, wo sie mit ihrem grünen Filzstift einen Telefonhörer hinmalen konnte, riss ich ein Blatt aus meinem Notizblock, um die Tafel für sie abzuwischen, aber sie nahm einen Lappen und tat es selbst.

Am Nachmittag hatten wir einen Gastdozenten. Er hieß Mr Tetley wie der Tee. Er war Amerikaner, aber er sah ein bisschen aus wie Anthony und folglich auch ein bisschen wie George Bush. Als er etwas an die Tafel schrieb, sprach er die Worte laut mit. »Wenn … Sie … nicht … wissen … wohin … Sie … wollen … landen … Sie … genau … dort: Im … Nichtwissen!« Dann reichte er Kopien eines Eine-Million-Dollar-Scheins herum, sodass wir sie in der Hand halten konnten. »Hat jeder von Ihnen einen Stift?«, fragte er. »Nehmen Sie sich ein paar Minuten Zeit und schreiben Sie alle Ziele, die Sie im Leben haben, auf diesen Geldschein. Einkommenshöhe. Familie. Haus. Was wollen Sie haben? Während Sie schreiben, spiele ich dieses Bob-Marley-Lied auf dem CD-Player.«

»*Wake up and live, y'all wake up and live.* Wacht auf und lebt jetzt«, hieß es immer wieder.

Nach einer Weile drehte Mr Tetley die Lautstärke herunter. »Mr Makaschwili.« Er blinzelte, um mein Namensschild lesen zu können. »Lesen Sie mir eins Ihrer Ziele vor?«

»Ich möchte viel Geld haben«, sagte ich.

»Okay, und wofür brauchen Sie dieses Geld?«

»Ich würde gern ein Auto kaufen.«

»Was für ein Auto?«

»Einen BMW 525.«

»Ja, so einen habe ich auch. In Hellblau. Aber jetzt stellen Sie es sich vor. Wie werden Sie sich fühlen, wenn Sie in diesem Schalensitz sitzen?«

Alle machten *oooh*.

»Dann fühle ich mich gut«, sagte ich.

»Ja, da kann ich Sie verstehen. Wenn Sie sich nur halb so gut fühlen wie ich, wenn ich mir vorstelle, wie Sie in dem Schalensitz sitzen, dann haben Sie es schon halb geschafft. Ich selbst hatte das Ziel, Körperfett zu verlieren und Muskelmasse zu gewinnen. Daraus ist noch nicht so richtig was geworden, aber ein bisschen doch. Vor sechs Monaten habe ich 189 Pfund gewogen, und jetzt sind es noch 182.«

Chemie lehnte sich herüber und fragte, wie man Ehefrau buchstabierte. »Ist das richtig so?«, fragte er. »Möchte ich gute Ehefrau.«

»Ja, das ist richtig. Aber schreiben Sie ›ich möchte‹.«

Mr Tetley erzählte uns jetzt von einem Mann, der geplant

hatte, etwas zu verkaufen, das man »Pixel« nannte. »Wer beim Planen versagt, plant sein Versagen«, sagte er.

Chemie schob sein Blatt zu mir herüber. »Ist das richtig?«, fragte er. Ich las: »Möchte ich das anderes Haus.«

»Ja, das ist gut«, sagte ich.

»Er verkaufte Pixel auf eBay«, erzählte Mr Tetley. »Verdiente in fünf Monaten eine Million Dollar. Und vier Monate später hatte er vier Millionen. Geld bringt Geld hervor. Die Leute kauften ganze Internet-Viertel.«

Chemie schob mir wieder sein Blatt herüber. »Möchte ich gutes Gehalt. Möchte ich guten Urlaub. Möchte ich gutes Auto.«

»Das reicht! Das sind genug Ziele! Hören Sie lieber dem Mann zu.« Ich schob das Blatt weg.

»Und was ist eine Affirmation? Eine Affirmation kann helfen, aus eingefahrenen Gleisen herauszukommen«, fuhr Mr Tetley fort. »Aus eingefahrenen Gleisen kommt man am besten heraus, indem man ein neues Gleis anlegt. Eine Affirmation ist eine positive Feedback-Schleife, die die Chemie des Gehirns in einen neuen Schaltkreis leitet. Oft hat man eine Inspiration. Hat jemand von Ihnen schon mal von Feng-Shui gehört? Der energetischste Teil des Hauses ist die südwestliche Ecke. Also schauen Sie nach Südwesten, und Sie werden eine Affirmation finden. Wenn es Ihr Ziel ist, ein Partyplanungsunternehmen zu haben, dann haben Sie ein gutes Ziel. Vielleicht wollen Sie entsprechende Schritte einleiten. Für jemanden arbeiten, der sich in der Branche auskennt. Als Erstes verteile ich diese Blätter mit Affirmationen, die ich als äußerst hilfreich empfunden habe. Ich lese sie laut vor, und dann können wir sie zusammen lesen. Hat jeder ein Blatt? Dann lesen wir die erste Zeile zusammen. ICH BIN ERFOLGREICH. Das ist die mächtigste Ambition, die Sie haben können, wenn Sie Ihr Leben verändern wollen. Jawohl, Chemie, wenn Sie die bitte weiterreichen wollen. Sorgen Sie dafür, dass jeder eins hat. Jetzt zusammen. Alle. ICH. BIN. ERFOLGREICH. Moment. Hier gibt es einen Trick. Welches ist das wichtigste Wort?«

»Ich«, sagte jemand.

»Richtig. Genauer gesagt, *ICH BIN*. Das ist wichtig. Ich will alle Augen auf mich gerichtet sehen. Noch einmal. Ich. Bin. Erfolgreich. Ich. Bin. Erfolgreich.«

»Noch nicht«, sagte Chemie.

»Nein!«, flüsterte ich ihm zu. »Der springende Punkt ist, dass Sie jetzt erfolgreich sind! In diesem Augenblick!« Er grinste mich an, als ob er mich verstanden hätte.

»ICH BIN ERFOLGREICH«, sagte Mr Tetley in Großbuchstaben. »Mein angeborenes, natürliches, ursprüngliches Selbst ist erfolgreich.«

»Verzeihung«, sagte ich.

»Ja, Mr Makaschwili?«

»Bitte erklären Sie die Bedeutung von ›ursprüngliches Selbst‹.«

»Ich meine damit das, was Sie sich am meisten wünschen. Das ist Ihr wesentliches Selbst. Zum Beispiel. Sie wollen dieses Auto.«

»Ich hab's mir anders überlegt.«

»Okay, und was will Ihr ursprüngliches Selbst jetzt?«

»Ich will ein Geschäft. Aber wenn ich mein ursprüngliches Selbst wäre, würde ich wahrscheinlich kein Geschäft brauchen.«

»Man kann es auch anders sehen, zum Beispiel so: Was wäre für Sie das Wichtigste im Augenblick Ihres Todes, Mr Makaschwili?«

»Im Augenblick meines Todes? Ich möchte nicht in Giftsumach sterben. Aber das habe ich nicht in der Hand.«

»Nein. Und das ist etwas, das die meisten Leute nur mit Mühe verstehen. Irgendwo haben Sie entschieden, welche Art von Tod Sie haben wollen. So, wie Sie diesen Augenblick hier geschaffen haben. Um daraus zu lernen. Jeder hier ist ein Ausdruck von Kreativität an sich, denn wir haben diesen Augenblick erschaffen.«

»Können wir das Lied noch mal hören? Zeit zum Aufwachen?«, fragte Chemie.

»Na, zuerst schauen Sie sich Ihre Ziele auf dem Eine-Million-Dollar-Schein an. Haben Sie irgendwelche Eine-Million-Dollar-Ideen? Finden Sie die eine, die Sie motiviert. Darauf werden Sie Ihre Energie verwenden. Hier ist ein Raster. Reichen Sie das herum. In diesem Raster können Sie die Schritte eintragen, mit denen Sie Ihre Ziele erreichen. Machen wir zum Spaß eine Übung. Stellen Sie sich vor, was Sie in zehn Jahren tun werden. Aber vergessen Sie Ihre anderen Ziele nicht. Tut mir leid. Sind noch Zielblätter übrig? Die junge Dame hier hat keins.«

Chemie zeigte mir das Kästchen, wo man die Affirmation für sein Ziel eintragen sollte. Es war leer. »Was hier?«, fragte er. Ich zeigte auf den Heizkörper. »Sie sollen nach Südwesten blicken. Warten, bis sich etwas zeigt. Suchen Sie ein Bedürfnis. Finden Sie ein Bedürfnis, das erfüllt werden sollte.«

Die erste Woche verging, und ich wusste nicht, wie ich Merrick und vor allem Susan beibringen sollte, dass ich nicht die Absicht hatte, in Georgien eine Fischverpackungsfabrik zu eröffnen, sondern viel mehr daran interessiert war, zu erfahren, wie man die Menschen in Georgien dazu bringen könnte, sich an Recht und Gesetz zu halten.

Chemie wollte etwas über Marketingstrategien für die Verpackung der Kamelhaarsocken seiner Mutter erfahren, um sie für die Fahrgäste der Trans-Turk-Eisenbahn ansprechender zu gestalten. »Das Problem ist, dass bei Temperaturen von über vierzig Grad kein Mensch Socken haben will«, erklärte er. Er brauchte ein Logo, das die Kunden an die Winterzeit erinnerte. Sergej wollte das Bienenpollengift aus dem Bienenstand verkaufen, den er im Wald hinter seinem Haus gebaut hatte. Mischa wollte mit der neuen Waggonfabrik zusammenarbeiten, die in Tichwin in Russland eröffnet wurde, und eine Touristenbahnlinie ins Leben rufen.

»Das ist eine wunderbare Idee«, sagte Susan zu Mischa.

»Was mich angeht«, sagte ich zu Susan, »wird es schwierig sein, einen gangbaren Businessplan zu entwickeln, denn mein Boss hat bereits das Monopol auf das Meer mit seinen falschen Flaggen. In unternehmerischer Hinsicht ist das Seerecht eine Sackgasse für mich. Zumal sich in Georgien niemand an die Gesetze hält, weder zu Lande noch zu Wasser.«

»Die Gesetze des Meeres? Du meinst, für die Fische?« Mischa wollte einen Witz machen.

»Du hast offensichtlich keine Ahnung vom Seerecht«, sagte ich, »denn du bist Russe und ein Mann der Flüsse.«

Als wir am ersten Tag vor dem Büfett in der Cafeteria Schlange standen, wollte Mischa nicht mit mir sprechen, weil er sagte, ich spräche Russisch mit polnischem Akzent. Ich antwortete, ich hätte überhaupt keine Lust, Russisch zu sprechen, denn die Russen seien kein bisschen wie die Georgier. Aber als ihm ein paar Tage später klar wurde, dass ich aus Batumi am Schwarzen Meer kam, erinnerte er sich daran, was für ein *romantischer* Ort Batumi war, und von dem Tag an wollte er mir nur noch davon erzählen, wie sein Cousin Pjotr einmal im Sommer dort gewesen war. Von da an saß Mischa immer neben mir und war mein Rollenspielpartner, wenn wir Businesssituationen zu spielen hatten. Er war A, ich war B:

A: Ich bin so froh, dass wir uns heute treffen. Ich glaube, wir können eine Win-win-Situation zustande bringen.

B: Als Erstes wollen wir uns bei unserem Finanzberater bedanken, der den weiten Weg von Concord hierher gemacht hat.

A: Wann werden wir unsere Quartalsziele erreicht haben?

B: Oh, sehen Sie doch, wie spät es ist!

Und weil es wichtig ist, auch etwas zu essen, fügte ich hinzu: »Zeit fürs Büfett!«

Mischa beschwerte sich bei Susan über mich. »Hören Sie sich diesen Typen an. Er nimmt die Sache nicht ernst.« Er fing an, sich über mich lustig zu machen. »Bestehen die geschäftlichen Verhandlungen bei euch zu Hause aus *mäh, mäh*?«

»Aus *mäh, mäh*?«, fragte ich.

»Weil ihr so viele Schafe nach Katar verkauft?«

»Nur weil wir Schafe nach Katar verkaufen, müssen wir noch lange nicht wie Schafe sprechen!«

Susan hörte uns reden und glaubte, wir meinten es beide ernst. Aber wir machten nur Spaß. In Georgien sagen wir über unsere russischen Freunde: »Er ist Russe, aber er ist okay«, und dann küssen wir sie auf die Wange. Das ärgert sie, weil sie nicht gern so viel küssen wie die Georgier.

Wenn ich nach den Businessseminaren nach Hause kam, konnte ich mich nur noch auf mein Bett legen und zu dem Bauernkäsemuster der Decke hinaufstarren. Ich hatte es geschafft, nach Amerika zu kommen, jawohl, aber nur unter dem Vorwand, ich wolle lernen, wie man Fisch verpackt. Ich dachte an andere Unternehmen, die ich stattdessen gründen könnte. Ich könnte meine eigene Teppichreinigungsfirma eröffnen und mit dem Lieferwagen Staubsauger herumfahren, und dann könnte ich zu einer Großfamilie von Staubsaugern expandieren, einer Großfamilie von Lieferwagen. Oder ich könnte einen Verkaufskursus absolvieren und diese Augenmassagegeräte verkaufen, die aussahen wie die Dinger, die Merrick trug, um seine Augen vor den Teerdünsten auf dem Dach zu schützen. Ich hatte gehört, dass die Russen sie im Fernsehen kauften.

Aber im Hinterkopf dachte ich immer wieder an meinen Freund Wano. Er hatte in Georgien zu einem taktischen Einsatztrupp gehört, aber jetzt arbeitete er bei einer Betonfirma in Michigan. Er hatte gesagt, er könne mir dort einen Job besorgen. Das war keine Option, die mich mit Glücksgefühlen erfüllte. Es war ein letzter Strohhalm.

Im Wohnzimmer saß Charlie in dem grünen Ruhesessel und zapp-zarappte durch Merricks achtundneunzig Fernsehkanäle. Zurückgelehnt in diesem warmen, gut beleuchteten Haus versuchte ich, meine Englischkenntnisse zu verbessern, und lauschte dem modernen Sound Amerikas: »Als CEO unseres Unternehmens habe ich unsere gesamte Businessstrategie re-evaluiert. Ich musste unseren Kreditgebern sagen: ›Sie werden sich niemals zwischen uns und unsere Kunden stellen können‹, und wie ich schon sagte, dieser Kreditgeber ist jetzt einer unserer besten Partner. Man muss in der Lage sein, ein ausreichendes Volumen auszuliefern, und das erfordert eine Menge Kapital. In diesem Quartal haben wir über hundert Millionen Dollar investiert, und das meiste davon haben wir für Marketing und Werbung ausgegeben. Es entspricht einem Prozent aller Hypothekendarlehen in den Vereinigten Staaten.«

»Bob, sagten Sie, ein Prozent?«

»Ganz recht. Wir haben immer gedacht, die Herausforderung besteht darin, die Banken zur Unterschrift zu bewegen. Sie müssen Kreditgeber ins Boot holen, die den Wert des Unternehmens verändern. Wenn Sie sich die Wirtschaftsgeschichte in unserem Lande anschauen, Jeff, werden Sie sehen, dass wir keine riesigen zentralisierten Callcenter hatten.«

»Äußerst profitabel. Schauen Sie sich die finanzielle Entwicklung an.«

»Eine Geschichte voller Innovationen, Jeff. Wie sonst bleibt man konkurrenzfähig? Wir haben eine Periode härtester Konkurrenz überstanden, und was uns klar wurde, war dies: Wir mussten die Position des Konsumenten stärken. Die Geschichte des Marktes handelt nicht von skrupellosem Wettbewerb. Die Geschichte des Marktes handelt von innovativen Kreditmodellen. Widerstand gibt es immer, aber am Ende des Tages sind die Geschäfte, mit denen wir es zu tun haben, Unternehmen. Sie haben einen Pool von Konsumenten, die gern einkaufen und vergleichen. Wir liefern den Content. Am Ende des Tages – was werden sie da sagen? Dass Hypotheken und Finanzdienste demokratisiert worden sind. Der Informationsvorteil hat sich auf das Level des Spielfelds verlagert …« Zapp.

»Sie sind so müde, dass Sie tagsüber ein Nickerchen halten? Haben Sie schon einmal darüber nachgedacht, dass Ihre Matratze das Problem sein könnte?« Zapp.

»… schenkt Ihnen glänzendes, seidiges, sexy Haar, wie Sie es noch niemals hatten. Sie können es mühelos kräuseln oder glätten, und das extralange, verwicklungsfreie Drehkabel lässt Ihnen größtmögliche Beweglichkeit …« Zapp.

»Hallo, ich bin Paul, und ich möchte Ihnen hier ein bemerkenswertes neues Produkt vorstellen. Ich bin heute nicht hier, nur um mein pharmazeutisches Unternehmen zu vertreten. Ich bin hier, um Ihnen diese Bilder echter Menschen zu zeigen, die unsere neue Anti-Aging-Hautcreme ausprobiert haben. Meine Frau schwört darauf. Ich schwöre darauf. Sie sagen: ›Natürlich schwörst du darauf. Es ist ja deine Creme …‹« Zapp.

»Ein harter Bursche, der da auf Harrison losgeht. Ich sage, wer nicht schlagen und geschlagen werden will, der sollte heute zu Hause bleiben. Wir haben die brutalsten Footballteams der Liga hier. Teams, denen klar ist, dass es immer noch darum geht, den anderen seinen Willen aufzuzwingen. Abwehr. Blocking. Tackling. Aber heute habe ich auf dem Feld nicht die körperliche Überlegenheit gesehen, die ich erwartet …« Zapp.

»Das wichtigste Produkt Amerikas ist sein gutes Herz …« Zapp.

»Ganz meine Meinung, Maureen. Was wir hier sehen, ist Mode in jeder Preislage. Manches davon kann man selbst machen, wenn man mit einer Nähmaschine umgehen kann. Sogar dieses Outfit …«

»Oh, ist das süß!«

»… für Ihren kleinen Hund.« Zapp.

»Ooooh. Und was ist das?«

»Das ist unser Rucola-Pesto. Man muss immer daran denken, das größte Problem bei Pesto besteht darin, dass die Leute zu viel davon nehmen. Was ich an diesen Produkten besonders liebe, ist: Unsere Verpackung enthält ein spezielles hölzernes Utensil …« Zapp.

Allmählich dämmerte mir, dass so viel Elektrizität auch eine große Vielfalt an televisuellen Erfahrungen zuließ.

Ich stand auf, wandte mich vom Fernseher ab und setzte

mich an Merricks Computer, um nachzusehen, ob es in San Francisco eine georgische Community gab, aber ich fand keine. Die letzte georgisch-amerikanische Handelstagung hatte am 23. März 1996 stattgefunden.

In der Küche machte Charlie uns beiden ein Sandwich mit Avocado und Cheddar. Es war zu schleimig. »Lass uns ein Omelett machen«, schlug ich vor.

»Merrick hat gesagt, ich soll mehr Gemüse essen.«

»In unserem Land gelten Eier als Gemüse.«

Nachdem wir unsere Omeletts gegessen hatten, half ich Charlie, seine Puppenhausmöbel zusammenzusetzen. Wir bauten einen Miniatur-Billardtisch.

Am nächsten Tag brachte Mr Tetley ein Gerät mit, das er »Om-Maschine« nannte. Wir mussten den Konferenztisch zur Seite schieben, damit wir uns strecken konnten. »Slims«, sagte Mr Tetley, »wollen Sie sich nicht irgendwo hinstellen, wo Sie mehr Platz haben? Strecken Sie die Arme aus. So ist es richtig. Sind alle hier? So gut wie alle? Heute wollen wir als Einleitung etwas Neues versuchen. Unser Selbstbild bewegt sich in festgefahrenen Mustern. Also werden wir einander stattdessen erzählen, mit welcher Art von Gewässer wir uns identifizieren. Ich fange an. Ich bin Roger Tetley. Denken Sie daran: Wenn Sie Ihren Namen nennen, betonen Sie das ICH BIN. Heute identifiziere ich mich mit Clear Lake, einem stillen und klaren See, den ich kürzlich mit dem Kajak erkundet habe. Susan? Wie ist es mit Ihnen?«

Susan und Mr Tetley hatten sich beide umgezogen und trugen Trainingsanzüge. Susan nannte es »Freizeitkleidung«. »Ich bin Susan«, sagte sie. »Heute identifiziere ich mich mit einer flachen Pfütze, in der große rote Gummistiefel herumspringen.«

Alle lachten, nur ich nicht. Wie konnte jemand seine Persönlichkeit so schnell ändern?

»Slims?«, sagte Mr Tetley.

»Ja?«

»Mit welcher Art Gewässer identifizierst du dich?«, rief Mischa von hinten.

»Ehrlich gesagt, ich identifiziere mich heute nicht mit einem Gewässer«, sagte ich. Mischa schnaubte verärgert. »Aber normalerweise denke ich an das Schwarze Meer«, fügte ich hinzu. Die Leute waren anscheinend zufrieden mit dieser Antwort.

Nachdem alle sich mit einem Gewässer identifiziert hatten – Mischa war natürlich ein Fluss, nämlich der Dnjepr –, sagte Mr Tetley: »Wir werden jetzt versuchen, das Wasser unseres Körpers durch das Om zu spüren.« Er holte tief Luft und streckte die Arme zur Decke. »Da unser Körper zum größten Teil aus Wasser besteht, hilft uns diese Technik, mit den Flüssigkeitsströmen in unserem Körper in Kontakt zu treten. Das nennt man ›im Fluss sein‹. Wenn Sie im Fluss sind, sind Sie auf dem Weg zum Erfolg. Sie werden feststellen, wenn Sie diese Übung täglich absolvieren, werden sich Ihre Gesundheit und Ihre intimen Beziehungen verbessern. Von Ihrem Portemonnaie gar nicht zu reden. Deshalb sind wir alle hier.« Er setzte sich neben seine Maschine, schaltete sie ein und wies alle anderen an, sich ebenfalls auf den Boden zu setzen. »Mit dieser nächsten Übung«, sagte er, »schaffen wir ein Gefühl von Einheit und Herzverbundenheit untereinander. Atmen Sie auf diesem Ton tief ein.« Er zog den Blasebalg heraus. »Und atmen Sie mit dem Wort *om* auf dieser Note aus.«

Ich glaube, ich atmete langsamer als Mr Tetley, denn er bewegte den Blasebalg ein bisschen zu schnell hin und her und beschleunigte unseren Atem so sehr, dass ich bald hyperventilierte. Ich bemühte mich, ihn beim Atmen zu beobachten, um ein einiges Bewusstsein und ein einiges Herz zu schaffen, aber Sergej hinter mir hörte auf mit dem Om und fing mit einem Singsang an: »Wah wah wah … wah, wah, wah …« Mr Tetley brach ab. »Stopp«, sagte er. »Voller Stopp. Ein paar von Ihnen haben den Sinn dieser Teambildungsübung vielleicht noch nicht verstanden, aber wenn Sie erst für ein Unternehmen arbeiten und sich mit den Forderungen eines machthungrigen, kokainsüchtigen CEOs auseinandersetzen müssen, wird Ihnen der Nutzen des gemeinsamen Om-Gesangs in der Gruppe klar werden.«

Sergej hinter mir sagte: »Ich singe gern allein.«

Nach der Mittagspause zog Mr Tetley wieder seinen grauen Anzug an. Jetzt sollten die individuellen Beratungen stattfinden. Als ich an der Reihe war, setzten wir uns an den Konferenztisch, und zwischen uns stand eine Flasche Wasser. »Auf der Liste ihrer Exportgüter«, begann Mr Tetley, »setzen viele Staaten Kunststoff- oder Gummierzeugnisse an die Spitze. Stahl. Rotholz. Roheisen. Ich sehe hier, Slims, dass Sie sich für die Fischverpackung interessieren. Wir wollen unser Gesichtsfeld ein wenig verbreitern. Für welche Produkte – neben Fisch und dem Öltransport natürlich, das dürfen wir nicht vergessen – ist Georgien am besten bekannt?«

»Georgien ist am besten bekannt für alles Flüssige«, sagte ich. »Weine und Wasser. Brandy. Parfüm. Mandarinensaft. Vom Fisch abgesehen wäre die beste Branche für mich wahrscheinlich der Export von Wasser aus Bordschomi, zumal es aus dem Park hinter meinem Dorf kommt. Das wäre nur logisch. Ich meine, rein pragmatisch gedacht. Rein geschäftsmäßig. Meinen Sie nicht auch?«

»Bordschomi?«, fragte Mr Tetley. »Ich weiß nicht genau, was das ist.«

»Aber Sie kennen das Wort *KGB*«, sagte ich. »Wie kann es dann sein, dass Sie Bordschomi nicht kennen?« Ich zeigte auf die Flasche Wasser zwischen uns, um ihm einen kleinen Tipp zu geben. »Es war die Coca-Cola der Sowjetunion, das Getränk der Wahl für die Sowjetelite. Mineralwasser. Bordschomi. Das ist dasselbe. Allein in diesem Jahr haben die Georgischen Glas- und Mineralwasserbetriebe fünfzig Millionen Dollar eingenommen. Das sind zehn Prozent unseres Exports. Ich habe gehört, französische Finanziers haben fünfundzwanzig Millionen Dollar investiert, aber ich glaube, ich könnte es für weniger machen. Das größte Problem sind die Transportkosten.« Ich sprach leiser, damit Mischa mich nicht hören konnte. »Und es gibt viele Fälscher in Moskau, die einfach Salz und Backpulver in ihr Leitungswasser schütten und behaupten: ›Das ist echtes Bordschomi.‹ Ich glaube, siebzig Prozent des Bordschomi-Wassers sind eigentlich Moskauer Leitungswasser. Aber das hat die magischen Eigenschaften nicht, und man kann es schmecken.«

»Magische Eigenschaften?«, fragte Mr Tetley.

»Jetzt wollen Sie mir erzählen, Sie wissen nichts von den magischen Eigenschaften des georgischen Wassers?«, fragte ich und konnte es schon wieder nicht glauben. »Aber selbst unsere Straßensänger singen von dem berühmten Sprudelwasser aus Tbilissi, das ein langes Leben schenkt! Man kann Estragongeschmack dazugeben, Schokolade, Orange oder sogar eine Schokoladen-Orangen-Mischung. Im Café Bordschomi sind immer so viele Leute, die dieses Wasser probieren möchten, dass manche nur hingehen, um zu sehen, wer die Geduld hat, sich dort in die Schlange zu stellen.« Ich klopfte mit meinem Stift auf den Tisch. »Aber es gibt logistische Probleme, die wir berücksichtigen müssen. Wir müssen das Wasser nach Russland exportieren, und zwar über Abchasien und Tschetschenien, und wie Sie sicher wissen, schießen dort ständig alle aufeinander. Und ich weiß, dass ein gewisser Prozentsatz des Bordschomi-Wassers immer von Zollbeamten gestohlen wird. Aber ich habe gehört, es ist kein besonders hoher Prozentsatz. Bei anderen Geschäften in der Region stehlen sie noch sehr viel mehr.«

»Aber das Klima da drüben fängt doch an, sich zu bessern, oder?«, fragte Mr Tetley. »Tatsächlich kann es ja geschäftlich nur besser werden, denke ich. Wie auch immer. Was ich erfahren habe, ist doch, dass die eigentliche Herausforderung bei Geschäften in den ehemaligen Sowjetrepubliken darin besteht, die alten Methoden loszuwerden. Vor ein paar Jahren habe ich eine Firma in Kasachstan beraten. Eine Gummifabrik. Jedenfalls, um diese Firma auf Vordermann zu bringen, mussten wir nicht nur das Management umerziehen, sondern auch alle Service- und Zusatzleistungen zurückstutzen, die den Mitarbeitern nach sowjetischer Art gewährt wurden.«

»Was denn, zum Beispiel?«, fragte ich.

»Ein Unternehmen kann keinen Kindergarten unterhalten. Auch kein Sanatorium, keine Klinik, kein Sommercamp. Diese Belastungen muss man loswerden und sich stattdessen auf das Produkt konzentrieren.«

»Ich glaube, Ihr Kapitalismus ist in Georgien ungefähr so effizient wie ein privates Hobby, wie das Briefmarkensammeln«, sagte ich.

Aber Mr Tetley war sehr hartnäckig und wollte nicht nachgeben. »Was für Produkte haben Sie noch, außer Bordschomi?«

»Haselnüsse«, sagte ich. »Aber ich war mit unseren schon

auf dem Markt, und ich habe keinen guten Preis bekommen können.«

»Ah, aber da müssen Sie Ihre Denkweise verändern. Warum haben Sie nicht abgewartet, bis die Nachfrage höher war? Dann hätten Sie mehr bekommen.«

»Aber bis dahin wären sie trocken gewesen und hätten weniger gewogen«, sagte ich.

Obwohl ich wusste, dass die Amerikaner sich die ganze Woche hindurch auf den Freitag freuen – »TGIF! TGIF!«, sagten die Radiosprecher immer: *Thank God It's Friday!* –, war ich erschöpft, als der Freitag endlich kam. Wie wir in Georgien sagen: »Als die Katze nicht an die Wurst kam, sagte sie: ›Es ist sowieso Freitag.‹« Am Yachthafen pickten die Möwen an Papiertüten herum. Kleine Kinder suchten wie überall auf der Welt am Strand nach Gold. Ich hatte die Chance, Geschäftsmann zu werden. Slims Achmed: ein Mann mit einem kapitalistischen Plan. Als ich mit Malchasi unter dem Mähdrescher hausgemachten *tschatscha* getrunken oder im sowjetischen Pionierlager Friedenslieder gesungen hatte, hätte ich mir nicht träumen lassen, dass ich eines Tages in Amerika sein würde, wo man mich ermutigte, einen Businessplan vorzulegen.

Zu Hause machte ich mir ein Thunfischsandwich, setzte mich aufs Sofa und starrte auf den Fernseher. Dort lief ein Dokumentarfilm über einen Mann, der fünfzigtausend Dollar im Monat verdiente, während er in Unterwäsche am Küchentisch saß. Aber ich interessierte mich weder für Nudismus noch für »Tele-Arbeitsplätze«, und deshalb schaltete ich zu Oprah um. Sie sprach darüber, wie man sich mit sich selbst anfreundete.

Merricks Vater kam vorbei, sah mich vor dem Fernseher sitzen und sagte zu Merrick, er solle mehr kulturelle Unternehmungen für mich organisieren. »Er kommt aus einer uralten Kultur«, sagte der Vater. »Du musst ihm zeigen, dass wir hier auch ein paar Traditionen haben.«

»Es könnte eine sehr gute kulturelle Erfahrung für mich sein, das hier geltende Recht zu studieren«, schlug ich Merrick vor.

Aber stattdessen ging Merrick mit mir zum Hula-Hoop. »Das ist der einzige Tag der Woche, an dem ich meinen Truck wirklich brauche«, sagte er. »Nämlich, um die Hula-Hoop-Reifen zu transportieren. Aber der Freund meiner Schwester hat ihn immer noch. Würde es dir etwas ausmachen, ein paar Reifen für mich zu tragen?«

»In Georgien tragen wir heutzutage gern Schwerter«, sagte ich. »Ich fühle mich unsicher, wenn ich gar nichts trage.«

Wir gingen die Geary Street hinunter bis zu der Tankstelle, wo Merrick eine regelmäßige Friedenswache organisiert hatte, als der amerikanische Krieg gegen den Irak angefangen hatte. »Wir treffen uns hier vor der Tankstelle«, sagte er. »Weißt du, Slims, den Krieg im Irak können wir nicht stoppen, aber niemand kann uns daran hindern, an jedem dritten Freitag im Monat dagegen zu protestieren. Unsere kleine Friedensgruppe ist inzwischen eine Tradition in San Francisco.« Er stellte ein paar Papptafeln auf, die er selbst gestaltet hatte, »politische Kunst«, wie er es nannte. »Die Zeitung *Marin* hat sogar einen Artikel darüber gebracht und uns ›Hula-Hoop für den Frieden‹ genannt. Ich mag keine Etiketten. Ich betrachte uns gern als besorgte Bürger und Menschen, die Amerika lieben.«

Merrick fing an, seine Hüften vor und zurück zu schwingen und den Hula-Hoop-Reifen schwebend kreisen zu lassen.

Hinter ihm stand die dreidimensionale Zapfsäule, die er in Originalgröße aus Pappe gebaut hatte. Sie zeigte die aktuelle Zahl der im Irak getöteten Soldaten an. Heute waren es 602. Merrick sagte, im letzten Monat seien es noch 204 gewesen.

Wie seine Schwester war Merrick ein *Multitasker.* Während der Hula-Hoop-Reifen um seine Hüften kreiste, ließ er künstliches Blut aus einem seiner selbst gemachten Ölbohrtürme spritzen. Dann bediente er die Hebel an der Infrarot-Fernsteuerung eines Spielzeugpanzers, den er in der vergangenen Weihnachtszeit für zwanzig Dollar gekauft hatte. »Ich habe festgestellt, dass dieses Ding von Halliburton produziert wurde. Es macht mir große Freude, ihre eigene Propaganda gegen sie zu verwenden«, sagte er und feuerte sechs Plastikgranaten aus seinem »USA Freedom Force M1«-Panzer auf einen vorüberfahrenen Allradwagen ab, und eine Computerstimme sagte: »Feind vernichtet.«

»Ist dir die Technologie klar, die in diesem Ding steckt?«, fragte Merrick mich. »Allein die Batterien würden im Laden zehn Dollar kosten. Sie waren dabei. Dieser Panzer ist mit Steuergeldern subventioniert!«

Ein paar Männer in Uniform hatten sich um uns herum versammelt. »Oh-oh«, sagte ich und zeigte auf die Soldaten.

»Das sind Forest Rangers«, sagte Merrick. »Die meisten waren in ihrem ganzen Leben noch nicht politisch aktiv. Aber sie kommen immer her, um sich das hier anzusehen.«

Während ich an diesem Abend lernte, mit dem Hula-Hoop-Reifen umzugehen, hielt Merrick den Passanten aus seinem Reifen heraus einen Vortrag über die Gefahren, die unserer Umwelt drohten, über das Sudden-Death-Syndrom, das die Schwarzeichen tötete, und die Glasflügelzikade, ein Insekt, das alle Winzer in der Weinregion im Norden fürchteten, weil es ihre 700000-Liter-Jahresproduktion vernichten konnte.

Den Hula-Hoop-Reifen ließ ich lieber liegen, aber mein Leben, angefüllt mit *kulturellen Erfahrungen*, wurde arbeitsreich wie das eines Workaholics. Ich hatte nicht einmal mehr Zeit, darüber zu philosophieren, dass Amerika nicht so war, wie ich es erwartet hatte, nicht wie auf einem Bild von Edward Hopper: eine lange Straße im Sonnenuntergang, roter Boden, und mittendrin eine kleine Zapfsäule.

16 *Deda, Malchasi, Juliet, Suka und alle Nachbarn, ich sitze gerade in der Bibliothek und lese Bücher über Admiralitätsrecht, Evolution und Menschheitswissenschaft. Außerdem habe ich Umweltrecht studiert und den Professor kennengelernt, der es unterrichtet.*

Mein emotionaler Pegelstand ist ein bisschen niedrig, denn ich muss so viel Mühe aufwenden, um die Leute hier zu verstehen. In der Schlange am Büfett der Cafeteria verwenden die Amerikaner ständig den Ausdruck: »You are in my space.« Das ist ein schwieriges Konzept. Ich glaube, man kann es nur auf eine Weise ins Georgische übersetzen: »Du bist in meinen Herrschaftsbereich eingedrungen.«

Und heute ist etwas wirklich Merkwürdiges passiert. Ich bin in ein Geschäft gegangen, um Bier zu kaufen. So viele verschiedene Marken! Ich nahm eine, die nach meiner tschechoslowakischen Lieblings-Metal-Band benannt war, und setzte mich damit auf die Treppe. So ein schöner Nachmittag. Ich zündete mir eine Zigarette an und riss die Bierdose auf. Aber was war das? Es schmeckte nach Krankenhaus! Malchasi, hast Du von dieser merkwürdigen Biersorte schon mal gehört? Es hieß »Root Beer«. Ich habe in meinem Wörterbuch nachgesehen, und »root« bedeutet Wurzel. Na ja, warum nicht?

Jedenfalls, vor ein paar Tagen hatte ich noch ein Seminar bei Mr Tetley, dem Motivationsredner. Er hat uns gute Ratschläge zum Globalen Marketing gegeben, zu Logos und Marken. Ich habe ihm mein Widderhorn-Emblem für eine georgische Motorhaube gezeichnet, und er war sehr beeindruckt.

Aber das Interessanteste ist gestern passiert, und ich möchte Euch gern davon erzählen. Mein Gastgeber Merrick hat mich zur sogenannten Corte Madera Mall mitgenommen, einem großen, überfüllten Einkaufszentrum mit einem JCPenney-Geschäft, wo ich mir eine neue Jacke gekauft habe. Und außerdem eine Armani-Krawatte (Handmade in Italy), weil wir professionell aussehen sollen. Gotschas Seidenhemd wird meinem neuen Image nicht das Wasser reichen können. Mein Gastgeber Merrick sagte: »Slims, wenn du dir eine neue Jacke kaufen möchtest, ist das okay, aber wir sind aus einem anderen Grund hier. Wir sind zu einem Guerilla-Einsatz hier.« Wir stellten uns vor JCPenney auf den Parkplatz und sangen ein Lied, das ungefähr so ging (ich versuche es richtig hinzukriegen): »Kauft heute nichts / Denkt daran, ihr habt und seid genug / Investiert in diejenigen, die ihr liebt / Statt immer neue Sachen anzuhäufen.« Die Polizei kam. Sie sagte, es sei verboten, die Leute am Einkaufen zu hindern, und sie befahlen allen, mit dem Singen aufzuhören. Die Polizei hat hier wirklich viel Macht. Ich sagte zu Merrick, die Polizei würde sich vielleicht über ein Eis am Stiel freuen, aber er sagte, das sei keine gute Idee.

In Georgien finden wir die Gurier aus unserem Dorf komisch, aber die Leute hier sind noch viel komischer. In einem militärischen Blog habe ich etwas über einen anti-

kommunistischen Kongress gelesen. Auf diesem Kongress hielten Leute Reden und sagten: »Der Kommunist ist ein Verbrecher, und wir müssen ihn stoppen.« Sie sagten, russische Kampfsportarten und georgisches tschidaoba *gehörten verboten. Weißt Du noch, Suka, wie Du* tschidaoba-*Unterricht genommen hast, um zu lernen, wie man ohne Waffen kämpft? Sie sagten sogar humorvolle Dinge wie zum Beispiel,* tschidaoba-*Lehrer seien verdeckte KGB-Agenten. Ein paar Highschool-Schüler konnten einen* tschidaoba-*Lehrer im Unterricht nicht vom Boden hochheben, und da bezichtigten sie ihn, er besitze übersinnliche wissenschaftliche Kräfte, die in den Fünfzigerjahren von sowjetischen Naturwissenschaftlern entwickelt worden seien! Aber sie brauchen sich keine so großen Sorgen zu machen! Wir können nicht zurück in die UdSSR! Wir sind ja nicht die Beatles!*

Als ich Merrick die Website mit den Leuten zeigte, die Angst vor *tschidaoba* haben, meinte er, nur Leute, die eine Menge Zeit übrig hätten, schrieben ihre Kommentare auf solchen Websites. Ich war jetzt seit fast zwei Wochen in den USA, und ich wollte meine Zeit nicht verschwenden. Also setzte ich mich zu Charlie auf die Couch. Er sah sich die Larry-King-Show an, und Merrick spielte Gitarre. Die Designerbeleuchtung an der Wand hinter Larry King lenkte mich aber so sehr ab, dass ich kaum verfolgen konnte, was er sagte.

Larry redete über etwas Ernstes, nämlich über den Einsatz sehr teurer Raketen über einer afghanischen Höhle. Alle seine Berater waren bei ihm, Senatoren und Kongressabgeordnete, und alle nickten gewichtig mit den Köpfen. »Aber wie soll das einer ernst nehmen«, fragte ich Merrick, »mit dieser Festbeleuchtung wie an einem Neujahrsbaum im Hintergrund?« Merrick antwortete nicht, sondern spielte weiter Folksongs auf seiner Gitarre. »Sie nehmen es nur ernst«, erklärte ich ihm, »weil sie wissen, dass es vom teuersten aller Innenarchitekten entworfen wurde.« Merrick blickte immer noch nicht von seiner Gitarre auf. »Es ist wichtig, so etwas zu bemerken«, sagte ich beharrlich. »Ein Designer hat eine Menge Geld verlangt, damit alle Leute ihm glauben. Aber jetzt sieht die Larry-King-Show aus wie eine Satire. Unsere georgischen Nachrichten sind sehr ernsthaft«, sagte ich ernsthaft. »Die Nachrichten haben ihre Zeit, und die Satire hat ihre Zeit. Es kommt darauf an, den Unterschied zu erkennen.«

»Du siehst nur die Äußerlichkeiten. Bleib länger hier, und du wirst auch eine tiefere Ebene erkennen.«

»Inwiefern eine tiefere Ebene?«, fragte ich.

Um diese tiefere Ebene zu finden, schloss ich die Augen und tat, als wäre ich blind.

Am nächsten Sonntag hatte ich frei und ging in ein Restaurant am Hafen – ins Cable Car Bistro. Die Spezialität dort war Clam Chowder, eine Muschelsuppe, die in einem ausgehöhlten Brot serviert wurde. Sie erinnerte mich an unser *Adscharuli chatschapuri*: Käse in einem Boot aus Brot. Wahrscheinlich bereiten alle Städte am Meer ihre Gerichte in Bootsform zu. Der Kellner kam zu einem Mann, der die Speisekarte studierte, und wartete auf seine Bestellung. Schließlich sagte der Mann: »Ich glaube, ich nehme nur ein Bier.« Das war sehr komisch. In Amerika gibt es fantastische Typen. »Ich glaube, ich nehme nur ein Bier« wurde zu meiner Lieblingsfloskel. Aber zu dem Kellner sagte ich: »Ich glaube, ich nehme nur ein Wasser.«

Zu Hause erzählte ich Merrick vom Cable Car Bistro.

Er war beschäftigt und tauchte ein Essstäbchen in Dosen mit orangegelber und brauner Farbe und betupfte damit ein Stück PVC-Rohr. »Ich glaube, ich nehme nur ein Bier«, sagte ich und lachte.

»Slims, was ist daran komisch?«, fragte er.

»Ja, weißt du, bei uns zu Hause würde das niemand sagen. Wir können nicht einfach *ein Bier* trinken. Bier ist ein Kapitalistengetränk, weißt du? Man kann es den ganzen Abend trinken, ohne seine wahren Gefühle zu zeigen. Man kann sich immer noch einen Rest Verschlagenheit bewahren. Wenn ein Georgier sähe, wie ich einfach nur ein Bier trinke, würde er annehmen, das sei eine Art Komödie und ich tränke Bier, weil ich kein Georgier mehr sei. Das wäre eine Tragödie, und wo Tragik ist, ist auch Humor.«

»Interessant«, sagte Merrick. Er konzentrierte sich angestrengt auf seine Bastelei.

»Ich mache jetzt Makkaroni. Willst du auch welche?«, fragte ich.

»Gern.«

»Was baust du denn da?«

»Ein Didgeridoo«, sagte er. »Diese Verzierungen nennt man Walkabout-Muster. Ich versuche, meine Kraft zurückzubekommen. Wenn ich mit meiner Schwester zusammen bin, verliere ich meine Kraft.«

»Wegen Susan?«, fragte ich. »Ich verstehe nicht, was du meinst.«

»Es ist nicht so, dass ich mich mit ihr vergleiche. Es stört mich auch nicht, dass sie das große Haus hat und ich nicht, denn ich will es gar nicht haben, und auch nicht den Swimmingpool und die Lebensversicherung, ja, nicht mal den Crown-Victoria-Oldtimer mit der Lenkradschaltung, den ihr Freund fährt. Diese Art Neid habe ich hinter mir gelassen, denn das war nicht das Leben, für das ich mich entschieden habe. Ich meine, ich *dachte*, ich hätte ihn hinter mir gelassen. Heute war ich bei ihr, um meinen Truck abzuholen. Und in der Garage sah ich den Staubsauger ihres Freundes. Es war ein Shop-Vac. Dieses Ding saugt wirklich alles auf! Und als ich so dastand, wurde mir klar, dass ich ihren Freund um den Shop-Vac wirklich beneide. Mit diesem Gerät könnte ich die ganzen Puppenhausteile aufsaugen, die sich in meinen Teppich gebohrt haben. Aber okay. Wenn ihr Freund nur um des Prestigefaktors willen den teuersten Shop-Vac am Markt besitzen möchte, soll mir das recht sein. Aber was mir wirklich gegen den Strich geht, ist, dass der Traum meiner Schwester in diesem Land so viel Unterstützung findet. Dieses Land funktioniert ganz in ihrem Sinn. Sie versucht nicht, eine Revolution in Gang zu bringen oder die Konzerne zu stürzen. Wenn die Leute sich die ganze Zeit Sorgen wegen ihrer Hypotheken machen, neigen sie nicht so schnell zu einer Revolution. Wer gestresst ist, weil er nicht weiß, wie er seine Krankenversicherung bezahlen soll, der hat keine Zeit für die Revolution, oder?«

»Aber warum willst du eine Revolution haben?«, fragte ich. »Revolutionen sind meistens nicht erfolgreich.«

»Ich rede von einer inneren Revolution«, sagte er und legte sein Essstäbchen aus der Hand. »Aber nicht mal die findet man hier. Eine Kundin im Dachdeckergeschäft hat mir erzählt, unten im Zen-Center steht der *Mönch* auf und sagt: ›Das Wunder des Lebens ist die Geburt. Wer sie miterlebt, nimmt teil an unserer eigenen spirituellen Evolution.‹ Was stimmt. Was okay ist. Was schön ist. Zugegeben, das erkenne ich an. Aber sogar er will die Leute mit den Kosten für die Kindererziehung einschüchtern. Könnte die Kernfamilie nicht *optional* sein? Ich meine, die meisten Leute hören ja sowieso keinem buddhistischen Mönch zu. Sie bleiben sonntags morgens zu Hause und streichen ihre Häuser. Als ich heute bei meiner Schwester war, stand sie da und hatte Streit mit ihrem Freund, weil ihm die Farbe nicht gefiel, die sie für das Esszimmer ausgesucht hatte. Sie hatte die Tapete mit den kleinen Hunden abgerissen und strich die Wände. Sagt sie zu ihrem Freund: ›Die Leute in meinem Seminar‹ – und damit meinte sie euch – ›haben wahrscheinlich nur eine einzige Farbe zum Anstreichen. Sie wären *selig*, wenn sie Malibu-Beige bekommen könnten.‹ Und ich denke: Oh, meine Schwester ändert sich. Sie fängt an, aufzuwachen und die Bedürfnisse anderer Leute zu erkennen. Und weil sie immer so gestresst ist, sage ich: ›Weißt du, du solltest mal versuchen, zu meditieren.‹ Aber da sagt sie zu mir: ›Merrick, ich habe gehört, unten im Zen-Center hat es einen *Skandal* gegeben.‹ Das ist ihre Antwort. Aber sie hat recht. Diese Dachdeckerkundin, die war fünfunddreißig Jahre dort. Als Gärtnerin. Hat keinerlei weltliche Fähigkeiten entwickelt. Und jetzt geben sie ihr nicht die Rente, die ihr vertraglich zugesichert war. Sie geht vor Gericht, aber sie wird wütend und schreit: ›Ich will euer Blutgeld nicht!‹ Was komisch ist, denn sie spricht mit einer Zen-Gemeinde. Jetzt tut ihr diese reaktionäre Antwort leid. Aber wen interessiert das alles, wenn wir den Planeten zerstören? Übrigens, Slims, hast du gehört, dass Leute hier nach Öl bohren? Ich meine, in deinem *Auto*? Da glaubst du, du bist sicher, wenn du deinen Tankdeckel abschließt, aber jetzt haben sie angefangen, glatt durch das Blech zu bohren. Hier. In Amerika! Wegen der Benzinpreise. Die Reparatur kostet tausend Dollar. Jedenfalls, ich habe keine Minderwertigkeitskomplexe, weil ich diesen Traum nicht verwirklicht habe. Aber ich merke, dass ich verzweifle, weil ich *meinen* Traum nicht verwirklicht habe. Hier bin ich, in diesem Land des Business, obwohl man heutzutage angesichts der Dotcoms eher von Infoness sprechen sollte. Gespenstisch, nicht wahr? Ich meine, ich habe mein eigenes Dachdeckergeschäft, auf das ich auch einigermaßen stolz bin, aber im Hinterkopf hab ich immer das Gefühl, ich mache etwas falsch, liege irgendwie ein bisschen daneben. Ich will eine Community. Ich will einen Stamm. Und wie behelfe ich mir? Mit einem Obdachlosen und einem Ausländer. Nichts für ungut. Ich habe eure Gesellschaft wirklich gern. Aber, ich meine, ich bin vierunddreißig Jahre alt und nähere mich dem Grab. Ich bin kein Bündel an Möglichkeiten mehr, sondern ein Bündel schlechter Entscheidungen. Ich hab's satt, den Kopf gegen die Wand zu schlagen und zu fragen: ›Wer bin ich? Wo bin ich falsch abgebogen?‹ Oder ist das einfach die menschliche Verfassung? Manchmal habe ich das Gefühl, ich trete Wasser, ich strample immer und immer wieder und komme einfach nicht weiter.«

»Wie lange strampelst du denn schon?«, fragte ich.

»Seit Jahren. So kommt es mir vor.«

»Dann ist das ein gutes Talent. Du wirst nicht ertrinken. Du kannst warten, bis die Küstenwache kommt.«

Er sah mich an und lachte. »Das ist nicht komisch. Ich meine, doch. Yeah. Ich habe sogar angefangen, alte Leute auf der Straße zu beobachten. Manche sind ganz gebeugt und können kaum gehen. Andere, im gleichen Alter, haben einen schwungvollen Gang, und sie pfeifen. Ich möchte sie fragen: ›Was ist *deine* Geschichte?‹ Wie auch immer. Ich versuche, noch einmal eine neue Geschichte für mich zu erfinden, in diesem Walkabout-Muster, wie es die australischen Aborigines tun, auf dieser Röhre hier.«

»Kennst du die Geschichte von dem Mann, der auf seiner *tschonguri* spielt?«, fragte ich ihn.

»Nein«, sagte Merrick.

»Den ganzen Tag über spielt er immer denselben Ton. Seine Frau fragt, warum er nicht Musik macht wie alle andern. Er sagt, das klingt nur wie Musik, aber in Wirklichkeit suchen einfach alle nur die eine Note, die er schon gefunden hat. Wie es aussieht, suchst du auch nur deine richtige Note.«

»Genau, Slims.«

»Aber vielleicht ist es besser, einfach nur Musik zu machen«, sagte ich. »Die meisten Leute in Georgien glauben, sie hätten die richtige Note gefunden. Sie glauben, wir brauchen uns nicht zu verändern, weil wir okay sind, wie wir sind. Aber dann brüllen sie nur lauthals ihre Note und halten ihre Meinung immer für die richtige.«

Diesem Ratschlag zum Trotz konnte ich Merricks Standpunkt gut verstehen, denn in Amerika war auch für mich nicht alles okay. Ich fühlte mich nicht zu Hause. Man sagt, der Engel eines Ortes braucht ein Jahr, um seine Flügel auszubreiten und sich zu zeigen, aber ich hatte gehofft, es würde schneller gehen. Merrick war schon sein ganzes Leben hier und fühlte sich immer noch nicht zu Hause. Also sagte ich: »Manchmal bin ich auch ratlos. Zu Hause habe ich zwei Persönlichkeiten. Die eine Persönlichkeit kommt aus der Großstadt und der Hochkultur. Da muss ich dauernd meine Schuhe putzen und bemühe mich um einen aristokratischen Tonfall. Die andere ist meine Dorf-Persönlichkeit: ›Obdachlosigkeit, Horrorfilme, Wodka, lalala.‹ Aber egal – es ist langweilig, dauernd über unsere Probleme zu sprechen. Erzählen wir uns lieber Witze.« Ich erzählte ihm den Witz von dem Mann aus den Bergen von Swanetien. Er fuhr auf einer Bergstraße, und weil er betrunken war, kam er von der Straße ab, rutschte den Hang hinunter und schlug sich den Kopf an, als der Wagen gegen einen Felsen prallte. Im Krankenhaus musste er operiert werden. Die Ärzte öffneten seinen Schädel, aber der war leer bis auf eine Schnur. Der eine Arzt fragte: »Was ist das für eine Schnur?« Der andere Arzt schnitt sie durch, und da fielen dem Swani die Ohren ab.

Merrick fing an zu lachen.

»Lach nicht zu sehr«, sagte ich, »sonst wirst du morgen weinen. Das hat zumindest meine Großmutter immer gesagt.«

Aber er sah plötzlich deprimiert aus. Ich versuchte mich an weitere Ratschläge meiner Großmutter zu erinnern. »Fühle dich niemals allein. Dann fängt das wahre Leben an«, sagte ich. Aber bei diesem Ratschlag war ich mir nicht so ganz sicher. Meine Großmutter war Milchmädchen-Heldin der Sowjetunion gewesen, und ihre Gesellschaft hatte zum größten Teil aus Kühen bestanden.

»Nein, ich fühle mich ja nicht einsam«, sagte er. »Manchmal fühle ich mich nur nicht nützlich.«

»Glaubst du, der Swani aus den Bergen, der Mann ohne Gehirn, der jetzt auch keine Ohren mehr hat, ist nützlich? Aber in seiner Stadt lieben ihn immer noch alle.« Allmählich gingen mir die Ratschläge aus. »Auf leeren Magen sieht alles unschön aus«, erklärte ich. »Wir sollten lieber etwas essen. Also, möchtest du Makkaroni?«

Während wir aßen, überlegte ich, ob Amerika seinen Traum ändern musste. Im Fernsehen sagten die Politiker dauernd: »Jeder hat das Recht auf den American Dream.« Das Haus. Das Auto. Das Wäschezimmer. Im Supermarkt ein kompletter Gang nur mit Waschmitteln. Aber ist das ein guter Traum? Im Kopf will der Mensch, wie überall, immer etwas haben, aber hier glaubt er, er müsse die ganze Welt aufschlürfen. Jeden Morgen. Aufwachen, Kaffee trinken, zur Arbeit gehen, die Welt aufschlürfen und ins Wochenende fahren. Und sie mussten ihre Familie schon in einem so jugendlichen Alter verlassen! Vierunddreißig erst? In Georgien bleiben wir bei unserer Familie, bis wir vierzig oder fünfzig sind.

In Georgien essen und trinken wir jeden Tag mit unserer Familie. Aber in den USA fühlte ich mich wie ein Fisch auf dem Fabrikboden. Meine Kiemen klappten auf und zu, ich versuchte zu atmen und entwickelte seltsame Komplexe, weil jedermann sehr ehrgeizig sein musste und keine normalen menschlichen Beziehungen haben durfte und weil jeder sich dringend bemühte, seine eigene glückliche Luftblase zu erschaffen. Wenn man in Georgien auf der Straße rufen würde: »He, du! Du bist aber ehrgeizig!«, bekäme man eins aufs Maul. War es möglich, dass der American Dream altmodisch geworden war? Vielleicht hätte ich mich stattdessen für den europäischen Traum entscheiden sollen. Oder sogar für den venezolanischen Traum.

Tatsächlich hatte ich mich auf meinen Job in der Fischverpackungsfabrik gefreut, den ich in der kommenden Woche antreten sollte. Wir hatten das zweiwöchige amerikanische Indoktrinierungsprogramm absolviert, und jetzt war es Zeit für das Praktikum. Der Praktikumsplatz war drüben in Oakland, in der Nähe der Honda-Vertretung, und ich würde pendeln müssen. Ich freute mich darauf, ein Pendler zu werden. Und in der Fabrik würde ich einfach arbeiten können und nicht denken müssen. So hatte ich wenigstens das. Aber nach dem ersten Tag dort war mein Herz schwer und wund. Auf dem Heimweg ging ich bei der Stellenvermittlung vorbei, und dann kaufte ich mir in einem Laden an der Ecke den *San Francisco Chronicle* und die *San José Mercury News*.

Als ich nach Hause kam, sagte Merrick: »Buddy, ich glaube, du bist süchtig. Mich ziehen die Nachrichten manchmal richtig runter. Ich hoffe, du wirst das ganze Papier da recyceln.«

»Die Zeitungen hab ich für dich gekauft, damit du mit deiner Walkabout-Farbe nicht den Boden bekleckerst. Aber ehrlich gesagt, das stimmt nicht«, gab ich zu. »Die Wahrheit ist, ich möchte keine Fische verpacken. Ich brauche eine neue Idee. Vielleicht helfen die Zeitungen mir dabei, mir etwas Neues einfallen zu lassen.«

»Aber ich dachte, du stehst wirklich auf den Schwarzmeer-Dornhai.«

»Ich habe kein Problem mit dem Fisch, aber mit dem Verpacken. Ich weiß nicht, ob ich nach dem heutigen Tag noch einmal zurückgehen kann.«

»Was stimmte denn nicht?«, fragte Merrick.

»Weißt du, was da läuft?«, rief ich. »Sie schicken uns Fischreste, gefrorene Blöcke, dreißig mal sechzig Zentimeter. Und es ist nicht mal Kabeljau. Sie nehmen Pollack, weil die Stäbchen dann billiger sind. Ich habe gesagt: ›Kabeljau schmeckt besser!‹, aber sie meinten: ›Na und? Die taucht doch jeder in Ketchup.‹ Sie schneiden die Blöcke in kleine Fischstäbchen. Dann geben sie eine Lage Wasser, eine Lage Mehl, eine Lage Ausbackteig und eine Lage Brösel darauf. Sie sprechen von einem System mit drei Durchgängen. Wenn sie die Stäbchen ins heiße Fett tauchen, verwandelt sich das ganze Wasser in Fett, und dann verpacken sie sie, gefrieren sie und schicken sie in die Geschäfte. Ich mag diese industrielle Tierverarbeitung nicht.«

»Nicht?«, sagte Merrick. »Aber Slims, was du da beschreibst, kommt nicht nur in Fischfabriken vor. Das ganze System bricht zusammen, aber niemand hat Zeit, es zu erwähnen.«

»Tatsächlich ist die Fischfabrik in einem ziemlich guten Zustand. Der springende Punkt ist, sie wollen, dass ich an einem Fließband stehe und zweihundert Fischstäbchen pro Minute produziere. Gegen die Arbeit habe ich nichts. Aber in dieses Essen geht keine Liebe.«

»Ja«, sagte Merrick, »ich weiß, was du meinst. Na, was wolltest du denn werden, als du klein warst?«

»Als ich klein war? Naturwissenschaftler, weil es an meiner Schule einen Mann gab, der Bilder von großen Fischen zeichnete. Ich habe das Wort dafür vergessen. Wie nennt man einen großen Fisch mit Milch?«

»Wal? Mit Walmilch?«

»Kann sein. Ich muss im Wörterbuch nachsehen.« Ich blätterte in dem Taschenlexikon, das ich immer bei mir trug, und fand das Wort. »Ah. Säugetiere. Mammalia. Mammalia? Wie *Mama*? Das ist ein gutes Wort! Ein Wort für Obdachlose. Nicht hochklassig wie *Konzern. Separation. Disparat*. Es ist wie die Wörter in meiner Sprache. Ein bisschen wie ein östliches Wort. Mammalia. Mammalia. Bibel. Bibbel. Mammalia. Es fühlt sich gut an im Mund. Jedenfalls, heute nach der Arbeit bin ich bei der Stellenvermittlung vorbeigegangen und hab mir das Schwarze Brett mit den behördlichen Stellenangeboten angesehen. So viele Möglichkeiten! Da ist es nicht sinnvoll, mich auf die Fischverpackungsindustrie zu beschränken. Mir war nicht klar, dass man in Amerika einen Job als Insektenjäger bekommen kann. Es gab sogar eine Stelle bei der Gorilla-Stiftung. Emotional gesehen würde ich zu diesem Zeitpunkt in meinem Leben gern für die Gorilla-Stiftung arbeiten.«

»Was immer du tust, arbeite nie für ein nicht kommerzielles Unternehmen«, warnte Merrick mich. »Letzte Woche stand in der Zeitung, dass die meisten von denen nicht mal mehr ihre Miete zahlen können. Slims, du musst dir darüber im Klaren sein, dass dies eine Großstadt-Community ist, und deren Treibstoff ist Geld. Sobald die Leute aus, sagen wir, Kentucky begreifen, wie viel Geld hier zu machen ist, werden sie anfangen, den Markt zu überfluten. Wenn du in Kalifornien leben willst, musst du mindestens fünfzigtausend im Jahr verdienen. Die bist du wert, aber als Kammerjäger kriegst du sie nicht. Die jungen Typen, die diese Dotcom-Firmen gründen, verdienen so viel, dass sie gar nicht wissen, wie viel. Die legen hier dreißig Millionen für ein Reihenhaus mit einem Hektar Grund hin, pflanzen ein bisschen Wein an und kaufen alte Whiskeyfässer, weil die so billig sind, und dann haben sie Wein, der nach Whiskey schmeckt und den kein Mensch trinken will. Weißt du, was du ausprobieren solltest? Tech Pub.«

»Was ist das? Eine Bierkneipe?«

»Nein, Technical Publishing. Ich meine, machen wir uns doch nichts vor. Du musst für den Rest deines Lebens arbeiten, stimmt's? Da kannst du doch auch etwas tun, was du gut kannst. Ich habe deinen Aufsatz über den Dornhai gelesen, aber wenn du einen oder zwei Kurse besuchst, kannst du auch über Modems schreiben. Keyboards. Software. Da gibt's Leute in Fremont – eine echt noble Gegend –, und da steht ein Schild: ZIEGEN ZU VERKAUFEN. Es sieht aus, als ob es ein Fünfjähriger geschrieben hätte – die Buchstaben verkehrt herum und so Scheiß. Man merkt, dass sie einfach nur reich sind. Wahrscheinlich hat ihnen das ganze Land gehört, und jetzt hocken sie da auf ihren zwei Hektar mit ihren Ziegen. Und die Ziegen sind echt billig. Fünfzig Dollar. Hundert Dollar.«

»Sind das Milchziegen?«

»Keine Ahnung.«

»Was ist mit Schafen? Verkaufen die Leute auch ihre Schafe?«, fragte ich.

»Viele Schafe hab ich da nicht gesehen«, sagte Merrick.

Ich schlug die Zeitung auf und las einen Artikel über Farmer in England, die alle ihre Schafe verkauften und ins Ausland exportierten, um dann in die Stadt zu ziehen und in der Technologiebranche zu arbeiten. Mischa machte immer noch Witze darüber, dass Georgien hauptsächlich Schafe nach Katar exportierte, aber vielleicht ist das etwas sehr Modernes. Wie wäre es, wenn *ich* Schafe aus Georgien exportierte? Ich könnte sie lebend verschicken, wie in der alten Geschichte von Jason und dem Goldenen Vlies, ganz ohne Verpackung.

17

»Und was hast du mit deiner Gastgeberfamilie gemacht?«, fragte ich Mischa am Montagmorgen.

»Wir waren in der Weinregion. Haben Wein getrunken«, sagte er und zwirbelte seinen Schnurrbart. »Wir waren in Restaurants, in sehr *feinen* Restaurants. Und ihr?«

»Wir haben Leonard-Cohen-Songs gesungen.«

Er klopfte sich mit dem Mittelfinger an die Stirn, als wollte er eine Erinnerung nach oben befördern. »Cohen, Cohen, ach ja, das war irgendein Geistlicher.«

»Nein, kein Geistlicher. Nur ein Dichter.«

»Aber der Name Cohen kommt von Cogan, wie Khan, wie in Dschingis Khan. Ja, Cohen stammt aus einer Familie von Tataren, wie ich. Das ist Fakt.« Er stieß mit dem Finger gegen mich. »Wie gehen die Texte der Songs?«

»An die Texte erinnere ich mich nicht«, sagte ich.

»Du singst das ganze Wochenende und erinnerst dich nicht an die Texte?«

»Mischa«, sagte ich, »ich weiß, ihr seid in Wirklichkeit nicht in feinen Restaurants gewesen. Wo wart ihr in Wirklichkeit?«

»Ich habe im Reisebüro in der Nachbarschaft zugeschaut«, sagte er. »Habe ihre Techniken studiert. Und du?«

»Ich habe Urlaub von der Fischfabrik gemacht und stattdessen die Techniken der Polizei studiert. Sie waren sehr interessant.« Ich hatte bemerkt, dass man die Polizei normalerweise nicht sieht. Sie ist unsichtbar. Aber wenn jemand zu schnell fährt, eine rote Ampel nicht beachtet, oder wenn das vordere Nummernschild fehlt, dann tauchen die Highway Troopers auf und verpassen dem Fahrer einen Strafzettel. Wenn im Supermarkt einer alten Frau eine große Dose Mandeln auf den Kopf fällt und die Mandeln durch den Gang kullern, dann erscheinen sofort ein Polizist und ein Feuerwehrauto und verpflastern der alten Frau den Kopf. Der Polizist spricht erst mit dem einen und dann mit dem anderen, und alle stehen da, ohne sich anzuschreien oder mit der Metallschließe eines Sicherheitsgurts aufeinander einzuschlagen. Der Polizist – manchmal ist es sogar eine Polizistin – notiert alles, was die Leute sagen, und dann kommt noch ein Polizist und manchmal noch einer, alle mit verschiedenen Polizeiwagen, alle mit blitzendem Blaulicht.

So viel Geld wird für Polizisten und ihre Blaulichter ausgegeben, aber ich hatte den Eindruck, dass die Postboten ausstarben. Sie hatten nicht mal eigene Sirenen für die Postzustellung. Vielleicht weil alle angefangen hatten, E-Mail zu benutzen.

Sogar zu Hause in Georgien hatte Juliet mit E-Mail angefangen. An diesem Nachmittag bekam ich folgende Mail von ihr:

Lieber Slims,
ich weiß, Du hattest auch Probleme mit der Liebe in Deinem Leben. Verändert Amerika Dich? Kannst Du mir sagen, mein Lieber, wie die Männer in Amerika sind?

Veränderte Amerika mich? Oder wurde ich mehr ich selbst?

In unseren Lehrbüchern zur Staatsbürgerkunde an der Universität heißt es: »Der georgische Mann darf nicht gierig oder egoistisch sein, er darf nicht zweideutig reden und keine Spionage betreiben, darf kein Schurke und kein Übeltäter sein. Er muss liebenswürdig, freundlich und sanft sein.« Aber ich bin sicher, dass von dieser Sorte nur noch dreißig Prozent übrig sind. Der georgische Mann hat mehr Erfüllung gefunden, als er mit dem Schwert durch den Wald lief und die Skythen zurückschlug, während er den Frauen zurief, sie sollten sich in einer Höhle verstecken und auf den Wein achtgeben.

Malchasi war immer so galant, und er fuhr mit mir auf eine Klippe hinauf, wo man auf die raue See hinausblicken konnte. Er zog dann seinen abgetragenen Pullover aus, wenn wir zusammen in der Kälte standen, wobei ich dabei natürlich bemerkte, dass der Pullover sich am Ellenbogen aufribbelte, und mich verpflichtet fühlte, ihn zu flicken. An manchen Tagen glaubte ich wirklich, er sei da, um mich zu beschützen. Doch Mühsal, harte Arbeit, zu viel harte Arbeit, die unerbittlichen Fesseln des Überlebens, das Feilschen, die halbseidenen Geschäfte mit Polizisten und wahrscheinlich auch seine obligatorische Hybris drücken ihn nieder.

Aber ach!, sein Auto: Das behandelt er so zärtlich. Sein Auto ist seine einzige Möglichkeit, sich auszudrücken. Er schaltet synchron mit seinen düsteren Gedanken. Wenn ich Mühe habe, die Tür zu schließen, sagt er: »Tritt sie einfach zu.« Aber als ich sie zutrat, war er gekränkt und sagte: »Das habe ich nicht ernst gemeint. Was für ein Mensch schließt denn eine Autotür mit einem Fußtritt!« Aber wenn er fährt, behandelt er den Wagen wie ein Pferd, und er ist wie ein Junge auf dem Dorf, der wü-

tend die Peitsche schwingt, um zum nächsten Haus hinter der Kurve zu kommen, wo ihn eine Schüssel mit hausgemachtem tschatscha erwartet. Gott helfe jeder Fußgängerin, die versucht, die Straße zu überqueren, wenn er fährt – sie muss sich mit einem Sprung auf den Mittelstreifen retten.

Gern winkt er dem Polizisten und drückt ihm ein bisschen Kleingeld in die Hand, oder er ruft dem Nachbarn eine humorvolle Bemerkung zu, während ich versuche, mit ihm über etwas Wichtiges zu sprechen. Wenn moderne Musik aus seiner Lautsprecheranlage dröhnt, zum Beispiel: »You and me, baby, ain't nothing but mammals, so let's do it like they do on the Discovery Channel«, dann wirft er die Hände in die Höhe und wechselt rasch den Sender, und dabei flucht er über die Amerikaner und ihre dumme Musik. Das Leben selbst ärgert ihn, weil es nicht hart genug ist, eine Herausforderung für ihn zu sein und sein Durchhaltevermögen zu bezwingen.

Er ist so stolz darauf, mich mit seinem Auto herumzufahren, dass er am Ziel vergaß, mir die Tür zu öffnen, und stattdessen nur sagte: »Jetzt steig aus!« Er wollte nicht mit hineinkommen und eingelegte Wassermelone essen.

»Wassermelone?«, fragte er, als ob ihm das Wort nicht mehr bekannt wäre. Als ob ein Mann dieses Wort überhaupt nicht benutzen würde.

Wenn er mit ein paar Freunden zusammen ist, stehen sie dicht beieinander, als wollten sie sich gegenseitig beschützen. Er sitzt nicht mehr höflich und respektvoll mit Gästen zusammen am Esstisch. Er hat keine Zeit und redet sich heraus: »Ich werde mich nicht an der Unterhaltung beteiligen, aber ich bezahle alles.« Er unterhält sich nicht mehr gern, vor allem dann nicht, wenn jemand es *gern möchte. Er vergisst Blumen, vergisst Käse, vergisst seine Verabredung mit mir und einer Dose Pringles in einer dunklen Straße. Er verdreht die Augen und sagt: »Ich habe keine Zeit.« Wenn ich mich beschwere, legt er eine Hand an den Kopf und sagt in niedergeschlagenem Ton: »Ich bin müde«, sodass ich ihn plötzlich trösten möchte, aber er sagt es so, dass ich den Verdacht habe, er ist vielleicht meiner müde. Wenn ich diese Möglichkeit erwähne, blickt er schockiert auf, ist plötzlich hellwach und misstrauisch: »Du verstehst mich nicht?«*

Als ich ihn fragte: »Was ist zwischen uns passiert?«, sagte er: »Zu viele Fragen. Wenn die Fragen erst anfangen, ist die Freundschaft zu Ende.«

Er lächelt nur noch, wenn er mit einem Polizisten oder einem Schiffskapitän redet, einen Witz macht und ihn zwingt, Farbe zu bekennen, oder wenn er mit Anthony spricht und darüber witzelt, dass er jetzt besser an Kokosmilch herankommt als Anthony.

Er sagt, er arbeitet so schwer, weil es seine Pflicht mir gegenüber ist. Er hat sogar gesagt, er würde mich unterstützen, damit ich mehr Zeit dazu habe, wichtige Dinge zu tun, zum Beispiel, meine Seele zu nähren. Er hat in Wirklichkeit Gefühle, denn er ist ein Mensch, aber er kann sie nicht mehr finden. Er hält sie bedeckt, weil sie ihm keinen Nutzen bringen. Er weiß etwas erst zu schätzen, wenn er es verloren hat. Dann ist er voller Reue. Und dann hockt er vor einem Becher Wein. Aber er ist inzwischen so massig, dass es schwer ist, ihn betrunken zu machen. Ich schreibe das, weil nicht nur Malchasi sich so benimmt, sondern auch Gotscha, und Gotscha ist noch schlimmer. Ich mache mir Sorgen um Tamriko. Ich glaube, Du fehlst ihr.

Ich zerknüllte das Blatt. Was ging mit Malchasi vor? War man nirgends mehr frei vom verderblichen Einfluss der täglichen Mühen? Vielleicht war es besser, einfach ein normales Leben zu haben, eine Familie, ein Haus, und sich dem ganzen modernen Drama mit neuen Freunden und Freundinnen und der Frage, wer den besten Zugang zu Kokosmilch hat, zu entziehen.

Als Merrick nach Hause kam, sah er, dass ich wegen meiner Familie deprimiert war. Vielleicht aus diesem Grund gab er mir ein in weißes Fleischpapier gewickeltes Geschenk. »Du hast mir geholfen, und jetzt helfe ich dir«, sagte er. Ich packte es aus. Es war ein Buch mit dem Titel *Gesangbuch des Neuen Jahrhunderts*.

»Danke, Merrick«, sagte ich. »Das ist schön. Stehen da alle Lieder drin, die wir gesungen haben?«

»Ja, aber ich will dir erzählen, woher ich es habe. Anfang des Jahres habe ich angefangen, in eine Kirche zu gehen. Aber es war keine normale Kirche, sie wurde von einem amtsenthobenen Priester geleitet. Tatsächlich machte es mir Spaß, zu Leuten zu sagen: ›Ja, in meiner Kirche …‹, und dann ihre Gesichter zu beobachten. ›Du gehst in die Kirche?‹, fragten sie, denn sie konnten sich eigentlich nicht vorstellen, dass ich ein Kirchgänger war. Das Gerücht machte die Runde. ›In meiner Kirche …‹, sagte ich dann, und jemand anders sagte: ›Ja, ich habe *gehört*, dass du in die Kirche gehst.‹ Jedenfalls, einmal erzählte der Priester in einer Predigt, wie er im Zion National Park auf einen Berg geklettert war und auf einmal dachte, er schafft es nicht bis oben. Er war wirklich nicht in Form, und er hatte kein Wasser mehr. Da fing er an, ein Kirchenlied zu singen. Er brüllte dieses Kirchenlied aus vollem Hals, und am Ende des Tages erreichte er den Gipfel. Danach habe ich immer angefangen, ein

Kirchenlied zu singen, wenn ich einen schlechten Tag hatte, und normalerweise hilft es wirklich. Also bin ich heute ins Kirchenbüro gegangen und habe gefragt: ›Verkaufen Sie die Gesangbücher auch?‹ Die Frau dort sagte: ›Nein. Keinesfalls. Wir verkaufen die Gesangbücher nicht.‹ Sie rief nach hinten: ›Verkaufen wir Gesangbücher?‹ ›Nein, wir verkaufen keine Gesangbücher‹, rief jemand zurück. Ich erzählte ihr, dass ich jedes Mal, wenn mir das Leben schwer wird, ein Kirchenlied singe. Mein Freund hier habe es auch nicht leicht, und deshalb wollte ich ein Gesangbuch für ihn besorgen. ›Oje‹, sagte sie. ›Habt ihr das gehört?‹, rief sie nach hinten. ›Oje. Wir treiben eins für Sie auf.‹ Und sie fing an, den Bücherschrank zu durchsuchen. ›Nein, ich meinte nicht das große‹, sagte ich ihr. ›Das große habe ich schon bei Amazon bestellt. Ich meinte das selbst gemachte, das der Kirche gehört. In dem Sie jedes Er in ein Sie geändert haben.‹ ›Oh, aber sicher!‹, sagte sie. ›Da können Sie sich einfach eins nehmen.‹ Ich glaube, sie hatte zuerst angenommen, ich sei irgendein Fremder, der von der Straße hereinkam und ein Gesangbuch kaufen wollte. Als wäre ich Journalist oder so was und wollte anhand der Lieder etwas Hinterhältiges über die Kirche schreiben. Jedenfalls, das hier ist für dich, Slims. Du musst es nur herumliegen lassen, wenn Leute zu Besuch kommen. Wir sagen ihnen dann, das Gesangbuch ist das neue Piercing. Wir sind Hardcore-Typen mit diesem Gesangbuch. Yeah, verdammt!«

»Wow«, sagte ich. »Danke. Das hat wirklich Stil.«

»Jedenfalls, nachdem ich das Buch geholt hatte, war ich bei einem Freund in Oakland auf einer Feier. Dieser Freund hat sich ebenfalls von den Lehren eines amtsenthobenen Priesters inspirieren lassen. Aber das ist ein anderer; er bestreitet die Vorstellung vom Wirken Gottes in der Seele des Individuums. Er glaubt stattdessen, Gott manifestiert sich in der Gemeinschaft. Deshalb hat mein Freund angefangen, bei sich zu Hause kosmische Techno-Trance-Rituale zu veranstalten.«

»Ehrlich gesagt, ich verstehe nicht so richtig, was du meinst«, sagte ich.

»Weißt du, im Westen neigen wir dazu, die Welt in eine isolationistische, individuelle Realität einerseits und eine kollektive Realität andererseits einzuteilen. Aber dieser Priester, der veranstaltet etwas, das er techno-kosmische Tanzmesse nennt, eine Mischung aus Techno, Tanz und Livemusik. Er sagt, wir im Westen haben alle unsere Rituale verloren, und deshalb müssen wir sie durch die Liturgie neu erschaffen. Er sagt, der heilige Augustinus im 4. Jahrhundert habe uns mit seiner Idee von der individuellen Erlösung im Grunde ruiniert, individuelles Nachsinnen sei eine westliche Seuche, und in Wirklichkeit gehe es in diesem Leben nicht um Ursünde und Erlösung, sondern um den Ursegen.«

»Ja, so denken wir in Georgien auch«, sagte ich. »Gott hat uns das Land gegeben, das Er für sich selbst aufgehoben hatte. Viele Heilige haben unser Land im 4. Jahrhundert besucht, aber es ist gut, dass dieser spezielle – wie hieß er, Augustinus? – nicht dabei war.«

»Nicht wahr? Das Problem ist, dass die kosmische Trance-Dance-Feier heute nicht so gut lief. Er hat in seinem Garten eine Erdpyramide angelegt, weil das Wort *Pyramide* ›brennendes Herz‹ bedeutet. Er hat ein Feuer darin angezündet, um eine Schwitzhütte daraus zu machen, und dann hat er angefangen, den Geist der Maya-Götter anzurufen, während seine Freundin rhythmische Gesänge in die vier Himmelsrichtungen richtete und die Tierkommunikatorin Bellgeräusche machte. Aber im Laufe der Zeremonie wurde ich nach und nach irgendwie befangen, weil ich dachte, die Tierkommunikatorin könnte meine miesen Schwingungen wahrnehmen, die ich ausstrahlte, weil die Bellgeräusche mir langsam auf die Nerven gingen. Ich musste mir positive Energie vorstellen und in ihre Richtung senden, aber bei mir gingen die Rollläden herunter. Das Ganze kam mir gezwungen vor und einfach daneben, verstehst du? Jetzt weiß ich nicht genau, wie man am besten ein Ritual auf die Beine stellt.«

»Aber was war denn der Hauptgedanke dabei? Soll ein Ritual dich nicht an das erinnern, was dir am wichtigsten ist? Zum Beispiel daran, wie du dich fühlst, wenn du einen Brief von jemandem bekommen hast, den du schon lange liebst. Es muss gar nicht so exotisch sein. Ein Ritual kann darin bestehen, dass du jemand anderem Wein ins Glas gießt. Aber du musst vorher wissen, dass dies der Plan ist. Jeder muss alle Regeln kennen und die Regeln weitergeben wie in meinem Land. Es ist keine Performance und keine Pflicht, die dir jemand anders auferlegt.«

Also beschloss Merrick, am nächsten Wochenende einen techno-kosmischen Trance Dance in seinem Haus zu veranstalten, und teilte allen im Voraus mit, dass sie Didgeridoos machen würden.

Alle aus unserem Kurs kamen, sogar Susan. Bei mir war eine Erkältung im Anzug, und deshalb zwang Merrick mich immer wieder, Grapefruitsaft und Gelbwurzextrakt zu trinken. »Ich möchte nicht, dass du krank wirst«, sagte er. Aber ich glaube, die Kräutermedizin war sehr stark, denn ich fing an zu halluzinieren, wie ich es als Kind getan habe, als ich aus Versehen ein bisschen Benzin geschluckt hatte, das ich absaugen und in den Mähdrescher leiten wollte. Damals klopften die Männer auf dem Feld mir auf den Rücken und gaben mir Milch zu trinken. Ich sage es nicht gern, aber meine Fürze rochen danach zwei Tage lang nach Benzin.

Lena und ein paar ihrer Freundinnen kamen und übernahmen die Küche.

Merrick ging ins Wohnzimmer und bedeckte den Boden mit Zeitungen. »Gut, dass du so viele gekauft hast, Slims.« Er stellte neue Dosen mit roter und orangegelber Farbe auf das Papier. Wir hatten im Baumarkt PVC-Röhren gekauft, und jetzt trommelten ein paar von Merricks Freunden aus der Antikriegsgruppe und einige Forest Rangers damit auf den Boden. Von dem Geräusch bekam ich leichte Kopfschmerzen, und deshalb ging ich in die Küche zu den Mädchen.

»Wollt ihr kein Didgeridoo bauen?«, fragte ich sie. Lena schlug vor, stattdessen zum Bowling zu gehen, aber ihre Freundin fing an, Wodka mit Cranberrysaft zu mixen. »Ich trinke meinen pur«, sagte ich.

Wie üblich wollten die Mädchen in der Küche nur über Politik und Geologie sprechen. Sie vermischten beides, als wäre es ein und dasselbe Wort, und das nicht nur, weil sie tranken. Es war von Vorteil für sie, etwas von Politik zu verstehen, vor allem für Lena, deren Vater eine mächtige Position in Ölhausen innehatte. Ich konnte mir vorstellen, dass jedes geopolitische Seminar an ihrer Uni voll von solchen neuen Russen war, die hinten im Seminarraum saßen und mit ihren Taschenrechnern den Wert von natürlichen Ressourcen ausrechneten, wie sie es auch in der Mittagspause taten, wenn sie die Dollarpreise in ihren französischen Parfümkatalogen in Rubel umrechneten.

»Und was *genau* macht dein Vater?«, fragte ich Lena, nachdem ich einen Toast auf unsere Eltern ausgebracht hatte.

»Ich hab's doch gesagt: Er liefert Röhren an Firmen«, antwortete sie.

»Aber was für Röhren?«, fragte ich.

»Ich weiß nicht genau, was er macht«, gestand sie.

»Aha!«, sagte ich. »Aber ihr habt ein Auto.«

»Natürlich«, sagte sie und drehte eine Pirouette mit ihrem pinkfarbenen Drink. »Du solltest uns besuchen kommen. Wir feiern dauernd Partys in Nischni. Du solltest zu unseren Partys kommen. Bring deine Freunde mit. Wir haben übrigens einen Mercedes. Dann könnten wir zum Baikalsee fahren. Oder irgendwohin.«

»Mein Onkel war in Russland«, sagte ich. »Er hat eine Weinkellerei in Sibirien gekauft, aber dann hat die Regierung die Grenzen dichtgemacht, und wir konnten keine Trauben an die Kellerei exportieren. Wir mussten die Sache aufgeben.«

»Wir könnten zu der Kellerei fahren«, sagte Lena.

Von Amerika aus schien alles möglich zu sein. Von Amerika aus hatte man den Eindruck, Russland sei mit seinem eigenen niemals endenden kosmischen Trance Dance beschäftigt.

Noch mehr Freunde von Merrick waren gekommen, aber keiner sorgte für irgendeine Art von Organisation. Es gab keinen Toastmeister, keine Ordnung, kein »wir«. Jeder nippte für sich an seinem Drink, und eigentlich wusste niemand, wie man dafür sorgte, dass schüchterne Ladys sich entspannten.

Mischa und Sergej standen drüben am Fenster und provozierten sich gegenseitig, mehr zu trinken. Abwechselnd starrten sie die Mädchen an und spähten durch die Jalousie, wie es die Männer in meinem Dorf tun, wenn sie zur Erntezeit auf den Mähdrescher warten.

Merrick schaute die Bilder in einem Buch über Traummuster der australischen Aborigines an. Er ging neben Susan in die Hocke und zeigte ihr eine Bildunterschrift. Susan trug Wanderstiefel und bohrte Löcher in ihr PVC-Rohr. Sergej starrte sie an, und Mischa erzählte: »Ich mache nächste Woche den Englisch-Sprachtest. Dann habe ich für die Zeit, die ich hier verbracht habe, wenigstens *etwas* vorzuweisen.« Lena kam dazu und sagte zu Sergej: »Ich mag es, wenn ein Mann tüchtig ist. Wir Russinnen sind nicht wie die Amerikanerinnen.«

Merrick klopfte mit seinem PVC-Rohr neben Sergej auf den Boden. »Slims, Buddy, setz dich her. Willst du nicht auch eins machen?«

Ich sah zu, wie Anarchie sich zum Chaos entwickelte. Aber als ich die Augen schloss und lauschte, waren die Geräusche irgendwie wohlklingend.

»Slims«, rief Lena und fragte auf Russisch: »Wie sagt man auf Englisch: Gib mir eine Zigarette?« Ich wusste, das konnte sie auf Englisch sagen. Sie gab mir zu verstehen, dass sie eine von mir haben wollte.

»Slims, wo willst du hin?«, fragte Merrick.

»Zigaretten holen«, sagte ich.

»Zigaretten! Die sind ungesund, Slims.«

»Ungesund ist das ganze Leben«, sagte Sergej. »Zieh die Jacke wieder aus, Slims. Ich habe Zigaretten.«

Lena schlenderte zu ihm, und er gab ihr eine. Sergej zog quer durch das Zimmer Susans Blick auf sich, streckte den Arm aus und schüttelte eine Zigarette aus der Packung, aber sie wandte sich ab.

Susan bastelte sich auch ein Didgeridoo und tupfte mit einem Essstäbchen ein weißes und orangefarbenes Walkabout-Muster auf das Rohr. Versuchte sie ebenfalls, ihr Leben neu zu erfinden? In Amerika schien es immer um ein Ende und einen neuen Anfang zu gehen. Aber der Anfang Georgiens liegt so lange zurück, dass wir uns nicht erinnern. Und auf ein Ende trinken wir niemals. Wir singen die ganze Zeit: »Immer sind wir, und immer werden wir sein.«

Ich ging mit Mischa und Lena vor die Tür. Lena zeigte zum ersten Stern hinauf, der gerade erschienen war. »Wünsch dir was«, sagte sie zu mir. Der Vollmond schien dunstig durch unseren Rauch. »Es ist besser, seinen Wunsch an den Mond zu richten«, sagte ich. »In Georgien sagen wir: ›Wenn der Mond mir hilft, lache ich über die Sterne.‹«

»Was soll das bedeuten?«, fragte Lena.

Aber ich konnte ihr die Bedeutung nicht mehr erklären, denn jetzt kam Sergej heraus und fragte mich: »Ist es wahr, dass ein Mann aus dem Kaukasus jede Frau verführen kann?«

»Die Männer aus dem Kaukasus haben die höchste Spermienzahl von allen Männern auf der Welt«, sagte Mischa. »Ist Fakt. Unsere wissenschaftliche Schlussfolgerung ist, dass sie die Welt übernehmen wollen.«

Ich sah Lena an und verdrehte die Augen. Dann ging ich wieder hinein. Sergej und Lena folgten mir. Wie um eine letzte Ansage zu machen, klappte Lena die goldenen Schließen ihrer Handtasche auf und holte eine CD heraus. Als sie sie in den Player schob, erklang das Lied »Ja lublu teba Sergej«, das Lied, das Natascha, die Frau, die im zentralen Fernsprechamt von Batumi arbeitete, immer hörte. Alle fingen an zu tanzen, schwangen ihr Haar umher und schlugen mit ihren getüpfelten PVC-Rohren auf den Boden.

Der Einzige, der nicht tanzte, war Chemie. Ich blieb bei ihm stehen. »Früher hatte ich Partys gern, all das Essen und Trinken, aber ich glaube, dann hat mein Gehirn sich verändert und neu geformt«, sagte ich.

Er nickte, als sei ihm das Gleiche passiert.

»Übrigens, kennst du den Filmregisseur Raschid Nugmanow?«, fragte ich ihn. »Er gehört zur kasachischen New-Wave-Bewegung.«

»Die kasachische New-Wave-Bewegung?« Susan schaltete sich in unsere Unterhaltung ein. »Was genau ist das?«

»Wenn du nichts über die kasachischen New-Wave-Regisseure weißt, mach dir keine Sorgen. Das ist normal«, sagte ich zu Susan und fragte Chemie dann: »Hast du den Film *Die Nadel* gesehen? Das ist mein Lieblingsfilm.«

»Selbstverständlich«, sagte Chemie. »Den Film habe ich zehn Mal gesehen.«

»Er handelt von einem rauschgiftsüchtigen Mädchen«, erklärte ich Susan. »Ihr Freund bringt sie in eine Lehmhütte in der Karakorum-Wüste, um ihr beim Entzug zu helfen. Als es ihr besser geht und sie hübsch aussieht in einem weißen Kleid, sagt sie zu ihrem Freund, der gerade mit einem Skorpion spielt: ›Ich gehe an den See, zum Schwimmen.‹ Da gehen sie zusammen zum Aralsee, aber der Aralsee ist geschrumpft, und nur ein paar alte Frachter liegen verstreut hier und da auf der rissigen Erde, und der Strand ist jetzt dreißig Meilen weit entfernt. Also spielt das Paar auf einem verlassenen Schiff herum, und die beiden schaukeln vergnügt an den Ketten. Das Ende der Zivilisation ist hier perfekt beschrieben. Amerika hat das Ende der Zivilisation noch nicht erlebt, hat noch nicht sagen müssen, nachdem alles eingestürzt ist: ›Wir sind hier. Und wir bleiben hier.‹ Ich sage es nicht gern, aber ihr seid kein sehr modernes Land.«

Aber dann dachte ich an Amerika und seine Liebe zu neuen Anfängen. Vielleicht würden sie ja wegen dieser Liebe zurechtkommen.

18

Am nächsten Tag war ich so weit, dass ich Mr Tetley meinen Plan vorlegen konnte. Ich hatte genug ferngesehen, um mir die entsprechende Sprache anzueignen. Außerdem war mir nach Merricks kosmischem Trance Dance klar geworden, dass die Leute vielleicht nur an die Regeln der Natur erinnert werden mussten.

Lieber Mr Tetley,
ich bin heute krank in Ihrem Land.

Das stimmte so weit. Ich hatte mich erkältet.

Es ist nichts Schlimmes. Machen Sie sich keine Sorgen, nur eine kleine Erkältung. Aber in meinem Dorf bin ich nie krank, weil wir dort immer Schafsmilch trinken.

Das war eine Lüge. Aber ich hatte gelernt, dass es okay war, in einem Werbespot zu lügen. In Wahrheit trank ich im Dorf die Milch einer Ziege. Aber der Unterschied zwischen Schafen und Ziegen ist sehr klein.

Manche Leute in Georgien behaupten, die Bergbewohner seien ein wenig verrückt, weil sie keinen Zugang zu der Medizin haben, die das Meer hervorbringt. Sie behaup-

ten, wenn man ein Haus in den Bergen kaufen will, muss man fragen: »Wie sind die Nachbarn? Sind sie normal, oder sind sie verrückt?« Aber sie vergessen, dass auch das Bergschaf alle Medizin enthält, die man braucht. In der Schafsmilch sind alle Vitamine, die nötig sind, um geistig und körperlich gesund zu bleiben und lange zu leben.

Mr Tetley, ich habe im Internet nach statistischen Informationen über Schafsmilch gesucht. Daher weiß ich jetzt, dass Amerika die Schafe ausgehen. »Die wenigsten Schafe gibt es in den USA, nämlich ungefähr zehn (10) Millionen«, sagt ein Experte.

Zehn Millionen, das bedeutet, es kommt weniger als ein Schaf auf dreißig Ihrer Einwohner! Jede gesunde Person braucht aber mindestens ein Schaf, um bei guter Gesundheit zu bleiben. Im Staat Georgia zum Beispiel gibt es nach den US-Zensusdaten nur 1300 Schafe auf 106 Farmen. Das ist eindeutig nicht genug. Das Schaf war lange vor dem Hund des Menschen bester Freund, sogar vor dem Kaukasischen Schäferhund. Außerdem, wie wollen Sie ohne Widderhörner Trinkgefäße machen? Und das Schaf ist nicht so dumm, wie viele glauben. Wir wissen, dass es seinen Eigentümer nicht erkennt, wenn es auf dem Kopf steht, aber ist es wirklich im Interesse des Schafes, auf dem Kopf zu stehen? Außerdem erkennt der Eigentümer sein Schaf auch nicht, wenn es auf dem Kopf steht.

Wenn wir anfangen, Schafsmarketingtechniken über das Internet anzuwenden, können wir sehen, wie unser monatliches Einkommen wachsen wird. Ein Schaf hat mein Leben verändert, und es könnte auch Ihres verändern. Dies war ein Stegreif-Testimonial.

Mr Tetley reagierte mit Bedenken auf meine Idee, georgische Schafe zu importieren. »Schafe?«, fragte er. »Was ist denn mit diesen georgischen Flüssigkeiten, von denen Sie gesprochen haben? Oder den Flugzeugteilen, die Sie mir auf Ihrer Website gezeigt haben?«

»Die russische Mafia hat bereits ein Monopol auf sämtliche Flüssigkeiten. Auf die Idee, Amerika könnte ein Schafsdefizit haben, sind sie aber noch nicht gekommen.«

»Aber Slims, das ist nicht sehr realistisch. Wie wollen Sie die Schafe denn herbekommen?«

»Genauso, wie wir sie nach Katar bringen. Mit dem Schiff. Mein Cousin arbeitet in der Schiffsbranche.« Ich hatte im Internet nach Einfuhrzöllen für Schafe gesucht, aber nur einen langen Sermon darüber gefunden, wie der Herr Sein Volk ins Heilige Land führte. »Bitte verstehen Sie«, sagte ich zu Mr Tetley und zu Susan, »ich bin nicht so was wie ein heiliger Hirte. Ich mag Schafe nicht mal besonders. Die Türken haben ihre Schafe in unser Land geschickt; sie sollten das Gras mit den Wurzeln ausreißen und das Land in eine Wüste verwandeln. Ich rede hier nur über das Geschäft.«

»Aber was hätten die Amerikaner davon? Die Wolle?«, fragte Susan.

»Käse. Vitamine.«

»Wer weiß denn schon etwas über Schafskäse?«, fragte Mr Tetley.

»Sie wissen nichts über Schafskäse?«, fragte Susan ihn. »Von Roquefort haben Sie doch sicher schon gehört. Von Pecorino Romano. Manchego?«

Mr Tetley sah mich an. »Haben Sie schon mal an Lederwaren gedacht?«

»Alle Welt weiß, dass die Russen schon ein Monopol auf Lederwaren haben«, sagte ich.

»Na, die meisten *Amerikaner* wissen es nicht«, sagte Mr Tetley.

»Wenn Sie in Amerika Schafe züchten wollen, warum suchen Sie sich dann nicht ein paar Georgier hier, die schon welche haben?«, fragte Susan.

»Wenn ich Schafe *züchten* wollte, würde ich zu Hause bleiben!«

»Aber was ist mit der Fischereiindustrie? Darin haben Sie doch Erfahrung«, meinte Mr Tetley.

»Halten Sie mich für eine Art Alexis Sorbas?«

»Die eigentliche Frage, die zu bedenken wäre, ist doch die, wo Sie Käufer für Ihre Schafe finden würden«, sagte Susan.

»Darüber habe ich schon nachgedacht«, sagte ich. »Im Internet.«

Ich hatte auf meiner Website Schafe hinzugefügt, und zwar mit derselben Vorlage, die ich auch benutzt hatte, um Flaggen, Flugzeugteile und grünen Tee zu verkaufen. Jetzt zeigte ich Susan und Mr Tetley das Resultat.

PRODUKTTYP: Nutztiere
GEWICHT: 40 kg
MARKENBEZEICHNUNG: Georgisches Schaf
RASSE: Kolchis und Tuschetien
HERKUNFTSHAFEN: Batumi
MINDESTBESTELLUNG: 1000 Einheiten
LIEFERKAPAZITÄT: 150 000 Einheiten pro Woche
BESCHAFFENHEIT: Lebend (NICHT VERPACKT)
IN DEN WARENKORB LEGEN

»Wie würden Sie Ihre Schafe an den Kunden liefern, wenn es Ihnen gelänge, sie auf den Kontinent zu bringen?«, wollte Mr Tetley wissen.

»Ich treibe sie.«

»Sie treiben sie? Warum verfrachten Sie sie nicht per Lastwagen oder Güterzug?«

»Das wäre kein erfreuliches Erlebnis für die Schafe! Außerdem wäre es eine Verschwendung höchst wertvoller Ressourcen.«

»Slims, Sie können hier keine Schafherde quer durch das Land treiben«, sagte Mr Tetley. »Was ist mit den großen Fernstraßen? Da brauchten Sie eine spezielle Genehmigung.«

»Ich treibe sie durch Ihre großen Nationalparks.«

»Ich glaube, Schafherden durch die Nationalparks zu treiben ist nicht mehr erlaubt«, sagte Susan.

»Ich finde schon einen Weg«, sagte ich. Ich hatte einmal einen Dokumentarfilm über einen Mann gesehen, der eine Schafherde durch Montana getrieben hatte. Der ganze Film war ohne Worte gewesen, bis auf die Szene, in der dieser Mann seine Mama anrief und ihr weinend erzählte, dass ein paar der Schafe den Berg hinunter weggelaufen waren. Ich hatte wirklich großes Mitgefühl mit diesem Mann. Aber der Film musste schon vor einiger Zeit gedreht worden sein, denn als ich weiter über Schafherdenwanderungen quer durch Amerika recherchierte, fand ich ein paar entmutigende Nachrichten über ein sogenanntes Grizzlybären-Schutzgesetz, das kürzlich erlassen worden war. Es stimmte, man durfte keine Schafherden mehr durch Montana treiben.

Am Nachmittag bat Mr Tetley mich noch einmal zu einem Meeting. »Slims. Ich bin beunruhigt. Sie sind unter dem Vorwand hergekommen, Sie seien daran interessiert, etwas über das Fischverpackungsgeschäft zu lernen. Ich muss ganz offen zu Ihnen sein: Wenn Sie jetzt das Praktikum abgebrochen haben, werden wir Sie nach Georgien zurückschicken müssen. So steht es im Vertrag.«

»Das schlägt dem Fass den Boden aus!«, rief ich. Diese Redensart hatte ich erst vor Kurzem gelernt. »Ich dachte, Amerika wäre ein freies Land! Überall im Fernsehen schreien die Leute: ›Die Terroristen wollen uns unsere Freiheit nehmen, unsere Lebensweise!‹ Aber wie kann man frei sein, wenn man nicht mal Schafe durch sein eigenes Land treiben darf? Eine wunderbare Bewegung könnte daraus werden. Schafe durch Amerika! Es könnte die Menschen zusammenbringen. Die Leute könnten in Kooperativen arbeiten. Ich habe mich immer wieder gefragt, wie ihr die Leute hier dazu bringt, sich an Recht und Gesetz zu halten. Ich habe Augen und Ohren aufgesperrt, und jetzt weiß ich es endlich. Da steckt etwas sehr Schreckliches dahinter. Die Leute hier halten sich an das Gesetz, weil jeder hier einen *inneren Polizisten* hat.«

Ich packte meine Sachen zusammen und stampfte aus dem Gebäude hinaus in den Nebel. Als ich nach Hause kam, war Susan in der Küche und besprach irgendetwas mit Merrick. Ich befürchtete, sie sei schon da, um mich wegzuschicken, aber sie hatte nur den Shop-Vac ihres Freundes gebracht, um ihn Merrick zu leihen. »Sieh dir das an, Slims«, sagte Merrick. »Schau, wie sauber der Teppich ist! Hat nur eine Sekunde gedauert.« Sie tranken Wodka und stießen auf den Shop-Vac und den Teppich an. »Kann ich dir auch einen machen, Slims?«, fragte Merrick.

»Gern«, sagte ich.

Merrick gab einen Schuss Wodka und etwas Eis in einen Metallbehälter und schüttelte ihn. Er gabelte eine grüne Olive aus einem Glas und spülte sie unter dem Wasserhahn ab. Ich trinke normalerweise keinen Wodka, aber diese Geste ließ ihn aussehen wie eine elegante Person, die einen eleganten Drink machte. Er reichte mir das Glas, und ich hob es und sagte: »Es ist gut in Amerika, dass die Schwester sich um ihren Bruder kümmert und ihm diesen Shop-Vac bringt. Aber was ist die Pflicht des Bruders gegenüber der Schwester? Sollten wir immer zu ihr zurückkehren? Sollten wir sie immer beschützen?«

»Nie im Leben würde meine Schwester sich von mir beschützen lassen«, sagte Merrick.

Ich dachte an Juliet, die sich immer darüber beschwerte, dass sie überbeschützt leben müsse. Vielleicht war es Zeit, dass ich erwachsen wurde, von meiner Familie wegzog und ein individuelles Dasein führte wie ein Amerikaner.

Ich ließ meinen Drink auf der Küchentheke stehen, denn das ist in Amerika okay. Ich ging in mein Zimmer und suchte meinen Pass mit dem Visum. Als ich ihn gefunden hatte, ging ich wieder in die Küche. »Siehst du mein Bild?«, fragte ich Merrick. »Sehe ich aus wie ein brutaler georgischer Gangster?«

»Wie ein Gangster? Eigentlich nicht.«

»Ich weiß«, sagte ich. »Und jetzt?«, fragte ich und setzte die Revolutionärsmütze meines Großvaters auf.

Susan blinzelte. »Ein bisschen.«

Ich goss mir Wodka ein. »Auf die Schwestern, die ihre Freiheit lieben.«

Merrick breitete Zeitungen auf dem Teppich aus. Ich glaube, er wollte sein PVC-Rohr-Projekt zu Ende bringen. Susan war nach nebenan gegangen, um zu telefonieren.

Ich warf noch einmal einen Blick auf das Ablaufdatum meines Visums und dann auf seinen Autoschlüssel auf der Theke. »Kannst du mir einen Stift leihen?«, fragte ich ihn.

»Natürlich.« Er zog einen aus seiner Hemdtasche und gab ihn mir.

»Mein Freund Wano sagt, er kann mir einen Job in Detroit besorgen, bei einer Betonfirma. Glaubst du, ich könnte einfach das Datum meines Visums ändern und länger bleiben?«

»Das kannst du nicht«, sagte Merrick.

»Warum nicht?«

»Du kannst nicht einfach ein Datum verändern. Sie haben Computeraufzeichnungen.« Ich sah, dass auch er seinen inneren Polizisten hatte. »Slims, Susan hat mir schon von dem Visumsproblem erzählt. Wir können uns etwas anderes überlegen. Vielleicht kannst du bei mir als Dachdecker arbeiten.«

»In georgischen Filmen sitzt der Dachdecker immer oben auf dem Haus und gibt redaktionelle Kommentare ab! Das nervt! Ich will kein Dachdecker sein.«

Ich zog die Kappe von dem Stift ab und schrieb etwas auf meine Hand. »Er hat die falsche Farbe. Hast du einen schwarzen?«

»Susan!«, rief Merrick. »Dein Georgier hier versucht, das Datum seines Visums mit einem Stift zu ändern.«

Ich winkte ab. »Das war ein Witz. Ein Witz. Ihr Amerikaner versteht nie, wenn man einen Witz macht.«

»Was?« Susan kam aus der Küche.

»Ach, nichts. Er sagt, er hat einen Witz gemacht.«

»Und, willst du den Shop-Vac jetzt für das Laub auf dem Dach benutzen?«, fragte sie.

Während sie den Shop-Vac auf das Dach wuchteten, schnappte ich mir den Autoschlüssel von der Theke.

Vielleicht war es der Einfluss des Wodkas – ich hätte einfach ein Bier trinken sollen –, aber lieber glaube ich, es war die Euphorie des weiten Himmels über der amerikanischen Landschaft. Ich ließ Charlie auf dem Sofa schlafen, ließ das Didgeridoo liegen, dem noch die letzten Tupfen des Walkabout-Musters für Merricks neues Leben fehlten, ging die

Treppe hinunter und ließ dabei den Schlüssel für den Wagen von Susans Freund um mein Handgelenk kreisen.

»Wo willst du hin, Slims?«, rief Merrick mir nach.

»Zigaretten!«, antwortete ich. Ich wollte den Crown Victoria nicht stehlen, ich wollte ihn mir ausleihen. Schließlich hatte Susans Freund sich Merricks Truck über einen Monat lang ausgeliehen. Und ich musste zu meinem Freund Wano nach Detroit, bevor Mr Tetley oder Susan mich aufhalten und zwingen konnten, nach Georgien oder in die Fischfabrik zurückzukehren. Ich klebte Sukas Figur der Königin Tamar – mein Mojo – an das Armaturenbrett, damit ich mich nicht einsam fühlte. Ich dachte an die endlose Prärie Amerikas.

Als ich losfuhr, war es so dunkel, dass ich nicht viel sehen konnte, und deshalb kann ich den ersten Teil nicht beschreiben, sondern nur eine kurze Zusammenfassung geben: Dunkelheit und Schlusslichter. Ich fuhr nach Braille und orientierte mich an den Reflektoren auf dem Mittelstreifen.

Sieben Stunden lang fuhr ich durch Felder, über Brücken und durch Landschaften, die wirtschaftlich, wie ich gehört hatte, genau wie die zu Hause von der Nuss abhängig waren. Ich fuhr durch knorpelige, rohe Granitgebirge, vorbei an Schnee und Felsen unter dem Himmel, bevor ich in den schmutzigen, berühmten Glücksspielstädten von Nevada ankam. In Reno machte ich halt und verlor in sieben Minuten fünfunddreißig Dollar.

Hinter Reno glitt ich an weiten Rasenflächen vorbei, die so glatt waren wie ein Ölteppich auf dem Schwarzen Meer oder vielleicht wie die texanische Steppe. Ich drehte das Fenster herunter, und die Luft roch nach Teer und kaputten Bussen. Rote Heckleuchten bildeten lange Streifen vor mir, und der Verkehr ballte und entspannte sich wie eine Faust.

Ich fuhr auf dem amerikanischen Highway mit dem Ellenbogen auf der Fensterkante und sauste um die Kurven wie eine losgelassene Spiralfeder in einem Cartoon mit ihrem *boing-boing*-Geräusch. Das war Amerika mit hundertdreißig Kilometern pro Stunde – wenn doch die georgischen Minibusfahrer mich jetzt sehen könnten! Malchasi! Ich würde es dir gern zeigen. Wie hast du angegeben in Beschumi in deinem Lieblingsteeausschank, als du die zitternde Tachonadel auf hundert Stundenkilometer getrieben hast! Das Highway-System in Amerika! Es ist wie bei dem geliebten amerikanischen Waldpoeten Robert Frost: so viele Wege, die sich überallhin verzweigen, nur dass sie hier *alle* eingeschlagen werden. Ich fing an, mich als Anthropologen der amerikanischen Kultur zu betrachten, als georgischen Volkshelden, der in die Stadt Detroit gehörte, wo der Bürgermeister mir den Schlüssel überreichte. Ich konnte Saliko und seine Archäologenfreunde einladen, herüberzukommen, und wir könnten in der Stadt graben und historische Bekanntmachungen abgeben.

Wenn ich blinzelte, sah Nevada aus wie der Ural – diese flache Ebene aus trockener stumpfer Erde am Rande einer Bergwerksstadt, wo es unmöglich ist, den Unterschied zwischen den Wohnungen der Leute und ihren Ferienhäusern auf der anderen Straßenseite zu erkennen, und wo am Horizont ständig Explosionen stattfinden. Ob es ein Gewitter ist oder jemand, der in den Bergen einen Schacht aufsprengt – wer weiß das?

Straßenschilder, grün mit weißen, reflektierenden Buchstaben, teilten mir mit, dass der Independence Pass vor mir liege, dass dort aber kein Service zur Verfügung stehe. Was mir recht war, denn ich brauchte keinen Service, zumindest jetzt noch nicht.

Eine Stunde später hielt ich bei einem Mini-Market an und kaufte mir Orangen, Bananen und Wasserflaschen und auch eine Musikkassette, auf der ein Trucker sang – Letztere, um in die richtige Stimmung zu kommen. Ich hörte, wie die Dorfbewohner über Angelausrüstung und stürmisches Wetter redeten. Als ich sie so sah, wie sie da an der Theke lehnten, wurde mir klar, dass ich mich nicht mehr zu beeilen brauchte, und ich kaufte mir ein süßes Brötchen mit Puderzucker und eine Tasse Kaffee.

Als ich wieder im Auto saß, hörte ich mir an, was der Trucker sang. Für meine Ohren klang es wie eine Ode an das Bier. Aber der Text des Liedes machte mich traurig, weil er ganz allein in seinem Truck saß. Ich musste daran denken, wie ich mich als Junge auf dem Dorf fühlte, wenn ich zu den Balkonen hinaufstarrte, und an das erste Mal, dass ich Tamriko als junges Mädchen sah; sie hatte ein schwarzes Tuch um den Kopf gewickelt, senkte den Blick zu mir herab und lachte hinter vorgehaltener Hand, während die weißen Gardinen durch das offene Fenster hinter ihr wehten. Ich empfand plötzlich eine tiefe, logisch nicht zu begründende Liebe zu meinem Land, wie man sie einem gestörten, aufsässigen Kind entgegenbringt, über das eine georgische Mutter nachts seufzt und das sie trotzdem am meisten liebt. Wie wir in Georgien sagen: Eine Mutter versteht, was ihr dummes Kind sagt. Ich stellte die Musik ab.

Die Regionen, die ich erreicht hatte, waren sehr entlegen. Ich war wirklich weit weg von allem! Schnee verzierte Gestrüpp und kleine Hügel. Der weite blaue Himmel wurde körnig, wenn ich zu lange hinaufstarrte. Ganz Georgien hätte zwischen ein Farmhaus und das nächste gepasst; allerdings waren es eher kleine Hütten. Ich hätte mir nie träumen lassen, wie viele Amerikaner in Wellblechhütten und

Mobilheimen wohnten. Ich sah ganze Städte davon, eine nach der andern. Die Berge wurden ungestüm und an den Rändern abgewetzt, als hätte ein wütender Farmer mit dem Stiefel dagegengetreten. Meile um Meile war da nichts als ein einzelner Ast, vereinzelter Schnee und flache Hügel.

Es war unmöglich, meinen Freunden in Georgien all dieses Land zu beschreiben. Warum also versuchen? Beim Fahren schaute ich auf das Figürchen der Königin Tamar und ihre Rubinhalskette an meiner Windschutzscheibe. Ich sah mir die Landschaft an – oder den Mangel an Landschaft, falls etwas Abwesendes so viele Überlegungen auslösen kann, was es vermutlich kann, wenn ich an abwesende Elektrizität denke. Hier draußen könnte ich einfach anhalten und mich niederlassen. Ich könnte mir falsche Papiere zusammenschustern und einen Job finden, wo ich die Stromversorgung reparierte. Ich könnte mir ein Auto kaufen, irgendein altes, halb kaputtes Ding, das immer noch sauberer und zuverlässiger wäre als ein nagelneuer russischer Wagen. Hier gab es keine Soldaten, die Pässe kontrollierten, und keine Polizeiwagen. Tatsächlich bremsten alle ab, wenn sie *mich* auf der Straße sahen, weil sie dachten, der Crown Victoria mit seiner großen Antenne, die viele Radiosender empfangen konnte, sei ein ziviles Polizeifahrzeug. Ich hätte sie gern daran erinnert, dass es wirklich ein *altes* Auto war, mit Lenkradschaltung, und dass Polizeiautos neu waren und viele blitzende Lichter hatten. Aber vielleicht gab es die neuen Polizeiwagen nur in den bedeutenderen großstädtischen Regionen. Vielleicht hatte die Regierung diese Gegend hier vergessen. Wen sollte es groß kümmern, wenn ich hier oben landete? Na ja, natürlich würde es meine Familie kümmern – aber die Regierung hatte, ganz wie unsere Regierung, die Gegend einfach übersprungen.

In Wyoming kostete das Benzin zweiunddreißig Cent pro Liter, die Hälfte von dem, was es in Kalifornien kostete. Es gab keinen Markierungsstreifen in der Straßenmitte, der mich geleitet hätte, und ich fühlte mich mehr und mehr wie zu Hause. Verlor die Liebe zu meiner Heimat ihre Haftfestigkeit wie die Klettbänder an den Handschuhen, die ich von Merrick bekommen hatte und die nicht mehr hielten, nachdem sie zu lange im Trockner herumgeschaukelt worden waren? Ich malte mir aus, welche Möglichkeiten es mit sich bringen würde, wenn ich mich in einer kalten, flachen Stadt niederließe und durch ihre Straßen streifte, erfüllt von existenziellen Empfindungen. Hinweg mit der Klaustrophobie, verursacht durch enge Räume und zu viele türkische Möbel! Ja, das ist der, zu dem ich geworden war.

Auf einem christlichen Radiosender hörte ich etwas von einem Rosenkranz aus Bowlingkugeln in Wisconsin. Ich machte in einer Kleinstadt halt und ging in ein Café mit dreißig Sorten Kaffee. Ich kaufte mir eine Zeitung und las die Stellenanzeigen. Viele Jobs gab es nicht, aber eine Anzeige lautete: »Lehrer in Teilzeit für Unterricht vor erwachsenen Studienanfängern im Grundlagenbereich Wechselstrom. Sechs Wochenstunden (zwei Drei-Stunden-Einheiten dienstags und donnerstags abends) im Herbstsemester 2003. Die Studenten sind Auszubildende in der Maschinistengewerkschaft. Elemente des Lehrplans sind unter anderem das Ohm'sche Gesetz, Magnetismus, Leistungsmessung, Einphasen-Wechselstrom-Generatortechnik, Dreiphasen-Wechselstrom-Generatortechnik, Transformatorsteuerung und -grundlagen, Ein- und Dreiphasenmotoren. Bewerber sollten über mindestens sechs Jahre Erfahrung in den Grundlagen der Elektrizität verfügen.«

Auch eine Möglichkeit, dachte ich mir und steckte die Anzeige ein.

Auf meiner Fahrt durch die Prärie stieß ich auf einen Flugzeug-Supermarkt. Hier könnte ich meine Flugzeugteile verkaufen! Meine Tankanzeige war tief gefallen. Ich hielt Ausschau nach einem weiteren Mini-Market, aber meilenweit war keiner zu sehen.

Aber da! Wahrhaftig? Ich war an dem Hinweisschild für Buffalo Bills Ranch vorbeigefahren. Mein Vorfahr! War dies wirklich der Ort, wo mein Ururgroßvater aus Gurien die Tradition des Kunstreitens begründet hatte? Ich verließ den Highway und rumpelte wenig später über eine Schotterstraße. Die Tankanzeige war auf null gesunken. Aber was machte das schon? Ich würde das Dorf meines Ururgoßvaters erreichen. Doch dann geriet ich in ein Schlagloch, und der Wagen blieb stecken.

Ich stieg aus, schaute mich um und sah nach den Reifen. Ich schob die Hände in die Taschen, um sie zu wärmen, und drehte mich einmal um dreihundertsechzig Grad. Das ist das wirkliche Leben, sagte ich mir. Unter diesem weiten, kalten blauen Himmel, mitten in der Prärie, festgefahren in einem Loch und ohne Benzin.

Im 19. Jahrhundert schrieb Nikolos Barataschwili auf einem Berggipfel:

O Himmel! O Himmel! Du hast dein Bild für alle Zeit
in mein Herz graviert!
Dein Strahlen verhüllt diese flüchtige Welt der Leiden!

Das Strahlen dieses endlosen Himmels konnte alle meine Leiden für immer beheben – sogar das Transportproblem mit dem Schlagloch. Sicher würde bald ein Auto anhalten. Aber als eins vorbeikam und nicht anhielt, und dann noch eins, das auch nicht anhielt, war ich allmählich doch ratlos. Ich wünschte, ich hätte das Handschuhfach mit Süßigkeiten vollgestopft, wie wir es in Georgien tun. Alle halbe Stunde drücken wir auf den Knopf, der das Fach öffnet, und rufen: »Zeit für ein Häppchen!« In Georgien ist es wichtig, ein guter Gastgeber zu sein, sogar im Auto. Wolken zogen auf und verdunkelten den Himmel. Mr Tetley hatte recht: Es wäre unmöglich, Schafe durch dieses Land zu treiben. Das Gras war vertrocknet, die Halme waren hohl und ohne Nährwert. Jetzt fiel mir nur noch das alte Schäferlied ein:

Meine Freunde verspäten sich.
Sie sind noch nirgends zu sehen.
Sie sind meine Kameraden auf dem Feld,
Aber sie wandern und spielen irgendwo in weiter Ferne,
Spielen die Feinde hinweg wie Tiger,
Und ich verstecke mich hier in meiner Herde.
Da ziehen sie in den Kampf, und ich sitze wie ein Weib
Bei den Schafen.
Aber Gott, du weißt, es ist nicht meine Schuld,
Alles geschieht ohne meinen Willen.
Ich habe viel Arbeit hier.
Bitte lass mich meine Freunde wiedersehen.
Vielleicht haben sie sich von mir abgewandt.

So stand ich mitten auf dem Feld, als das Unwetter losging. Wieder kam ein Auto vorbei, und diesmal versuchte ich es anzuhalten, indem ich mich mitten auf die Straße stellte, aber es wich mir in großem Bogen aus und fuhr weiter.

Ich stieg wieder in meinen Wagen, um mich zu wärmen. Ich starrte das Armaturenbrett und meine Königin Tamar an. Ihre Rubinhalskette erinnerte mich an Tamrikos Lippen. Lange saß ich da und schaute sie an. Plötzlich drang die rubinrote Farbe in mein Blut und erinnerte mich daran, wer ich war! Ich, Slims Achmed, zynischer Beobachter meiner korrupten Politiker, berühmter Nacherzähler von Chruschtschow-Witzen, erinnerte mich plötzlich an Geist und Ehre des 12. Jahrhunderts.

Ach, Mist!, dachte ich bei mir, Malchasi hatte recht.

Malchasi hatte mir schon oft gesagt, ich solle eine Wallfahrt zu Königin Tamars Rubinhalskette im Staatsmuseum Tbilissi machen. Seit er aus den Bergen heruntergekommen und zu uns in die Stadt gezogen war, hatte er es gesagt – jedes Mal, wenn er unsere modernen Einflüsse betrachtet und festgestellt hatte, dass wir ein Problem hatten. Jedes Mal, wenn mir bei Mr Fax der Kragen platzte und ich mir vornahm, ihn mit einer frisch geprägten Beschimpfung zu kränken, und jedes Mal, wenn ich darüber scherzte, dass unser klassischer Dichter Rustaweli draußen auf dem Land zu viel Marihuana geraucht haben müsse.

Wie kann ich es erklären? Wie kann eine Rubinhalskette einen modernen Durchschnittsbürger an irgendetwas erinnern, außer an das Bedürfnis, sie zu besitzen? Was kann ich daher in Georgien tun? Ich kann dem Gast nur die Aussicht zeigen und auf seinen Beifall warten, kann ihm die physische Welt zeigen und darauf warten, dass die Konturen der Berge ihm ihre eigene Geschichte erzählen. Sie zu erkennen, ist Sache des Gastes. Ich kann nur auf die Berge zeigen, auf die massiven Felsen, auf die Archäologen, die darunter graben, auf die Welt, die auf dem Kopf zu stehen scheint und krumm und schief aussieht, aber – nur für den Gast.

Was können wir anderes tun, als auf die reale Welt zu zeigen und zu behaupten, sie sei genug?

Das wollte ich dem Polizisten erklären, als er bei mir anhielt, aber da ich in Amerika der Gast war, fragte ich ihn: »Wie kommt es, dass Sie nicht verwirrt sind angesichts dieser weiten Erde?«

Er kontrollierte meinen Pass, mein Visum, meine Zulassung. »Dieser Wagen ist gestohlen«, sagte er. »Vielleicht sind Sie in Ihrem eigenen Land weniger verwirrt.« Und so wurde ich ausgewiesen.

19 Ich verspürte ein wachsendes Grauen bei dem Gedanken daran, zurückkehren zu müssen. Es war wie ein nahendes Verhängnis. Aber dieses Verhängnis, das mir schwante, war mir zu meinem Ärger sehr vertraut.

Ich hatte in der Bücherei zu Merrick gesagt: »Dieses Wissen über das westliche Gesetz kann ich mit nach Hause nehmen, zum Schwarzen Meer. Ich werde eine Tagung organisieren. Ich werde Guerilla-Aktivitäten gegen die Ölpipeline in meinem Dorf durchführen. Ich werde meinem Volk einen neuen demokratischen Weg weisen. Ich habe eine Aufgabe und ein Ziel. Ich werde mich vom Rest unterscheiden!« Aber ein sechster Sinn warnte mich schon jetzt, dass die Bosse in Batumi mich nur höhnisch auslachen würden.

Um der düsteren Ahnung zu entgehen, dass mein Schicksal der Untergang sei, strich ich mein neues Jackett glatt, das ich bei JCPenney gekauft hatte, tastete nach meinem Pass in der Innentasche und befühlte die neue Neunundsechzig-Dollar-Seiko-Uhr, die ich in Chinatown erstanden hatte.

Am Flughafen war der peitschende Strom der Leute, die zu ihren Flugzeugen eilten, wie eine Klimaanlage in meinem Herzen. Dann wurde mir klar, dass mein Herz in Amerika irreparabel entzweigerissen worden war, anscheinend außerstande, die beiden disparaten Kulturen des Ostens und des Westens miteinander zu vereinbaren. Als meine Stiefel mich über die Gehwege Amerikas getragen hatten, hatte ich den Jim-Morrison-Song gesungen, den Merrick mir beigebracht hatte: »Break On Through To the Other Side«. Brich durch zur anderen Seite – und jetzt musste ich wieder zurück.

Aber das hier ist ein Flughafen, tröstete ich mich. Auf einem Flughafen ist alles in einem Zwischenreich. Zu früh, um sich dem Glauben an die fatale Resignation angesichts der modernen Isolation hinzugeben, dieser Selbstgenügsamkeit auf einem Einzelsitz. Wie um gegen dieses Gefühl der Isolation zu rebellieren, hängte ich beide Beine über die metallene Armlehne zwischen meinem und dem Nachbarsitz und schlief einen hungrigen Schlaf. Zwei Stunden vergingen, dann noch eine. Im Traum rannte ich zu meinem Flugzeug. Ich knallte meinen Pass auf die Theke, und der britische Beamte rief einen anderen Uniformierten heran und sagte: »Dieser Mann war nicht in der Lage, mir seinen Pass höflich zu überreichen.«

Ich hörte die wüsten Laute der georgischen Sprache: theatralische Eulogien und Proklamationen. Meine Vertrauten! Ich öffnete die Augen und erblickte meine Landsleute drüben an der Wand. Sie standen rauchend unter dem Schild RAUCHEN VERBOTEN.

Ich schlief im Flugzeug mit schweißfeuchter Wange an der Plastikscheibe des Fensters und hoffte, wenn ich das nächste Mal aufwachte, würde diese noch nicht in Einklang gebrachte, unentrinnbare Sache in mir geklärt sein.

Wir flogen über Ungarn, Rumänien, das Schwarze Meer, über die verschneiten Gipfel des Kaukasus und die smaragdene Weite bewaldeter Täler bis zum Ostrand Georgiens – bräunlich grau wie ein ausdauerndes Mongolenpferd. Wir kreisten über Rustawi mit seinen verfallenden Türmen sowjetischer Wohnblocks, die aussahen wie Barcodes, und ich sah kein einziges Fünkchen Großstadtlicht im Morgengrauen: Es gab immer noch keinen Strom. Und dann landete die British-Airways-Maschine auf der Schlaglochpiste des Flughafens Tbilissi, und die georgischen Männer im hinteren Teil des Flugzeugs riefen Halleluja. Was für ein Haufen Ignoranten, dachte ich.

Ich schaute durch das kleine Flugzeugfenster hinaus und sah Eiszapfen an der Tragfläche. Georgische Gepäckarbeiter in orangegelben Westen und mit Ohrwärmern warfen die Koffer aus dem Gepäckraum und lachten – nicht erbost, sondern eher fragend – über einen rotgesichtigen Mann, wahrscheinlich ihren unglückseligen Boss, der schimpfend auf den Gepäckkarren zeigte, den sie offensichtlich nicht ordnungsgemäß eingehakt hatten. Allmählich fühlte ich mich wieder wie ich selbst. Zumindest konnten wir hier wir selbst sein.

Aus meinem Herzen!
Aus meiner Seele!
Georgien, du bist …
Meine Heimat!

Das ist ein Gedicht. Na ja, auf Georgisch reimt es sich.

In der Ankunftshalle steckte ich mir das Hemd in die Hose und schlug den Jackettkragen hoch. Es war sehr kalt, als ich auf den Gehsteig hinaustrat, und die gleiche Temperatur herrschte auch im Taxi: die Temperatur meines Herzens. »Nicht einfrieren!«, befahl ich meinem Herzen. »Alles wird gut!«

Der Fahrer hatte sich seine Wollmütze über die Ohren gezogen. Er rieb sich dauernd die bloßen Hände und blies hinein, während er darauf wartete, dass sein Lada warm lief. Beim Fahren lagen seine Hände hoch oben auf dem Lenkrad, und eine Zigarette hing zwischen seinen Lippen und füllte den Wagen mit dem Rauch der Zigaretten aus der armenischen Marlboro-Fabrik. Er drehte sich zu mir um, blinzelte mich durch den Rauch an und fragte, woher ich zurückgekommen sei.

»Aus Amerika«, sagte ich.

Er glotzte mich an, als wäre ich nicht weniger als – um meinen Lieblingsausdruck bei Tschechow auszuborgen – ein zweiundzwanzigkarätiger Psychopath. Er nahm die Zigarette aus dem Mund und fragte: »Aber warum kommst du dann *zurück*? Im Winter? Unser Elektrizitätsproblem ist diesen Winter schlimmer als letztes Jahr.«

»Ich bin zurückgekommen, weil ich mein Vaterland *liebe*!«, antwortete ich. »Und wie ist es mit dir?«

Er schien zu versteinern. »Ich liebe mein Land auch!«

Ich erzählte ihm nicht, dass ich in Amerika nicht hatte bleiben können – denn wenn ich es getan hätte, wäre ich ein Georgier im Untergrund, ein Renegat auf der Flucht vor den Einwanderungs- und Einbürgerungsbehörden und dem Heimatschutzministerium, ohne Anrecht auf Sozialversicherung, Betriebsrente oder wenigstens eine Zahnversicherung.

»Ich bin zurückgekommen, weil die amerikanische Coca-Cola nicht mit unserer zu vergleichen ist«, erzählte ich ihm. »Als ich sie da probierte, war es ein Schock für den ganzen Körper.«

Er wandte große Mühe auf, durch die Frontscheibe zu sehen. Seine Scheibenwischer funktionierten nicht, und er musste den Arm zu Hilfe nehmen.

»Da fehlte der chemische Geschmack«, fuhr ich fort.

»Amerika?«, fragte er und wischte sich den Arm an der Hose ab.

»Ihrer Coca-Cola.«

Es gelang ihm, die Scheibenwischer wieder in Gang zu bringen. »Aber was hast du in Amerika erreicht?«

»Psychologische Förderung«, sagte ich.

»Du warst bei einem Psychiater?«, fragte er und fuhr dann durch ein Schlagloch. Wir stießen uns beide den Kopf an der Decke.

»Nein, da geht keiner mehr hin. Sie nehmen alle pharmazeutische Mittel«, sagte ich.

»Sie brauchen keinen *Psychiater* mehr?«

»Doch. Sie brauchen ihn noch, damit er ihnen die Medikamente verschreibt.«

»Lass mich dir erklären, wie *ich* das sehe. Eine Frau geht zum Psychiater und sagt«, und er verlieh seiner Stimme einen trällernden Unterton, »›Ach, mein Mann *beachtet* mich überhaupt nicht mehr.‹ Da sagt der Psychiater: ›Ich kann Ihnen da eine neue Make-up-Marke empfehlen.‹«

»Eine interessante Perspektive«, sagte ich. »Aber ich will es dir erklären. Man geht zum Psychiater, weil in Amerika manche Leute morgens aufwachen und deprimiert sind, ohne zu wissen, warum.«

»Wie kann es sein, dass sie nicht wissen, warum?«

»Na, egal, manchmal wissen sie es eben nicht. Zu viele Möglichkeiten. Sie sind schnell verwirrt.«

»Dafür gibt es zwei mögliche Lösungen.«

»Nämlich?«

»Nicht einschlafen oder nicht aufwachen.« Nach einer Weile fragte er: »Glaubst du, ich könnte einen guten Job als Psychiater in Amerika bekommen?«

»Warum nicht?«

Wir fuhren am Ufer der Kura entlang, und ich schaute hinüber zu den verfallenen Häusern auf der anderen Seite, die sich dort über das Steilufer lehnten. Vor meiner Abreise aus Georgien hatte ich diese Häuser angeschaut und gedacht, ich könnte ein Fürst oder wenigstens sein Schafhirte sein, wenn ich in einem solchen Haus wohnte. Es gibt dort Kamine, vor denen ich die Beine ausstrecken und meine Socken trocknen könnte. Aber jetzt sahen sie aus wie vergammelte Schichttorten, von denen der Zuckerguss herunterrutschte. In der anderen Richtung, auf dem Gipfel des Mtazminda, ragte das riesige Sowjetdenkmal der Mutter Georgien über den rot, grün und orange gedeckten Dächern auf. Die eine Hand hielt einen Becher Wein, um den Gast willkommen zu heißen, die andere das Schwert. Sie hatte früher so beständig ausgesehen, aber jetzt war es, als wäre sie aus Alufolie.

»Schwarzenegger«, sagte der Fahrer und spannte die Muskeln. »Bist du ihm begegnet? Schewardnadse will einen Berg nach ihm benennen. Schwarzenegger-Berg soll er heißen.«

Ich ließ mein Gepäck am Bahnhof und sagte dem Taxifahrer, er solle mich vor dem zentralen Fernsprechamt in Tbilissi absetzen. Warm eingewickelte Georgier warteten vor den Telefonzellen, tratschten oder sprachen über ihre Probleme. Ich kaufte mir eine Karte für mein neues Mobiltelefon und ging durch die schweren Türen wieder hinaus auf die Straße und in den Lärm der pelzbekleideten Frauen von Tbilissi, die in alle Himmelsrichtungen hasteten, mitten durch das Chaos der schwarzen Mercedes, die mit ihren deutschen Hupen prahlten, und der schon lange nicht mehr geprüften Schalldämpfer russischer Autos, die zwanzig Jahre nach ihrem Verfallsdatum immer noch lebten. Ich schaute hinauf zu den bröckeligen Betongebäuden der Stadt, so kalt und feucht. Die letzten westlichen Überreste klebten noch an mir wie die

Sahne oben auf einem frischen Joghurt. Ich war unschlüssig und konnte mich nicht bewegen. Ich wusste nicht, ob ich schon bereit war, in mein altes Leben zurückzukehren.

Mein kleiner Bruder Suka hatte gesagt, er werde sich mit mir in Tbilissi auf der Rustaweli-Avenue treffen. Und da war er mit seiner Gitarre und sang auf der Straße: »Ich bin nur ein Musiker aus Batumi und singe für meine Nachbarn, die keinen Strom haben.« Andere gingen an Suka vorbei, die ich auch kannte. Tbilissi ist eine kleine Stadt, und auf der Straße erkennt man viele Leute: die hundert Jahre alte sowjetische Ballerina, den Talkshow-Moderator, der mit seiner großen gelben Sonnenbrille aussieht wie ein Käfer, die Dokumentarfilmer, die Filme über antike Türschlösser drehen. Und da, vor der Bank. Der Wachmann dort war früher einmal ein berühmter Bisonzüchter.

Ich legte Suka die Hand auf die Schulter in der Lederjacke. Suka packte seine Gitarre ein und sagte: »Gehen wir.« Ich schob die Hände in die Taschen und fühlte den kleinen roten Ball mit dem @-Zeichen, den Susan am letzten Tag unseres Seminars verteilt hatte. Sie schlug vor, ihn zu quetschen, wenn wir das moderne amerikanische Gefühl namens Stress verspürten. »Das macht Spaß, nicht wahr?«, hatte sie gesagt. Ich nahm den Ball aus der Tasche und betrachtete das rosa und lila verwirbelte Muster, aber ich steckte ihn rasch wieder ein, als ich sah, dass Suka mich anstarrte. Als ich an meinem Spiegelbild im Schaufenster eines Bata-Schuhgeschäfts vorbeiging, erinnerte ich mich daran, wie wichtig es nach westlicher Art ist, das Image des Selbstvertrauens zu vermitteln. Ich nahm die Hände aus den Taschen und machte einen geraden Rücken. Aber neben meinem kleinen Bruder sah ich sehr klobig aus. Da stolzierte Suka in seiner schwarzen Hose und mit den Ohrwärmern aus Kaninchenfell die

Straße entlang. Er trug einen neuen Goldarmreifen, ein Geschenk von Malchasi, sagte er. Ich, ebenfalls in schwarzer Hose, reckte mich ein bisschen mehr – ich hatte in Amerika zugenommen –, und ich trug noch mein vom Flugzeug zerknittertes neues JCPenney-Sportjackett. Aber schon sah ich wieder aus wie ein Georgier. Selbst wenn ich eine Chevron-Mütze tragen würde, sähe ich nicht aus wie ein Amerikaner. Vielleicht, wenn ich es schaffte, Präsident Bushs Gesichtsausdruck mit der gefurchten Stirn aufzusetzen ... Ich furchte die Stirn.

»Was ist los?«, fragte Suka.

»Nichts.«

»Was ist los?«

»Kannst du mir das sagen?«, fragte ich. »Gab es hier immer schon so viel Reklame für Marlboro-Zigaretten?«

»Was redest du da? Das ist Reklame für ein *Pferd*«, sagte er und lachte.

Der Tbilissi-Batumi-Express – der außen mit Palmen bedruckt war, um alle daran zu erinnern, einen nostalgischen Urlaub am Meer zu machen – stieß einen Pfiff aus und fuhr langsam aus dem Bahnhof. Wieder einmal bewiesen antike Sowjetmaschinen ihre Haltbarkeit. Der Schaffner kam sogar herein und zeigte uns, wie man das Licht einschaltete. »Ah? Ah?«, sagte er. Anscheinend war er sehr stolz auf seinen Zug, in dem das Licht funktionierte.

Ich streckte den Kopf aus dem Fenster, und der kalte Wind wehte mir ins Gesicht und durch das Haar. Wir kamen an den stillgelegten Eisenbahnwagen vorbei, unter denen die tschetschenischen Flüchtlinge campierten. Ein Mann schleifte einen Ast zu einer Plane, und sein Sohn folgte ihm und hackte den Ast in kleinere Stücke. Wir fuhren an Msketa vorbei, unserer alten Kirche auf dem Berg, und ich drückte meine Zigarette aus und kehrte zurück in mein Abteil. Ein Bauer hatte zwei Körbe Mandarinen unter den Sitz geklemmt. Er saß auf der unteren Koje und schaute aus dem Fenster.

»Mein Freund«, sagte ich, »sind das Ihre Mandarinen? Ich brauche Platz für meine Füße.«

Ich wischte die beschlagene, schmutzige Scheibe auf meiner Seite ab, um zu sehen, wo er da hinspähte. An den Fabriken draußen in der trostlosen Vorstadt hatte man die Stahlwände abmontiert und nur noch die Gerüste stehen lassen. Scherben von rostigem Blech kratzten am Himmel, und streunende Ziegen fraßen Löwenzahn.

»Nichts mehr übrig außer der stummen Kränkung des Rosts«, sagte ich.

Suka kam mit einer Flasche Old Tbilissi in unseren Wagen. In der anderen Hand hielt er einen Becher. Er gab ihn dem Bauern, der ihn mit beiden Händen umfasste. Die Hände zitterten, als er sich vorbeugte und an dem Wein roch, den ich ihm einschenkte. »Auf die Unabhängigkeit«, sagte er ironisch. Er trank und gab mir den Becher.

»Amerika ist ein langweiliger Himmel«, sagte ich. »Aber wir haben hier eine aufregende Hölle.«

Er sah mich skeptisch an, und ich schlug ihm auf den Rücken. »Es ist alles gut, mein Freund.«

Ich goss den Becher voll und trank auf Georgien. Georgischer Wein: Petroleum, das aus einem verwitterten Stahlrohr tropft, Kiefernmulch auf dem Waldboden, die Ausdünstungen des Fischmarkts, Apfelbäume im Oktober. Der Geruch erinnert an einen würgenden Griff im Nacken, an die unerbittliche Daumenschraube eines Despoten. Der Duft bettelt um Erinnerung.

Als ich meinen Weinbecher hob und aus dem Fenster schaute, spürte ich, wie mein Großvater sich über mich beugte und mich beim Kragen hielt. Ich stand offenbar im Verdacht, den Wein gestohlen zu haben, wie der Dorfbewohner aus dem georgischen Film *Der Weindieb*, weil meine Liebe zu diesem Land subversiv und so unlogisch war. Es kam mir tollkühn und vielleicht sogar gänzlich falsch vor, darauf zu trinken, wo wir doch gerade seinen Untergang erlebten.

Wir fuhren durch die rostigen Vororte hinaus in die Obstgärten. An den kahlen Ästen keimten winzige grüne Knospen.

Ich hörte Sukas Stimme auf dem Gang. Er diskutierte mit jemandem darüber, ob der Mann aus unserer Nachbarschaft, der kürzlich zum »Businessman des Jahres« ernannt worden war, weil er eine neue Biersorte erfunden und vermarktet hatte, die vierzehn Prozent Alkohol statt der üblichen zwölf enthielt – ob der Mann diesen Titel verdient hatte.

»Aber dieses Bier enthält genauso viel Alkohol wie Wein«, erklärte ein Mann. Es stimmte wohl, dass in Georgien in diesem Jahr kein anderes Produkt entwickelt worden sei, entgegnete Suka, aber sollten wir Georgier einen Bierbrauer belohnen, wenn wir doch immer Wein gemacht hatten? Suka klang allmählich wie Malchasi.

Jemand im Nachbarabteil hatte ein Radio mitgebracht. In voller Lautstärke plärrte der Song »I Will Survive« durch den Gang und übertönte Sukas Diskussion. Ich summte noch mit: »Oh, oh, oh, I will survive«, als er ins Abteil zurückkam.

»Gefällt dir diese Musik?«, fragte Suka. »Ich dachte, so was hören nur die Leute auf dem Dorf.« Tatsächlich klang Suka kein bisschen wie Malchasi. Malchasi hätte so etwas nie gesagt. Ich hatte ein schlechtes Gewissen, weil ich mich meinem Freund näher fühlte als meinem eigenen Bruder. Aber Suka entwickelte sich zu einer eigenen kleinen Persönlichkeit. Er hatte Bettlaken vom Schaffner geholt – sauber, aber noch klamm. Wir breiteten sie auf unseren Kojen aus, und ich schenkte dem Bauern noch einen Becher Wein ein.

»Möge die Sonne dir immer auf den Kopf scheinen«, sagte ich.

»Dieser Zug ist langsamer als eine Kuh«, maulte Suka.

»Mein Freund«, rief der Bauer von unten. »Weißt du, ob Gogiaschwili immer noch in demselben Haus in Batumi wohnt?«

»Woher soll ich Gogiaschwili kennen?«, fragte ich.

»Willst du jetzt schlafen?«, fragte er.

Ich knipste das Licht aus und drehte mich um, sodass ich den Mond sehen konnte, der über dem nassen Gras neben uns herreiste.

20

Am Morgen weckte mich jemand, indem er mir mit einer Taschenlampe ins Gesicht leuchtete. Ich drehte mich um und schlief wieder ein, bis ich den Duft der bratenden Eier roch, der aus der Kabine des Schaffners kam. Draußen vor dem Fenster sah ich Schweine, die unter einer Erle im Boden wühlten. Der Name der Stadt war auf ein Brett gepinselt und an den Baum genagelt worden.

»Sind wir erst in Haschuri?«, fragte ich. Aber im Abteil war niemand. Ich schaute auf die Uhr – es war nach neun. Wir hätten inzwischen in Batumi sein müssen. Die Fahrgäste waren ausgestiegen und rauchten draußen. Sie saßen auf nassen Bänken, gefleckt mit Eukalyptusblättern. Suka kam mit einem Stapel Brote auf dem Arm zurück.

»Ich habe auch ein bisschen Honig gekauft, aber den habe ich ihm gegeben.« Suka deutete aus dem Fenster.

Unser Abteilgenosse saß mit dem Becher Honig in der Hand auf einer Bank und starrte zu Boden. Ich stieg aus, zündete mir eine Zigarette an und fragte herum, warum wir angehalten hätten, aber niemand wusste es. Ich klopfte an das Abteil des Schaffners und fragte ihn, warum wir so lange warteten. Zwischen zwei Mundvoll Ei sagte der Schaffner, Banditen hätten den Zug angehalten. Dann fügte er noch hinzu, er habe kein heißes Wasser mehr; wenn ich also Tee wolle, müsse ich mir draußen am Kiosk welchen holen.

Ich stieg wieder aus und hielt den Mund geschlossen, damit die Banditen, wo immer sie sein mochten, meinen Goldzahn nicht sehen konnten.

Batumi erreichten wir am frühen Nachmittag. Als wir am botanischen Garten vorbeikamen, sah ich, dass die Wedel der Palmen mit Schnur hochgebunden waren. »In Amerika«, sagte ich zu Suka, »ist das Blau des Himmels tiefer, aber unser Grün ist lebendiger.«

Ich erinnerte mich an ein Lied, das Merrick mir beigebracht hatte. Darin hieß es: »In meinem Land ist der Himmel blauer als das Meer, und die Sonne scheint auf Kleeblatt und Pastete, aber in anderen Ländern gibt es auch Sonne und Klee, und der Himmel ist überall so blau wie meiner.« Das stimmte wirklich.

Obwohl der Frühling gerade erst angefangen hatte, waren die Sträucher von Batumi von einem Lichtkranz umgeben, und ich dachte an die kleinen grünen Sprossen in dem Gedicht von Wascha-Pschawela. Ich war nur sechs Wochen weg gewesen, aber mir kam es so vor, als wäre ich zehn Jahre lang fern von See und Salzluft gewesen, von unserer Stadt der Lieben Frau von der blätternden Farbe.

Malchasi erwartete uns am Bahnhof. Er hatte ebenfalls zugenommen. Sogar seine Seele sah schwer aus, und er erschien mir wie ein Sowjetbürokrat in seiner neuen Uniform, als wäre er dem Mercedes, vor dem er stand, zur Gefolgschaft verpflichtet. »Das ist nicht meiner. Er gehört meiner Firma«, erklärte er.

Wir stiegen ein, und Suka versuchte zu scherzen. »Hast du von dem Swani aus den Bergen gehört, der einen Mercedes hat und damit ständig Leute überfährt? Die Polizei hält ihn an und fragt: ›Wieso überfährst du die Leute?‹ Er sagt: ›Seht ihr das Zeichen am Kühler? Das ist doch ein Fadenkreuz.‹«

»Pah!«, sagte Malchasi. »Was stimmte denn mit dem nicht?«

»Was stimmt mit *dir* nicht?«, fragte ich.

»Da ist nichts. Der Druck. Sie machen mir Druck. Aber du bist wieder zu Hause. Ich will nicht über meine Probleme reden.«

Als wir zu Hause ankamen, blieb Malchasi am Steuer sitzen und ließ den Motor laufen. Malchasi – besser gesagt, der Herr In*spek*tor – drückte auf die Hupe, und meine Mutter steckte den Kopf aus dem Fenster. Die weiße Gardine legte sich um ihren Kopf wie ein Schleier, als wäre sie eine *tawsapartsakrali*, eine extrem religiöse Frau. »Slims!«, rief sie, und sie hob die Hände ans Gesicht und machte die Geste für Essen. »Komm essen!«, rief sie. »Du auch, Malchasi!«

Malchasi sagte, wir sollten aussteigen.

»Kommst du nicht mit?«, fragte ich.

Er schüttelte den Kopf.

»Ich hab dich seit zwei Monaten nicht gesehen.«

»Das hat niemand. Jetzt steig aus«, sagte er. »Wir treffen uns später.«

Ich stieg aus. Wie immer war der Aufzug kaputt. Suka schleppte meinen Koffer die Treppe hinauf, und wir betraten die Wohnung.

Als meine Mutter mich sah, drückte sie mich auf einen Stuhl, löffelte Bohnensuppe auf einen Teller und bröselte ein bisschen *tschaadi* darüber. Sie schnitt einen salzigen Bauernkäse in Würfel und legte sie auf einen Teller. Wollte ich ein Spiegelei? Oder eine gekochte Kartoffel? Noch mehr Suppe?

»Nein. Bitte, nein.« Ich löffelte die Bohnen.

»Ich sollte dir mehr anzubieten haben, aber wir haben Fastenzeit. Suka!«, rief sie. »Geh und kauf Kartoffelchips für

Slims. Nur eine kleine Tüte. Und Estragonlimonade.« Meine Mutter öffnete ihr Portemonnaie und zählte das Kleingeld ab.

Suka lief los, und ich ging hinüber zur Heizung, um mich zu wärmen.

»Ich dachte, du kommst erst in einer Woche«, sagte sie. »Alle haben nach dir gefragt. Sie wollen alle mit dir über ihre Businesspläne sprechen. Wir wär's mit einem kleinen Wodka?« Sie schenkte mir ein halbes Glas ein, setzte sich hin und presste die Finger an die Schläfen. »Sie nehmen Suka in der Möbelfabrik zu hart ran. Einen Fünfzehnjährigen! Er ist nicht stark genug. Und Juliet sagt, sie ist immer in der Uni, aber ich glaube, sie drückt sich mit diesem Engländer herum.«

Suka kam mit den Kartoffelchips zurück, und meine Mutter sagte: »Die sind für Slims.«

»Nein, bitte«, sagte ich zu Suka. »Nimm nur.«

»Slims bietet sie dir an, Suka. Nimm dir welche. Und jetzt geh draußen spielen.«

Suka sah mich an, verdrehte die Augen und ging.

Meine Mutter rieb sich die Augen. »Malchasi kommt überhaupt nicht mehr zu uns nach Hause. Oje! Ich habe einen Termin beim Bischof. Ach, Slims. Slimiko«, sagte sie. »Ich wollte nicht, dass Suka es hört, aber die ganze Stadt ist in einer Krise.« Sie fing an, so schnell zu reden, dass ich nicht mehr verstand, was sie sagte.

»Beruhige dich«, sagte ich. »Erzähl es mir langsam.«

Sie war an diesem Morgen in der Kirche gewesen, und der Bischof hatte sie vor einem Mann namens Mr Moon aus Korea gewarnt. Dessen Helfer verteilten Teig unter den Fußgängern und sagten, den sollten sie zu Hause backen, denn er besitze magische Eigenschaften und werde Segen in ihre

Häuser bringen. »Aber seht euch vor!«, hatte der Bischof gesagt. »Dieses Brot ist getränkt mit dem Blut geopferter Tiere. Wenn ihr es esst, geratet ihr und eure Familie unter seinen Bann!« Eine Frau in der Kirche hatte gekreischt: »O nein! Was habe ich getan?« Der Bischof hatte sie vor der versammelten Gemeinde getadelt und gesagt: »Wir verbieten den Kindern, von Fremden etwas zu essen anzunehmen oder Dinge zu essen, die sie auf der Straße gefunden haben, und Sie, eine erwachsene Frau, backen das Brot eines Fremden!«

»Und dann«, erzählte meine Mutter, »hat er ihr befohlen, zu ihrem Seelsorger zu gehen und sich bestrafen und läutern zu lassen. Oh! Ich habe Malchasi eingeschärft, nichts von der Straße zu essen. Was ist, wenn er das Brot von Mr Moon isst?«

»Bitte mach dir deshalb keine Sorgen«, sagte ich.

Sie legte mir die Hand auf den Kopf und ging dann zu ihrer Verabredung mit dem Bischof. Auf dem Weg zur Tür griff sie nach dem Regenschirm.

Es nieselte draußen. Ich stand am Fenster und sah zu, wie meine Mutter die Hühner und Enten in den Stall scheuchte, bevor ich merkte, dass der grüne Teppich unter meinen Füßen nass wurde. Ich versuchte, einen Sprung in der Fensterscheibe mit Klebstreifen abzudichten. Dann beugte ich mich über ein totes Stromkabel, das aus der Wand ragte, und starrte die Uhr an, die zehn nach zwei anzeigte, bis mir einfiel, dass die Uhr kaputt war.

Ich hatte keine Lust, mit den Nachbarn über einen amerikanischen Businessplan zu reden. Ich hatte die Nase voll von Businessplänen. Außerdem, wie sollte ich zum Beispiel erklären, dass jemand am Flughafen San Francisco dafür *bezahlt* wurde, dass er die Koffer auf dem Gepäckband aufrecht hinstellte, damit man sie leichter und bequemer greifen konnte, und dass sie in Amerika Kerzen zum *Spaß* anzünden.

Ich ging zum Kiosk im Kellergeschoss der Post, um die Nachrichten über Georgien zu lesen. Ich überflog die Schlagzeilen: RUSSISCHE ÖLRESERVEN SIND MÖGLICHERWEISE DREIMAL HÖHER ALS BISHER VERMUTET; GEORGIENS GRÜNE WOLLEN BTC-PIPELINE IN BORDSCHOMI VERHINDERN.

Surab, der Zeitungsverkäufer, unterhielt sich mit Saliko über die hohen Spritpreise. Als sie mich sahen, riss Saliko die Hände hoch und rief: »Ah, Slims, sagen Sie, was kostet das Benzin in Amerika?«

»Das fluktuiert ständig«, sagte ich.

»Aber das Geld dort fluktuiert doch nicht!«, sagte Surab, als wäre damit irgendetwas erklärt.

Als seine gestikulierenden Hände zur Ruhe gekommen waren, wickelte er mein *Newsweek*-Heft in ein Stück braunes Papier und band eine Schnur herum. Er redete jetzt mit jemand anderem über die steigenden Maismehlpreise.

Ich hatte keine Lust, zum Strandboulevard zu gehen und jemanden zu treffen, den ich kannte. Deshalb ging ich mit meinem braunen Paket in den Park, der den Teich an der Universität umgibt. Hier führen Neue Georgier ihre exotischen Hunde aus, Großmütter schieben ihre eingemummelten Enkelkinder im Kinderwagen vor sich her, und immer angelt irgendjemand, der im Gebüsch steht, sodass du unweigerlich über seine Schnüre stolperst und er sich gerade lange genug zeigt, um dir einen herablassenden Blick zuzuwerfen. Ich setzte mich auf eine Bank unter einer Magnolie, entknotete die Schnur und schlug meine Zeitschrift auf.

Ich war immer angewiesen auf diesen Akt: meine Zeitung im Park zu lesen, um mich zu fühlen wie eine Figur aus einem der Dickens-Romane meiner Schwester, ein Mr Pickwick. Es verhinderte, dass ich an besonders schwierigen Tagen allzu tief in der dunklen Welt eines georgischen Mannes versank, obwohl ich mir jetzt überlegte, dass diese dunklen Tage vielleicht notwendig waren, damit ich die Tage, an denen es Licht gab, besser zu schätzen wusste. Wie dem auch sei, ich konnte mich nicht besonders gut konzentrieren. Irakli, mein Nachbar, kam vorbei, und als er mich sah, setzte er sich hin und fing an, Sonnenblumenkerne zu knacken und die Schalen auszuspucken. Ich zeigte ihm einen Artikel in meiner *Newsweek*, in dem darüber berichtet wurde, dass George Bush behauptete, er sei von Gott dazu aufgerufen worden, im Irak zu kämpfen. »Sieh dir selbst an, was da drüben vor sich geht!«, sagte ich. Er stieß erstaunt einen Pfiff aus.

Aber interessanter fand er die Anzeige auf der Seite gegenüber: Eine Hausfrau stand neben ihrem blitzenden weißen Kühlschrank.

»Was für ein Glück hat dieser Kühlschrank«, sagte Irakli, »dass er von einer solchen Frau umarmt wird.«

Iraklis Frau kam mit ihrer kleinen Tochter und setzte sich zu uns. Sie warf einen Blick auf das, was wir uns da anschauten, und stellte fest: »Das ist eine Reklame für einen *Kühlschrank*, das soll nicht sexy sein.«

Ich verlor ein bisschen den Verstand, was ich mir damit zu erklären versuchte, dass ich immer noch unter einem Kulturschock litt. Warum wirkt ein Kulturschock extremer, wenn man zum Vertrauten zurückkehrt, als beim Besuch einer fremden Gegend? Liegt es daran, dass sich innerlich etwas verändert hat und dass nun all die vertrauten Dinge mit dieser neuen Person bekannt gemacht werden müssen? Ich hatte mein Zuhause sehr vermisst, aber bei dem Gedanken daran, dass ich jetzt vielleicht für immer hier festsaß, sah ich keine Zukunft mehr, auf die ich mich freuen konnte. Und die Lektüre dieser Zeitschrift half mir nicht, mich zu fühlen wie ein Mr Pickwick. Ich schaute hinauf zu dem *tamada* im Himmel und zitierte Rustaweli: »Ach! O Welt, was plagt dich denn? Was wirbelst du uns um und um?«

Ich beschloss, dem Zentrum für Demokratie einen Besuch abzustatten. Vielleicht konnte ich da ein Portal zwischen den beiden Welten finden, die ich in meinem Innern zu versöhnen bemüht war. Aber als ich auf dem Weg dorthin die König-Parnawas-Straße überquerte, pfiff ein Polizist auf seiner Trillerpfeife nach mir. Ich marschierte geradewegs auf ihn zu und wollte ihn vors Schienbein treten, wie Irakli es nach seiner Rückkehr aus Afghanistan getan hatte, aber stattdessen gab ich klein bei. Ich erzählte ihm, ich sei gerade aus Amerika zurück und fühlte mich wie ein Verrückter. »Ich komme mir vor wie ein Wahnsinniger mit einem kranken Hirn«, sagte ich. Der Polizist sah mich mitfühlend an, schlug mir aber nicht vor, ihn zu treten. Er fragte nur: »Aber wie ist deren Coca-Cola? Ist sie wirklich anders als unsere?«

Ich wusste nicht, woher das Zentrum für Demokratie sein Geld bekam, aber die Restaurierung des Gebäudes wurde von unserem örtlichen Diktator finanziert. Das Gebäude selbst war durch seinen Schwager für ihn beschlagnahmt worden, sehr zum Verdruss der Leute, die damals zufällig im Ostflügel wohnten. Am Eingang waren die glatten Bronzeköpfe Neuer Georgischer Patriarchen, die gerade in Mode waren, auf die schartigen Halsränder kürzlich enthaupteter Sowjetführer gelötet worden. Als ich weiter über die Straße ging, auf eine der cordgeriffelten Säulen zu, sah ich den Wachmann, der mit ein paar Mädchen plauderte. Ich ging lässig auf sie zu und wollte ihnen einfach ins Gebäude folgen, aber dann nahm eins der Mädchen die Kapuze ab, und ich sah, dass es Tamriko war. Ihr und Gotscha wollte ich nicht begegnen; also blieb ich stehen und kaufte bei einer alten abchasischen Frau auf dem Gehweg eine Handvoll Sonnenblumenkerne und wartete darauf, dass Tamriko weg-ging.

Als die Mädchen weg waren, lief ich zu dem Wachmann hinüber, der jetzt allein dastand und sich die Schuhe polierte. »Ist Anthony hier, dieser Brite?« Ich dachte mir, vielleicht könnte Anthony mein westlicher Seelenbruder sein und mir dabei helfen, mich hier wieder ein wenig einzufügen. Der Mann deutete den Flur hinunter, und ich schenkte ihm meine Zeitungspapiertüte mit den Sonnenblumenkernen.

Ich war noch nie im Zentrum für Demokratie gewesen. Von meinem Nachbarn Sadsaglischwili hatte ich gehört, dass das Gebäude mit einem offenen Kamin von 150 Quadratmetern beheizt und mit tschechoslowakischen Kristallkronleuchtern beleuchtet werde und einen elektrischen Stromanschluss habe, der immer funktioniere. Aber man musste sich mal diese Marmorfußböden ansehen! Eintausend Hektar, die zur Kühlung dieser riesigen Räume dienten, ohne dass eine Klimaanlage nötig war. Kein Wunder, dass die Leute hier gern ihre Zeit verbrachten.

Ich ging an einer Reihe von ungekennzeichneten Türen entlang durch einen langen Korridor. Hinter einer Tür saßen Leute in einer Besprechung, die dermaßen offiziell aussah, dass sie mich gar nicht bemerkten. Ich öffnete eine andere und sah ein paar junge Männer, die auf Ledermöbeln herumlungerten, rauchten und Bier tranken. Ich erkannte sie; sie waren Bekannte von Gotscha, aber keine besonders guten. Wenn Gotscha sie auf der Straße riefe, würde er wahrscheinlich das förmliche »Prinz!« benutzen, nicht »Freund!«.

Einer spielte Patience am Computer. Ein anderer telefonierte. Als er mich in der Tür stehen sah, sagte er ins Telefon: »Moment mal, Suri.«

Ich fragte ihn, ob er wisse, wo Anthony sei.

»Anthony? Der ist nicht hier. Aber Sie können warten.« Er deutete auf eine Couch.

Nachdem ich eine Weile gewartet hatte, wagte ich es, den zu fragen, der Patience spielte, ob *er* wisse, wo Anthony sei.

Er blickte von seinem Computer auf. »Am Strand«, sagte er. »Ich glaube sogar, er ist mit Ihrer Schwester da.« Er deutete zum Fenster.

»Du meinst wohl, mit seiner *Mutter*«, kicherte der andere.

»Nein, wirklich, mit seiner Schwester. Erkennst du ihn denn nicht? Er ist ein Makaschwili.«

Ich schaute zum Fenster, das mit Metallstäben gesichert war. Ich schaute die verschlossenen Stahlschränke an. Höchstwahrscheinlich waren sie vollgestopft mit Faxgeräten. Einen Augenblick lang malte ich mir aus, wie ich eine Stahlkette um das Fenstergitter schlang und das andere Ende an Malchasis neuem Mercedes befestigte. Dann könnten wir das Gitter herausreißen und alle Faxgeräte klauen.

Der eine, er hieß Ruslom, sah zu mir auf und sagte: »Ich kenne dich von der Uni. Du hast kleine Geschichten geschrieben und versucht, Dumbadse zu imitieren. Von Gotscha hab ich gehört, du wolltest dich um einen Job bei einer amerikanischen Telekomfirma bemühen.«

»Das ist eine Weile her«, sagte ich. »Tatsächlich komme ich eben aus den Staaten zurück.«

»Wirklich?« Plötzlich waren sie interessiert.

»Und für welche anderen Branchen außer Telekommunikation interessieren sich die Amerikaner?«, wollte Ruslom wissen.

»Ökotourismus«, antwortete ich. »Sagt mir, sollten wir den Weg des Tourismus oder den Weg der Landwirtschaft gehen?«

Ruslom zeigte auf das Bild des örtlichen Diktators an der Wand und meinte: »Das liegt bei ihm.« Dann beugte er sich herüber und bat mich, ihm zu helfen, sein goldenes Armband zu befestigen.

Weil Anthony nicht aufkreuzte, beschloss ich, am Wasser nach ihm zu suchen. Unterwegs überlegte ich, ob ich Suka bitten sollte, mir ein Band mit seiner Industrial Music zu leihen, Aufnahmen, die ihm jemand von den aserischen Bohrtürmen geschenkt hatte, die am Kaspischen Meer Öl pumpen. Dann könnte ich Hillary schreiben: »Dies ist zurzeit der Klang der Demokratie im Kaukasus. Es klingt wie das Ende der Welt.« Das wäre am authentischsten. Mein Land durch Musik auszudrücken, das ist die georgische Art.

Liebe Hillary,
Ihre Version von Demokratie und unsere sind sehr verschieden. Unsere Version bedeutet: Wenn das Oberhaupt etwas sagt, antworten wir: »Jawohl, du hast recht.«

Übrigens habe ich eben gelesen, dass amerikanische Soldaten, GI Joes, seit Kurzem in Georgien eingesetzt werden. Sie kämpfen gegen den Terrorismus :-) und bilden georgische »Kommandos« ;-) namens Special Operation Caspian Guard aus, und die USA geben 64 Millionen Dollar für ihre Ausbildung aus. Aber haben Sie irgendeine Ahnung, gegen wen sie kämpfen? Vielleicht gegen einen Mann auf dem Dorf, um Zugang zu seinem Kartoffelacker zu bekommen, damit dort eine Ölpipe-

line verlegt werden kann? Die neue Regierung sagt, wir nähern uns der Neuen Demokratie :-), aber wir müssen noch warten.

Ich habe aber auch gute Nachrichten für Sie. Sie werden sich freuen, zu hören, dass unser örtliches Zentrum für Demokratie in Batumi seine Büroräume vergrößern konnte, nachdem ein paar Familien vertrieben worden waren, die im Ostflügel wohnten. Jetzt hat man dort auch eine moderne Klimaanlage angeschafft, die im Sommer sehr nützlich sein wird. Die Neuen Georgier haben in letzter Zeit viel Geld gemacht. Ich glaube, vor georgischen Mafiosi brauchen Sie sich nicht zu fürchten, denn georgische Mafiosi benehmen sich genau wie die amerikanischen – das gleiche entspannte Selbstvertrauen, dieses »Happy-Go-Lucky«, wie Sie es nennen. Eigentlich sehen sie nicht aus wie in Ihren Al-Pacino-Filmen. Das Problem ist nur, dass sie nicht wissen, wofür sie ihr Geld ausgeben sollen. Eine Rolex für diesen Anzug, eine Rolex für einen anderen Anzug.

Andere Nachrichten: In meinem Dorf sind letzten Monat Tausende von Schweinen eingegangen. Wahrscheinlich steckte eine Verschwörung der türkischen Schweinefleischhändler dahinter, denn unsere Wissenschaftler sagen, georgische Schweine haben die beste Fleischqualität. Wird kein gutes chinkali-*Jahr werden, denn es gibt kein Schweinefleisch, das man in die Nudel füllen könnte. Aber seien Sie nicht so traurig, Hillary. Das macht doch nichts.*

Warum so kurz angebunden? Warum war ich so wütend auf Hillary? An unseren Problemen war sie eigentlich nicht schuld. Vielleicht war ich nur wütend auf mich selbst.

Am Meer setzte ich mich hin. Das Wasser roch nach Zitronenschalen. Ich sah mich nach ein paar flachen Kieseln um, die ich über das Wasser hüpfen lassen könnte, aber ich fand nur dicke runde. Die Brandung spritzte bis zu meinen Schuhen herauf, und ich sah, dass immer noch ein dünner Ölfilm auf dem Meer lag.

Ich fühlte eine Berührung an meiner Schulter, drehte mich um und sah Tamriko. Sie trug eine lange schwarze Hose mit silbernen Disco-Aufschlägen, die weit ausgestellt waren, und Plateauschuhe, wie sie in dieser Zeit für Frauen in Mode waren.

Oh, die georgische Frau! Sie gibt mir das Gefühl, ich sei im Urlaub. Selbst wenn sie anfangs noch ein albernes, lächerliches Mädchen ist – irgendwann wird sie zur Frau. Sie hat so lange leiden müssen, dass nichts mehr bei ihr Anstoß erregt. Sie ist die ewige, liebende Mutter, die modische Schönheit, die den Kopf sehr hoch trägt, nachdem sie sich Flitter an die Schläfen getupft hat.

»Warum sitzt du ganz allein am Strand?«, fragte sie.

Ich klopfte mit der flachen Hand neben mir auf den Boden. »Ich würde dir meine Schuhe geben, damit du dich draufsetzen kannst, aber sie sind nass«, sagte ich.

Sie setzte sich.

Ich suchte nach irgendeinem munteren Gesprächsthema, aber mir fiel nur ein Artikel ein, den ich gerade gelesen hatte. »Heute stand in der Zeitung, das Wasser in unserem Meer ist stärker verschmutzt als der Indische Ozean. Ich verstehe nicht, wieso wir noch leben.« Ich hob einen Stein auf und wollte ihn werfen, aber dann legte ich ihn wieder hin. »Vielleicht hab ich mir an der Uni nicht das richtige Wissen angeeignet«, sagte ich. »Und meine Zeit in Amerika habe ich ganz eindeutig nicht genutzt.«

»Vergiss die Uni. Und vergiss Amerika. Warum bist du so mies gelaunt? Warum machst du dir Vorwürfe?«

»Das ist das Problem mit Georgien. Niemand übernimmt Verantwortung. Jeder gibt allen andern die Schuld.«

»Wenn du dir so viele Sorgen machst, kriegst du noch Krebs. Komm. Lass uns spazieren gehen.« Sie zog mich hoch. »Sieh dir das kleine Mädchen da drüben an, das mit seiner Mutter im Wasser steht. Kann es ein größeres Glück geben?«

»Hast du die Geschichte von Isaac Asimov gelesen, von dem Mann auf dem Mond, der das ganze Jahr auf das Spaceshuttle wartet? Manchmal fühle ich mich so. Als säße ich auf dem Mond fest.« Wir gingen ein Stück. »Sieh dich um«, sagte ich. »All diese Leute, wie sie glotzen. Immer so erstaunt über alles.«

Wir kamen an den öffentlichen Toiletten vorbei, an Gotschas Minigolfanlage, an einem Schild am Strand, auf dem stand: ES IST DEINE EDLE PFLICHT, JEDEN ZU RETTEN, DER ERTRINKT.

»Ah, da ist Saliko!«, sagte ich und nickte Batumis Chefarchäologen zu, der gerade vorbeikam. Saliko nickte zurück.

»Sieh dir diese Leute an«, sagte ich. »Warum lächelt er?«

»Was ist mit dir *passiert*?«, fragte sie.

»Lach nicht über mich. Hier, nimm eine Zigarette. Rauche! Tu *irgendetwas*!«

»Es wird alles gut«, sagte sie.

Und dann spritzte neues Meerwasser über den Strand. Neues Öl.

»Ja, warum sich den Kopf über verunreinigtes *Wasser* zerbrechen«, sagte ich, »wenn wir uns doch über Geschlechtskrankheiten sorgen könnten?«

»Vielleicht hast du schon eine?«, meinte sie. »Bist du deshalb so schlecht gelaunt?«

»Das ist unmöglich«, sagte ich. »Woher hätte ich die Zeit nehmen sollen? Aber du vielleicht?«

»Ausgeschlossen.« Sie wandte sich ab und ging weg.

»Ach ja!«, sagte ich. »Du hattest ja eine Jungfräulichkeitswiederherstellungsoperation.«

Was war nur mit mir passiert? Noch nie war ich so grob zu einer Frau gewesen.

21

Ich wurde mürrisch – und immer mürrischer –, und mein Englisch vergaß ich auch schon. Der Himmel lastete schwer auf meinem Kopf, und sogar der Korridor zu unserer Wohnung kam mir düsterer vor.

Zur Begrüßung spielte Juliet für mich die amerikanische Nationalhymne auf dem Klavier. Aber dann fing sie an, sich über Malchasi zu beschweren.

Durch die Wand hörte ich, wie Tamriko nebenan inbrünstig Hochzeitsmärsche in die Klaviertasten hämmerte.

»Dann heiratet sie also?«, fragte ich Juliet.

»Woher soll ich das wissen? Ich bin keine Wahrsagerin. Aber tatsächlich wäre Wahrsagerin ein guter Beruf. Zu Hause sitzen. Für zehn Lari die Zukunft vorhersagen. Wenn zehn Leute am Tag kämen, wären das hundert Lari. Stell dir vor, da kämen hundert Leute!«

Es gibt einen Witz über einen Georgier, der zu einer bulgarischen Wahrsagerin geht. Die Wahrsagerin sagt: »In deinem Land wird es in den nächsten zwei Jahren sehr schwer werden.«

»Und dann?«, fragt der Georgier.

»Dann hast du dich daran gewöhnt.«

Ich musste mich an dieses System, in dem nichts funktionierte, auch wieder gewöhnen. Das würde mindestens zwei Wochen dauern, sah ich voraus – die gleiche Zeit, die ein amerikanischer Tourist nach seiner Reise in ein exotisches Land braucht, um sich wieder gegen die amerikanische Reklame zu wappnen. Das hatte zumindest Merrick behauptet. Als er aus Costa Rica zurückgekehrt war, sah sein Leben zunächst klar und still aus, doch dann wurde er zwei Wochen lang von »gewaltsamer Reklame« bombardiert, wie er sagte. »Aber als ich das Sättigungslevel wieder erreicht hatte«, erzählte er, »bemerkte ich sie nicht mehr.« Also musste jetzt auch ich die kulturelle Anpassung an diese nicht funktionierende Welt vornehmen.

»Erneut wurde ein spanischer Fußballer von Banditen entführt«, meldeten an diesem Abend die Nachrichten. Aber mehr bekam ich nicht mit, weil die Antenne herunterfiel.

Als Malchasi nach Hause kam, fragte ich ihn, was auf den Schiffen passiert war. Er sah mich wachsam an – wie die kleinen grünen Blättchen an einer umgetopften Rübenpflanze, die in ihrem Blumentopf auf der Fensterbank wachsen möchte, wo dann aber die Sonne nicht stark genug ist, um ihr Kraft zu geben. »Ist Arbeit. Ist Leben«, sagte er.

»Aber was bringt dich dazu, bei diesem Leben zu bleiben?«, fragte ich ihn.

Malchasi lehnte sich auf seinem Stuhl zurück. »Was mich dazu bringt? Na ja … heutzutage freue ich mich auf die Schiffe, die kommen, denn sie haben Strom, und dann kann ich mich mit heißem Wasser rasieren.« Er stand auf, ging zum Schrank und nahm eine Flasche Wodka heraus. Er knackte das Siegel mit seinem Messer. »Nur ein Schlückchen, Slims. *Tschut-tschut.*« Er goss mir Wodka in einen Jadebecher. »Das macht deine Gedanken milder.«

Sein Handy klingelte. »'allo?«, meldete er sich. »Okay, ich bin gleich da.« Er legte auf, sah mich an und sagte: »Ich muss zurück zu dem türkischen Schiff.«

Am Abend lag ich auf der Couch, den Bauch voll von Sukas Vitamin-Borschtsch. Ich starrte zu den Wolken hinaus. Die Schatten an ihrer Unterseite waren dunkler als das ausgewaschene Hellblau an der Oberseite. Die weißen Laken der Sadsaglischwilis wehten an der Leine und versperrten teilweise die Sicht. Ich hörte, wie Guliko allen, die es hören wollten, von der Straße her zurief: »Warum werft ihr euren Müll aus dem Fenster? Ich nenne keine Namen, aber ihr wisst, wer ihr seid, die ihr den Müll aus dem Fenster werft, statt ihn einfach herunterzubringen, wenn der Laster kommt.«

»Ich habe das Gefühl, ich habe meinen Traum verloren«, sagte ich zu Juliet.

»Dein Traum ist weg«, sagte sie. »Keine Sorge. Zwanzigtausend neue werden kommen. Weißt du, was? Gott hat die Welt für dich geschaffen. Dabei hatte Er vor, dich glücklich zu machen, und du solltest dich freuen über die Schönheit der Welt. Und da sagst du zu Ihm: ›Ich möchte die Augen schließen. Ich möchte nicht weitermachen. Ich habe es satt, immer nur ein und dasselbe zu tun. Ich habe zu viel gelitten, weil ich nicht immer sofort bekomme, was ich haben will.‹ Aber, mein geliebter Bruder, bitte denk daran, dass es irgendwie auch gut ist, dass wir nicht bekommen, was wir wollen, denn sonst wüssten wir nicht zu schätzen, was wir haben, und wir würden unseren Blick nicht auf die wahre Leuchtkraft der Natur richten.«

Als ich in dieser Nacht die Öltankzüge im Garten über die Gleise heulen hörte wie eine kreischende Frau, fragte ich Suka, der im Bett gegenüber schlief: »Wie habe ich dabei früher schlafen können?«

»Du sagst einfach: ›Heute Nacht werde ich schlafen, und nichts wird mich dabei stören‹«, erklärte Suka und drehte sich in seinem Bett auf die andere Seite.

Als der letzte Zug vorbeigefahren war und in der dunklen Stadt die Stille anschwoll, hörte ich das Tröpfeln des Regens draußen. *Platsch* landete ein kleiner Regentropfen auf meinem Kissen. Ich dachte an Susan und das, was sie darüber gesagt hatte, wie man sich eine gesunde Psyche erhält: Der beste Weg zum Glück sei es, dankbar zu sein und an Leute zu denken, die weniger vom Glück gesegnet sind als wir. Also dachte ich an die Tschetschenen.

Gerade wollte ich einschlafen, da murmelte Suka: »Die Armenier flicken ihre Lecks. Wir stellen nur Eimer darunter.«

Ich wollte weiter einschlafen, aber dann fing ich an, über Sukas Bemerkung nachzudenken. Wir Georgier sind stolz darauf, dass wir unsere Zeit nicht mit dem Flicken von Lecks verschwenden, sondern tiefgründigere Probleme zu bedenken haben. Nichts kann einen Georgier daran hindern, zu grinsen, wenn gerade etwas heruntergefallen ist – als bewiese ihm das nur, dass eben alles einstürzt. Hierin liegt ein Schlüssel zum georgischen Herzen, und, wie Malchasi gern sagt: »Zu jedem Herzen gibt es einen Schlüssel.«

Es war unausweichlich, dass diese Nicht-Arbeiterei anfing, mich zu verändern, und ich konnte mich nur noch auf einen Stuhl setzen, eine weiße Fahne schwenken und kapitulieren, und dann wagte ich nicht mehr, mich zu bewegen, weil ich Angst hatte, der Stuhl könnte zusammenbrechen, wenn ich darauf saß, um zu lesen, bevor ich ins Bett ginge. Er brach nicht zusammen. Aber als ich mitten in der Nacht aufwachte und mich über die Bettkante lehnte, um nach einem Glas Wasser zu greifen, fiel mir das Bettgestell – der Teil aus Spanplatten – auf das Handgelenk. Aber ich wollte nicht jammern. Als ich mich vor und zurück wiegte und meine Hand an die Brust drückte, wachte Suka auf der anderen Seite auf und flüsterte durch das Zimmer: »Was ist los?«

»Nichts weiter«, sagte ich. »Mir ist das Bett auf die Hand gefallen.«

Warum ich das jetzt alles erzähle? Damit ich es aus dem Weg räumen und mich daran gewöhnen kann und mit meiner Geschichte weiterkomme.

Als ich am nächsten Tag zur Arbeit kam, erfuhr ich, dass Mr Fax' Sekretärin jetzt Finanzdirektorin für den Bereich Seerechts-Consulting geworden war. Sie und Mr Fax hatten wahrscheinlich eine *ménage à trois* mit dem Faxgerät. »Wenn drei Georgier sich einig sind, dann sind sie eine Welt«, witzelte ich bei mir, als ich durch den Korridor ging. Aber als ich zu meinem Büro kam, war der Eingang blockiert. Mein Zimmer war vollgestellt mit türkischen Schränken. Anscheinend wurde das Seerechtsministerium renoviert. Mr Fax stand hinter der Tür und begrüßte mich mit einer kleinen Verbeugung. »Slims, da Sie ja nun in Amerika waren, könnten Sie uns vielleicht darüber aufklären, wie man die Möbel nach moderneren Maßstäben arrangiert.« Hoho! Meine Lage schien sich zu bessern.

»Es muss organisiert aussehen«, sagte ich.

Also befahl Fax den Arbeitern, die in der Eingangshalle auf ihren Musikinstrumenten spielten, alle Schreibtische in Reihen im Konferenzraum aufzustellen.

Ich begutachtete das Resultat. »Aber nicht ganz auf diese Art und Weise.« Ich schlug vor, auf der Toilette ein Bücherregal aufzustellen, weil Ausländer dort gern lesen würden. Ein Arbeiter war beleidigt und stand auf, um mich zu schlagen, aber sein Freund, der sich Notizen machte, beruhigte ihn wieder.

»Wie wär's denn mit 'nem Becherhalter?«, fragte einer. »Trinken sie nicht gern Kaffee, während sie pinkeln?«

Nach der Mittagspause platzte Mr Fax der Kragen, weil

sein Becherhalter nicht mehr da war. »Was ist mit meinem Kaffeebecherhalter passiert?«, brüllte er seine neue Sekretärin an.

»Ich habe Ihren Kaffeebecherhalter nicht angerührt«, antwortete sie entrüstet.

»Der war genau hier am Computer«, beharrte Mr Fax. »Die perfekte Größe für einen kleinen Becher Kaffee.«

»Ach, Sie meinen das hier?«, fragte ich und drückte auf eine Taste.

»Ah, da ist er ja«, sagte er.

»Das ist das CD-Laufwerk«, sagte ich.

Aber ich sah ihm seine Dummheit nach, denn er stand unter hohem Stress. Er schrie bereits seine neue Sekretärin an. Oh! Wenn Sie nur hätten sehen können, wie er redete. Man hatte das Gefühl, einem sprechenden Burger zuzuhören – als hätte er hundert Murmeln im Mund und wäre im Begriff, sie auszuspucken. Da musste man schnell etwas unternehmen, um sein Leben zu retten und nur mit ein paar blauen Flecken davonzukommen.

In der Mittagspause, als Mr Fax unterwegs war, kam ein Mann aus Salikos Dorf, um den Kopierer zu benutzen. Ich wusste nicht gleich, was er wollte, bis er ein Blatt Papier aus der Tasche zog, es auseinanderfaltete und wissen wollte, ob wir einen georgischen Kopierer hätten. »Nein, Georgien baut keine Kopierer. Aber wir haben einen, der in Amerika gebaut wurde«, sagte ich.

»Nein, nein, das wird nicht gehen«, sagte er. »Dieses Dokument ist auf Georgisch, nicht auf Englisch.«

Am Ende des Tages bekamen alle ihr Gehalt von fünfzig Dollar für den Monat, nur ich nicht, denn ich war ja nicht da gewesen. Ich wollte einwenden, dass sie mir noch Geld aus dem vergangenen Jahr schuldig waren, aber Mr Fax zuckte nur die Achseln. Einer der Sicherheitsleute versuchte mich aufzumuntern, indem er Witze über sein eigenes Gehalt machte. »Ich bin reich!«, verkündete er, und ein anderer sagte: »Ich kann mich jetzt zur Ruhe setzen.«

»Ich habe nur zwanzig Tetri«, sagte ich zu dem Busfahrer.

»Bezahl, was du kannst«, sagte er.

Zu Hause gab es Strom, und gelbes Licht leuchtete im Treppenhaus. Nachbarn öffneten ihre Türen, als ich vorbeikam. »Ach, *so* siehst du also heutzutage aus«, sagte eine. Meine Mutter hatte ein zerrissenes Hemd von mir geflickt und frisch gebügelt über einen Stuhl gelegt, Suka hatte das Bügeleisen repariert, und dann hatte er den Gasbehälter in Ordnung gebracht. Es gab mir einen Stich, als ich sah, dass Suka anscheinend in Malchasis Fußstapfen trat. Er hatte angefangen, Geschichten über Verbrecher zu lesen – andere Vorbilder hatte er nicht –, und voller Selbstvertrauen strich er großspurig mit seinem Feuerzeug auf dem Metallbehälter hin und her, um zu zeigen, dass er nicht explodierte. »Macht das ja nicht nach«, sagte er zu den Nachbarskindern, die gerade die letzten amerikanischen Süßigkeiten aufaßen, die ich mitgebracht hatte. Glitzernde Papierchen lagen verstreut auf dem Boden.

»Suka wird wirklich zum Mann«, sagte ich zu meiner Mutter. Aber ich sagte nicht, dass er mir etwas Wichtiges beigebracht hatte, als er das Bügeleisen und den Gasbehälter reparierte: Wenn etwas kaputtging, brauchten wir es nur wieder instand zu setzen. Als ich nach dem Essen die Nachbarn besuchte, hatten sie sich einen neuen Heißwasserbereiter gekauft. »Und der funktioniert?«, fragte ich.

»Ja, der funktioniert prima. Ist aus Japan«, sagten sie.

»Vielleicht sollten wir ein Loch hineinbohren, damit wir etwas zu reparieren haben«, sagte ich unwillkürlich.

22

Zehn Tage waren vergangen, seit Malchasi zu dem türkischen Schiff gefahren war, und er war immer noch nicht wieder da. Inzwischen blubberte der Frühling herauf wie aus einer grünen Flasche Estragonsprudel, die man geschüttelt hatte. Er (der Frühling) wachte auf, gluckerte hervor, borgte sich jedermanns Lebenskraft, um schneller wach zu werden, und so welkte die ganze Stadt. Aber wenn man eine Tasse Kaffee trank, war alles in Ordnung.

Als ich über den Boulevard nach Hause ging, kam ich an Gotschas neuem Disco-Café vorbei. Alle Tische waren von Strohschirmen überschattet. Gotscha saß an einem der Tische, und ich beobachtete ihn von Weitem. Er trug ein importiertes Hawaiihemd und trank einen Cocktail aus einer Kokosnuss. Die Mädchen, die in seinem Café arbeiteten, kamen zu ihm, schauten mit Schlafzimmerblick auf ihn herab und schlangen dann die Sarongs fester um ihre Badeanzüge. Gelangweilt stand er auf und tuschelte mit dem Mann hinter der kreisrunden Bar. Ich begriff wirklich nicht, was Tamriko an ihm fand.

Zu Hause hörte ich durch die Wand, dass Tamriko immer noch den Brautmarsch auf dem Klavier spielte. Anscheinend hatte schon die ganze Stadt die Hochzeitsmusik gehört, die da aus ihrem Fenster im dritten Stock drang. Es heißt, wenn man von Hochzeitsmusik umgeben ist, wird man auch heiraten, und wie es aussah, wollte Tamriko mit der schieren Macht von Gesang, Trommeln und Flöten dafür sorgen, dass sie geheiratet wurde. Im Bäckerladen, wo ich Brot kaufen wollte, hörte ich, wie die Verkäuferin augenzwinkernd zu ihr sagte: »Ich höre die Hochzeitsglocken um dich herum läuten. Da wird sicher bald jemand heiraten.« Tamriko zwinkerte zurück und lächelte fast wie eine bebende Braut, wie ein kleines Babykalb, das am Samstag auf dem Viehbasar zum ersten Mal von seiner Mutter getrennt wurde. Sie war wie ein Mädchen, das kaum lauter als im Flüsterton mit seiner neuen Schwiegermutter spricht und seinen Ehemann daheim in seinen Bergen mit »Herr!« anspricht. Aber wir wollen nicht vergessen: Wenn sie älter wird, hat sie natürlich die lauteste Stimme und die schärfste Zunge, was jeden Schwager dazu provozieren kann, sie aus Versehen zu erschießen.

Anthony hatte ich noch nicht ausfindig machen können. Anscheinend war er in der Stadt ein bedeutender Mann geworden und hatte bedeutendere Menschen als mich, mit denen er reden konnte. Aber Juliet, die sich offenbar in denselben Kreisen bewegte wie er, hatte ihn zum Essen eingeladen. Ich wollte ihn damit beeindrucken, wie modern ich geworden war, aber Tamrikos Klavierspiel, das durch die Wände drang, als wir am Tisch saßen, lenkte mich ab. Anthony starrte fragend auf die Rokokotapete. »Ich komme mir fast vor wie ein Kolonialist«, sagte er. »Besonders wenn ich in einem förmlichen Esszimmer wie diesem hier sitze. Möchtest du noch etwas Wein?«, fragte er Juliet. Vielleicht wirkte sich die förmliche Atmosphäre, die durch die Tapete geschaffen wurde, auf ihn aus, denn er fügte hinzu: »Meine Liebe?«

Wir aßen Spaghetti mit Dosenerbsen. Das kam einer englischen Mahlzeit so nah, wie Juliets Möglichkeiten es zuließen, nehme ich an. Ich gabelte eine Erbse auf, dann noch eine und hörte Anthony zu, der davon sprach, dass BP plane, bei der Pipeline ein noch nicht erprobtes Versiegelungsmittel einzusetzen, das billiger sei als das übliche Produkt. »Wenn du sie nicht dazu bringen kannst, die Pipeline drei Meter tiefer zu vergraben, bringst du sie auch nicht dazu, ein teureres Versiegelungsmittel zu kaufen«, sagte ich.

Anthony schüttelte den Kopf, rutschte auf seinem Stuhl hin und her, nahm eine Zigarette aus der Hemdtasche und bat um Erlaubnis zu rauchen.

Ich schob ihm die Muschelschale hinüber, die wir als Aschenbecher benutzten.

Anthony starrte verwundert die Tapete an. Er räusperte sich. »Darf ich fragen, warum das Bild an der Wand verkehrt herum hängt?«

»Welches?«, fragte ich.

»Das da. Mit der kleinen russischen Kirche im Schnee.«

»Oh«, sagte Juliet. »Das habe ich so gehängt, um mich daran zu erinnern, mein Leiden auf den Kopf zu stellen. Und damit ich nicht vergesse, dass das Reich Gottes hier auf Erden auf dem Kopf steht. Außerdem, ihr lebt im 21. Jahrhundert, oder? Wir im 12. Umgekehrt. Verstehst du?«

»Aha«, sagte er.

Ich schenkte ihm ein Gläschen Walnusslikör von meinem selbst gemachten Vorrat ein, aber bevor ich einen Toast ausbringen konnte, hatte er schon getrunken. Jedes Mal, wenn es an einem georgischen Esstisch still wird, kommt in Armenien wieder ein Baby zur Welt. In Armenien gab es aber schon genug Leute, und sie brauchten nicht noch mehr, die in ihre Armee eintraten und gegen uns kämpften. Um das Schweigen zu brechen, wollte ich also einen Toast auf den Frieden ausbringen, aber Juliet fing an zu reden. »Man spricht über den Tod, als wäre er etwas Natürliches. Ausländische Versicherungsagenten sprechen von bestimmten Möglichkeiten und der Wahrscheinlichkeit, dass einem etwas zustößt.«

»Wie bitte?«, fragte Anthony.

»Das ist ein Zitat. Von jemandem namens G. Mikes. Steht in unserem Englischlehrbuch. Kennst du es nicht?«

»Leider nicht.« Er legte den Kopf schräg und betrachtete noch einmal das Bild der russischen Kirche im Schnee, diesmal auf der Seite. »Hast du je bemerkt, wie sexuell befreit die Russen sind?«

»Möchtest du dich gern auf Russisch unterhalten?«, fragte sie.

Als er die paar russischen Worte sagte, die er kannte – »Öl, Benzin, kein Problem, beeil dich« –, stand Juliet auf und wäre ihm fast auf den Schoß gesprungen. Ich ging in die Küche. Die sexuelle Spannung da draußen wurde mir zu viel. Wahrscheinlich schauten die Nachbarn durch das Fenster zu und fragten sich: »Wann fangen sie endlich an?« Als ich zurückkam, war der Strom wieder weg.

»Der Strom ist weg«, sagte Anthony. »Das muss ein Zeichen sein.« Er zündete eine Kerze an.

»Ein Zeichen ist es nur, wenn der Strom wieder da ist«, sagte ich. Juliets Stuhl stand jetzt auf seiner Seite des Tisches. Beide betrachteten die russische Kirche im Schnee. Ich begriff nicht, wie er beim Betrachten dieses Bildes auf die Idee kam, Russland sei sexuell befreit.

»Vielleicht möchtest du, dass ich dir ein Lied auf dem Klavier vorspiele?«, fragte Juliet. Seinen Blick konnte ich nicht deuten. Flehte er sie an, es zu tun? Oder es zu lassen?

»Aber wenn du unsere Musik hörst, bist du nachher vielleicht deprimiert«, sagte ich. »Dieses dauernde ›Immer sind wir, wir werden immer sein‹.«

»Ich kann dir ein Zigeunerlied spielen. Hast du ›Suliko‹ schon mal gehört? Es handelt von einer, die ihre Seele sucht«, sagte Juliet.

»Das brauchst du nicht«, sagte Anthony. »Außerdem sorgt die Person nebenan schon für genug Musik.« Als er die Schuhe von den Füßen streifte, verschwand ich wieder in der Küche.

»Stimmt es, was man über georgische Traditionen sagt?«, hörte ich ihn durch die Wand fragen, an die ich mein Ohr drückte.

»Das mit dem Auf-dem-Kopf-Stehen? Das ist keine Tradition. Das ist nur eine Sichtweise.«

»Dass georgische Frauen nichts von vorehelichem Sex halten«, sagte er.

Ihre Antwort hörte ich nicht, aber dann hörte ich ihn sagen: »Möchtest du von hier verschwinden und etwas Ordentliches trinken gehen?«

»Wartet, wartet«, rief ich und lief ins Wohnzimmer zurück, aber sie waren schon weg. In dem Film *Bella Mafiosa* bestehen die Brüder darauf, dass der Mann ihre Schwester *heiratet*, bevor die beiden miteinander schlafen. Dann lässt das Paar sich scheiden, und als der Mann doch noch einmal mit ihr schlafen will, bestehen die Brüder darauf, dass er sie wieder heiratet.

Um ihm also ein paar Dinge zu erklären, bat ich Anthony, sich am nächsten Tag nach der Arbeit in dem Café beim Institut mit mir zu treffen. Ich borgte mir Sukas Gitarre aus und ging hin. Wenn in Batumi etwas Wichtiges passiert, passiert es in diesem Café, wo die schönen Mädchen *tschisi bisi* essen, gewürztes Ei mit gehacktem Rindfleisch, und Scharen von Jungen um sie herumlungern. *Tschisi bisi!* Mir lief das Wasser im Mund zusammen.

Anthony saß an einem Fenstertisch, aber immer wieder musste er mit dem Ärmel das Kondenswasser wegwischen. »Der Frühling hier ist schön, nicht wahr?«, fragte ich ihn. »In Batumi ist die Natur anders als anderswo in Georgien. Die Steine, die Zedern und Zypressen, sogar die Frauen. Die großen, dunklen Schönheiten sind aus Tbilissi. Sie gehören in ein windiges Klima mit Frost und frischer Luft. Hier in Batumi ist die Luft schwerer, und deshalb sind wir kleiner. Die Gebirgssonne ist anders als die Strandsonne. Sie verleiht der Haut eine andere Sorte von Bräune.«

Er sah mich verwundert an, und mir fiel ein, dass die Leute im Westen gern direkt zur Sache kommen. Also sagte ich: »Du weißt, dass wir in Georgien vor der Hochzeit keine Beziehungen zu der Frau unterhalten? Ich habe gehört, die Amerikaner haben dreimal im Jahr Sex. Einmal mit einer Fremden und zweimal mit einer Verwandten, aber darüber denke ich nicht gerne nach. Bei dir bin ich jedoch nicht so sicher, denn ich kenne die Statistiken über die Engländer nicht. Ich suche nur einen guten Mann für meine Schwester.«

Anthony schob seinen Stuhl zurück und sah mich sonderbar an.

»Wenn du möchtest, bringe ich dir die Worte bei, mit denen man eine Frau umwirbt«, bot ich an.

»Wer sagt denn, dass ich eine Frau umwerben will?«

»Das Leben ist kurz. Was willst du sonst tun?« Ich strich über die Saiten von Sukas Gitarre und sagte: »Stell dir die Situation vor. Zwei Leute unterhalten sich. Ein Mann und eine Frau. Der Mann singt: ›Wenn du so schön bist, kleines Veilchen, warum habe ich dich dann noch nicht bemerkt?‹ Die angemessene Antwort lautet: ›Weil mein Herz noch nicht geöffnet war für die Liebe.‹ In eurem Land sagt man vielleicht ›geöffnet‹, wenn man ein Geschäft meint, aber in Georgien sagt man das besser über die Liebe.«

»Aber ich bin im Moment nicht daran interessiert, eine Frau zu umwerben. Ich muss mich um andere Dinge kümmern.«

»Versuchen wir es mit einem anderen Lied«, schlug ich vor. »Um dich in Stimmung zu bringen.«

Ich bin einem Gärtner begegnet,
Der mich mit süßen Worten weckte
Und mich auf seinem Schoß in den Schlaf sang.

»Moment«, sagte Anthony. »Wer singt das?«

»Ein Mann. Es ist sehr wichtig, dass Männer singen.«

»Ein Gärtner nimmt einen erwachsenen Mann auf den Schoß? Findet das auf einem Bauernhof statt?«

»Es ist eine *Metapher*!«, sagte ich. »Aber wenn man unsere Sprache nicht versteht, kann man vielleicht auch dieses Lied nicht verstehen.«

»Ihr seid ein sehr stolzes Volk«, bemerkte er.

Ich legte die Gitarre zur Seite. »Findest du uns zu stolz?«

»Zu stolz vielleicht nicht, aber wie gesagt, ich finde die Leute hier schon ein bisschen *heavy*.«

»Ja. Vielleicht sind wir zu *heavy*. Wir haben dauernd irgendein Problem. Darum suche ich für meine Schwester einen Mann, der nicht so *heavy* ist. Weißt du, wie schwer es für sie ist, eine Georgierin zu sein? Kannst du verstehen, welches Schicksal sie hier hat? Es gibt ein Lied darüber. Hast du es schon mal gehört?«

Sie holen sie in ihrem Brautkleid,
Sie ziehen ihr das Kleid aus
Und legen sie zu ihrem Mann ins Bett.
Aber einmal verschläft sie,
Und ihr Schwiegervater sieht sie.
Er wird sie wecken,
Und sie muss arbeiten an der Seite ihrer Schwiegermutter.
Als ihr Mann ihre Tränen sieht,
Tröstet er sie nicht,
Sondern verflucht sie
Und wirft sie aus dem Haus.
Dann wird sie die Tür zuschlagen.
Die Hauptsache ist,
Dass schwere Zeiten bevorstehen.

»Weißt du«, sagte Anthony nachdenklich, »die Frauen in meinem Land können nicht mal mehr stricken. Würdest du sagen, dass die Frauen hier in der Regel gern nähen?«

»Darüber weiß ich nicht so viel«, sagte ich, »aber du wechselst das Thema. Ich gebe dir noch ein Beispiel für Brautwerbung.« Ich dachte an eine Bahnfahrt mit Tamriko, in einem alten sowjetischen Zug. Es war im Frühling, und wir tranken auf die Pflaumenblüten, die wie Feuerwerkskörper vor dem Fenster explodierten. Wir kamen von einer Tagung in Tbilissi und waren auf dem Heimweg, und ich schaute sie über den Sitz hinweg an und sagte: »Das hier ist ein Zugabteil für ein Paar, nicht wahr? Aber sieh dir an, wie groß der Abstand zwischen den Kojen ist.« Sie lächelte ein bisschen; also rückte ich ein wenig näher und sagte: »Es ist ein alter Sowjetzug, und ich vermute, damals glaubten sie nicht an die Liebe.« Wenn ich jetzt darüber nachdenke, war das eine dumme Bemerkung. Selbst die sowjetischen Menschen glaubten an die

Liebe. Vielleicht mehr als irgendjemand sonst. Aber damals dachten wir alle, wenn man die Menschen einander näherbringen will, braucht man gemeinsame Feinde, und die Sowjets waren unsere Feinde. Tatsächlich denken wir immer noch, wenn man die Menschen einander näherbringen will, braucht man gemeinsame Feinde.

Anthony starrte mich an, aber diese Geschichte wollte ich ihm nicht erzählen. »Okay, ich gebe dir ein Beispiel. Wenn eine georgische Frau etwas Intelligentes sagt, flüsterst du ihr zu: ›Wenn du näher bei mir wärest, würde ich dich jetzt küssen.‹«

»Wieso? Warum sagst du das?«, fragte er verwirrt. »Wenn sie nah genug ist, um zu flüstern, kannst du sie doch auch küssen, oder?«

»Aber sie wird wissen, dass du etwas aus den alten Zeiten zitierst, das wir bei Tisch sagen. Wenn der *tamada*, der Toastmeister, etwas Großartiges sagt, antworten wir: ›Wenn du näher bei mir wärest, würde ich dich küssen‹, denn meistens sitzt er ja am anderen Ende des Tisches. Versuch's mal. Du wirst sehen, es funktioniert.«

Ich weiß nicht, ob er es versucht hat, aber ich hatte den Eindruck, dass er und Juliet einander danach näherkamen. Das war natürlich schön für sie, aber ich wusste immer noch nicht, wie ich Tamriko näherkommen sollte.

Ein paar Abende später kam Malchasi nach Hause. Er marschierte in der Küche auf und ab, legte abwechselnd das Gesicht in die Hände und schaute mich an.

»Ich bin der Sklave einer Frau«, sagte er und bedeckte das Gesicht wieder mit den Händen. »Nur ihre Worte können mich beruhigen. Nur *ihre* Worte.«

Suka half mir, ein Heizgerät zu reparieren, das ich aus

dem Büro nach Hause geschleppt hatte. Wir schauten beide zu ihm auf.

»Ich habe Juliets Buch mit den englischen Redensarten gelesen«, verkündete er. »Den meisten kann ich nicht zustimmen, aber einer schon. Sie lautet: ›Es gibt kein größeres Elend, als jemanden von ganzem Herzen zu lieben, von dem du weißt, dass er deiner Liebe nicht würdig ist.‹«

»Hast du je eine Frau gesehen, die deiner Liebe würdig ist?«, fragte ich ihn.

»Du hast es mich schon sagen hören, und ich werde es wieder sagen: Der Mann kann ohne die Frau nicht leben. Ohne die Frau ist der Mann nichts als eine Stangenbohne. Heute Abend war ich mit Juliet in einem Restaurant. Ich habe auf sie getrunken. Ich habe ihr das größte aller Komplimente gemacht, ich habe gesagt, sie sei edel wie die Königin Tamar. Aber dann wurde sie kokett wie ein junges Mädchen, das noch mehr Komplimente hören will. Ich war verwirrt und wusste nicht, was sie von mir wollte. Also erklärte ich ihr, ich könne sie erst heiraten, wenn ich sie ernähren könne, aber das werde bald der Fall sein. Ich stellte ihr keine logistischen Fragen – zum Beispiel, wie viele Tage sie ohne Essen durchhalten könnte. Stattdessen trank ich auf die Harmonie der Seele. Ich sagte ihr, das sei der Grund, weshalb ich niemals in den Kinematografischen Club ginge, weil alle diese europäischen Filme die menschlichen Schwächen aufs Korn nehmen und nicht die Harmonie behandeln. Warum nicht Filme anschauen, die auf die Stärken der Figuren verweisen? Aber wo gibt es solche Filme? Georgier drehen keine. Nur die Armenier. Also brachte ich einen Toast auf ehrenwerte Frauen aus. Und auf zukünftige Filme mit ehrenwerten Frauen. Und ich sagte ihr, es mache nichts, wenn sie nicht putze und koche, weil sie so etwas nicht gern tue. Wichtig sei nur, dass es ehrenwert sei, was sie tue. Und dann ging für eine Sekunde der Strom an, und ich sagte: ›Ah, siehst du? Es ist wahr, was ich sage.‹ Aber sie antwortete: ›Du willst, dass ich in einem Turm lebe und über die Traurigkeit Georgiens weine?‹ Bevor ich ihr sagen konnte, dass ich das nicht gemeint hatte, benötigte der verdammte Kellner meine Hilfe beim Reparieren des Herdes in der Küche. Als ich an den Tisch zurückkam, sah Juliet sehr traurig aus. ›Warum bist du so traurig?‹, fragte ich. ›Weil es schwer ist, eine georgische Frau zu sein.‹ ›Sei froh‹, sagte ich. ›Zumindest ist der Strom wieder da.‹«

»Aber vielleicht möchte sie nicht ernährt werden«, sagte ich. »Schon gar nicht mit einem Schwarzmarktgeschäft mit Öl.«

»Aber, Slims, wie sonst soll ich in diesen Zeiten über die Runden kommen? Soll ich zurück ins Dorf und Mais anbauen? Viehzucht betreiben? Daran habe ich letztes Jahr gedacht. Ich habe ein Buch über Rinderzucht gelesen. Aber dann wäre ich die ganze Zeit allein und würde das Vieh über die Berge treiben. Lieber arbeite ich auf dem Feld und baue Kartoffeln an, aber heutzutage wächst ja nichts mehr. Die Leute auf dem Dorf bearbeiten den Boden, und nichts kommt dabei herum. Nein, besser ist es, ein Mann hat Macht und denkt mit Wehmut an eine verlorene Liebe, als dass er einer Frau nachläuft, seine Lebensenergie verliert und schließlich verzweifelt. Das ist auch für die Frau nicht gut.«

Malchasi dachte provinziell, aber praktisch. Indessen hatte ich das Gefühl, ich verlor meine Lebensenergie und war noch nicht mal einer Frau nachgelaufen.

23 Der Frühling reifte zum Sommer, und Tamrikos Klavierspiel hörte auf. Der Bischof besuchte alle Leute zu Hause und ritzte Kreuze in die Wände. Ich hoffte, die neu geritzten Kreuze würden zu einer Art Erneuerung führen, wie es sie in Amerika gibt. Aber nachdem der Bischof unsere Wohnung besucht hatte, konnte ich nicht mehr schlafen. Mitten in der Nacht lag ich hellwach da und hörte Schritte vor der Tür. »Juliet!«, rief jemand.

Juliet schlief; also öffnete ich die Tür. »Anthony!«, sagte ich. »Klopfst du nicht sonst immer an?«

»Ist Juliet hier?«, rief Anthony noch einmal, fast wie im Fieber. Das Fieber der Liebe? »Ich muss ein paar neue Wörter lernen«, sagte er.

War er endlich gekommen, um die georgischen Wörter für Liebe und Heirat zu lernen? Aber als Juliet, sich die Augen reibend, in die Küche kam, fragte er sie: »Sagst du mir die georgischen Wörter für *Polyethylen-Plastik-Schutzüberzug*?« Er ging auf und ab.

»Kondom?«, schlug sie vor.

Er blieb stehen und sah sie an. »Schön wär's«, sagte er, und allmählich wurde ich ein bisschen verlegen.

»Die Briten in meiner Firma hören mir nicht zu. Ich muss dieses Versiegelungsproblem auf Georgisch erklären, nämlich denen, die tatsächlich davon betroffen sein werden. Lasst es mich erklären. Unsere Pipelineröhren werden mit Polyethylen beschichtet angeliefert. Das soll sie vor Korrosion schützen. Sie kommen in zwölf Meter langen Abschnitten. Die Enden der einzelnen Rohre sind nicht beschichtet – das blanke Metall muss offen liegen, damit man sie zusammenschweißen kann –, aber natürlich brauchen auch sie einen Korrosionsschutz. Die Empfehlung lautete, die blanken Enden mit einem epoxidbasierten Produkt namens SP-2888 zu überziehen. Das ist das am besten bewertete Produkt am Markt. Aber Epoxidfarben haften nicht gut auf Polyethylen – die Adhäsionseigenschaften sind zweifelhaft, und die Beschichtungen sind noch nicht angemessen getestet worden. Im Idealfall hätten wir Rohr und Verbindungsstück mit demselben Material beschichtet, aber BP lässt uns da ein wenig Spielraum. Das Problem ist, wir haben eigentlich nicht gewusst, was passieren würde. Wir haben gewusst, dass diese neue Beschichtung Belastungskorrosionsrisse hervorrufen konnte, wodurch eine Pipeline platzen kann.« Er zog ein Stück Metallrohr aus der Tasche. »Eine Pipeline ist nur so stark wie ihre schwächste Stelle. Das habe ich ihnen gesagt. Ich habe ihnen ein Stück Rohr wie dieses gezeigt und gesagt: ›Sie glauben, Sie haben eine Beschichtung?‹« Er klopfte mit dem Rohr auf den Tisch, und Farbflocken wehten zu Boden. »Das ist ihre Beschichtung. Ich habe ihnen gesagt, meiner Ansicht nach könnte BP hier einen ernsthaften technischen Fehler begehen, aber sie sagten, die Risse seien durch uns verursacht, die Monteure – wir hätten die Farbe nicht unter den richtigen Wetterbedingungen angebracht. Sie hatten uns angewiesen, die Rohre vor und nach dem Auftrag zu erhitzen. Das haben wir getan und das Rohr dann vergraben. Wir dachten, damit sei die Sache erledigt, aber es kam zu Leckagen.«

Ich starrte ihn an. »Und du sagst *uns*, wir sollen keine Löcher in die Pipeline bohren? Sickert es aus dem Leck ins Grundwasser?«

»Ich werde euch nicht belügen. Möglich ist es.«

»Diese Pipeline verläuft durch Bordschomi-Park, wo das Quellwasser abgefüllt wird. Die Pipeline könnte also unseren einzigen Exportartikel verderben? Und was ist mit dem Fluss in unserem Dorf? Wird es da auch hineinsickern?«

»Ich dachte, du hättest behauptet, dir liegt etwas an unserer Natur«, sagte Juliet. »Als wir neulich am Meer spazieren gingen, hast du gesagt, du willst die Wörter für *wahres Leben* lernen.«

»Juliet, wir haben einiges getan, um Georgien zu helfen. Wir haben finanzielle Mittel für die botanischen Gärten in Bakuriani und Tbilissi zur Verfügung gestellt, als Beitrag zur Erhaltung einiger eurer seltenen und gefährdeten Pflanzenarten. Und wir haben eine Schule in Samschwilde von Asbest befreit.«

»Samschwilde ist ein Dorf in Armenien«, sagte ich.

»In Rustawi haben wir dreizehnhundert Meter Stahlröhren für ein Bewässerungssystem in einem eurer Swani-Dörfer dort verlegt, das nach dem Erdbeben umgesiedelt werden musste. Hört zu, der springende Punkt ist, dass ich BP davon unterrichtet habe. Sie hören nicht auf mich. Im Gegenteil, sie drohen sogar, mich rauszuschmeißen.«

»Ich dachte, du hättest gesagt, Engländer seien nicht korrupt«, antwortete Juliet. »Vielleicht ist die Welt nirgendwo frei von Korruption. Vielleicht hat die ganze Welt sich in *dschandabaschi* verwandelt.«

»*Dschandabaschi?*«, wiederholte Anthony. »Juliet, dieses Wort hast du mir noch nicht beigebracht.«

»*Dschandabaschi* bedeutet ›Hölle‹«, sagte ich.

»Hört zu«, sagte er. »Ich weiß nicht, was ich bei der Versiegelung tun kann, aber es gibt eine Möglichkeit, die Pipeline umzuleiten, sodass sie nicht durch euer Dorf geht. Wir brauchen nur zu behaupten, sie führe durch eine archäologische Stätte.«

Also fuhr ich am nächsten Tag mit Anthony in Malchasis rotem Lada ins Dorf, wo wir uns mit den Archäologen treffen wollten. Wir fuhren aus der Stadt, vorbei an den Ulmen mit den weiß gestrichenen Stämmen – unsere uralte Schädlingsbekämpfungsmethode – und arbeiteten uns dann die schlaglochübersäte Landstraße hinauf, wobei wir nur mit Mühe dem schwarzen Mercedes eines Neuen Georgiers ausweichen konnten, dessen Fahrweise verkündete: »Die Straße gehört mir, und zwar die rechte *und* die linke Seite.« Ich sah zu Anthony hinüber, der aus dem Fenster in die Wildnis hinausschaute, zog mein Taschentuch aus der Tasche, lehnte mich über ihn und wischte die Fensterscheibe für ihn sauber.

»Was bedeutet das?« Er zeigte auf eine riesige selbst gemalte Reklametafel, auf der eine Kuh neben einem Sofa stand.

»Das ist eine Reklame dafür, dass du deine Kuh gegen Möbel eintauschen sollst«, sagte ich.

Als wir an einer Tafel vorbeikamen, auf der in fetten Lettern die Entführung eines spanischen Fußballers gemeldet wurde, sagte ich: »Keine Sorge, das ist ein Witz.«

»Eine Entführung ist aber nicht witzig«, sagte er.

»Dann schau nicht auf die Straße«, sagte ich. »Sie ist nicht schön. Schau lieber zu den Bergen.«

Ich bog ein bisschen zu schnell um eine Kurve und bemerkte einen Polizisten, der sich dahinter versteckt hatte. Er richtete seinen orangegelben Stock auf mich, und ich musste an den Straßenrand fahren. Ich zog meine Papiere hinter der Sonnenblende hervor und stieg aus. »Meinen Führerschein haben Sie doch schon«, sagte ich. »Was wollen Sie denn noch?«

»Haben Sie getrunken?«, fragte er.

Ich schüttelte den Kopf.

»Warum ist Ihr Beifahrer dann angeschnallt?«

Ich stieg wieder ein. »Anthony, bitte nimm den Sicherheitsgurt ab. Die Polizei denkt sonst, ich hätte getrunken.«

Aber jetzt hatte ich ein neues Problem. Anthony wollte nicht unangeschnallt mit mir weiterfahren. »Was ist denn los? Ich bin ein guter Autofahrer.« Aber er wollte den Gurt trotzdem nicht öffnen.

Schweigend fuhren wir weiter. Ich war verärgert, und er – tja, keine Ahnung, was er dachte.

Kurz vor meinem Dorf bog ich von der Hauptstraße auf einen Feldweg ab. »Jetzt kommen wir in die Zeit vor Christus«, erklärte ich ihm. »Vielleicht möchtest du eine unserer berühmten Festungen sehen. Touristen gehen da gern hin.«

Ich wusste, die Festung, in der das Hemd Jesu begraben war, lag hinter dem Wasserfall, aber als wir dort hinkamen, versperrten uns drei große Kerle den Weg. Sie standen mit verschränkten Armen da und sahen aus wie die Statuen antiker Könige. »Hier ist die Grenze«, knurrten sie. »Weiter könnt ihr nicht fahren.«

»Bis zur Grenze ist es noch ein ganzes Stück«, sagte ich.

»Fahrt nicht weiter, wenn euch euer Leben lieb ist. Weiter hinten ist Kriegsgebiet«, sagten sie. Aber das war nur ein Scherz. Sie waren beim Angeln und hatten keine Lust, ihre Autos von der Straße zu fahren.

Wir parkten dahinter und stiegen aus. Anthony spazierte um die alte Festung herum und spähte unter die alten Wellblechstücke, die planlos über die Gräben geworfen worden waren und all die alten Kulturen zudeckten. Er setzte sich auf einen Stein und starrte zu Boden, und plötzlich sah er traurig aus.

»Was ist los mit dir?«, fragte ich.

»Ihr hattet schon Rohre in Georgien, bevor sie in der restlichen Welt erfunden wurden. Und jetzt helfen wir *euch*?«

»Sei nicht traurig«, sagte ich. »*So* sehr helft ihr uns auch wieder nicht.«

Gegen Ende des Tages fuhren wir über die Straße, die sich auf den Berg hinaufschlängelte. Zu beiden Seiten ragten die Berge auf, in Gedanken versunken, und Nebelschleier umhüllten die Offenbarungen der Gipfel, an die ich mich zu erinnern versuchte.

Wir rumpelten an den altvertrauten Behausungen vorbei, die meine Vettern in den Hang gebaut hatten. Sie bestanden hauptsächlich aus Fenstern, die in der Sonne funkelten. Vor langer Zeit hatten meine Großeltern Kiefern- und Zedernbretter zusammengefügt und diese Häuser gebaut. Als dann die Sowjetunion kam und ihnen ihr ganzes Geld wegnehmen wollte, gaben sie alles für Betten und Gänsedaunendecken aus. Als die Regierung wissen wollte, für wen all die Extrabetten gedacht seien, sagten sie: »Für unsere Gäste.« Seitdem warten mein Onkel und mein Großvater dauernd auf einen Gast.

Aber ich war ein bisschen in Sorge, was die Laune meines Großvaters anging. Normalerweise liebte er Gäste, aber er hasste sie, wenn er ihnen kein Essen vorsetzen konnte. Er saß mit dem Dorfbürgermeister an dem Picknicktisch im Hof. Beide trugen kein Hemd und tranken hausgemachtes *tschatscha* aus dem Fass.

»Das Tattoo auf seiner Brust, ist das Lenin?«, fragte Anthony.

»Lenin und Stalin«, sagte ich.

»Da muss er sie sehr verehrt haben.«

»Sieht so aus, aber tatsächlich hat er sie da hintätowieren lassen, damit sie ihn, wenn er mal ins Gefängnis käme, nicht in die Brust schießen könnten. Wenn sie Streit anfangen, misch dich nicht ein«, warnte ich ihn.

»Wie geht's dir heute?«, rief ich meinem Großvater vom Tor her zu.

»Schlecht. Ich sterbe. Und wir haben schon den ganzen Wein dieses Jahres ausgetrunken.«

»Was hat er denn?«, fragte Anthony.

»Er sagt, er stirbt, aber das sagt er immer«, erklärte ich beruhigend.

Im Haus waren mein Onkel und meine Tante dabei, sich zu streiten, aber als sie Anthony sahen, hörten sie mit ihrem Geschrei auf und zerrten ein Bett auf den Balkon. Meine Tante zeigte darauf und befahl: »Ruhe!« Es war das einzige englische Wort, das sie kannte.

Meine Tante nahm ihre alte Gitarre von der Wand. Die hatte sie bei einem sowjetischen Gesangswettbewerb gewonnen, und sie war aus gutem Kirschholz, aber all die Elfenbeinintarsien waren weg. Sie setzte sich hin und fing an, Äpfel zu schälen, und sie fütterte Anthony die Apfelscheiben mit der Hand. »Soll ich ihm ein Lied vorspielen?«, fragte sie.

»Stör unseren Gast nicht«, schrie mein Großvater aus dem Erdbeerbeet herauf. »Vielleicht will er deine Lieder gar nicht hören.«

Meine Tante fing aber trotzdem an zu spielen.

Duduba, mein Instrument,
Du bist die Arznei
Für meine Seele,

Du, die Medizin für alle verbrannten Seelen.
Wenn ich dir lausche, meine süße Duduba,
Kann ich meine Liebe nicht verbergen.
Meine Augen füllen sich mit Tränen,
Und traurige Gedanken kommen mir in den Sinn.
Mein Herz bebt,
Meine Gefühle steigen mir in die Kehle,
Und die Schale der Stimme zerbirst.
Mein Blut wird heißer, wenn ich dir lausche,
Und strömt durch meinen Körper.
Mein Instrument mit der süßen Stimme,
Warum bist du so gut?
Du weist mir den Weg durch mein Leben.

Als sie fertig war, sagte ich meiner Tante, dass wir bei den Archäologen essen würden, aber sie schob Anthony und mich in ihre Küche und manövrierte uns auf die kleinen Stühle, die sie aus dem Kindergarten ausgeborgt hatte. »Sag ihm, er soll noch Obst essen. Sag ihm, der eigentliche Grund, weshalb du ins Dorf zurückkommst, ist deine Verdauung, weil ihr in der Stadt so viel Makkaroni esst.«

Im Schrank fand sie eine Plastikflasche Wein aus Odessa, die sie dort gehortet hatte. Sie schenkte uns jedem einen Becher ein, damit wir auf ihren Haushalt trinken konnten.

Die Position eines georgischen Archäologen war, historisch gesehen, immer sehr begehrt – das fesch um den Hals gebundene Tuch erregte den Neid selbst des bescheidensten Mannes. Im Dorf war allen klar, dass die Archäologen keine Lust hatten, ihre ganze Zeit im Zentrum für Demokratie zu verbringen und sich um finanzielle Förderung durch Nichtregierungsorganisationen zu bewerben oder im Seerechtsministerium Faxe zu stehlen. Hier auf dem Dorf, in ihrem natürlichen Lebensraum, fühlten sie sich wohler. Sie hatten ein altes Regierungsgebäude übernommen, das zwischen der ehemaligen Bibliothek und dem Gebäude des Dorfparlaments stand – beide heute überwuchert von Weinranken und wilden Rosen, die sich in alle Richtungen über die Mauern streckten, sogar über die Stalin-Statue aus Aluminium, die uns kokett zuwinkte.

Eine Gruppe von Frauen erwartete uns schon. Sie schoben die widerspenstigen Ranken auf dem Balkon zur Seite und winkten wie der Schnauzbart. Hunde und Hühner kläfften und gackerten, und die Archäologen machten die Geräusche, die Archäologen machen.

»*Gaumardschos! Gaumardschos!*«, rief Saliko. Er kam die Treppe herunter und auf uns zugerannt, wie er sonst auf Mr Fax' Faxgerät zurannte.

»Das ist ein Freund«, sagte ich zu Anthony und klopfte dem rundlichen Saliko auf den Rücken. »Er hat die anderthalb Millionen Jahre alten Überreste einer Giraffe in Ostgeorgien entdeckt.«

»Und das ist unser Fluss«, sagte Saliko und deutete auf einen schlammigen Kanal. »Dieser Fluss markiert das Ende des Osmanischen Reiches. Auf der anderen Seite fing das Perserreich an.« Wir blickten über den Fluss zu ein paar Ästen hinüber, die dort aus dem eiskalten Schlamm ragten.

Wir polterten die wacklige Holztreppe zum Balkon hinauf. Ein Tisch dort bog sich unter duftenden Speisen: Hühnchen in Walnusssauce, Kartoffeleintopf mit mariniertem Büffelfleisch, Mischgemüse, mit bronzefarbenem Öl beträufelt, Salat aus Roter Bete, die die Sahne schon purpurn färbte, Tomatensalat mit Paprikastreifen und Kräutern, Koriander-Chutneys, rote, mit Reis und Oliven gefüllte Paprikaschoten, Hammel-Pilaw. Eine dritte Abteilung bildeten Platten mit Nudeln und Käse. Das Essen auf dem Tisch war nicht einfach Essen, es war reine Philosophie. Und jetzt brachten die Frauen heißen, gebratenen Maisbrei mit Sulguni-Käse.

Aber da, am anderen Ende des Tisches, sah ich Gotscha. Wie war er hergekommen? Er sah Anthony an und lächelte ihm mit seinen weißen Zähnen zu, als wären sie Mitglieder im selben Bowling-Club.

Wenn ich an diesem Abend im Institut für Archäologie, wo Saliko seinen ersten Toast auf den Frieden ausbrachte, Gotscha anschaute, spürte ich jedes Mal, dass meine Lippen sich unwillkürlich kräuselten, als hätte ich eine saure Gurke gegessen. Aber dann erinnerte ich mich an eine der englischen Wendungen aus Juliets Buch der berühmten Redensarten: »Das Gegenteil von Liebe ist nicht Hass, sondern Gleichgültigkeit.« Damit gelang es mir, ihn zu vergessen.

»Und auf die Freundschaft zwischen unseren beiden Ländern«, fuhr Saliko fort.

Dann kam ein Toast auf unser georgisches Land. Ich hatte mein Trinkhorn absichtlich zu Hause gelassen, denn immer, wenn ich georgischen Wein trinke, vergesse ich nach und nach meine Ziele. Das ist eine sehr schlechte Angewohnheit, zumal bei einem Treffen mit Archäologen, bei dem man darauf hofft, es möge zu einer Intervention kommen, die verhindert, dass die Pipeline weitere Zerstörungen anrichtet. Saliko hob sein Glas und wandte sich an Anthony. »Dieser Wein kommt aus unserer Natur. Das Problem ist nur, dass die Männer hier keine Arbeit haben. Und dass die Zeugen Jehovas hier eindringen. Aber das ist ein anderes Problem, um das es heute Abend nicht gehen soll.«

»Worauf will Saliko hinaus?«, hörte ich Gotscha zu jemandem sagen. »Wir sind aus der Stadt, nicht aus dem Dorf.«

Wie unhöflich, dachte ich. Heute Abend schlage ich ihm ein für alle Mal einen Stuhl über den Schädel.

»Das Problem«, sagte ich zu Gotscha, »besteht darin, dass er kein Eisenbahnsignal ist. Du kannst ihn nicht abschalten, indem du einen Hebel umlegst.«

Jetzt brachten die Archäologen ihre Freude darüber zum Ausdruck, dass endlich einmal ein Ausländer Interesse an der georgischen Archäologie zeige.

»Wissen sie, dass ich kein Archäologe bin?«, fragte Anthony mich flüsternd.

Aber in diesem Augenblick fing Gotscha zu meiner Bestürzung an, auf die Pipeline zu trinken und zu erzählen, dass sie die Finanzierung der jüngsten archäologischen Ausgrabungen ermöglicht habe. Und plötzlich tranken sie alle auf vergangene, gegenwärtige und zukünftige Ausgrabungen. Es folgten ein Toast auf den Mais, der auf den Gräbern bei den Ausgrabungen wuchs, einer auf die Archäologie im Allgemeinen und einer auf die Gesundheit der Archäologen.

Der Wein aus meinem Dorf war ein Gletscher, der träge in einen grün angeschwollenen Fluss hineinschmolz. Er war weiches Sonnenlicht, die Mutter des Herbstes. Ich hob mein Glas und sagte zu Anthony: »Echte Männer trinken nur Weißwein.«

Weitere Trinksprüche wurden ausgebracht auf alle Verstorbenen, die je in der Archäologie gearbeitet hatten, und dann erzählte Saliko, wie er einmal mit dem Auto im Schlamm stecken geblieben war und wie er, als er das Rad abgeschraubt hatte, einen antiken Tonbecher gefunden hatte, völlig unversehrt. »Slims!«, rief Saliko. »Sag Anthony, er soll seinen Becher heben. Sag ihm, ich habe diesen Becher unter meinem Autoreifen gefunden. Er ist fünfzehnhundert Jahre alt.«

Dann trank man auf die Schaufeln und Hacken und Pinsel und auf die Autos, die die Archäologen beförderten. Für einen Augenblick vergaß ich, weshalb wir da waren, und ich stand auf und hob mein Glas auf den Gemeindestromzähler, den wir vielleicht eines Tages in unserem Dorf aufstellen würden. Kleine Tässchen Kaffee wurden gebracht, und junge Männer pumpten mehr Wein aus den Amphoren unter der Erde herauf. Ihre kleinen Brüder sahen ihnen dabei zu, und ihre Großväter standen um sie herum und führten die Aufsicht.

Die Kinder beobachteten Anthony aus einigem Abstand. »Siehst du, wie gut diese Kinder erzogen sind?«, sagte ich zu ihm. »Sie warten, bis wir mit dem Essen fertig sind, bevor sie sich selbst etwas nehmen. Sehr gescheit sind sie auch. Die Kinder in der Stadt kennen nur Karten und Backgammon.« Aber Anthony hörte nicht zu. Er hob seinen Becher und wollte mehr Wein. Er nahm sein Schicksal wirklich in die eigenen Hände! Als er sich erhob, klang er wie ein Priester. »Wir sind heute hier zusammengekommen, um euer Land nach vorn zu bringen und die Vetternwirtschaft zu überwinden. Unter Einhaltung entsprechender Vorschriften kann es uns gelingen, die Pipeline umzuleiten, sodass sie nicht durch euer Dorf läuft. Da es auf einer archäologischen Grabungsstätte steht …«

Saliko stand plötzlich auf. »Ich finde Ihre Bemühungen lobenswert, aber wie Sie wissen, ist es in unserem Land so, dass der Mensch denkt und die Regierung lenkt. Seit Jahren bitten wir die Regierung, unsere archäologischen Projekte zu finanzieren. Aber nur die internationalen Unternehmen, die für die Pipeline verantwortlich sind, haben uns die Mittel zur Fortsetzung unserer Arbeit zur Verfügung gestellt.«

Daraufhin begannen die Männer, außerordentliche Trinkkunststücke vorzuführen: Sie hielten sich vier Gläser über den Kopf, eines an jedem Finger, und der aprikosenfarbene Wein floss wie geschmolzenes Gold in Kaskaden aus einem Glas ins andere und gluckerte aus dem letzten schließlich in ihre Kehlen.

»Evolutionismus ist kommunistische Propaganda!«, platzte Gotscha plötzlich heraus. »Wie kann es sein, dass wir vom Affen abstammen?«

»Wir trinken auf Gotscha! Was für ein Philosoph!«, jubelten alle wie aus einem Munde. »Der nächste Toast geht auf Gotscha!«

Anthony hatte inzwischen offensichtlich die Hoffnung aufgegeben, dass es an diesem Tisch noch zu einem Gespräch darüber kommen würde, wie er die Pipeline umleiten könnte, und er fragte, ob er zu Bett gehen dürfe. Ich fragte mich, ob noch irgendeine Möglichkeit bestand, dass die Pipeline umgeleitet wurde.

Aber es war schon vier Uhr morgens, und Ausgelassenheit breitete sich aus. Ein Mann sang seine Frau an: »Ich habe dich mit großer Leidenschaft geliebt. Ich hätte die Meere durchschwommen für dich. Meine Liebe brannte unter mir wie ein großes Feuer. Und dann wachte ich eines Tages auf, und meine Liebe war verschwunden. Ich bin verwirrt und weiß nicht, wo sie hin ist.« Alle lachten, und die Frau warf eine Serviette nach ihm.

Ich verließ den Tisch um sieben, als die Sonne aufging. Die Frauen waren schon längst hinausgegangen, aber sie waren aufgeblieben und tratschten über die anderen, wie Frauen das tun, und wichen den Zigarettenstummeln aus, die die Männer vom Balkon warfen. Um neun waren die meisten Archäologen schon wieder auf, sie begrüßten einander lächelnd und schüttelten sich die Hände, und der *tamada* verbeugte sich und begrüßte alle mit tiefer Stimme: »Heute Morgen zum Sieg!« Sie wuschen sich draußen am Wasserhahn Hände und Gesicht und boten einander sehr nüchtern frischen Wodka an. Ein Gefühl von Pflichterfüllung erfüllte alle, als wären sie soeben zusammen eine Skipiste heraufgeklettert, weil der Sessellift kaputtgegangen war. Ich sah gerötete Gesichter und den Glanz einer Freundschaft, wie man sie nur in den Jagdgeschichten von Turgenjew findet. Und dann ging es mit den Trinksprüchen wieder los. »Gütiger Gott! Auf was kann man denn hier noch anstoßen?«, fragte Anthony, als er aus dem Zimmer kam, in dem er geschlafen hatte.

Im frühmorgendlichen Geist georgischer Brüderlichkeit war ich sogar bereit, Gotscha zu verzeihen. In unseren georgischen Filmen ist es schließlich auch so, dass der Bruder den Bruder umarmt und die Frau vergisst. Aber als ich ihn auf die Wange küssen wollte, versuchte er, sich wie ein Amerikaner zu benehmen, und drehte den Kopf weg. Da gab ich ihm eins aufs Maul.

24

Irgendwann im Laufe des Tages setzte ich Anthony in den Bus nach Batumi und ging dann durch die goldbraunen Felder vorbei an unserer Dorfkirche aus dem 12. Jahrhundert, die gerade renoviert wurde. Der Baustaub lag auf den Gerüsten, und das Nachmittagslicht, das in schmalen Streifen durch die Kirchenfenster fiel, erinnerte mich an die Zeilen des Dichters Grigol Orbeliani: »Denn der Morgen wird anbrechen, und der Strahl der Sonne wird die Schatten der Finsternis in die Flucht schlagen.« Mit anderen Worten: »Stich dir heute nicht die Augen aus, denn morgen scheint vielleicht wieder die Sonne.«

Ich schlenderte durch das Dorf und hinaus in die offene Landschaft und wildes Gelände. Das Radio in meinem Kopf war auf den Sender mit Vogelgesang eingestellt. Ich hörte Hähne und Hühner, Maultiere und die gesamte tierische Einwohnerschaft. Im Pflaumengarten setzte ich mich auf die Picknickbank, die ich da gebaut hatte, als ich vierzehn war, und schaute durch die knospenden, zarten Zweige zum dämmrigen Fluss. Kleine Jungen versuchten, im schwindenden Licht Fische zu fangen. Einer, der mich an Suka erinnerte, als er kleiner war, schrie seinen Freunden hitzig etwas zu, und alle stießen ihre Stöcke ins schlammige Wasser und riefen einander um Hilfe, wenn der Lehm an ihren Galoschen saugte und sie herausgezogen werden mussten. Sie gingen dann flussaufwärts zum nächsten Angelplatz, und ich spazierte zurück zur Kirche.

Ich setzte mich auf die Steinplatten der Kirchentreppe, sah zu, wie die Sonne ihr Licht durch die Kiefern kleckerte, und erinnerte mich an Teile eines Gedichts von Irakli Abaschidse.

Georgiens Schönheit verschlägt mir die Sprache,
All seine Wunder rauben mir den Atem.
Ich weiß, warum die Eiche ragt
Über scheue kleine Blumen,
Warum mein Herz trauert mit der Weide
Oder jauchzt mit der Schwalbe,
Was der Ozean träumt, wenn er schläft,
Melodien, wie die Liebe sie schreibt,
Feinsinnige Gedanken, die der Mensch offenbart.
Beredsamkeit ist meine Stärke nicht,
Sie zu beschreiben, übersteigt meine Fähigkeit.
Worte sind stumm, Sätze hilflos,
Jeder Versuch, zu sprechen, ist hoffnungslos …
Ich muss sterben,
Vergebens mein Sehnen.
Ich muss sterben
In brennendem Verlangen.

In der Kirche herrschte gedämpfte Stille. Kerzen flackerten. Ich starrte eine Ikone an: Maria mit dem Christuskind. Ich bat Sie um Vergebung dafür, dass ich nicht besonders gut auf Sie gehört hatte, und schlug Ihr vor, ein bisschen lauter zu schreien, damit ich Sie besser hören konnte. Ich bat um Verzeihung dafür, dass ich in letzter Zeit nicht gar so oft in der Kirche gewesen war, und erklärte, dass ich mein Leben aber immer noch auf Sie gründen wolle, auch wenn es manchmal so aussehe, als erwartete Sie nur, dass ich gelassen zuschaute, wie die Ochsen auf der Straße vorüberzogen. Und wenn Sie wollte, dass ich etwas anderes tat, solle Sie es mich doch einfach wissen lassen, ja? Ich sagte Ihr, Sie sei immer noch in meinem Herzen, selbst wenn ich allein in meiner Wohnung sei, umgeben von Juliets verrücktem Siebzigerjahre-Möbeldesign und der viktorianischen grünen Tapete.

Ich war zu lange nicht im Dorf gewesen. Statt in einer Kirche zu sitzen, sollte ich mit der Hacke in der Hand im warmen Sonnenschein zur anderen Seite des halb umgepflügten Maisfelds unterwegs sein, wo im Schatten einer alten Buche mein Becher Wein auf mich wartete. Mit festem Schritt sollte ich mich vorwärtsbewegen, dachte ich, die Brust dem Boden zugewandt, und mein Herz sollte an der Erde haften wie eine Ohrschnecke am nassen, schwarzen Stein im Meer.

Ich wanderte zu dem Feld bei der Schule, fand dort die Kuh meiner Tante und fing an, sie nach Hause zu führen. Bewegt sah ich, wie grün die Felder waren. Aber als ich am Rand der Wiese ankam, sah ich auf der Anhöhe einen langen Streifen von aufgepflügtem Lehm, der sich quer über die obere Weide zog. Und in der Ferne, an den Flanken der windgepeitschten gelben Bergkämme, ragten mächtige schwarze Metallrohre hervor. Mir war nicht klar gewesen, dass die Rohrleitung den Berg im Osten zerfetzen würde wie ein gigantischer Papierschredder. Um nicht durch den Matsch gehen zu müssen, wollte ich eine Abkürzung über den Schulhof nehmen, aber ein georgischer G. I. Joe – »Oberst Georgi« nannte er sich – in einer Arbeitsuniform in *desert fatigue* und mit einer Pilotensonnenbrille im Gesicht pflügte sich vom Wald zu mir herauf. Er richtete eine Maschinenpistole auf mich und verlangte meinen Pass.

»Gibt's ein Problem?«, fragte ich.

»Wir können heutzutage nicht vorsichtig genug sein«, sagte er. »Unsere größte Sorge ist ein terroristischer Angriff auf die Pipeline.«

»Durch wen?«, fragte ich, und er antwortete, er dürfe nichts Konkretes sagen.

Ich lieferte die Kuh beim Haus meiner Tante und meines Onkels ab und ging weiter in die Mitte des Dorfes, um zu hören, was es Neues gab. Meine alten Kindergartenfreunde Gela und Swiko lungerten in Lederjacke und Wollmütze an einem Kiosk am Straßenrand, tranken Bier und schauten zu, wie die Lastwagen von British Petroleum die Straße entlangrumpelten.

»Gibt hier nicht mehr viel anderes zu tun, als zuzusehen, wie die Tage vorübergehen«, sagte mein Freund Gela. »Meine Frau beschwert sich, weil ich kein Fleisch nach Hause gebracht habe. Aber ich hatte keine Lust zum Jagen.«

»Die Berge verändern sich so schnell, dass es ist wie Fernsehen«, sagte Swiko.

»Sie haben uns Arbeit versprochen, aber in den letzten zwei Monaten haben sie vielleicht fünf Leute eingestellt«, erzählte Gela. »Sie haben gesagt, es gibt Arbeit für siebzig Mann, aber ich glaube, diese Zahl war übertrieben.«

»Und sie haben versprochen, uns für unser Land zu bezahlen«, fügte Swiko hinzu. »Aber bis jetzt hat niemand irgendwelches Geld gesehen.«

»Gezahlt haben sie schon, aber die Regierung hat alles kassiert«, meinte Gela. »Sie sagen, zumindest helfen sie unserer heimischen Wirtschaft, indem sie bei uns Lebensmittel, Möbel und Wasser kaufen, aber ich habe keine Ahnung, bei wem sie das alles kaufen.«

»Und Büromaterial. Sie *haben* Papier gekauft.« Swiko berichtete von seinen Umzugsplänen. Das Lager für sein sauer eingelegtes Gemüse hatte einen Riss, der einen Viertelmeter breit war. »Das kommt von diesen schweren Baustellenlastern. Es ist gefährlich. Niemand kann so leben. Weißt du noch, wie der Berg auf der anderen Seite des Dorfes ins Tal rutschte, weil sie den Boden zu intensiv bearbeitet hatten, und sie in die Teeverpackungsfabrik umsiedeln mussten? Das hier ist schlimmer.«

»Wir haben BP mitgeteilt, dass sie unser Land zerstört haben«, sagte Gela. »Und ihre einzige Antwort war: ›Das ist nicht unsere Schuld.‹«

Das Leben in unserem Dorf veränderte sich. Ich wollte darüber mit dem alten Mönch unseres Dorfes sprechen, und so wanderte ich flussabwärts zu seiner Hütte. Er und ich hatten oft gute Gespräche bei einer Flasche von seinem eigenen Odschaleschi geführt, den er aus den an den Hängen im Westen geernteten Trauben kelterte. Unterwegs sah ich immer noch ein paar verstreute Eichen und Walnussbäume auf dem offenen Weideland. Die meisten waren aber gefällt worden. Auf der anderen Seite des Flusses wühlten Bulldozer Feldsteine und Mutterboden auf.

Die Hütte des alten Mönchs, ausgekleidet mit Kiefernholzfurnier, ragte über das Flussufer hinaus. Unter uns toste das Wasser, aber in der Ferne hörten wir immer noch das Dröhnen der Bulldozer.

Er servierte mir einen gehäuft vollen Teller mit gebratenen Bergkartoffeln und eine Schale mit ölig glänzender Rinderknochenbrühe. Während wir uns unterhielten, half ich ihm, auf seinem Esstisch kleine Brotlaibe zu formen, den Leib Christi. Der Tisch war überzogen von feinen Rillen, als wäre er mit einer Gabel geschnitzt worden, und kleine Teigkrümel blieben darin kleben. Sein schwarzer Bart hing beinahe in den Teig, den er knetete, was ein beunruhigender Anblick war, aber sein strenger Blick wirkte besänftigend auf mich. Sein Blick verriet mir, dass im eigentlichen Plan der Dinge ein bisschen Teig im Bart keine große Rolle spielt.

Fässer mit selbst gekeltertem Wein isolierten die Wände. Er schenkte mir eine bernsteinfarbene Flüssigkeit aus eigener Herstellung ein, gereift in einem speziellen Holz, das ihr das Aroma von Zedern verlieh. Da er so lange in den Bergen gelebt hatte, fern von allen modernen Großstadteinflüssen, glaubte er immer noch an Wunder. Er sagte mir, wenn der Bischof im Frühjahr die Häuser segnete und Kreuze in die Wände ritzte und wenn dann Harz heruntertropfte, dann komme es darauf an, diese Tropfen von den echten Tränen der Ikonen zu unterscheiden. »Zweimal im Jahr, am Abend, wird eine Ikone weinen«, sagte er.

»Aber ist das wirklich wahr?«, fragte ich.

»Leider«, sagte er, »weinen sie immer vor einer Invasion.«

»Aber Russland hat zu viele Probleme, um hier einzumarschieren«, wandte ich ein. »Und jedes Mal, wenn sie eine von ihren Raketen herüberschicken, macht sie irgendwo an der falschen Stelle eine Bruchlandung und geht nicht mal los. Ihre Navigationssysteme sind kaputt. Aber vielleicht meinen Sie ja auch diese Pipelines.«

Er knetete weiter.

Nach der nächsten Flasche Wein und als ich den Teig so lange geknetet hatte, dass er anfing, sich in meinen Händen anzufühlen wie eine Frau, wurde ich sentimental. »Mein Dasein ist verbunden mit dem Land«, sagte ich zu ihm.

»Manche sind zur Priesterschaft berufen. Andere ruft das Land zu sich.« Mehr sagte er dazu nicht.

Im Schweiß findet der Schmerz seine Befreiung. Am nächsten Morgen ging ich mit der Hacke auf das Maisfeld. Dort begann ich, die Erde zu bearbeiten und die alten Lieder zu singen. Ich hörte das Morgenkrähen des Hahns. Der Gesang der Hühner weckt manchmal Gefühle von Traurigkeit und Einsamkeit in mir. Also arbeitete ich noch härter auf dem Feld, immer hin und her zwischen den alten Buchen. Beim Arbeiten dachte ich über all das nach, was mir am wichtigsten war. Ich beschloss, am nächsten Tag nach Batumi zurückzufahren und Tamriko entgegenzutreten. Aber als Erstes wollte ich meinen Vater besuchen.

Ich stieg den Berg hinauf bis zum Friedhof, der auf halber Höhe lag, und setzte mich in den kleinen Garten, der das Grab meines Vaters umgab. Ich sammelte Zweige und Laub auf und strich die Erde glatt. Am Rand des Friedhofs kaufte ich ein paar Veilchen von einer schwarz gekleideten Frau, die neben dem Eingang stand. Es überraschte mich, dass an diesem Tag dort jemand Blumen verkaufte, aber sie sagte, ein Trauerzug sei unterwegs, und sie erzählte mir von einer alten Frau, die in der Nähe des Flusses gelebt hatte. Sie war barfuß hinausgegangen, hatte sich erkältet und war gestorben. Die Leute hatten sie für leicht verrückt gehalten. Sie hatte im Dorf gewohnt, solange ich zurückdenken konnte. Ich ging wieder zum Grab meines Vaters, kippte das alte Wasser aus dem Plastikkrug und stellte die frischen Blumen hinein. Auf dem Grabstein meines Vaters klebte ein Foto von ihm in einer traditionellen adscharischen Volkstanztracht. Er sah vergnügt aus und trug ein Tablett mit einer Flasche Wein, das er schief hielt, als wollte er gleich zu der Musik von dem Klavier hinter ihm in die Hände klatschen. Neben seinem Kopf war ein kleines Bild von seinem Minibus. Der Tod konnte so schlecht nicht sein, dachte ich, denn hier war es friedlich, und die Vögel sangen.

Ich spazierte über den restlichen Teil des Friedhofs. Da lag mein Schuldirektor. Dort die Eltern eines sehr guten Freundes. Ich hatte immer bei ihnen zu Hause gegessen. Ah! Ich kannte alle diese Leute. Und da – einem Mann hatte seine Familie einen eigenen Balkon in den Berghang gebaut, wo er die frische Luft genießen konnte.

Ein Vater und sein Sohn trugen Kerzen und Blumen zu einem Grab. Ich hörte, wie der Mann dem Sohn erzählte: »Das ist das Grab meines Onkels. Aber sieh nur: Zwei Wochen lang war niemand hier, um es sauber zu machen. Er hat einen Sohn und eine Tochter. Beide haben ein Auto. Aber sie fahren nur den ganzen Tag herum. Sie sollten sich schämen.«

Der Trauerzug kam über die Brücke. Der Imam, der in dem muslimischen Dorf auf der anderen Seite wohnte, hatte den Gebetsruf früher immer oben auf der Scheunenleiter gesungen, aber vor Kurzem hatte sein Dorf genug Geld zusammenbekommen, um eine Moschee zu bauen. An der dem Fluss zugewandten Seite hatten sie ein Wandgemälde anbringen lassen, damit die Christen in unserem Dorf sich daran erfreuen konnten.

Als ich klein war, brachte ich diesem Imam immer Kaffee mit meinem Esel. Er lehrte mich die Gebete zum Sonnenaufgang und erzählte mir, das seien morgendliche Trinksprüche. Er ermunterte mich dazu, kein Schweinefleisch mehr zu essen und nur an georgischen Festtagen Alkohol zu trinken. Aber versuchen *Sie* mal, den Alkohol aufzugeben, wenn Sie als georgischer Junge in einem Dorf aufwachsen.

Der christliche Priester in unserem Dorf und der muslimische Imam aus dem anderen Dorf sind eigentlich alte Freunde, aber jetzt beschimpften sie einander lauthals. Der

Imam hatte anscheinend den Trauerzug gesehen, der sich dem christlichen Friedhof näherte, und sofort war er über den Fluss marschiert. Die Hängebrücke zitterte noch immer wie geronnenes Knochenmark. »Was machst du da?«, schrie er und stellte sich dem Priester in den Weg. »Die Frau da war Muslimin!«

»In diesem Leben ist sie Christin geworden!«

»Aber ihr Vater war Muslim!«

»Aber ihr Vater ist ihr in einer Vision erschienen. Er trug ein Kreuz vom Straßenrand und befahl ihr, zu konvertieren.«

Der Imam stand mit verschränkten Armen da und atmete Dampfwolken aus. Seine Wolljacke war bis zum Hals zugeknöpft, und sein Gesicht legte sich abwechselnd in Falten und glättete sich wieder. »Nur Leute aus gestörten Familien konvertieren!«, verkündete der Imam, bevor er auf dem Absatz kehrtmachte und über die Brücke zurückging. Aber bevor er drüben angekommen war, drehte er sich noch einmal um und sah mich, wie ich vor dem Grab meines Vaters hockte. »Slims Achmed!«, schrie er. »Es ist mir egal, wie das System deines Glaubens aussieht. Aber ändere niemals deinen Namen. Sei stolz auf deinen muslimischen Namen.«

Die estnische Familie, die in unserem Dorf wohnt, kann unser lautes Wehklagen nicht ausstehen. Als wollten sie uns einen besseren Weg weisen, sagen sie: »*Wir* weinen still in unserem Herzen.« Aber in dem Trauerzug weinten sie alle laut und mit tränenverschmierten Gesichtern, und sie gingen, als hätten sie alle eine mächtige Schramme auf dem Herzen.

Die Leute legten alkoholische Getränke, Süßigkeiten, Zigaretten und einen großen Haufen Geldscheine in den Sarg, damit die Verstorbene sich überall und jederzeit kaufen konnte, was sie brauchte. Armenier legen kein Geld hinein, nur Kleider und ein Handtuch.

Ich hörte, wie jemand aus der estnischen Familie zu einem anderen sagte: »Sie werden sich betrinken und in ihr Auto setzen, und dann werden sie herumfahren wie die Irren, und zum Teufel mit der Leiche. Um die muss sich dann der Chor kümmern.« Aber niemand hatte einen Chor bestellt. Anscheinend dachten sie an die alten Zeiten, als wir noch große Blaskapellen hatten. Die Blaskapellen verschwanden aber inzwischen auch.

Der Durst trieb mich vom Berg hinunter.

Meine Tante kam in den Hof herausgelaufen und stolperte über ihren violetten Mantel. »Komm schnell«, sagte sie. »Wir sind im Fernsehen.«

Da war unser kleines Dorf. »Da ist Swiko«, sagte mein Großvater. »Er hätte sich die Stiefel putzen sollen.«

»Die Bush-Regierung hat Befürchtungen im Zusammenhang mit den Auswirkungen der Pipeline auf Umwelt und regionale Wirtschaft zurückgewiesen«, sagte der Nachrichtensprecher eben.

Dann wurde ein Firmensprecher von BP interviewt. »Stellen Sie sich vor, Sie haben in einer Gegend zu tun, wo noch niemand jemals Grundbesitz verkauft oder eingetauscht hat«, sagte er. »Dann können Sie viertausend verschiedene Standards für Grundstücksgeschäfte vorfinden. Das ist keine ideale Situation. Tatsächlich entsteht dabei eine Atmosphäre des Misstrauens zwischen den Menschen und dem Unternehmen.«

Aber Widerspruch kam von einem jungen georgischen Volksvertreter, diesem neuen, im Westen ausgebildeten Politiker, von dem ich gehört hatte, diesem neuen Saakaschwili, meinem Vorbild. Er diskutierte mit dem Vertreter der Pipeline. Er wusste sich sehr unflätig auszudrücken. Er wusste, wie die neue Führung bezeichnet werden musste. Und er versprach, dass die Leute auf dem Dorf jeden Schaden ersetzt bekommen würden.

Laut Meinungsumfragen, berichtete der Fernsehreporter, würde Saakaschwili, dieser neue Vereinigte Demokrat, die bevorstehende Präsidentschaftswahl gewinnen. Es hatte sich gezeigt, dass ein Staatsbudget, das in den Taschen des Präsidenten und seiner Familie landete, zu viel für uns war.

Aber Saakaschwili war endlich einer, an den ich glauben konnte. Er war jung, er hatte in Amerika studiert, und er war ein Anhänger des westlichen Rechts. Er hatte sogar eine holländische Frau, die georgische Lieder singen konnte. Mr Fax hasste ihn, weil er das Land von Korruption befreien wollte. Wenn Mr Fax ihn hasste, war er der richtige Mann für mich.

Meine Tante brachte uns Kaffee. Mein Großvater trank ihn aus bis auf den Bodensatz. Obwohl nur sehr alte Frauen den Kaffeesatz lesen konnten, spähten wir beide in unsere Tasse und suchten nach einem Zeichen vom Großen Toastmeister. »Es sieht aus, als ob die Politiker wieder anfangen, auf Patronen zurückzugreifen«, stellte ich fest.

Am nächsten Morgen im Bus nach Batumi schaute ich durch das Fenster hinaus auf die Buchweizenfelder, und aus dem Lautsprecher über meinem Kopf kam ein neuer georgischer Popsong, erfüllt vom Trotz der Jugend. Ich hörte genauer hin und erkannte, dass es kein Trotz war, sondern ein hilfreicher Rat. Sie sangen: »Geh auf die Straße, du, und befrei dich von Schewardnadse. Tu, was du kannst! Er war das ganze Leben unserer Generation über Präsident. Ist er der Einzige, den du in deinem Leben kennen wirst? Hast du immer noch nicht genug von ihm?« Tatsächlich war in Tbilissi eine komplette neue Jugendbewegung gegen Schewardnadse entstanden. Sie nannte sich »Genug!«.

Die Situation erinnerte mich an einen alten Witz. Schewardnadse sitzt zu Hause und fragt seinen Enkel: »Was möchtest du mal werden, wenn du groß bist?« Der kleine Junge sagt: »Präsident.« Sagt Schewardnadse: »Überleg dir was anderes. Es kann keine zwei Präsidenten geben.«

Alles redete über Saakaschwili. Als ich zu Hause im Brauereiviertel ankam, rief Guliko, Tamrikos Mutter, aus dem Fenster zu mir herunter: »Slims! Ich habe noch keinen Kaffee getrunken, weil niemand da war, der mit mir trinkt.« Ich stieg die Treppe zu ihrer Wohnung hinauf und hoffte, Tamriko werde da sein, aber Guliko sagte, sie sei weggegangen. Sie ließ mich Platz nehmen, stellte mir ein Stück Torte hin und fing an, sich zu beschweren.

»Gestern«, sagte sie, »habe ich im Hof ein Gespräch zwischen deinem Bruder Suka und einem anderen Jungen gehört. Du kennst diese Nervensäge mit dem Dalmatiner. Er schreit dauernd zu seiner Mutter hinauf: ›Natascha! Natascha!‹ Jedenfalls, ich hörte, wie sie sagten, dieser neue Saakaschwili will Schewardnadse stürzen. ›Das ist so extrem!‹, schrien sie. O weh! All diese jungen Leute *lieben* diese extreme Krankheit. Aber ich fürchte, Tamriko könnte auch davon betroffen sein. Ich mache mir Sorgen um ihren Blutdruck. Sie kam gestern nach Hause, setzte sich hin und sagte: ›Ich habe eine Pistole. Willst du sie sehen?‹ Und dann holte sie eine kleine Pistole aus der Handtasche. Stell dir das vor! Slims, weißt du, woher sie eine Pistole hat?«

»Nein«, sagte ich. »Vielleicht von Gotscha. Du solltest sie fernhalten von diesem Kerl.«

»Kennst du das Sprichwort: ›Nimm jemandem nicht die Hoffnung, denn vielleicht ist sie das Einzige, was er noch hat‹? Was ihn angeht, ist dieser neue Saakaschwili unsere einzige Hoffnung. Hast du schon von ihm gehört? Ich glaube, er versteht es, unsere jungen Leute für sich einzuspannen. Er wird ihnen beibringen, ihre Pistolen wegzuwerfen und wieder mit Schwertern zu kämpfen. Hier, trink das«, sagte sie und stellte mir eine Tasse löslichen Kaffee hin. »Ach, Slims, was wird nur aus unserem Volk? Meine Studenten weinten früher über die Waisenhäuser, und die Jungen brachten Blumen hin. Unsere Frauen waren so schön. Weißt du noch, wie Gamsachurdia sagte: ›Wenn ihr mit Kugeln auf uns schießt, werden wir mit Rosen nach euch werfen‹? Damals liebten die Menschen einander sehr.«

Als ich an dem Abend aus dem Fenster schaute und auf Tamriko wartete, sah ich, wie Malchasi angefahren kam. Er parkte, schloss sein Auto ab und rief dann Juliets Namen. »Juliet!«

»*Scheni deda!*«, sagte Juliet am Tisch. »Glaubt er vielleicht, er ist in einem Shakespeare-Stück? Jetzt habe ich meinen Weißdorntee über die Arbeiten gekippt, die ich korrigieren muss.«

»Juliet!«, rief Malchasi noch einmal. »Wartest du immer noch auf deinen weißen englischen Prinzen?«

Er kam polternd die Treppe herauf und zu uns herein, und er brachte einen großen Teigklumpen mit.

»Wo hast *du* denn gesteckt?«, fragte ich.

»Hier. Nimm.« Er legte mir den Klumpen in die Hände. »Den habe ich aus der Bäckerei mitgebracht. Ich weiß, du kochst nicht so gern, aber hast du nicht gehört? Die Brotvorräte sind zum größten Teil von einem seltsamen koreanischen Fluch infiziert, aber ich kenne den Bäcker, der diesen Brotteig macht, und ich weiß, er ist sauber. Als ich in seinen Laden kam und danach fragte, dachte er, ich wäre auf Drogen.«

Ich legte den Teig in eine Schüssel. Juliet kam in die Küche und wedelte mit ihren Arbeiten, um sie zu trocknen. »Wo bist du gewesen?«, fragte sie.

»Juliet!«, sagte er strahlend. »Was machst du so?«

»Im Moment?«, fragte sie. »Ich habe mir etwas Schönes vorgestellt. Ich habe mir vorgestellt, wie ich dich mit einer Pistole erschieße. Ach, das war so schön!«

Er zog die Brauen hoch, holte eine Pistole aus der Tasche und gab sie ihr. »Du hast recht. Wahrscheinlich wäre ich besser tot.«

»In Wirklichkeit, Juliet«, sagte ich, »hat er dir einen ziemlich guten Teig mitgebracht. Aber wo *hast* du gesteckt, Malchasi?«

Er lächelte mich an und wandte sich dann ihr zu. »Du warst heute bei mir auf der Arbeit und hast mich gesucht, stimmt's? Ich weiß, dass du da warst, denn du hast dein leeres Glas Aprikosenkompott auf meinem Schreibtisch stehen lassen. Kann ich mich setzen? Nein. Entschuldigung.« Er wechselte ins Englische. *»May I sit down?«*

Sie zeigte auf einen Küchenstuhl.

»Okay, ich erzähl's euch, wenn ihr euch auch hinsetzt. Beide. Es ist wirklich eine dumme Geschichte. Im letzten Winter wurden die türkischen Schiffe hier versteigert. Na ja, Slims weiß das schon. Jedenfalls, ich konnte einen britischen Master überreden, eins zu kaufen. Okay, Slims, davon weißt du noch nichts. Nein, es war nicht Anthony. Es ist eine lange Geschichte. Jedenfalls, ein britischer Master kaufte das Schiff zusammen mit ein paar Investoren, aber jetzt, nach nur einer Reise, glaubt er, ich hätte Öl von seinem türkischen Schiff gestohlen, ich hätte nicht die richtige Menge einpumpen lassen. Über fünfhundert Tonnen. So eine Kleinigkeit für so große Kopfschmerzen.«

»Und, hast du?«, fragte Juliet.

»Juliet, hast du diese türkischen Schiffe gesehen?«, fragte er flehentlich. »Die sind so alt. Das Öl versickert in den Ritzen.« Er stand auf, ging zur Spüle und nahm die Spülmittelflasche. »Es ist wie mit dieser Flasche. Wenn man sie breit drückt, scheint mehr drin zu sein, aber *so* sieht es weniger aus. Keine Sorge. Ich weiß, das fehlende Öl ist irgendwo. Aber ich konnte niemanden dazu bringen, irgendetwas zu unterschreiben. Zehn Tage lang standen wir so da, mit verschränkten Armen. Ich wollte mich mitten in der Nacht nach Hause schleichen, um mit euch zu sprechen. Aber der britische Master war so wütend, und davon wollte ich euch nichts erzählen, weil ich nicht wollte, dass ihr euch Sorgen macht. Zwei Wochen habe ich gebraucht, sie zu überzeugen, dass ich die richtige Menge in ihr Schiff geleitet habe. Seid nicht wütend auf mich, bitte. Ihr solltet lieber Mitleid mit mir haben. Die ganze Zeit musste ich mit einem Haufen Engländer verbringen.«

»Du klingst bigott, wenn du so redest«, sagte sie.

»Danke«, sagte er mit einer Verbeugung. »Du benutzt dieses Wort bei mir sehr oft. Ich habe es im Lexikon nachgeschlagen und herausgefunden, was es bedeutet. Es ist Spanisch und bezeichnet einen Schnurrbart, der aussieht wie eine Pferdeherde, die in eine bestimmte Richtung durchgehen will. Findest du, ich gehe in eine bestimmte Richtung durch, Juliet? Ach! Ich muss eine Lösung finden.« Er stellte sich neben sie und legte ihr eine Hand auf die Schulter. »Was soll ich tun? O weh! Ich verstehe nichts von diesen Gesetzen. Von diesem Verklagen. *Sue* nennen sie es auf Englisch. Das klingt wie *sewage*, aber das ist doch das Wort für Abwasser. Die Engländer sind nicht besser als wir. Ich verstehe die Filipinos. Ich verstehe die Griechen. Ich verstehe die Spanier. Na ja, die sind auch leicht zu verstehen, denn sie haben Don

Quijote erfunden. Wenn es sonst niemanden gäbe, könnten wir ihnen einfach Wein und ein Schwert geben, und sie würden sich daran erinnern, was ein wahrer Mensch ist. Aber in diesem Fall, fürchte ich, wird das nicht funktionieren. Ich verstehe nichts vom Gericht. Und jetzt will Gotscha mich nach England schicken, damit man mir den Prozess macht.«

Juliet fing an zu lachen.

»Wieso lachst du?«, fragte er sie.

Ich lachte entschieden nicht. Ich wurde aus dem Ausland nach Hause geschickt, weil ich gegen das Gesetz verstoßen hatte, und Malchasi wurde ins Ausland geschickt, weil er gegen das Gesetz verstoßen hatte?

»Ich habe nur versucht, mir vorzustellen, wie du vor einem britischen Gericht stehst«, sagte Juliet.

»Ja, ich werde sie bestechen«, sagte er. »Ist es das, was du denkst? Nein, ich sage ihnen die Wahrheit. Ich werde hinfahren und ein paar Georgier auftreiben, und dann betrinken wir uns in einem ihrer Parks, damit wir nicht vergessen, dass die Briten auch nicht besser sind als wir. Wenn sie mir eine Frage stellen, die ich nicht beantworten möchte, sage ich einfach: ›Ich habe die Frage nicht verstanden.‹ Das wird ihnen bald langweilig werden, und schließlich werden sie mit dem Finger auf mich zeigen und sagen: ›Wir geben ihm recht.‹«

»Malchasi, ich bin doch Anwalt«, sagte ich. »Ich kann dich vertreten.«

»Tut mir leid, Slims. Ich möchte nicht, dass du dich irgendwie komisch fühlst, aber ich weiß nicht, ob deine amerikanischen Methoden mir in diesem Fall helfen werden. Ich brauche einen echten Georgier wie Gotscha, der mir aus der Patsche hilft. Außerdem glaube ich nicht, dass sie dich aus dem Land lassen werden. Bitte, Juliet«, sagte er, »gib mir meine Waffe zurück.«

»Wo willst du jetzt hin?«, fragte sie.

»Ich muss gehen«, sagte er und verschwand.

»Es heißt, der georgische Mann sagt immer die Wahrheit«, stellte Juliet fest und schaute aus dem Fenster. »Das Problem ist, wenn er die Wahrheit nicht sagen kann, sagt er gar nichts.«

Aber ich konnte ihr nicht folgen. Ganz andere Gedanken versengten mir das Hirn: Malchasi findet, ich bin kein echter Georgier? Er glaubt, ich weiß nicht, wie man die Dinge auf georgische Art erledigt? Oh, Herr In*spek*tor, du großer georgischer Mann der Stadt, du groß*nasiger* georgischer Mann der Stadt, du magst noch so stolz darauf sein, wie groß und stark du bist, in einem Wettbewerb der Dicken würdest du immer verlieren, denn ganz gleich, wie dick dein Bauch ist, deine Nase würde immer als Erstes an die Wand stoßen! Ich überlegte, was ich tun sollte. Ich war bereit, zu Tamriko zu gehen, sie um ihre Waffe zu bitten und Gotscha zu erschießen. Mit seiner eigenen Pistole. Würde das beweisen, dass ich wusste, wie man die Dinge auf georgische Art erledigte?

Aber ich hatte keine Lust, eine neue Neun-Generationen-Vendetta zu starten. Ich drückte den kleinen @-Ball, den ich immer noch in der Tasche hatte, bis ich spürte, dass ich mich ein wenig beruhigte. Das georgische Herz ist immer gespalten: Einerseits will es den Feind bestrafen, andererseits dem Freund ein guter Gastgeber sein. Wenn wir die Gastfreundschaft an die oberste Stelle setzen, verflüchtigt sich all unsere Angst.

Aber ich brauchte einen Gast, um mich wieder wie ein Georgier zu fühlen. Nach und nach verstand ich wirklich, warum Malchasi seinen Job so sehr schätzte: Er konnte jederzeit Gastgeber für die ausländischen Seeleute sein. Der einzige

Gast, den ich kannte, war Anthony. Ich hatte eine Schwäche für Anthony, zumal jetzt, da ich wusste, dass er sich bemühte, mein Dorf vor der Pipeline zu beschützen. Ich überlegte, ob meine Gefühle die gleichen waren, die Oprah Winfrey in der Sendung beschrieben hatte, die ich gesehen hatte und in der es darum gegangen war, ein gutes Verhältnis zu sich selbst zu entwickeln. Vielleicht war Anthony mein einziger wahrer Freund – der einzige, den ich noch wirklich verstand, weil wir bei allem, was uns unterschied, doch beide zwischen zwei Kulturen gefangen waren.

25

Ich wartete ein paar Tage, bis das nächste mit Bier beladene ausländische Schiff in unseren Hafen einlief. Ich wusste, dass Malchasi zur Qualitätsprüfung normalerweise jedem Kasten eine Flasche entnahm. Am Ende des Tages lagerten fünfundachtzig Flaschen Bier auf seinem Rücksitz. Jetzt fragte ich Malchasi, ob ich seinen Wagen leihen könne. Ich wusste, Anthony trank sehr gern Bier. Also wartete ich draußen vor dem Zentrum für Demokratie auf ihn. Von Juliet wusste ich, dass er sich von dort aus bemühte, sich wegen der für die Pipeline verwendeten Beschichtung an unseren örtlichen Diktator zu wenden. Als ich ihn herauskommen sah, schlurfte er mit gesenktem Kopf die Straße hinunter und sah irgendwie aus wie ein Angsthase. Ich fuhr mit dem Wagen zu ihm heran und rief: »Du siehst heute deprimiert aus, und das wahrscheinlich aus gutem Grund, aber es ist jederzeit möglich, einen Tag in einen Festtag zu verwandeln. Schau mal auf den Rücksitz.« Sein Gesicht leuchtete auf, als er das viele Bier sah. »Komm«, sagte ich. »Fahren wir ein bisschen.« Er war einverstanden, aber nur, wenn ich ihn fahren ließe, denn meine Fahrweise gefiel ihm nicht. »Warte, bis wir den Verkehr halbwegs hinter uns haben«, sagte ich.

»Welchen Verkehr?«, fragte er.

»Hoho! Okay!«, sagte ich und fügte hinzu, die Kupplung

sei schwergängig und vielleicht könne er nicht mit einem russischen Auto umgehen, aber er fuhr eigentlich ganz anständig, außer dass er an jeder Kreuzung anhielt. Das musste ich ihm sagen. »Was machst du denn? Du hast Vorfahrt. Alle Straßen, die zum Meer führen, haben Vorfahrt.« Als er vor einer roten Ampel wartete, fragte ich: »Was machst du jetzt?«

»Soll ich vielleicht einfach eine rote Ampel überfahren?«, fragte er.

»Na, alle andern tun es, weil sie so sehr daran gewöhnt sind, dass die Ampeln nie funktionieren. Also musst du es auch tun, wenn du weiterleben möchtest.« Das ist so eine Sache mit Georgien. Wenn man sich ans Steuer setzt, wird man ein bisschen verrückt. Ich wusste, ihm würde es wahrscheinlich bald auch so gehen. Er überfuhr die rote Ampel und fragte: »Kann ich das noch mal machen?«

»Natürlich«, sagte ich. »Sooft du willst.«

Besonders gut fuhr er nicht; er rumpelte durch jedes Schlagloch. »Ich fühle mich wie ein Baby in der Wiege bei diesem Geschaukel«, sagte ich. Wir verließen die Stadt und überquerten die Bahngleise, und dann erzählte er mir, warum er deprimiert war. »Ich bin gestern gefeuert worden«, sagte er. »BP kann keinen Whistleblower gebrauchen, der sich über die Rohrverbindungen der Pipeline beschwert.«

»Lass uns einfach fahren«, sagte ich.

Ich dirigierte ihn über die Seitenstraßen, wo wir nicht in Polizeikontrollen geraten würden. Am Fluss, am Fuße des Berges, ließ ich ihn anhalten. Ich langte nach hinten, öffnete ein Bier und reichte es ihm. Ich erzählte ihm, dass wir am Abend unserer ersten Begegnung vorgehabt hatten, ihn zu kidnappen. Das sei aber unmöglich durchzuführen gewesen, denn noch über dem Gesetz stehe der Gast. Ich zeigte auf den Weinenden Berg, der früher Malchasis Onkel gehört hatte, und erzählte ihm, wie die Invasoren jeden dort umgebracht hatten. Da wurde er sehr traurig und wollte noch ein Bier. Wir fuhren weiter, und dann sah ich vor uns beim Bahnhof Schalwa, den Polizisten, ganz in Schwarz gekleidet. Er winkte uns an den Straßenrand.

»O mein Gott!«, fing Anthony an zu schreien. »Das ist ein Bandit!«

»Genau genommen ist es ein Polizist«, sagte ich.

»Noch schlimmer!«, sagte er. »Die sind alle kriminell.«

Ich sagte, da gebe es gar kein Problem, ich sei ein Makaschwili.

»Du hast leicht reden«, sagte er. »Ich bin es, der hier am Steuer sitzt. Wir haben ich weiß nicht wie viel Bier auf dem Rücksitz. Und gestern hat BP mein Visum annulliert. Sie wollen, dass ich das Land verlasse.«

»Ich dachte, du hättest es verstanden!«, sagte ich. »Höher als das Gesetz steht der Gast. Selbst wenn ein *Bandit* einen Engländer sieht, wird er uns nicht behelligen. Ich bin absolut sicher mit dir.«

»Sollte ich einfach weiterfahren?«, fragte er.

»Anhalten ist besser.« Ich lehnte mich auf meinem Sitz zurück und tat, als hielte ich ein Nickerchen. Und wie ich es vorhergesehen hatte, kam Schalwa natürlich an *meine* Seite des Wagens und wollte *meine* Papiere sehen, und wir führten ein kurzes Vier-Augen-Gespräch. Dann ging er hinüber zu Anthony, schob den Kopf durch das Fenster herein, nahm sich ein Bier und verabschiedete sich. »Adieu«, sagte er und warf Anthony eine Kusshand zu.

»Was für ein Land ist das?«, fragte Anthony. Vor lauter Lachen wäre er beinahe in den Fluss gefahren. »Oh, sorry, sorry«, sagte er.

»Was soll dieses dauernde *sorry*?«, fragte ich. »Ich habe keine Angst, zu sterben. Der Tod hat Angst vor mir.«

Am nächsten Abend nahm ich Werkzeug mit und ging zu Tamriko. »Ich wollte eure Spüle reparieren«, sagte ich. »Als ich das letzte Mal hier war, habe ich gesehen, dass sie leckt.«

Als ich fertig war, sagte ich: »So, ich habe sie repariert.«

»Danke«, sagte sie.

»Jetzt muss ich los«, sagte ich. Aber ich machte keine Anstalten, zur Tür zu gehen.

»Bei uns im Block gibt es immer noch keinen Strom«, sagte ich. »Ich lasse mein Telefon hier, um es aufzuladen.« Ich wartete darauf, dass sie etwas sagte.

»Was ist?«, fragte sie. »Warum siehst du mich so an?«

Aah! Gefühle. Worte. Irgendwo in mir fanden sie zueinander.

Ich wollte sie fragen, ob sie jemals einen Mann fast ohne Furcht kennengelernt habe. Ich wollte ihr sagen, ich könne ihr helfen, wenn sie ein Problem mit ihrem Auto oder ihrer Katze habe. Ich wollte ihr von einem Studenten meiner Schwester erzählen, der sich betrunken und ihr dann seine Liebe gestanden hatte, und wie sie ihm geantwortet hatte: »Du bist wie ein Sohn für mich.« Er verschwand für viele Tage und nahm die Rauschgiftpflanzen, die oben bei den Bahngleisen wachsen. Alle machten sich Sorgen seinetwegen. Als er zurückkam, flehte er Juliet an, ihn zu heiraten, aber statt zu sagen: »Das kommt nicht infrage«, antwortete sie: »Tja, vielleicht, wenn du deine Rauschgiftsucht überwindest.« Vielleicht dieses. Vielleicht jenes. Ich wurde sehr wütend auf sie. Sie war nicht geradlinig und gut zu ihm. Ich wollte geradlinig und gut zu Tamriko sein, und ich wollte, dass sie geradlinig und gut zu mir war und mir sagte, ob es möglich sei oder nicht, dass ich je mit ihr zusammen sein könnte.

Aber stattdessen fragte sie: »Was sind deine Ziele, Slims? Wovon träumst du?«

»Weißt du nicht, dass wir Makaschwilis berühmt für unsere Träume sind?«

»Und was sind deine?«

»Mein Traum ist es, in der Natur zu leben. Mit dir. Ich könnte ein kleines Haus für dich bauen.«

»Nein, ich rede von deiner Karriere.«

»Ich kann alles tun.«

»Ich weiß. Aber was *willst* du tun?«

»Vielleicht etwas mit dem Meer. Ich liebe das Meer.«

»Vielleicht könntest du Meeresbiologe werden.«

»Ich will aber keine *Forschung* mehr machen!«

»Ich meine ja nur, wenn du alles tun könntest, was es gibt auf der Welt, was würdest du dann tun?«

»Ich wäre gern Anwalt, aber hier hält sich ja kein Mensch an das Gesetz«, sagte ich. »Früher wollte ich mal Naturwissenschaftler sein und im Dunkeln Tiere zeichnen wie in der Tradition der Dunkeltherapie in der Tschechischen Republik, aber in Georgien hat niemand Geld für Kunst. Egal, ich lasse mein Telefon zum Aufladen hier und hole es morgen ab.«

»Sims«, sagte sie, als ich mich abgewandt hatte. »Wenn sich hier niemand an das Gesetz hält, warum bist du dann nie ein *kurdi* geworden?«

»Du also auch?«, sagte ich und riss mein Telefon an mich. »Du möchtest einen Verbrecher heiraten? Wie überaus romantisch. Vielleicht bist du mit Gotscha wirklich besser bedient.«

Aber als ich hinausging, malte das verblassende Tageslicht schräge Linien auf alle Häuser und vermählte die Schatten mit der Erde. Es war jene ekstatische Zeit zwischen Tag und Nacht, wenn das Licht zu beweisen versucht, dass der Zweck des Lebens die Liebe ist. Ich nahm Kurs auf Malchasis Büro. Wenn Tamriko einen *kurdi* wollte, würde ich ein *kurdi* werden.

Die Türklingel an Malchasis Büro funktionierte nicht. Also stieß ich die Tür einfach auf. Der Wachmann schlief auf einem Stuhl. Im Korridor roch es nach gekochtem Kohl. Malchasis Kopf lag auf dem Schreibtisch, und er schlief tief und fest. Mir fiel auf, dass er von dem Stress in seinem Job ein paar graue Haare bekommen hatte.

Als er aufwachte, sagte ich: »Ich möchte mit dir auf dieses türkische Schiff.« In Wahrheit wollte ich das aus mehreren Gründen nicht. Ich, Herr Slims Achmed Makaschwili, unermüdlicher Bekämpfer der Korruption, war bemüht, das moderne Recht nach Georgien zu bringen. Aber höher als das Recht steht die Frau.

»Das türkische Schiff mit dem britischen Master ist auf seiner zweiten Reise. Wir werden warten müssen, bis es zurückkommt, wenn du mir helfen willst«, sagte er.

»Nein«, sagte ich, »ich will nur ein paar Plastikblumen von einem türkischen Schiff für Tamriko klauen. Dieses Mädchen ist verrückt nach *kurdi*.«

Malchasi lachte herzlich. »Vielleicht wird sie sich tatsächlich darüber freuen.«

Als wir in den Hafen kamen, deutete Malchasi auf ein Schiff, das beleuchtet war wie ein im Dunkeln leuchtender Drache. »Siehst du dieses Monster?«, fragte er. »Das ist auch ein türkisches Schiff. Sieh es dir an. Kannst du dir vorstellen, dass es neu ist? Jetzt duck dich. Wir fahren durch ein Sperrgebiet. Man sollte doch annehmen, dass dieser türkische Master sich auf seiner Reise nach Batumi an die Steuerung gewöhnt hat. Wenn du der Führer eines solchen Schiffes wärst, würdest du dich mit der Steuerung vertraut machen, wenn du durch die Meerenge des Bosporus und durch das Schwarze Meer navigieren müsstest, oder?«

»Selbstverständlich«, sagte ich.

»Und du würdest wissen, wie man die Ladung im Gleichgewicht hält. Aber sieh es dir an. Die gesamte Last liegt auf der Steuerbordseite!«

Malchasi parkte auf dem Platz, der für Ölinspektoren reserviert war. »Hier, du kannst meine Jacke anziehen.« Malchasi warf sie mir zu. »Da ist mein Abzeichen dran.«

Im Gebäude schob er mich in einen Raum, der vom Brummen eines Generators erfüllt war. Darin stand eine mit grünem Kunstleder bezogene Couch. »Warte hier. Ich muss ein paar Papiere unterschreiben, bevor wir an Bord des türkischen Schiffes gehen können. Hier, etwas zum Lesen.« Er gab mir eine Zeitschrift über Snowboarding, den amerikanischen Sport. »Die hat ein amerikanischer Seemann hiergelassen. Es wird ruhig sein, weil alle gegangen sind, aber schlaf nicht ein. Kann sein, dass ich deine Hilfe brauche. Hier ist ein Fernglas. Durch das Fenster kannst du den Hafen sehen. Achte darauf, dass das türkische Schiff nicht anfängt zu sinken.«

Ich sah mich um und begriff, dass Malchasi seinen Job vielleicht deshalb so gernhatte, weil er ihm ermöglichte, in einer so modernen Umgebung zu arbeiten. Die Farben waren neutral gehalten, und nirgends blätterte der Anstrich ab. An der Wand hing ein Schild mit der englischen Aufschrift »NO SMOKING«. Ich schnappte mir eine Handvoll Stifte aus der Schublade mit dem Schreibmaterial. Ich könnte Tamriko ein paar gestohlene Kulis schenken.

Malchasis Boss aus Aserbaidschan kam herein. Er trug

einen grünen Dienstpullover mit orangen Karos an den Ärmeln. Es sah aus, als bemühte er sich, einen professionellen Dresscode aufrechtzuerhalten, der in unserer Stadt zunehmend lax wurde. Der Mensch dient gern einem Zweck. Malchasis aserischer Boss starrte mich an und genoss die Wärme seiner Heizung.

»Stört es Sie, wenn ich hier sitze?«, fragte ich.

»Tun Sie, was Sie nicht lassen können«, sagte er und drehte sich zu seinem Schreibtisch um.

Es war warm von der blauen Glut der Gasheizung. Das einlullende Brummen des Generators und das weiße Rauschen des West-Kühlschranks ließen die Lichter des türkischen Schiffes im Hafen bald verschwimmen, und ich schlief ein.

Mitten in der Nacht wurde ich vom Geräusch eines Druckers und von Malchasi geweckt, der über den Druckerschalter fluchte. »Ach, ich hab's nicht leicht«, sagte er, als er sah, dass ich wach war. »Keiner dieser türkischen Seeleute spricht auch nur ein Wort Georgisch. Die Türkei ist unser Nachbar! Findest du nicht, sie sollten ihren Nachbarn wenigstens Guten Tag auf Georgisch sagen können? Aber sie lernen in der Schule nur ein paar seltsame Tricks mit ihren Feuerzeugen. Du kannst jetzt mitkommen, Slims.«

Und so gelangte ich endlich an Bord des türkischen Schiffes.

Anfangs hatte ich Angst, aber die türkischen Seeleute waren überraschend freundlich. Ein paar standen an der Reling und schauten sehnsüchtig nach Süden, wo ihre Heimat lag. Ich bat einen um eine Zigarette, und er schenkte mir seine ganze Packung.

Ich sah zu, wie Malchasi den Ölstand maß. Er schob einen Messstab in die Luke des Öltanks und notierte eine Zahl.

Aber niemand begriff, was er da maß. Schließlich sagte ein türkischer Seemann, der ein bisschen Englisch konnte, sie mäßen wie die Amerikaner, in *feet* und *inches*. Zuerst glaubte ich, er machte Witze, denn *intschus* bedeutet *was* auf Armenisch. Deshalb dachte ich, er sagte dauernd nur: »Was? Was?«

Als Malchasi mit dem Messen fertig war, ging ich auf dem Schiff herum, aber ich fand keine einzige Plastikblume. »Auf diesem Schiff gibt es nichts zu klauen«, berichtete ich Malchasi.

»Natürlich nicht«, sagte er. »Ich dachte, das war ein Scherz von dir.«

»Aber *du* hast doch auf einem Schiff Plastikblumen geklaut!«

»Nein, gar nicht. Die habe ich in einem Laden gekauft. Komm mit mir auf das amerikanische Schiff. Das wird dir gefallen.«

Aber auf dem amerikanischen Schiff waren sie nicht ganz so freundlich. Als ich die türkische Zigarettenschachtel hochhielt und sagte: »Nicht gut, nicht gut. Haben Sie gute Zigaretten?«, zog ein amerikanischer Matrose eine Packung Marlboro Lights aus der Tasche und sagte: »Gute Zigaretten.« Und dann steckte er sie wieder ein. Pffft.

Ein paar Tage später kam Malchasi in unsere Wohnung gehüpft und sagte: »Juliet! Mach mir ein Kotelett!«

»Wie bitte?«, fragte sie.

»Oder ich spendiere euch ein Kotelett. Komm, Juliet, und du auch, Slims! Lasst uns fahren.«

»Warum bist du so gut gelaunt?«, fragte ich ihn. »Was ist passiert? Hast du dem englischen Kapitän Wein und ein Schwert geschenkt? Denn das könnte tatsächlich funktionieren. Anthony …«

»Nein, Slims«, sagte er. »Du machst Witze. Du machst Witze. Um die Wahrheit zu sagen, das türkische Schiff ist gestern von seiner zweiten Reise zurückgekommen. Diesmal habe ich zu dem britischen Master gesagt: ›Messen Sie.‹ Ich stand mit verschränkten Armen da und schaute zu, wie er selbst maß. Jedes Mal, wenn er mich anschaute, sagte ich: ›Weiter.‹ Und dann stellte er selbst eine Diskrepanz von fünfhundertdreißig Tonnen fest. Also entschied seine Firma sich, doch nicht zu klagen. Ich sagte zu ihm: ›Wenn Sie mit dem Schiff noch ungefähr zwölf Fahrten gemacht haben, werden Sie die Durchschnittswerte kennen, und dann können Sie Ihre Berechnungen entsprechend anpassen.‹ Jetzt bin ich mit den türkischen Seeleuten befreundet. Einer hat sogar vorgeschlagen, ich soll seine Tochter heiraten. Aber ich habe gesagt: ›Obwohl ich langsam lerne, Türken zu lieben, könnte ich doch nie in deine Familie einheiraten, denn ihr esst gern Zucker auf euren Fleischgerichten. Fleisch ist aber kein Keks.‹«

Es war Frühsommer, und die Touristen kehrten nach Batumi zurück. Viele Armenier fuhren wieder mit ihren Mercedes an unsere Strände. Ich musste daran denken, dass schon ein Jahr vergangen war, seit Malchasi und ich ohne Job am Strand gesessen und nur Radio gehört hatten. Jetzt hatte in Batumi schon eine neue Eisdiele eröffnet, die angeblich amerikanische Sorten führte. Als wir daran vorbeifuhren, sagte ich zu Malchasi: »Du musst das amerikanische Eis probieren.« Wir bestellten Pistazie, und Juliet nahm Zimt, und dann gingen wir mit unserem Eis hinaus.

»Das schmeckt so köstlich«, sagte Malchasi und warf sein Eis auf die Straße. Er entwickelte allmählich den Sarkasmus eines modernen Mannes.

»Koste von dem hier«, sagte Juliet und reichte ihm ihr Eishörnchen. »Schmeckt würzig.«

Malchasi kostete und verzog das Gesicht. »Demnächst machen sie noch Eis mit Gulaschgeschmack.«

Als wir zum Auto zurückkamen, zog Malchasi achttausend Lari aus der Tasche, hielt sie uns unter die Nase und lachte. »Der britische Kapitän hat mich heute bezahlt. Es genügt, um mir ein Visum für England zu kaufen. Juliet, wenn du dort hingehst, komme ich mit. Lasst mich heute lieber keinen Wein trinken, sonst tu ich es vielleicht wirklich.«

»Hast du Wein?«, fragte Juliet mich flüsternd.

»Nein«, sagte ich.

»Ich auch nicht«, sagte sie.

Malchasi fuhr zu Gotschas neuem Café beim Busbahnhof. Wir blieben im Wagen, und Malchasi gab Gotscha viertausend Lari. Gotscha zählte das Geld und nickte.

Ich hatte noch die Stifte, die ich gestohlen hatte. Bevor wir losfuhren, warf ich sie Gotscha zu und sagte: »Die kannst du Tamriko geben. Ich habe sie geklaut.« Gotscha sah mich verwirrt an.

»Ha!«, sagte Malchasi und schlug mit der Faust auf das Lenkrad. Er fuhr los. »Habt ihr das gesehen? Ich hatte achttausend Lari, genug, um mir ein Ausreisevisum zu kaufen! Und ich hab's nicht getan! An diesen Tag werde ich mich ewig erinnern. Jetzt müssen wir wirklich feiern!«

Wie im Fluge fuhren wir die Straße hinauf, durch die vertrauten Berge, und hörten die Verse: »Ich gehöre dir, du gehörst mir.« Von draußen winkte uns die Welt der grünen Bäume zu. An einem Bohnenbrotladen hielten wir an und kauften sechs Brote. Wein gab es nicht; deshalb mussten wir in ein russisches Geschäft gehen, wo es nur Port gibt. »Die Russen gehen immer gern in den Wald und singen Lieder über ihren Port«, sagte Malchasi. »Ooh, ooh, ich und mein Port«, sang er und wischte sich mit dem Taschentuch über die Stirn. Wir stellten das Auto ab und gingen zu Fuß in die Berge hinauf, und unterwegs gaben wir den Leuten Feuer.

Wir gingen bis Maxunseti, zu dem Wasserfall bei der steinernen Bogenbrücke der Königin Tamar, und tranken dort von dem Wasser. Malchasi verteilte wilden Honig, Käse und das Bohnenbrot, und wir zündeten ein großes Feuer an.

Die Bäume waren schwer von Pflaumen. Wir schlängelten uns zum Fluss hinunter. »Hier!«, sagte Malchasi herrisch zu Juliet. »Setz dich auf diesen Stein!«

Höflicher, sagte sie, sei es, wenn man sagte: »Würdest du dich *bitte* auf diesen Stein setzen?«

»Wirklich?« Er fing an zu lachen. »Ist das die englische Art? Ich muss *bitte* sagen, wenn ich dir helfen will, nicht nass zu werden? Das Wasser hier ist kalt! Ich will einfach nicht, dass du dich erkältest.«

Wir öffneten die Portflasche, und Malchasi trank, ohne einen Toast auszubringen. »Ich kann auch ein Engländer sein«, sagte er und nahm einen Probeschluck. »Ich kann mich an alles anpassen. Ich bin bereit, die Toasts aufzugeben.«

»Bitte nicht«, sagte Juliet.

Ich saß schweigend da und starrte in den rauschenden Wasserfall.

»Juliet«, sagte Malchasi, »verstehst du mich? Ich bin bereit, meine Kultur aufzugeben. Für dich.«

»Bitte«, sagte ich. »Tu das nicht.«

Wir saßen alle da und schwiegen. Die Steine reflektierten das Schimmern des Flusswassers.

Es war schon spät und wurde dunkel. Wir gingen schweigend zum Auto zurück. Die Heimfahrt dauerte lange.

Ich war eingeschlafen und wachte erst auf, als Malchasi vor unserem Haus anhielt.

»Da sind wir nun«, sagte er leise zu Juliet. »Sitzen mitten in der Nacht in diesem Auto.«

»Da sind wir«, sagte sie

»Es ist mitten in der Nacht. Juliet, hast du niemals Angst vor mir?«

»Na ja, mein Bruder schläft auf dem Rücksitz«, sagte sie.

»Wenn *ich* eine Frau wäre, hätte ich Angst vor mir. Ich verstehe nicht, warum keine Frau je Angst vor mir hat. Ich bin wie *kurdi*. Ich dachte, georgische Mädchen sind verrückt nach *kurdi*.«

Ich öffnete die Augen und sah, wie er gähnte und auf die Uhr schaute. »Es ist drei Uhr morgens.« Er zeigte auf die Wohnung im Erdgeschoss, wo noch Licht brannte. »Wieso sind die noch wach? Vielleicht schlafe ich gleich hier.« Er lehnte sich zurück und schloss die Augen. »Aber leider kann ich nicht schlafen. Ich muss zurück zu diesem verdammten türkischen Schiff. Aber vorher trage ich dich noch zu deiner Tür.«

»Nein«, sagte sie.

»Warum nicht? Sag mir einen guten Grund, warum nicht.«

»Weil ich Beine habe.«

»Das ist eine schwache Ausrede.«

»Weil ich zu schwer bin.«

»Ich warte. Du hast lauter schwache Ausreden.«

»Weil wir ...«

»Ich glaube, jetzt wolltest du es sagen.«

»Weil morgen die ganze Stadt darüber reden würde.«

»Das ist die richtige Antwort«, sagte er und nahm ihre Hand. »Aber wenigstens begleite ich dich bis an die Tür.«

Keiner von beiden stieg aus. Sie saßen einfach schweigend da. Ich stellte mir vor, wie gerade Armenier geboren wurden.

»Diese verdammten Russen, die dieses Auto gebaut haben«, sagte er. »Das soll ein Auto für ein Paar sein, oder? Und jetzt sieh dir an, wie viel Platz zwischen den Sitzen ist.«

Ich lachte laut über die halbmeterbreite Lücke zwischen ihnen.

26

Am 19. August 2003, dem Tag der Wende in diesem Jahr, wurde es nur noch heißer. Die Trauben verdorrten vor der Lese und wurden zu Rosinen. Die Ikonen in den Kirchen fingen wieder an zu weinen, aber diesmal waren alle so gefesselt von den Politikern, die sich im Fernsehen stritten, dass niemand es bemerkte. Mein Cousin Ben Hur im Dorf erzählte mir später, erst als die Kuh eines Nachbarn von einer Klippe gestürzt sei, habe das ganze Dorf die Fernsehgeräte abgeschaltet und getrauert.

Zwei Monate lang hörten wir an batteriebetriebenen Radios zu, wie die Politiker stritten. Sogar Mr Fax hatte ein Radio im Büro. Eine Woche vor den Wahlen saßen er und ich mit ein paar ukrainischen Soldaten im Konferenzzimmer, als der Nachrichtensprecher uns erzählte, dass unser eigener örtlicher Diktator soeben aus der Schweiz nach Hause zurückgekehrt sei. Im adscharischen Rundfunk verkündete der Diktator: »Oh, mein Volk! Ihr musstet elektrischen Strom entbehren, als ich in der fernen Schweiz war?« Und mit honigsüßer Stimme fragte er jemanden, der anscheinend neben ihm saß: »Warum habt ihr mir das nicht gesagt?« Und wie ein Superheld muss er irgendeinen Hebel umgelegt haben, denn auf einen Schlag ließ er die ganze Stadt erstrahlen. Er spie elektrischen Strom in jedes Haus, jede Hütte, jeden Stall.

Ich hatte gedacht, Anthony habe das Land inzwischen verlassen, aber er wohnte (oder versteckte sich vielleicht) noch immer im Hotel Paradies. Er erzählte mir später, sogar dort habe es wieder Strom gegeben. Und es war ein Strom von erstklassiger Qualität! Die Kühlschränke zitterten nicht. Kochend heißes Wasser kam bis hinauf in den siebenten Stock. Der gemeinschaftliche Staubsauger brummte beständig in den Wohnungen. Alle waren durchtränkt vom Licht, und nach einer Woche hatten wir vergessen, dass es je dunkel gewesen war. Wir nahmen heiße Bäder in unseren Wohnungen, wir luden Leute ein, bügelten unsere Kleidung und schliefen bei Lampenlicht. Jetzt, da es auch in den Korridoren hell war, dachte ich, ich könnte auch Tamriko einmal zu sehen bekommen. Aber ich sah sie nur ein Mal, nämlich als sie mir den Staubsauger brachte.

Ich hörte sogar, wie jemand auf der Straße ein paar Fetzen aus dem alten sozialistischen Gedicht rezitierte, das Joseph Grischaschwili vor fünfzig Jahren zur Eröffnungsfeier des Wasserkraftwerks am Chrami geschrieben hat.

Ich trinke voller Stolz auf mein liebes Heimatland!
Überall sehe ich elektrische Lichter glühen,
Und den Demagogen fremder Länder verkünde ich –
Diese hellen Strahlen haben euch geblendet, und ihr fürchtet das Licht,
Ihr Sklaven der Nacht, Verderber des Wahren und Rechten;
Kein Mensch kann spalten diese Wasser mit mächtiger Klinge,
Keine Macht uns entzweien, keine feindliche Horde!

Und mit dem Strom kam das Fernsehen! Den ganzen Tag lang konnten wir auf unserem Lokalsender das Aufbranden der Gewalt in der fernen Hauptstadt sehen: junge Männer, die Steine anhäuften, um sie auf das Parlament zu werfen, alte Frauen auf dem Markt, die den Vertreter der Elektrizitätsgesellschaft umzingelten, und andere Bilder des Misstrauens aus Tbilissi, wie sie einer Wahl für gewöhnlich vorausgehen. Menschen marschierten vor dem Parlament auf, zu arm, um sich eine Artillerie zu leisten, aber erfüllt von einer Wut jenseits alles Vorstellbaren, und sie forderten verzweifelt einen Regimewechsel, der ihnen den elektrischen Strom ein für alle Mal zurückbringen würde.

Vor vielen Jahren sagte Präsident Schewardnadse einmal aufgrund solcher Demonstrationen die Sitzungen des Tages ab, und am selben Nachmittag trat er sogar zurück. Zehn Minuten später nahm er seinen Rücktritt zwar zurück, versprach aber, nicht wieder zu kandidieren. Er hielt dieses Versprechen jedoch nicht und kandidierte doch. Und dann noch einmal – für zehn Jahre. »Und jetzt geht's wieder los«, sagte ich zu Malchasi.

Der November, der Monat der Parlamentswahlen, heißt auch Monat der Wahrheit, weil der Tag des heiligen Giorgi in diesen Monat fällt, und das ist der Schutzpatron Georgiens. In Georgien lieben wir Festtage sehr – so sehr, dass wir von jeder Sorte zwei oder mehr haben. Wir haben viele Tage zur Feier der Frauen, und wir haben zwei für die Liebe. Der erste gilt der romantischen Liebe, und an diesem Tag dürfen nur romantische Lieder im Radio gespielt werden. Der zweite ist der Tag der spirituellen Liebe, und um ihn zu begehen, braucht man nicht Teil eines Paars zu sein. Wir haben auch zwei Weihnachtsfeste und zwei Neujahrstage, aber das liegt daran, dass wir zwei Kalender haben. Doch schon bevor wir zwei Kalender hatten, hatten wir zwei St.-Giorgi-Tage. Am ersten gedenken wir seines Todes, am zweiten denken wir einfach an ihn. Aber das ist gar nichts, denn früher haben wir seinen Tag *jeden* Tag gefeiert.

Zur Feier des ersten St.-Giorgi-Tags im November erklärte meine Mutter sich bereit, Honig-Walnuss-Krokant für Sukas Klasse zu machen, wenn er die Walnüsse knackte. Wie wir auf Georgisch sagen: »Eine kleine Walnuss lässt sich unter neun Brüdern aufteilen.« Das soll bedeuten, die Liebe ist grenzenlos. Aber Suka hatte schon sieben Kilo Walnüsse geknackt – genug, um das ganze Brauereiviertel mit der Süßigkeit zu versorgen. Er war auf dem Grund der Walnusstonne angekommen. Juliet sang zur Gitarre ein altes Swani-Wiegenlied aus den Bergen. Es handelte von der Fahrt über ein weites Meer mit nur einer kleinen Kerze. An den genauen Text erinnere ich mich nicht mehr, denn mitten im Lied knackte Suka eine der letzten Walnüsse, und da, mitten auf dem runzligen Kern, war ein grün-blaues Bild des heiligen Giorgi. Es war winzig, aber ich erkannte ihn deutlich. Sein Schimmel bäumte sich auf, und er tötete den Drachen mit der Spitze seines Speers. Meine Mutter hörte auf, in ihrem Sirup zu rühren, und legte die Walnuss auf den Tisch unter das Öllämpchen. Sie zündete eine Kerze an, sprach ein kurzes Gebet, forderte uns auf, ebenfalls zu beten, und schickte Suka dann zum Bischof. Suka erzählte, als er ihm den heiligen Giorgi gezeigt habe, habe der Bischof feierlich gesagt: »St. Giorgi führt unsere Truppen stets in die Schlacht.« Suka sagte, er habe genug vom Krieg, und steckte den Heiligen wieder in die Tasche. Der Bischof streckte die Hand aus und befahl: »Gib ihn mir!« Aber als Suka die Walnuss herausholte, war das Bildnis verschwunden. Suka stülpte seine

Tasche um und sah, dass die blau-grüne Farbe sich an dem Stoff abgerieben hatte.

Herbalife sagt uns, weil Walnüsse an die Form des Gehirns erinnern, ist es gesund, einen Sack Walnüsse zwanzig Minuten lang auf dem Kopf zu balancieren. Ich habe es einmal versucht, und mir wurde davon schwindlig. Aber die Walnuss, die Suka an diesem Tag gefunden hatte, war nicht das Gehirn des heiligen Giorgi. Sie war sein Bildnis.

Weder Suka noch ich hatten Angst vor Krieg, aber wir fürchteten die Eindringlinge, die dauernd versuchten, in unseren Wäldern Feuer zu legen. Und mir war bange vor unseren militärischen Fallschirmen, denn die öffneten sich oft nicht. So oft waren im Laufe der Geschichte Fremde in unser Land eingefallen, dass man denken sollte, wir hätten uns daran gewöhnt, aber wenn es passierte, rannten wir doch immer wieder weg und versteckten uns in einer Festung oder irgendwo in einem Dorf. Aber an dem Tag, als Suka das Bildnis des heiligen Giorgi auf der Walnuss entdeckte, wusste ich nicht – und ich weiß es immer noch nicht –, ob St. Giorgi uns vor einer Invasion durch unsere Nachbarn jenseits der Grenze oder vor einer Invasion ganz anderer Art warnen wollte.

Herbalife sagt, wenn man in ausgekochten Walnussschalen badet und dabei an etwas denkt, das man sich abgewöhnen möchte, dann werden die Konturen der Walnussschalen die alten Gewohnheiten aufsaugen, sodass sie keine Bürde mehr sind. Aber als ich die Schalen zum Kochen aufgesetzt hatte, vergaß ich sie auf dem Herd, und sie verkohlten auf dem Boden des Topfes. Ihre Konturen lösten sich auf, und sie konnten keine Geschichte mehr aufnehmen. Unwillkürlich fragte ich mich, ob meine Geschichte mit Tamriko auch auf dem Boden eines Topfes verkohlt war.

Der 23. November war der zweite Tag des heiligen Giorgi, und die Kirchenglocken läuteten. Meine Mutter deckte den Tisch mit einer weißen Decke, und alle nahmen sich einen Tag frei. Am Tag des heiligen Giorgi muss man jedem, der Giorgi heißt, etwas schenken. Weil fast jeder so heißt, ging alle Welt einkaufen.

Auf Anraten eines amerikanischen Thinktanks beschlossen die Behörden für die diesjährigen Wahlen, jeden, der seine Stimme abgab, mit Tinte zu markieren.

»Aber das muss unsichtbare Tinte sein«, beharrte der Bischof.

»Ah ja«, sagte der amerikanische Thinktank zustimmend. »Damit keiner sie finden und abwaschen kann.«

»Nein«, erwiderte der Bischof. »Damit sie auch wählen gehen. Nur der Teufel markiert die Menschen. Die Leute halten Politiker sowieso schon für den Teufel. Glauben Sie, die werden zur Wahl gehen, wenn sie befürchten, der Teufel wird ihnen sein Zeichen aufdrücken?«

Am Morgen des Wahltags war es frisch. Das Novemberlaub lag verstreut herum wie zerrissenes orangegelbes Einwickelpapier nach einer Geburtstagsparty. Ich stieg aus dem Bus und ging zu Fuß zum Zentrum für Demokratie, und dabei fühlte ich mich wie ein Amerikaner, der im Begriff war, seine Bürgerpflicht zu erfüllen. Juliet hatte mir geholfen, meine Hose zu bügeln, sodass sie jetzt eine scharfe Bügelfalte hatte, wie zu Sowjetzeiten. Und im Bus hatte ich in dem Stapel Karteikarten geblättert, auf die ich meine englischen Lieblingsverben geschrieben hatte. *To hope* – hoffen. *To aspire* – streben. *To strive* – sich bemühen. *To achieve* – erreichen. Ein Mann hinter mir, irgendein Witzbold, hatte mir über die Schulter geschaut und jedes Mal, wenn ich eine neue Karte aufblätterte, einen Mädchennamen durch den

Bus gerufen: »Nino ... Msia ... Salome ... Marika«, als ob ich mich nicht auf die Wahl vorbereitete, sondern überlegte, welches Mädchen ich anrufen sollte. Ich funkelte ihn an und fragte: »Gehen Sie wählen?«

Selbstverständlich, sagte er. Er war den ganzen Weg vom Dorf heruntergekommen. Auf dem Dorf hocken sie um die Heizung herum und reden so viel über Politik, dass sie sogar wissen, was George Bush als Nächstes tun wird – bevor Bush es selber weiß.

Am Zentrum für Demokratie nickte ich dem Wachmann Geloti zu. In Georgien gibt man den Namen Geloti dem ersten Sohn in einer Familie, die sonst nur Töchter hat. Er bedeutet: »Wir haben auf dich gewartet.« Aber er hatte anscheinend nicht auf mich gewartet. »Tut mir sehr leid, Slims«, sagte er. »Aber wir haben keine Stimmzettel mehr.«

Zuerst glaubte ich ihm. Ich war maßlos enttäuscht und machte mir Vorwürfe, weil ich nicht schon früher gekommen war. Papier ist schließlich sehr teuer. Aus diesem Grund konnte das Verlagshaus in Batumi von unserem georgisch-englischen Wörterbuch auch nur *Band eins* bis zum Buchstaben *N* herausbringen.

Aber dann sah ich, dass Geloti einer Frau die Tür aufhielt, die auf extrem hohen Absätzen angetrippelt kam, einer entfernten Cousine unseres örtlichen Diktators. Während er ihr die Treppe hinaufhalf, konnte ich einen Blick durch die offene Tür werfen, und ich sah Gotscha, den Mini-Mafioso vom Minigolfplatz, der ein ganzes Bäckerdutzend Wahlzettel in die Urne stopfte.

Ich war äußerst verärgert, genau wie ein Mann drinnen, der anfing, sich lauthals zu beschweren, dass sein Name und der seiner Frau nicht auf der Wählerliste ständen. Ich sah mich nach irgendeiner Art von Gerechtigkeit um, aber da war nichts zu finden. Ich setzte mich auf die Treppe und sah zu, wer wählen durfte und wer weggeschickt wurde. Niko, der Direktor des Fingerpuppentheaters, wurde abgewiesen, wahrscheinlich wegen der offenherzigen Bemerkung, die er letzte Woche in der Zeitung gemacht hatte: »Ich mag den Diktator. Aber seine Frau mag ich noch lieber.«

Nachdem Gotscha das Gebäude verlassen hatte, durfte er eine halbe Stunde später noch einmal wählen, obwohl er schon ziemlich viele Stimmen abgegeben hatte.

Um mich aufzumuntern, sagte ich mir, ich müsse wohl eine sehr wichtige Person sein, wenn man mir mein Wahlrecht verwehrte. Vielleicht war unser gebieterischer Diktator durch einen seiner Assistenten oder durch eine hyperempfindliche Aufzeichnungsvorrichtung in einem Lüftungsschlitz in der Decke darüber informiert worden, ich hätte seit meiner Reise nach Amerika vielleicht eine gewisse Empfänglichkeit für die Hauptstadt Tbilissi entwickelt, statt mich für die provinziellen Belange Batumis zu interessieren.

Ich kaufte mir ein Kasbegi-Bier. Unter seinem Einfluss – und beim Anblick des Sonnenlichts, das auf der warmen, smaragdgrünen Flasche funkelte – wurde ich zugänglich für die Schönheit des winterlichen Lichts. »Licht. Das Licht ist das, was wichtig ist. Wer immer diese Wahl gewinnt, die Sonne möge ihm stets auf den Kopf scheinen«, sagte ich und trank Schalwa, dem Polizisten, zu, der am Straßenrand stand, sich verbeugte und den Frauen zuwinkte, die vorbeifuhren. Eine hielt bei ihm an und gab ihm eine Tüte Äpfel. Schalwa teilte sie auf dem Randstein auf und gab mir die Hälfte. Ich spuckte die Kerne für die Schwarzdrosseln aus.

Am Ende des Wahltags fing der Strom an zu schwanken, und dann ging es ihm wie der Kerze in Wascha-Pschawelas

Gedicht: »Ihr Licht umarmte die Herde und leuchtete zuzeiten heller noch, doch dann begann es leise zu flackern und erstarb.«

Zwei europäische Wahlbeobachter – amtliche Gutachter oder so etwas – kamen aus dem Zentrum für Demokratie und drehten die Köpfe hin und her, weil sie von der intensiven Beobachtungsarbeit einen ganz steifen Hals bekommen hatten. Sie trugen leuchtend gelbe Abzeichen, die signalisierten, wie wichtig ihre Arbeit war. Zum Glück hatten sie noch keine Verabredung; ich sah es an ihren halbherzigen Schritten in diese und dann in jene Richtung. Mir war klar, dass ich die Angelegenheit sehr diplomatisch ansprechen musste, und deshalb schlurfte ich versuchsweise ein bisschen herum, bis ich genauso ging wie sie, und dann fragte ich sie: »Romeli satia?« – »Wie spät ist es?« Sie verstanden aber kein Georgisch und teilten es mir mit ungeorgischer Mimik mit: Sie zogen die Brauen hoch und nickten.

»Ah, Sie sind Ausländer!«, sagte ich. »Kennen Sie Anthony?«

»Wer ist Anthony?«, fragten sie.

»War ein Scherz«, sagte ich. »Aber Sie sollten ihn kennenlernen. Sie würden einander wirklich mögen, glaube ich.« Ich gab ihnen meine Visitenkarte – in der linken Ecke war ein Sheriffstern abgebildet –, damit sie wussten, dass ich kein einfacher georgischer Bauer war. Ich führte sie ins Café der Sowjetnostalgie, denn ich wusste, an diesem Tag spielte dort der Geiger im Keller.

»Da ist der Strom ausgefallen«, sagte der eine Wahlbeobachter und zog seine Skimütze zurecht. »Lassen Sie uns woanders hingehen.«

»Ah, aber die Wahl ist vorbei. Strom gibt es nirgends

mehr«, sagte ich. »Wir können uns ans Fenster setzen, da gibt es ein bisschen Licht. Und die Frauen sind dort auch am schönsten.« Bei Tamriko bestellte ich *chatschapuri* und Kasbegi-Bier.

Ich verstand nicht immer, wovon sie sprachen, denn während wir auf das Essen warteten, plauderten die beiden nur auf Schwedisch miteinander. Als ich anfing, mich zu langweilen, bestellte ich noch ein Bier und führte Tamriko vor, wie ich die Flasche mit dem Bauchnabel öffnen konnte.

Als das Essen kam, schwamm das goldene Eigelb der Henne auf einem Boot mit dampfendem Bauernkäse, und ich sagte: »Sunny side up!«, um ihnen zu demonstrieren, dass ich kein bloßer Dilettant in der englischen Sprache war und nicht die Absicht hatte, sie auszunutzen, um mein Englisch zu verbessern, sondern mit ihnen über ernsthafte Angelegenheiten diskutieren wollte. Ich hätte ihnen gern zugezwinkert, aber ich hatte großes Mitleid mit ihnen, als ich sah, wie sie mit ihrem *chatschapuri* kämpften und es mit Messer und Gabel zerschnitten, sodass die ganze Butter vom Brot floss und auf dem Teller eine Pfütze bildete.

»Es ist okay, wenn man die Finger benutzt«, sagte ich, riss ein Stück von der Reling meines Brotbootes ab und zeigte ihnen, wie man damit den Käse aufwischte und ins Eigelb tauchte.

Nachdem sie ein paar Schluck Bier getrunken und mit mir über den übertriebenen Alkoholgehalt gesprochen hatten, neigte ich den Kopf zu ihnen hinüber und flüsterte: »Was würden Sie tun, wenn Sie sähen, wie jemand – eine einzelne Person – fünfzehn Wahlzettel in die Urne stopft?«

Sie wechselten einen Blick. Der eine räusperte sich, schaute in sein Bier und schob es langsam und gegen den Uhrzeigersinn im Kreis auf dem Tisch herum. Sie seien als Beobachter hergeschickt worden, sagte er, nicht, um sich einzumischen. Er habe diese *Unregelmäßigkeiten* gesehen und mit Datum und Uhrzeit in seinem Buch notiert. Seine Stimme verriet keine Zerknirschung; er versuchte nicht einmal, sie vorzutäuschen.

»Aber was nützt das?«, fragte ich. »Wissen Sie nicht, dass wir Georgier glauben, wir kommen mit allem durch?«

»Wir sind nur als Beobachter hier«, sagte er. »Nicht als Polizisten.«

»Aber was soll das?«

»Es hat diplomatische Gründe«, sagte der andere.

»Georgische Wahlen sind wie Frauen«, sagte der Erste. »Sehr wankelmütig.« Er versuchte das Thema zu wechseln.

In diesem Augenblick ging der Strom wieder an. »Ah«, sagte ich und deutete auf das Licht. »Ein Zeichen. Vielleicht haben Sie recht. Tamriko?«, rief ich. »Er sagt, die Wahlen sind wie Frauen. Gibst du ihm recht?«

Aber sie hatte mich nicht gehört, weil ein Radio in der Küche, das wieder Strom bekam, knisternd verkündete: »Ich trage meine Sonnenbrille nachts.«

Obwohl ich normalerweise die *tschonguri* im Herzen trug, die mein Blut mit dem Wohlklang eines traditionellen georgischen Instruments erfüllte und mich daran erinnerte, was und wer georgisch ist, begann diese moderne Disco-Musik, diese Duum-Buum-Duum-Musik, alles zu beschleunigen. Jetzt musste ich mein Herz auf *diesen* Beat einstimmen, und wo Schnelligkeit ist, ist kein Gefühl. Es erinnerte uns alle, die wir im Restaurant saßen, an das, was die Menschen in den modernen westlichen Ländern fühlten. Auf subversive Weise wisperte die Musik uns zu: *Catch up!* Haltet Schritt mit dem heroischen Rhythmus eines UN-Rettungshubschraubers an den Hängen des Kasbegi-Berges, der dort

Skiläufer evakuiert – weil sie im Sessellift hängen geblieben sind, als der Strom ausfiel.

Die Sonne ging unter wie eine dicke Chilischote und vergoldete die Restauranttische mit ihrem Abschiedslicht. Aber niemand bemerkte es, weil sie alle im Rhythmus dieses amerikanischen Liedes mit den Köpfen wippten.

»Diese Musik zu hören«, sagte ich, »bringt uns Ihnen im Westen nahe, denn das ist Ihre primäre emotionale Realität.«

Empört widersprachen sie, dies habe nichts mit ihrer emotionalen Realität zu tun. »Das ist Musik aus den Achtzigern«, sagte der eine, »und wir sind Schweden.« Aber auch sie nickten unwillkürlich zu dem diktatorischen Rhythmus. Ich sah, wie der eine dem anderen etwas ins Ohr sagte. Dieser nickte und wartete, bis er antworten konnte. Beide hatten die Hände auf das rot-weiß karierte Tischtuch gelegt und beugten sich über ihre schäumenden Krüge mit hochprozentigem Bier.

Erst jetzt, als ich dieser westlichen Musik zuhörte und sah, wie alle im Takt einer nicht durch Wahlen legitimierten Melodie nickten, die weder auf unserem Boden noch in unserer Seele heimisch war, fiel mir das Versprechen ein, das ich dem Ewigen Toastmeister im Himmel gegeben hatte, es mit eigener Kraft zu versuchen. Aber echte Demokratie nach Georgien zu bringen – das würde sich nur durch ein kollektives Bemühen bewerkstelligen lassen.

»Verfasst du eine politische Erklärung?«, fragte Malchasi und beugte sich über meine Schulter, um zu sehen, was ich schrieb. »Denn wenn ja, wird es auf der Welt nichts Langweiligeres zu lesen geben.«

»Glaubst du, die Politiker werden Anstoß nehmen an dem, was ich schreibe?«, fragte ich.

»Na ja.« Er überlegte. »Das kommt ausschließlich darauf an, wem du es widmest.«

Als das Wahlergebnis am Abend endgültig feststand, erfuhren wir, dass der alte Schewardnadse wieder gewonnen hatte! Angeblich hatten hundertzwanzig Prozent der Bevölkerung für ihn gestimmt. Und so hatte es den Anschein, als seien die demokratischen Werte wieder einmal in den Mülleimer geflogen.

»Wie es aussieht, wirst du dein Buch wohl *ihm* widmen müssen«, sagte Malchasi, als wir uns die Wahlsendung im Fernsehen anschauten. Eine große Blechblaskapelle spielte unsere Nationalhymne, und der alte Schewardnadse lächelte. Er trug immer noch einen Anzug, der aussah, als stammte er aus kommunistischen Zeiten, aber aus der späteren Periode, als die ersten Leuchtreklamen aufgekommen waren. Doch die Sendung wurde unterbrochen, und man zeigte beginnende Unruhen vor dem Parlamentsgebäude. Normalerweise protestierten nur pensionierte Großväter, aber jetzt, nach vierzehn Jahren ohne Strom, Wasser und Bewegung, hatte die Verärgerung der Leute ein solches Ausmaß erreicht, dass die übliche Truppe von alten Männern, Frauen und Kommunisten durch junge Leute verstärkt wurde. Ich sah sogar ein paar alte Kommilitonen von der Uni auf dem Bildschirm. Sie und viele andere versammelten sich auf den Stufen, unter den Kolonnaden und mitten auf der Kreuzung, wo es aussah, als riefe die Statue König Davids auf seinem Pferd die Leute zusammen. Allmählich war klar, dass etwas passieren würde. Ich wollte dabei sein.

Dieser neue Saakaschwili verwendete die erstklassigen, technisch hoch entwickelten diplomatischen Methoden des Westens. Auf dem zentralen Platz waren so viele Leute versammelt, dass sogar der Eisverkäufer gute Geschäfte machte. Saakaschwili riss dem Eismann das Megafon aus der Hand und rief den Leuten zu, sie sollten Schulter an Schulter zusammenstehen. »Singt!«, rief er. Zuerst gehorchten nur einer oder zwei, aber dann stimmten andere in einen polyphonen Gesang ein.

Eduard Schewardnadse verstärkte seine Garde am Parlament. Der altvertraute Duft des Bürgerkriegs lag in der Luft. Aber beide Parteien wussten, was ein Bürgerkrieg bedeutete. Micheil Saakaschwili wusste, er musste vorsichtig sein. Allen war klar, wenn auch nur ein Mensch erschossen würde, wäre das zu viel Blutvergießen. Saakaschwili entschied, dass die Protestler nicht bewaffnet sein sollten. Er nahm ihnen Pistolen und Schwerter weg und verkündete, der wahre Sieg sei nur mit Blumen zu erringen – in diesem speziellen Fall mit einer Rose.

»Wenn es je einen Augenblick gab, in dem du für dein Mädchen eine Blume klauen solltest«, sagte Malchasi, »dann ist es dieser.«

Aus allen Ecken von Georgien kamen die Leute nach Tbilissi, und ihre Transportmittel waren voll von Rosen. Das Militär sah müde zu, aber um die Wahrheit zu sagen, Old Eddie Schewie mit seiner Politik langweilte allmählich auch sie. Tatsächlich konnten die Soldaten ihr Erstaunen und ihre Bewunderung kaum verhehlen. Eine so gewaltige Menschenmenge hatten sie nicht erwartet. »Da war so wenig Platz, dass man nicht mal eine Katze im Kreis herumschwenken konnte«, zitierte die Zeitung am nächsten Tag einen von ihnen.

Zu Hause bereitete jetzt auch Juliet sich darauf vor, dazuzustoßen. Sie trug alle möglichen Taschen über der Schulter. Bei einer war der Riemen gerissen, und sie hatte ihn mit einer Telefonschnur ersetzt. »Die Brüderlichkeit ist nach Georgien zurückgekehrt«, sagte sie. »Alle stehen Hand in Hand vor dem Parlamentsgebäude. Saakaschwili hat die Menschen aufgerufen, sich ihm anzuschließen, auch die aus Westgeorgien.«

Die verkümmerten Rosenbüsche in den Dörfern, die an den Stalin-Statuen rankten, richteten sich auf. Scheffelweise sammelten wir die Blüten ein, auch die widerspenstigen, die ungehemmt auf den Balkonen in die Höhe wucherten. Wir sammelten *Rhododendron caucasicum*, auch bekannt als Schneerose der Alpenwiesen – der Schlüssel zu einem langen Leben, wenn man sie trinkt. Wir sammelten die fünfblättrigen Rosen, die man mit den fünf Wunden Christi verbindet, und die dunkelroten, die das Blut der Märtyrer symbolisieren. Wie georgische Don Quijotes hielten wir unsere Rosen in den Händen wie Schwerter.

Malchasi sagte, er wolle fahren. Aber als unser örtlicher Diktator begriff, dass Saakaschwili die Absicht hatte, Georgien wieder zu vereinigen und Adscharien zu übernehmen, rief er den Notstand aus und schloss die Grenzen zu unserer Provinz. Seine eigene Residenz war nicht mehr sicher. Seine russischen Soldaten zogen durch die Straßen, um ihn zu beschützen. Putin rief Bush an und hinterließ eine Voicemail. Eine Brücke explodierte. Der Diktator hatte sie gesprengt. Es war die Brücke über den Tscholoki, die unsere Provinz mit dem Rest Georgiens verband. Bush rief Putin zurück.

Unser örtlicher Diktator ließ alle Brücken sprengen, aber die georgische Armee kam auf dem Seeweg in unsere Stadt. Zehn Jahre alte Jungen kletterten auf Panzer und schwenkten georgische Fahnen.

Der Diktator hatte gedacht, er habe ganz Adscharien in der Tasche. Er hatte uns kleine Gehälter und Pensionen hingeworfen wie Hunden einen Knochen. Aber jetzt herrschte in ganz Westgeorgien Chaos. In den Dörfern ernteten die Leute ihre restlichen Rosen.

Diejenigen von uns, die wegen der gesperrten Straßen nicht nach Tbilissi kamen, saßen vor dem Fernseher und sahen die Ströme von Fahrzeugen in den Nachrichten auf Rustawi 2. Fünfzigtausend Leute drängten sich auf dem Platz der Freiheit und der Rustaweli-Avenue vor dem Parlamentsgebäude. Saakaschwili trat vor die laut singende Menge. Sie sangen fast eine Woche lang jeden Abend und jeden Morgen, während Präsident Schewardnadse immer noch auf einer Diskussion von Angesicht zu Angesicht bestand: Er wolle eine friedliche Lösung erreichen, und wenn er noch eine Chance bekäme, werde er die Korruption bekämpfen.

Am Morgen des Tages, an dem Schewardnadse den Amtseid ablegen sollte, erklang im Parlament wieder die Hymne, und Old Eddie Schewardnadse sollte seine Antrittsrede halten. Aber der Lärm der Menge, die draußen sang, war so stark, dass es in den ersten Sekunden klang wie etwas von Schostakowitsch, wie wenn etwas brät, oder wie das Rauschen, das wir uns früher anhören mussten, weil wir den obersten Knopf an den alten sowjetischen Fernsehern nicht erreichen konnten. Aber dann fand die Menge die Melodie wieder. Micheil Saakaschwili rief Eduard Schewardnadse durch ein amtliches Megafon zu: »Sehen Sie diese Massen. Stellen Sie das Recht wieder her, oder treten Sie zurück. Wenn Sie eine Revolution haben wollen, werden Sie sie bekommen!«

Eduard Schewardnadse antwortete: »Ich sage, es darf keine Protestversammlungen mehr geben. Keine Störungen! Die Menschen müssen sich beruhigen, Ordnung halten und ihren eigenen Angelegenheiten nachgehen. Wenn sie zu Gewalt greifen, werden die Polizei und die Armee des Inneren ihnen zu begegnen wissen!«

»Jetzt oder nie!«, rief Micheil Saakaschwili.

Genau in diesem Augenblick begriffen die Polizisten, die Schewardnadse beschützten, dass sie mit ihren Taten die Welt in Ehrfurcht versetzen könnten. Nie wieder würde die Welt einen so friedlichen Protest und so viel Glück zu sehen bekommen. Schewies Sodaten, seine eigenen Militärs, weigerten sich, ihm gegen ihre georgischen Landsleute zu folgen. Sie lösten ihren Kordon auf und ließen die Leute, die ihre Rosenwaffen schwenkten, ins Parlamentsgebäude. Als Schewardnadse seine Rede halten wollte, trugen Micheil Saakaschwili und hundert andere junge Männer so viele Rosen in den Saal, dass manche sich fragten, ob heute vielleicht wieder ein Feiertag der Frauen sei.

»Zurücktreten, zurücktreten!«, rief unser Saakaschwili.

»Ich werde nicht zurücktreten!«, antwortete Eduard Schewardnadse. Aber der Kommandant seiner Garde deutete die Situation richtig. Er ließ seinen Schutzbefohlenen umzingeln, hob ihn von seinem Stuhl und entkam mit ihm aus dem Gebäude.

»Ich habe Hunger«, sagte Saakaschwili und trank die Tasse Tee, die man für Schewardnadse hingestellt hatte, in einem Zug aus.

Am Abend trat Eduard Schewardnadse offiziell zurück und versprach den Journalisten, seine Memoiren zu schreiben.

Euphorie breitete sich in Georgien aus. Manche fingen an, laut über Verstöße in der Vergangenheit zu sprechen. Andere waren so glücklich, dass sie mit sich selbst sprachen. »Sie haben viel Leid ertragen müssen, um so weit zu kommen!«, stand in den westlichen Zeitungen.

Die weiblichen Anführer dankten der Jugend, die besonders aktiv gewesen war, und baten sie, friedlich zu bleiben. Die männlichen Anführer forderten die neuen Truppen auf, klug und umsichtig zu sein. Und sogar die alten Kommunisten unterstützten Saakaschwili.

»Wir haben vom Volk das wichtige Mandat erhalten, Georgien zu säubern und zu einem friedlichen, blühenden Land zu machen, effizient und investorenfreundlich, und die Macht zu konsolidieren«, sagte Micheil Saakaschwili an diesem Abend im Fernsehen. Für die Comedians war es ein Festtag. »Bitte trinken Sie nicht auch noch *meinen* Tee«, sagten sie zu ihm. Er ignorierte ihre Flachsereien und wurde ernst. »Mir ist klar, wie groß die Bürde ist, die ich auf meine Schultern genommen habe, ja, die wir alle auf uns geladen haben. Wir haben es mit einem gescheiterten Land zu tun, in dem Demokratie und Erfolg für uns keine normalen Vokabeln mehr sind.«

»Werden wir Teil der NATO werden?«, fragte ein Kommentator im Fernsehen.

»Europa hat seine eigenen Probleme. Man ist dort ständig nervös. Wir wollen ihre Kopfschmerzen nicht noch schlimmer machen.« Er straffte sich wie die König-David-Statue auf dem Platz. »Wir können nicht alles an einem Tag erledigen«, ermahnte er uns. »Wir müssen Schritt für Schritt vorangehen.«

»Hoffentlich wird es nicht wieder ein Schritt in den Abgrund«, sagte Malchasi.

27 Als Saakaschwili Präsident war, stellte er als Erstes die Stromversorgung wieder her. Wie der Große Toastmeister am ersten Schöpfungstag sagte er: »Es werde Elektrizität!« Und wir betrachteten das Licht und sahen, dass es gut war. Wie Wein (oder auch wie Wodka) machte das Licht die Gedanken aller milder. Die alten Leute auf dem Dorf, die besonders zu leiden gehabt hatten, priesen ihn. Noch heute hebt mein Großvater sein Glas *tschatscha*, wenn Saakaschwili im Fernsehen erscheint, und sagt: »Zumindest hat er uns Licht gebracht. Er ist ein guter Junge.«

Light – davon brachte Saakaschwili uns noch andere Variationen: Marlboro light, Coca-Cola light, Christentum light, Aubergine light.

»Was ist ›Aubergine light‹?«, wollte Malchasi wissen.

»Eine Banane«, sagte ich.

»Aber ich habe schon vor Saakaschwili Bananen nach Georgien gebracht«, behauptete Malchasi.

Saakaschwili, unser Mischa, wie er bei uns hieß, wurde auch Springbrunnenkönig genannt, denn er liebt Springbrunnen. Er liebt auch kleine Parks mit Frauenstatuen – und vor allem liebt er ukrainische Frauen, besonders in seinem Bett.

Am Strandboulevard baute Saakaschwili einen neuen französischen Springbrunnen, eine tanzende Fontäne, betrieben von einem bezahlten DJ, und die Fußgänger konnten abends davor spazieren gehen. Anstelle eines alten Militärstiefels zeigten sie uns im Fernsehen eine Nahaufnahme unseres Springbrunnens.

»Unser Springbrunnen ist kein Vergleich zu dem in Barcelona«, sagte Juliet, als sie ihn das erste Mal besucht hatte.

Aber er spielt Wiener Walzer. Manchmal ist der DJ betrunken und drückt dann alle Knöpfe auf einmal. Doch dann hörten die kleineren Kinder auf, die Springbrunnen zu besuchen. Stattdessen gingen sie zum SuperHyper Market und spielten dort mit den amerikanischen Türen, die automatisch auf- und zugehen.

Es wurde sogar albern, noch über elektrischen Strom zu sprechen. Dreizehn Jahre lang hatten wir keinen gehabt, und jetzt wollte niemand mehr an diese Zeit zurückdenken. »Es war eine dunkle Zeit«, sagten die Leute. »Warum noch daran denken?«

Ganz Batumi war plötzlich beleuchtet und verspottete die Dunkelheit. Neue Straßenlaternen gossen ihr Licht über jede Straße und sogar auf freies Gelände, wo es gar keine Straße gab. Alle größeren Ämter, alle Kirchen und halbwegs bedeutenden historischen Gebäude, jedes moderne, historische und sogar prähistorische Café erstrahlte in fuchsienrotem, limettengrünem und pfauenblauem Licht. Funkelnde Plastikpalmen tänzelten wie Showgirls am Strandboulevard auf und ab. Und die Regierung stellte ein Riesenrad für uns an den Boulevard. Zuerst war es ein Geschenk zum Ausgleich für unser Leiden, aber nach zehn Tagen nahmen sie doch Geld.

»Sie wollen den Boulevard beleuchten, während die Menschen noch hungern?«, beschwerte Malchasi sich.

Popmusik dröhnte aus den Lautsprechern und hallte vom Meer zurück. Wir hatten plötzlich eins der besten Soundsysteme der Region, und dann sah ich eine Reklametafel, auf der Wi-Fi für Touristen angepriesen wurde. Aber die Bungalows am Strand, die kleinen, reetgedeckten Ferienhütten, die von ein paar harten Jungs – Gotschas ehemaligen Bodyguards – betrieben wurden, waren immer noch leer. »Wo, oh, wo sind die Touristen, die Saakaschwili uns versprochen hat?«, hörte ich eine alte Frau im Bus fragen, als sie all die Veränderungen draußen betrachtete. »Ach«, wimmerte sie, »ich will Saakaschwili nicht.« Sie wischte sich mit dem Kopftuch über die Augen, und die Frau neben ihr klopfte ihr auf den Rücken.

Saakaschwilis Regierung kaufte Farbe und strich die Gebäude bei uns im Brauereiviertel an – dicke Schichten von Bonbonfarben, Traube, Erdbeere und Zitrone. Er fragte niemanden, welche Farbe er bevorzuge, denn es hätte zu lange gedauert, bis wir uns alle einig gewesen wären. Jetzt hieß die Gegend nicht mehr Brauereiviertel, sondern »Cartoon-Ausstellungsdorf«, und sie wurde zu einem sehr angesehenen Stadtteil.

»Wir sind jetzt Teil der *beau monde*«, sagte Juliet, die anfangs sehr begeistert war. Aber dann musste sie anfangen, unseren Gästen zu sagen: »Schaut nicht in diese Richtung.« Sie zeigte auf die türkischen Kräne, die die alten Gebäude abrissen. »Das ist nicht schön. Schaut nur dorthin, auf das Meer.«

»Oje! Ein Erdbeben!«, rief Tamriko bald häufiger von ihrem Balkon.

»Das ist kein Erdbeben«, beruhigte Juliet sie. »Das sind die türkischen Unternehmer mit ihren Presslufthämmern, die den Gehweg aufreißen.«

Saakaschwili und seine Helfer ließen auch die Straßen in Tbilissi anstreichen, aber nur diejenigen, die Präsident George Bush sehen würde, wenn er mit seinem Gefolge durch die Stadt fuhr. Entlang der Strecke vom Flughafen in die Stadt ließen sie Girlanden aus Plastikblumen an die Balkone hängen. Saakaschwili mochte George Bush sehr. Er schätzte seinen Stil, diesen Golfprofi-Look vom Fließband. Ich glaube, sie waren Mitglieder im selben Country Club.

Nachdem Saakaschwili uns das Licht zurückgegeben hatte, baute er als Nächstes einen neuen Flughafen.

Die Nachrichtensprecher im Fernsehen erklärten: »Er arbeitet so viel und so schnell, dass manche schon glauben, Amerika hat ihn unter Drogen gesetzt. Wie sonst könnte er so schnell arbeiten?«

Als man unseren Mischa fragte, welche Drogen er nehme, antwortete er: »Manche Leute werfen mir vor, ich würde zu schnell gehen und zu hektisch arbeiten, aber das ist nur, weil ich ès eilig damit habe, Georgien zu helfen. Wir haben eine Menge Zeit verloren, und ich hoffe, wir können wieder aufholen.«

An dem Tag, als er sein Flughafenprojekt vollendete, war er sehr stolz. Natürlich präsentierte er es im Fernsehen. Aber am Abend flog das Dach weg. Er war sehr verdutzt. Ist das ein gutes Wort? Oder ist »verdattert« besser? Es beschreibt seinen Gesichtsausdruck genau, und auch den aller anderen.

Dann baute ein georgischer Milliardär aus Moskau an der Hauptstraße in der Nähe meines Dorfes einen Freizeitpark mit Achterbahn und einer aufblasbaren Burg. Den ganzen Sommer über war der Eintritt frei. Auf einem Schild vor dem

Eingang stand: »Die Liebe macht jede Hütte zum Schloss.« Aber ich glaube, dieses Sprichwort war nicht ganz das, was gemeint war. Dieser Milliardär wollte den Georgiern zeigen: »Seht ihr? Investitionen kommen euch unmittelbar zugute.« Aber die Leute waren trotzdem misstrauisch. »Wir dachten auch, das Riesenrad kostet nichts«, sagten sie, »und jetzt müssen wir dafür bezahlen.« Dieser Milliardär kaufte auch vier Kilometer Strand, den saubersten Teil, wo es feinen Sand gibt, und jetzt haben wir dort keinen öffentlichen Zugang mehr.

Die Leute fingen an, sich bei Saakaschwili zu beschweren, als kasachische Geschäftsleute in Batumi ein Sheraton-Hotel zu bauen begannen. »Wollen Sie, dass es bei uns aussieht wie in einem Urlaubsort für Touristen in Florida?« An diesem Abend gab Saakaschwili im Fernsehen eine Erklärung ab. Er sagte: »Man wirft mir vor, ich wollte, dass Batumi aussieht wie Florida. Man sagt, ich hätte zu viel *Baywatch* gesehen, als ich in Amerika lebte. Aber Batumi wird bald aussehen wie Cádiz oder eine andere europäische Küstenstadt, denn wir sind eine uralte Kultur.«

»Was ist denn an Florida auszusetzen?«, fragte Suka.

Saakaschwili ließ sogar unsere Nationalstatue von König David dem Erbauer in Tbilissi in einen Vorort verfrachten und durch eine Statue ersetzen, die Ronald Reagan darstellte. Dann fügte er noch ein Denkmal für einen kasachischen Helden hinzu, zu Ehren der kasachischen Geschäftsleute, die jetzt in Georgien investierten. Das Investitionsprojekt nannte man das »neue Seidenstraßen-Projekt«. Und in Batumi errichtete der Finanzminister eine Statue der Medea, der georgischen Ehefrau Jasons, der das Schiff Argo führte und in ganz Georgien nach dem Goldenen Vlies suchte. Auf der Straße hörte man, wie die Taxifahrer darüber diskutierten. »Hast du die neue Statue der Medea gesehen?«, fragten sie.

»Ihre Nase ist unproportioniert. Sie ist so unattraktiv, dass ich gar nicht mehr auf den Platz fahren möchte.«

»Aber warum ein Denkmal für diese Frau? Sie hat ihren Vater verraten und ihren Bruder und ihre beiden Söhne ermordet.«

Anfangs waren diese neuen Entwicklungen überraschend, so überraschend wie ein Wunder. Aber dann ging ich zum Postamt und sah, dass es zu verkaufen war. Saakaschwili mag keine Postämter?

»Es ist schlimmer als vor fünf Jahren«, beschwerte Malchasi sich. »*Alles* ist zu verkaufen. Eine Katastrophe.«

»Katas*trophe*«, fügte Juliet hinzu, als hätte sie beschlossen, ihr Englisch zu vergessen und Französisch zu lernen.

Und speziell für Malchasi war es wirklich eine Katastrophe. Er verlor seinen Job im Hafen. Saakaschwilis Leute hatten jeden, der irgendwelches Geld mit Öl verdient hatte, ins Gefängnis gesperrt. Malchasi bekam Angst und wartete darauf, dass man ihn auch einbuchtete. Das größte Bauprojekt, das Saakaschwili angefangen hatte, war sein neues psychologisches Projekt: die Errichtung einer von Angst durchzogenen georgischen Mentalität.

»Die Universität *und* das Krankenhaus stehen zum Verkauf«, berichtete Malchasi. »Die Türkei und China kaufen alles auf. Immerhin gilt das Brauereiviertel jetzt als gute Gegend, aber ich habe kein Geld mehr für irgendwelche Extras. Ich habe endlich Zeit, in den Wald zu gehen und mich zu entspannen, aber mein Geld reicht nicht für das Benzin, um hinzufahren. Niemand kann sich heutzutage leisten, sein Handy mit mehr als zweiundzwanzig Tetri aufzuladen. Da bringt man nie ein Gespräch zu Ende.«

»Sei nicht so blöd«, sagte Suka. »Wir haben jetzt alles. Datsun. Daewoo. Hyundai.«

»Nein, Suka«, sagte Malchasi. »Geh raus und hör dich selbst um. Hör dir an, was die Taxifahrer sagen.« Wir hörten durch das offene Fenster unserer Wohnung, wie sie sich beklagten. »Wer kann sich noch für eine Sieben mit drei Nullen eine eigene Wohnung kaufen?«, fragten sie. »Jetzt kostet eine Wohnung eine Fünfundzwanzig mit drei Nullen.«

Aber es gab auch Gutes. Weil so viele Hotels gebaut wurden, kündigte Tamriko im Café der Sowjetnostalgie und fand eine gute Stelle als Sekretärin bei einer Baumaterialfirma. Sie erzählte, Saakaschwili habe vor, ein holländisches Restaurant in Form einer Windmühle zu bauen, und dann ein Restaurant für Touristen, das auf dem Kopf stand. Unser verrückter Präsident wollte sogar ein Business-Institut mit einem rotierenden Restaurant im obersten Stockwerk errichten. Es sollte mit den Buchstaben des georgischen Alphabets verziert werden, denn viele finden, das georgische Alphabet sehe aus wie lauter DNA-Stränge.

Ich fragte mich, woher Saakaschwili das ganze Geld bekam.

Bei Mr Fax gab es auch ein paar Veränderungen. Im Büro trank er nur noch eine Tasse Kaffee am Tag, nicht mehr acht wie früher. Er hörte auf zu rauchen und gewöhnte sich einen besänftigenden Tonfall an, und er erkundigte sich sogar nach mir, als machte er sich Sorgen um mich. Aber dann kam auch er ins Gefängnis.

Und wir wurden wirklich zu einem kosmopolitischen Land! Als ein paar türkische Geschäftsleute in Sarpi an der Grenze zwischen Georgien und der Türkei eine Fabrik für Restaurantbekleidung aufmachten, gab Suka das Möbelbauen auf und fing dort an. Wir alle gingen zur Eröffnungsfeier, denn sie hatten versprochen, nachher werde es ein gutes Büfett geben. Saakaschwili war auch da, seine Leibwächter umgaben ihn mit verschränkten Armen.

Saakaschwili stand, unerschütterlich und ziemlich rosig, am Podium vor der Fabrik bei den Tischen, auf denen säuberlich aufgereiht Champagnergläser auf kleinen Deckchen standen, beaufsichtigt von attraktiven Ukrainerinnen, modernen Frauen in kurzen Röcken und auf hohen Absätzen. Saakaschwili zog seine violette Krawatte zurecht und verkündete: »Dies ist ein großer Tag. Er verkörpert einen großen Fortschritt für unser Land. Früher hatten unsere Gäste aus der Türkei Angst vor uns und wagten nicht, in Georgien Fabriken zu eröffnen.« Der Springbrunnenkönig hielt inne und lächelte seine türkische Kundschaft an. »Aber jetzt«, sagte er dann, »ist alles friedlich, und sie können anfangen, uns Arbeitsplätze zu bringen. Und jetzt begrüßen Sie mit mir unsere Gäste.«

Der türkische Fabrikbesitzer, ebenfalls stämmig und körperlich sehr präsent, trat vor uns und erteilte uns einen Rat. »Ihr mögt mich jetzt ansehen und denken, mir sei so manches in die Wiege gelegt worden«, sagte er. »Aber ich habe mit sieben Jahren angefangen zu arbeiten. Ich hatte fünf Brüder, und wir sind alle zusammen in einem Zimmer aufgewachsen. Ich bin hier, um euch zu sagen: Wenn ihr einen Kopf auf den Schultern und zwei gesunde Hände habt und wenn ihr bereit seid, hart zu arbeiten, dann könnt ihr in allem, was ihr tut, erfolgreich sein. Um etwas Großes zu erreichen, braucht man kein Superman zu sein. Es genügt die Bereitschaft, hart zu arbeiten und sich selbst voranzubringen.«

Wir waren entsetzt! Wir hatten ja *gehört*, dass die Türken

ihre kleinen Kinder zur Arbeit zwangen, wenn sie erst sieben Jahre alt waren. Aber wir hatten nicht gewusst, dass es die *Wahrheit* war. »Wie unzivilisiert«, hörte ich jemanden zu seinem Nachbarn sagen.

28

Dann übernahmen die Zeugen Jehovas den Gehweg. Sie stellten einen Präsentiertisch neben den Eingang der Kirche. Als ich dort vorbeiging, flüsterte ich: »Bitte, Gott, wenn ich jemals Hunger haben sollte, führe mich nicht in Versuchung durch die Zeugen Jehovas.« Die Zeugen Jehovas sind sehr reiche Leute. Sie haben eine Menge Geld nach Georgien gebracht. Das Papier in ihren Lehrbüchern ist von höchster Qualität. Wenn man versucht, die Seiten zu verbrennen, klappt es nicht.

Das Hauptproblem war, dass der Bischof von Batumi ein dramatisches Gesicht wie ein Filmstar hatte, und das machte die Leute misstrauisch. Er hätte ein Dutzendgesicht haben sollen. Außerdem machte er Urlaub in fünf verschiedenen Ländern. Wenn die Leute Hunger hatten und sein Gesicht sahen, sagten sie: »Seht ihn euch an! Er predigt das eine und tut das andere, und er sieht aus wie der Schauspieler aus dieser neuen brasilianischen Serie, *Blancas Witwe*.«

Und so kam unser Dorfpriester in die Stadt und erzählte von der Zeit, als Jerusalem zerstört wurde und die Menschen es satthatten, auf Gott zu warten. Ihr Land war von Invasoren besetzt, ihre heilige Stadt war zerfallen. »Wie lange mussten sie warten?«, fragte der Dorfpriester. »Und wie lange müssen wir warten, bis unser Leben wiederhergestellt wird? Wann wird Gott den verheißenen Segen bringen?

Wann werden wir erneuert werden? Wir haben nicht immer das Gefühl, dass wir uns vorwärts auf die Liebe zubewegen. Manchmal kommt es uns vor, als wäre die Welt wahnsinnig. Aber wir leben in derselben Welt wie Jesaja. Der Verlust, von dem ich heute spreche, ist nicht nur der Verlust unserer alten Kultur. Der Verlust, von dem ich spreche, ist der Verlust des Wartens. Wenn ich sage, wir haben das Warten verloren, so meine ich nicht nur den Verlust des Wartens auf das Licht. Wir haben die Hoffnung und das Leben verloren, die den Akt des Wartens ausfüllen, die Liebe, die darin liegt. Wir alle haben Verluste erlitten, und ihr alle habt auf das Ende der Trauer warten müssen. Aber diese Zeugen Jehovas, meine Brüder, werden euch ein Auto schenken. Ihr wollt ein Auto? Oh, es glänzt so schön. Sauber gewaschen nach der Fahrt durch Bulgarien hierher. Aber jetzt wisst ihr angesichts eures impulsiven Wunsches nach diesem Auto nicht mehr, wie man wartet. Und da sage ich, es ist besser, das Warten durchzustehen.« Er war plötzlich so wütend, dass er einen Zeugen Jehovas beim Genick packte, ihn niederdrückte und ihm ein Kreuz auf den Schädel rasierte.

Natürlich nahm Saakaschwili mit seinem Gefolge von Heckenschützen den alten Priester aufs Korn, und sie warfen den Pfarrer, unseren Vater, ins Gefängnis.

Die neuen Priester segneten im Fernsehen Tankstellen. Es war ein bisschen peinlich. Sie segneten Brandy und Fleisch und zwangen die Öffentlichkeit zum Trinken, sogar die schwangeren Frauen. Auf der Straße sangen die Kinder das Lied aus der Werbung, die jetzt im Fernsehen lief: »Coca-Cola passt zu *pelamuschi*, zu *chinkali*, zu *padradschani*.«

Ich hörte, wie Tamriko sich im Café bei Juliet beschwerte: »Ich habe meinen geistlichen Vater verloren. Ich kann nicht mehr beichten. Der neue Patriarch in der Kirche redet nur davon, dass man gut sein soll; man soll einander helfen und den Bettlern geben. Pffft! Das weiß ich doch. Wer weiß das nicht? Das ist doch nichts Neues. Er sagt: ›Alle Völker sind Brüder.‹ Aber er sollte von wichtigeren Dingen sprechen. Von unserem Land sollte er sprechen! Vom Leben! Vom Fleische und von den Heiligen! Uns *echte* Gefühle geben. Ach je! Verzeih mir. *Oy!*« Sie bekreuzigte sich. Als ich das alles hörte, wollte ich mir mit der Faust auf den Schenkel schlagen.

In den Dörfern hatten die Leute angefangen zu trinken. Ich meine, noch mehr zu trinken als sowieso schon. Hier und da stand in der Zeitung, fünfundneunzig Prozent der Menschen auf dem Sterbebett seien betrunken. Das bedeutet, sie traten beschwipst vor ihren Schöpfer. Aber in Wirklichkeit tranken sie, um die moderne Wirtschaft besser verstehen und korrekter beurteilen zu können. Sie tranken und sagten dann: »Wenn ich *dir* Wein gebe, dann solltest du *mir* eigentlich fünf Kilo *Bohnen* geben!« Früher waren sie freigiebiger gewesen. Für die Frauen auf dem Dorf war es noch schlimmer. Die Prostitution erreichte einen Höchststand. Wenn ein Mann viel Geld hatte – wie ein Sheriff in einem kleinen Staat –, dann hatte er auch viele Frauen.

Als Saakaschwili anfing, die Universitäten zu schließen, bekam Juliet Angst um ihren Job. Saakaschwili erklärte, zu viele Leute in Georgien seien überqualifiziert, und so wolle niemand mehr im Service in den Hotels arbeiten. »Ich fürchte, ich werde meine Stelle an der Uni bald los sein und stattdessen als Zimmermädchen im Sheraton arbeiten müssen«, sagte Juliet.

»Sie versuchen, ein Georgien ohne Georgier zu schaffen«, klagte Malchasi. »Zu Sowjetzeiten mussten wir Russisch sprechen. Jetzt müssen wir alle Englisch sprechen?« Tatsächlich beschwerten sich jetzt *alle* Männer darüber und fragten: »Müssen wir jetzt diese *Mädchensprache* lernen?«

Liebe Hillary,
ich nehme es zurück. Ich habe es nicht so gemeint. Ich wollte Recht und Gesetz haben, aber nicht so. Ich meinte nicht das amerikanische *Recht.*

Wir hatten letzte Woche zwei Banküberfälle in Tbilissi. Die Polizei hat die Bankräuber umzingelt und angefangen, auf sie zu schießen. Ein Polizist wurde in die Stirn getroffen. Warten Sie! Ich will es Ihnen erklären. Sie befahlen den Räubern, die Hände zu heben. Sie kennen das: »Keine Bewegung!«, wie es in Amerika heißt. Aber die Räuber waren an diese amerikanische Tradition nicht gewöhnt, und so haben sie sich doch bewegt, und die Polizei fing an zu schießen. Peng!! Alles richtet sich jetzt nach Amerika. Früher standen Polizisten und Verbrecher auf derselben Seite. Einer der Bankräuber war der Leiter einer Grundschule, und er wollte seinen Lehrern nur ein besseres Gehalt zahlen. In den Nachrichten zeigen sie, wie sie jeden verhaften, der Kontakt zu den Bankräubern hatte.

»*Scheni deda!*«, rief Malchasi, als er die Fernsehnachrichten sah. »Das ist so dumm! Wenn dein bester Freund kommt und eben ein Verbrechen begangen hat, um seine Familie zu ernähren, und wenn er dich anfleht: ›Ich brauche deine Hilfe‹, wie kannst du ihn denn dann abweisen?«

»Fälscher sind auch unterwegs«, sagte Juliet. »Wenn wir sie sehen, sollen wir diese neue Polizeieinheit rufen. Aber ich habe die Telefonnummer nicht. Und selbst wenn ich sie hätte, würde ich nicht anrufen. Wenn jemand falsches Geld druckt, braucht er es doch offensichtlich.«

»Früher«, schimpfte Malchasi, »wenn man da etwas nicht hatte, konnte man es wenigstens stehlen. Jetzt haben wir überall diese neue Polizei, die die Leute ins Gefängnis sperrt.«

Im Fernsehen schrien die Politiker immer lauter und erklärten, warum sie die Leute einsperrten. »Glaubt nicht, ich sperre euch ein, weil ich Rache nehmen will. Ich sperre euch ein, weil ihr eingesperrt *gehört*.«

Amerika schenkte Georgien auch technologisch hoch entwickelte Überwachungsgeräte. Wenn ein Beamter aus Kutaissi sich bestechen ließ, machten sie daraus eine große Fernsehshow. Vierzig Streifenwagen ließen ihr Blaulicht blitzen. Sie eskortierten den Bestecher aus dem Gebäude. Gute Schauspieler waren die Polizisten nicht, denn wenn sie die vielen Kameras auf sich gerichtet sahen, konnten sie nicht aufhören zu grinsen. Aber wenn man sich jetzt einen jungen Wachmann vor einer Bank anschaute, kaute er an seinen Fingernägeln und hatte Angst, bestochen und erwischt zu werden. Sogar die Mauern der Polizeireviere wurden eingerissen und als Symbol für Transparenz durch Glaswände ersetzt. Saakaschwili zwang die Polizisten, das Geld zurückzuzahlen, das sie als Schmiergeld angenommen hatten. Sie mussten hundert Millionen Dollar zurückerstatten.

»Hundertzwanzig Millionen Dollar«, korrigierte Malchasi mich. »Oder ab ins Gefängnis. Ein Drittel Georgiens sitzt inzwischen im Gefängnis. Aber wer weiß, was da vorgeht? Warum machen sie die Gefängnisse nicht transparent? Wenn du dich mitten auf der Straße prügelst und den Verkehr aufhältst, kostet das zehn Jahre Haft oder zehntausend Dollar. Wenn du ein Schwarzmarktunternehmen hast, ein Schmiergeld von dreitausend Dollar nimmst und es unter fünf Leuten verteilst und wenn du dann erwischt wirst, muss jede der beteiligten Personen Saakaschwili zehntausend Dollar zahlen. Da musst du dein Auto verkaufen und eine Hypothek auf dein Haus aufnehmen. Ich weiß nicht, wie das weitergehen soll. Ich will wieder zurück ins Dorf, bevor sie mich wegen irgendetwas drankriegen. Ach, ich weiß gar nichts mehr. Vielleicht ist es besser, sich an das Gesetz zu halten wie in Amerika. Dann hat man eine stabile Gesellschaft. Aber wir lieben die Freiheit zu sehr.« Malchasi war sehr müde, und sein Schädel glänzte durch das schüttere Haar. Er seufzte und seufzte. »Ach, ich werde jetzt meine Pistole reinigen.«

Ich dachte, es passierte nur den Jungen auf der Straße – den anderen eben –, aber dann kam auch Suka ins Gefängnis. Er hatte einem Mädchen ein Handy weggenommen, weil er hoffte, sie würde ihm dann nachlaufen. »Oh, das ist so dumm!«, stöhnte Malchasi, als er es hörte. »*Ai jai jai!* Warum war ich kein besserer Lehrer für ihn? Hält er das für romantisch?« Malchasi ging zum Polizeirevier, und weil er sich darauf verstand, mit Polizisten zu reden, konnte er Suka aus dem Gefängnis holen. Aber auf dem ganzen Heimweg hielt er ihm eine Predigt. »Suka, hör zu, wenn du heutzutage jemandem das Handy wegnimmst, bedeutet das fünf Jahre Gefängnis! Das ist das neue Gesetz.«

»Aber du hast immer gesagt, die Mädchen mögen *kurdi*.«

»Pffft. Du hast keine Ahnung, was *kurdi* bedeutet. *Kurdi* sind edle Männer. Niemals nehmen sie jemandem sein *Eigentum* weg. Weißt du, wie es im Gefängnis ist? Zehn Mann in einer Zelle. Da ist nicht mal genug Platz zum Sitzen. Sie müssen sich abwechseln.«

Liebe Hillary,
alle sind verwirrt. Es ist zu kompliziert und nicht mehr einfach. Saakaschwili reißt die Häuser der Menschen ab, und sie müssen im Garten wohnen. Die neue Regierung kontrolliert jetzt bei allen die Papiere, um sicherzugehen, dass sie auch die offiziellen Eigentümer ihrer Häuser sind. Man durchkämmt die ländlichen Gegenden nach Leuten ohne Papiere und versucht, diese neuen amerikanischen Gesetze einzuführen. Aber in manchen Bergregionen, zum Beispiel in Swanetien, wohnen die Leute seit 1200 Jahren in ihren Türmen. Jetzt sollen sie Dokumente vorlegen, die beweisen, dass sie sie rechtmäßig erworben haben? Ich kann verstehen, wenn es in der Stadt vorkommt. Aber der Präsident verlangt es sogar von den schwer arbeitenden Leuten in der Gegend meines Dorfes, die in der stillgelegten Teefabrik wohnen, weil ihre Dörfer vom Berg gerutscht sind. Das verstehen Sie, Hillary, oder? Früher gab es keine Gesetze. Niemand hier dachte über Privatbesitz nach. Die Leute bauten sich ein Haus am Fuße des Berges oder bewohnten alte Fabriken. Jetzt verlangt dieser Präsident die Papiere. Wer sie nicht vorlegen kann, den siedelt er an die armenische Grenze um, denn es geht um wertvolle Küstengrundstücke, wissen Sie.

Alles kommt jetzt aus Amerika, sogar die Show »Saturday Night Live«. Sie zeigen Playboy-Bilder und singen über die sexy Schwiegertochter im Hintergrund. Es ist wichtig, dass man etwas Heiliges in sich hat. Oder? Wie wird es mit diesem Kapitalismus weitergehen? Ich mache mir Sorgen. Geld macht die Menschen verrückt, und sie verlieren das Heilige in sich. Wir sind nicht wie die Türken, die dauernd arbeiten. Wir Georgier glauben, wir sind auf der Erde, um uns zu entspannen und das Paradies zu genießen, das Gott uns geschenkt hat. Wir sollen gute Gedanken haben und gute Taten tun. Es ist unedel, etwas zu denken, etwas anderes zu sagen, wieder etwas anderes zu schreiben und noch etwas anderes zu tun. Deshalb werde ich Ihnen jetzt nicht weiterschreiben. Behalten Sie mich in Erinnerung. Mein Name ist Slims Achmed Makaschwili, und ich bin aus dem 12. Jahrhundert.

PS: Sollte Ihr Land jemals vor wirtschaftlichen Problemen stehen, wie wir sie hatten, und vom Zusammenbruch bedroht sein, denken Sie daran: Es passiert sehr schnell. Schon bald sind die Straßen wie ein Garten. Aber bedenken Sie auch: Wenn Sie nur daran denken, wie Sie Brot auf den Tisch bringen, haben Sie keine Zeit mehr für Metaphysik, keine Zeit für Depressionen. Wenn es je so weit kommen sollte – don't worry, be happy! Bald werden Sie reiche georgische Touristen bekommen, die verrückt sind nach Amerika-Nostalgie.

Jetzt, da Mr Fax im Gefängnis war, wurde unser kleines Seerechtsministerium vollends zu einer Freiwilligenorganisation. Da die meisten Männer nicht umsonst arbeiten, arbeiteten jetzt nur noch die Frauen weiter. Das Gute daran war, ich konnte mich jetzt endlich – ohne dass Mr Fax mir Steine in den Weg legte – die ganze Zeit zusammen mit Anthony darum bemühen, BP und die georgische Regierung davon zu überzeugen, dass bei der Pipeline ein anderes Dichtungsmittel verwendet werden musste, um Leckagen zu verhindern. Und zum ersten Mal in meinem Leben konnte ich kleiner Rechtsanwalt mich mit Anthonys Hilfe gegen die Regierung durchsetzen. Keiner meiner Freunde glaubte mir, als ich es ihnen erzählte. Sie sagten: »Wie ist es möglich, die Regierung zu besiegen? Nein, das ist unmöglich, ich glaube dir nicht, du lügst.« Ich antwortete ihnen: »Natürlich wird die Regierung in Revision gehen, aber etwas Großartiges ist passiert: Ich habe die Richterin aus der Fassung gebracht. Anthony und ich haben ihr zweiundfünfzig Seiten mit Fakten im amerikanisch-britischen Stil präsentiert und dargelegt, warum ein besseres Dichtungsmittel verwendet werden muss.«

Die Richterin war unter dem Gewicht so vieler Fakten eingeknickt, hatte mit dem Hammer auf ihren türkischen Tisch geschlagen, die Verhandlung unterbrochen und verkündet, dass vorläufig wir, die kleinen Leute, gewonnen hätten. Aber die kleinen Leute glaubten mir nicht. Sie sagten: »Wir sind die kleinen Leute. Wir gewinnen so etwas nicht. Uns ist es bestimmt, zu leiden, denn wir sind Georgier« – und so weiter und so weiter. Sie sind schwerer zu überzeugen als die Opposition.

»Eigentlich«, sagte ich an dem Abend, als ich es erfuhr, zu Juliet, »sollten sie auf dem Platz nicht Medea ein Denkmal errichten, sondern Anthony.«

Jetzt, da wir elektrischen Strom hatten, verbrachten wir jeden Abend zu Hause vor dem Fernseher. Malchasi hatte angefangen, alles infrage zu stellen. Er verteidigte jetzt sogar Saakaschwili. Eine Menschenmenge in den Nachrichten schrie: »Mischa, geh nach Holland und verkauf deine Rosen da, und lass uns unseren Wein verkaufen!« Saakaschwili hatte soeben allen Wein in Kachetien aufgekauft.

»Saakaschwili will den Charakter unseres Weins verändern, um ihn für die Finanziers aus dem Westen schmackhafter zu machen«, beschwerte ich mich bei Malchasi. »Er verwässert ihn. Da sagen die Russen natürlich: ›Wir wollen euren Wein nicht.‹«

»Ach, *scheni deda*, Slims! Das weißt *du* doch nicht«, schrie Malchasi mich plötzlich an. »Was redest du da? Saakaschwili liebt Georgien immer noch. Wenn er herausfände, dass jemand Wasser in den georgischen Wein schüttet, würde er diese Person *umbringen*. Zumindest hat er den Wein *gekauft*. Die Kachetier in ihren Weinbergen haben einfach dagesessen und gejammert und die Köpfe in die Hände gelegt. ›Oh, die Russen wollen unseren Wein nicht kaufen. Buu-huu. Die Russen wollen uns bombardieren.‹ Nur gewinselt. Nichts getan. ›Zweihundert Jahre lang‹, heulen sie, ›haben wir an die Russen verkauft. Und was machen wir jetzt? An wen sollen wir verkaufen?‹ Da hat Saakaschwili alles gekauft und die Public-Relations-Methoden seiner Marketingtechnologie eingesetzt. Er hat den Wein persönlich nach Europa in die feinen Restaurants gebracht und gesagt: ›Probieren Sie.‹ Verstehst du das nicht, Slims? Er *versucht* wenigstens, etwas zu unternehmen. Er versucht, georgischen Wein berühmt zu machen.«

»Aber georgischen Wein kann man nicht in einem feinen französischen Restaurant trinken«, sagte ich zu Malchasi. »Man kann ihn nicht schlückchenweise nippen, wie sie es in Amerika tun. Draußen muss man ihn trinken, an einem Bach, und ein Lied dabei singen, oder man trinkt ihn an einem Tisch mit georgischem Essen, wo man sich an das wahre Leben erinnert. Bringt er diesen Restaurantleuten auch unsere Lieder bei?«

»Ach, ich weiß überhaupt nichts mehr.« Malchasi ließ den Kopf in die Hände sinken. »Was ist der Sinn all dieser Trinksprüche? Wir sagen tiefgründige Dinge, geloben einander ewige Freundschaft und verfallen in den Zustand der *monatreba* – wir sind so ergriffen und gerührt von unserer Gastfreundschaft, dass es uns die Sprache verschlägt –, und am nächsten Morgen ist alles vergessen.«

Eines Tages waren wir mit dem Auto unterwegs und kamen an einem Urlauberstrand vorbei. Ich deutete auf ein paar Straßenarbeiter, die gerade einen Baum fällten. »Schau mal!«, sagte ich zu Malchasi. »Sie fällen wieder einen Baum. Siehst du? Saakaschwili mag nicht einmal Bäume! Er will, dass Georgien so wird wie Amerika.«

Aber Malchasi sagte: »Dieser Baum war kurz davor, umzukippen. Nicht *alles* ist seine Schuld.«

Im Radio sang Enrique Iglesias »Escape«, und als ich sagte: »Bei diesem Lied möchte ich aufstehen und kämpfen«, schüttelte Malchasi nur leise den Kopf.

Eine Reihe von schwarzen Mercedes stand am Rand des Parkplatzes vor dem Urlauberstrand. Malchasi stieß einen Pfiff aus. »Ich habe noch nie so viele Armenier gesehen. Das ist der Punkt, Slims. Den Armeniern geht es gut, obwohl Aserbaidschan sie von allem abgeschnitten hat, und jetzt haben sie auch keinen Zugang zu Russland mehr. Aber irgendwie kommen sie an diese Luxusautos, um damit an unsere Strände zu fahren. Sie stehen früh auf, um fünf, sechs Uhr morgens, und fangen an zu arbeiten. Ehrlich gesagt, Sims, allmählich glaube ich, vielleicht sind die *Georgier* das merkwürdige Volk. Weißt du noch, wie wir in der Schule Alexandre Dumas lesen mussten? Er sagte, die Georgier seien wie Löwen und hätten es verdient, die Welt zu beherrschen. Aber die Welt ist heute anders. Ich weiß nicht, wie man darin lebt. Ach, ich weiß nicht, wie es weitergeht. Vielleicht sollte ich nach Usbekistan ziehen.«

»Ich finde deine Einstellung unglaublich«, sagte ich. Tatsächlich war ich immer noch wütend, weil Saakaschwili den ganzen Wein aufgekauft hatte. Als wir davon gehört hatten, waren Suka und ich von Tür zu Tür gegangen. »Habt ihr Wein? Habt ihr noch Wein?« Aber alles war weg. Jetzt mussten wir unsere Toasts mit Bier ausbringen. »Wie kann ein Präsident alle Weintrauben des Landes kaufen? Er hat alle führenden Parlamentsabgeordneten daraufstampfen lassen, auch wenn sie nicht wollten, sodass sie ins *Guinness-Buch der Rekorde* gekommen sind. Aber die hatten keine Ahnung, wie man die Trauben stampft. Sie haben ihre Stiefel anbehalten! Die waren zu hart für den Wein, und es hat ihn heiß gemacht. Jetzt werden wir wie der Rest der Welt hitzköpfigen Wein trinken, einen Kater bekommen und am nächsten Tag krank sein. Wenn du Wein vom Markt trinkst«, sagte ich zu Malchasi, »trinkst du von Saakaschwilis Füßen.«

»Pffft, das weißt du nicht«, sagte Malchasi. »Vielleicht war es Teil seiner Marketingkampagne, und er wollte damit Aufsehen erregen. Glaubst du, er stampft *gern* auf Weintrauben herum? Vielleicht ist es besser, Frieden mit den Russen zu schließen. Die sind orthodox, und sie sind die Einzigen, die unseren Wein verstehen.«

Alles veränderte sich. Tamriko wurde zu einer politischen Aktivistin. Als ich sie auf der König-Parnawas-Straße traf, fing sie an, sich zu beklagen.

»Die Regierung sagt, sie möchten sein wie Amerika, aber ich habe seit achtzehn Tagen kein Gehalt mehr bekommen.«

»Vielleicht *ist* das wie in Amerika.«

Sie bog um die Ecke und rief ein paar Männern, die in einer Gasse an der Wand lehnten, zu: »Wo ist das armenische Restaurant, in dem die Stromleute zu Mittag essen?« Dann wandte sie sich wieder an mich. »Saakaschwili hat versprochen, dass mein Gehalt am Ersten des Monats kommt. Er hat es *versprochen*. Und jetzt erzählt die Koordinatorin von der Baumaterialfirma, die Weltbank habe das Casinoprojekt finanziert. Und diese *Koordinatorin* sagt, sie kann mich nicht bezahlen, weil wir der Weltbank das Darlehen zurückzahlen müssen. Stell dir das vor«!

Sie war unterwegs, um ihre Stromrechnung zu bezahlen, weil die neuen privaten Elektrizitätswerke ihr ohne Vorwarnung den Strom abgestellt hatten. »Aber wenigstens wissen wir jetzt, mit wem wir reden müssen. Slims, weißt du, wo das armenische Restaurant ist? *Oy!* Die Leute in der Bank haben gesagt, ich finde die Stromleute vor dem armenischen Restaurant. Es heißt Marouch.« Sie rief ein paar Passanten zu: »Wo ist das Marouch?«

»Hinter dem Hotel«, antwortete einer.

»Ist das das Restaurant? Wo sind die Stromleute? Ist das ihr Gebäude?«, fragte sie einen Mann, der die Straße fegte.

Bamm-bamm-bamm, hämmerte sie an die Tür. Ein paar zerzauste Kosmopoliten erschienen.

»Sind Sie die Leute, die mir den Strom wieder anstellen können?«, fragte Tamriko.

»Nein, wir sind Touristen aus Tbilissi.«

»Herrje! Wo ist das Restaurant?«, fragte sie einen Mann, der Wassermelonen verkaufte. »Seien Sie so freundlich und sagen Sie mir, wissen Sie, wo das Restaurant Marouch ist, wo die Stromleute zu Mittag essen?«

»Das ist hinter der Autowerkstatt«, sagte der Mann.

»Hast du gesehen, wie teuer seine Wassermelonen waren?«, fragte sie, als wir zu der Autowerkstatt gingen.

Als wir die Männer endlich gefunden hatten, fragte Tamriko sie: »Wann können Sie mir den Strom wieder anstellen?«

»In zwei Tagen. Ich habe eine kranke Mutter zu Hause.«

»In zwei Tagen!«

»Das war nur ein Scherz.«

»Oh, ich hätte beinahe einen Herzinfarkt bekommen.«

Auf dem Heimweg kamen wir an Gotschas Haus vorbei. Seine Mutter war im Garten, hinter einem sehr hohen Tor. »Kommt herein. Kommt mich besuchen«, rief sie uns zu. Ich wollte nicht, aber ich wollte auch nicht, dass Tamriko allein hineinging.

»Hier ist mein amerikanisches Fernsehgerät.« Sie zeigte es uns. »Hier ist mein Wasserfall. Hier ist mein Schisch-Kebap-Grill«, prahlte sie. »Alle gehen langsamer, wenn sie an meinem Haus vorbeikommen, weil sie es so riesengroß finden. Als ich neulich morgens im Hausmantel draußen war, sah ich, wie die Polizei wütend durch das Tor schaute. Oh, aber es ist ein so kleines Haus. In Tbilissi habe ich ein größeres. Hier habe ich Langeweile, nachdem sie den armen Gotscha ins Gefängnis gesperrt haben.«

»Gotscha ist im Gefängnis?« Ich bemühte mich, das Frohlocken in meiner Stimme zu unterdrücken.

Tamriko hörte trotzdem, wie sehr ich mich freute, und funkelte mich an.

»Darum will ich zurück nach Genf«, sagte Gotschas Mutter. »Habe ich euch meine Dachterrasse gezeigt, wo wir Weintrauben ziehen? Da ist Platz für einen großen Tisch und ein großes Festessen. Oh, seht doch. Mein Mann hat eine Wassermelone gekauft.«

Als wir gingen, war ich außer mir vor Begeisterung, aber Tamriko war wütend. »Die aristokratische Gesellschaft, die wir heute haben, besteht nicht mehr aus den Originalen«, sagte sie. »Die Originale kann ich an einer Hand abzählen. Die Neuen nennen sich *die Crème*. Stell dir das vor!«

»Warum, glaubst du, hat sie uns die Wassermelone vorgeführt?«, fragte ich. »Wenn sie uns nichts davon geben wollte?«

»Weil sich kein Mensch mehr Wassermelonen leisten kann. Um ein Land zu zerstören, brauchst du keine Bombe abzuwerfen. Du musst nur den Preis der Wassermelonen verdreifachen.« Das stimmte. Zusätzlich zu allem anderen stiegen auch die Lebensmittelpreise.

Als ich ein paar Tage später abends von der Arbeit nach Hause ging, sah ich Anthony in einem neuen schwarzen Wolga, den er sich kürzlich gekauft hatte, langsam die Straße herunterkommen. Der Wagen sah aus wie ein Gefährt, das Batman fahren würde. Anthony trug einen grauen Filzhut aus den Swani-Bergen, den er sich wie ein georgischer Gangster tief in die Stirn gezogen hatte. Als er sich zu mir umdrehte, war sein Blick irgendwie stupide, als könnte er nicht bis zehn zählen – wie bei einem Trottel oder bei jemandem, der zu viel Estragonsprudel getrunken hatte.

»Was ist denn mit dir passiert?«, fragte ich ihn, als er das Fenster heruntergedreht hatte. »Von da drüben aus habe ich dich zuerst gar nicht erkannt.«

»Ich weiß nicht, wie es dazu gekommen ist.« Er winkte mich näher heran, als wollte er mir ein großes Geheimnis anvertrauen. »Ich habe mich in Georgien verliebt.«

»Du sprichst jetzt sogar Englisch mit georgischem Dorfakzent!«, sagte ich.

»Vielleicht, weil ich so viel Zeit in Swanetien verbracht habe. Ich habe mir da oben einen dieser Steintürme gekauft. Ein bisschen muss ich renovieren …«

»Es ist gefährlich da! Kennst du nicht die Geschichte von dem Swani, der seinen Gast auf seinen Turm hinaufführt, um ihm die Aussicht zu zeigen? Der Gast sagt: ›Dein Nachbar zielt mit seinem Gewehr auf mich!‹ ›Keine Sorge‹, sagt sein Gastgeber, ›der hat am nächsten Wochenende auch einen Gast.‹«

»Ich habe mein Leben lang Angst gehabt«, sagte Anthony. »Ich komme aus einer von Angst getriebenen Kultur. Das wusste ich erst, als ich herkam und in einem Land lebte, in dem nicht alles auf Angst beruht. Nachdem ich meinen Job verloren hatte und du mir beigebracht hattest, keine Angst vor der Polizei zu haben, fühlte ich mich plötzlich frei. Hier kann ich ich selbst sein. Ich bin über die Visumfrist hinaus hiergeblieben, und niemand hat es auch nur bemerkt.«

»Aber du siehst, was jetzt aus Georgien geworden ist, ja? Früher hat jeder versucht, dich einzufangen und mit nach Hause zu nehmen, damit du dort etwas isst. Weißt du noch, wie du zum Essen bei uns zu Hause warst? Alle wollten, dass du an ihrem Tisch Platz nimmst. Jetzt vermeiden sie es nach Möglichkeit.«

»Das stimmt nicht«, sagte er.

»Hast du nicht kürzlich die Geschichte von dem Mann gehört, der schlief und von einem Klopfen aufwachte? ›Mach auf, mach auf!‹, rief draußen jemand. Der Mann stand auf und fragte: ›Wer ist denn da?‹ ›Wir sind Räuber‹, antworteten sie. ›Oh, Gott sei Dank!‹, sagte der Mann und riss die Tür auf. ›Ich dachte schon, es kommen Gäste.‹ Denn weißt du, Anthony, bei ihm war nichts zu holen. Aber wenn es Gäste gewesen wären, hätte er ihnen etwas zu essen vorsetzen müssen. Niemand wird es dir sagen – nicht die Politiker und auch nicht die Nachrichtensprecher –, aber infolge der Globalisierung ist unsere Kultur erledigt. *C'est la vie*, Georgien. Was fangen wir an mit diesem künstlichen Mythos vom Glück in diesem neuen Traum vom Kapitalismus, wenn er nur manchmal funktioniert? Er sollte optional sein. Vielleicht war die Oktoberrevolution der richtige Weg, die richtige Geschichte für uns, aber da wurden viele Fehler gemacht. Es gab Verzerrungen. Jetzt haben wir die Synthese der natürlichen Dialektik, aber ich glaube, es ist nicht die wahre Synthese, sondern nur die groteske Wiederholung früherer Stadien.«

»Aber ich habe einen Turm in Swanetien gekauft«, sagte Anthony. »Wir können all dem entkommen. Glaubst du, Juliet wird mit mir dort hinziehen? Du kannst auch mitkommen. Ich muss eine Georgierin heiraten, damit ich hierbleiben darf. Ich meine, das ist natürlich nicht der einzige Grund. Ich liebe sie auch.«

»Darauf habe ich keinen Einfluss«, sagte ich. »Da musst du sie schon selbst fragen.« Ich stieg in sein Batman-Auto, und wir fuhren zusammen ins Brauereiviertel. Vor unserer Wohnung parkten wir, und ich seufzte. Ich hatte keine Ahnung, wie es weitergehen sollte.

»Juliet«, rief er zu ihr hinauf, und sie kam zum Auto herunter. »Steig ein«, sagte er. »Ich muss dich etwas fragen.«

Als sie im Wagen saß, erzählte er ihr von seinen Neuigkeiten. »Ich habe einen Turm in Swanetien gekauft.«

»Du auch?«, rief sie. »Ausländer kaufen unser ganzes Land auf!«

»Nein, nein«, sagte er. »Ich wollte sagen, du kannst auch dort hinziehen. Mit mir.«

»Du willst, dass ich in einen Turm ziehe und den ganzen Winter über alkoholische Getränke aus Milchprodukten braue?«, fragte sie.

»Nein, natürlich nicht! Okay, wie wär's, wenn wir nach England zurückgehen? Wir könnten bei meiner Mutter in ihrem kleinen Dorf in den Cotswolds wohnen.«

So fängt unser erstes georgisches Volksmärchen an: »Es war einmal.« Es war einmal eine Zeit, da Juliet sich vorstellte, es sei möglich, in England zu leben. Immer und immer wieder malte sie es sich aus. Es passte zu einer anderen Geschichte mit dem Titel: *Der Große Georgische Exodus*. Diese Geschichte kannten schon sehr viele Leute und hielten sich daran. Es war einmal ein Engländer, der für eine Ölfirma arbeitete und nach Georgien kam. Er lernte eine reizende Frau aus dem Kaukasus kennen und versprach ihr ein besser organisiertes Leben mit zahlreichen Küchengeräten, die ihr Gesellschaft leisten sollten. Die Geschichte hatte Ähnlichkeit mit der von Jason und den Argonauten, die jeder Dramatiker immer wieder umschreibt, je nachdem, welche politische Partei gerade an der Macht ist. Jason kommt nach Georgien und stiehlt das Gold – das Öl –, und er nimmt Medea mit zurück nach Griechenland. Aber damit sie dort nicht unter der Tyrannei leben müssen, tötet sie am Ende ihre Söhne. Es ist ein schlimmes Ende. Juliet fing an zu singen:

Christoph Kolumbus bereiste die Gestade.
Er hätte daheim bleiben sollen
An seinen eigenen Gestaden.
Besser ist es, nicht hierhin und dorthin zu reisen,
Selbst wenn man Christoph heißt.
Besser ist es, seinem Schicksal zu gehorchen
An den eigenen Gestaden.

Den nächsten Teil zu schildern, wird schwierig. Es ist schon vorgekommen, dass unsere georgische Gastfreundschaft jemanden ruiniert hat. Vielleicht war sie so machtvoll über Anthony hinweggeflutet, dass er wie das neue Fischrestaurant am Meer bei einem Sturm von unbeherrschbaren Wellen zerstört wurde. Vielleicht war er ansteckend, der georgische Kamikaze-Stolz, dieses Bestreben, das uns antreibt, um die Ecke zu rasen, um zur nächsten Schale *tschatscha* auf der Veranda zu kommen. Aber schließlich nahm Anthony eine unserer Geschichten und machte sie zu seiner eigenen. »Ihr glaubt, ich verstehe nichts von euren Traditionen?«, fragte er voller Empörung und mit rotem Gesicht – sogar seine Nase war ein bisschen größer geworden. Er fuhr los. Juliet und ich schnallten uns an, nicht weil er betrunken war, sondern weil Saakaschwilis Frau uns allen befohlen hatte, Sicherheitsgurte anzulegen.

»Ein paar verstehst du ja«, sagte ich.

»Wohin bringst du uns?«, fragte Juliet.

»Ich will euch den Turm zeigen, den ich gekauft habe. In England könnte ich mir niemals einfach einen eigenen Turm kaufen. Ich bringe euch hin.«

»Wir können auch ein andermal fahren«, sagte ich.

»Nach euren georgischen Traditionen besteht das romantischste und schönste Hochzeitsritual in der Entführung der Braut.«

»Ja«, sagte Juliet, »aber du hast mich nicht um meine Einwilligung gebeten. Die Entführung geht nur mit dem Einverständnis der Braut und ihrer Eltern.«

»Und meistens sitzt dann auch ihr Bruder nicht mit im Auto«, fügte ich hinzu.

Aber Anthony hörte anscheinend gar nicht zu. Er fuhr mit hoher Geschwindigkeit nach Norden zum Kasbeg-Berg. Am Rückspiegel baumelte das Bild einer Kokosnuss. Es war ein Luftauffrischer, der mir komischerweise das Gefühl gab, ich sei in einem Kokosnuss-Urlaub. Wir rumpelten bergauf über die schlaglöchrige Landstraße, die von der neuen Regierung jetzt eilig instand gesetzt wurde.

»Oh, georgische Frau«, sang ich, »lass deine Kinder nicht in Feindeshand fallen.« Es tröstete mich ein wenig, dass nichts passieren würde, sollte die Polizei uns anhalten, denn vielleicht würden sie annehmen, Anthony arbeite für die Regierung, weil auf dem Boden ein Stapel von seinen alten Anti-Korruptions-Flugblättern lag. Wenn sie uns anhalten sollten, könnten wir sagen, wir seien an ihrer eigenen Antikorruptionskampagne beteiligt.

»Wer entführt denn hier wen?«, fragte Juliet und zog eine kleine Pistole hervor. »Ich habe dir doch gesagt, ich bin Englischlehrer-Banditin.« Aber zu unserem Pech dauerte das Abenteuer nicht lange. Er fuhr zu schnell, und ein Polizist winkte ihn an den Straßenrand.

»Warum halten wir an?«, fragte ich. »Besser ist es, einfach durchzufahren!«

»Ich weiß inzwischen, wie man damit fertigwird«, sagte er und hielt an.

»Das ist Schalwa!«, sagte ich. Aber Schalwa sah nicht mehr so vergnügt aus wie sonst. Anscheinend hatte er eine Menge Stress. Langsam kam er zu unserem Wagen.

»Hier, möchten Sie den?«, fragte Anthony und wedelte mit einem Hundert-Pfund-Schein. Schalwa sah ihn mitleidsvoll an und warf mir dann einen Blick zu, der mich um Nachsicht bat. Mit dem Kopf deutete er auf eine Gruppe von Polizisten, die hinter ihm herumstanden.

»Sie überwachen uns jetzt«, sagte er. »Wir müssen ihn mitnehmen.« Er zog Anthony aus dem Wagen und legte ihm Handschellen an. Der arme Anthony – er war im richtigen Land, aber zur falschen Zeit.

»Oje«, sagte meine Mutter. »Der arme Engländer ist im Gefängnis?«

»Keine Sorge, keine Sorge«, sagte ich. »Malchasi holt ihn

raus. Wenn du dir zu viele Sorgen machst, wird Gott arbeitslos.«

Wir hatten ständig Strom, aber jetzt wartete Georgien auf das Licht Mariens. Immer warteten wir auf etwas. »Aber wenn sie kommt, gibt es hier vielleicht nur noch Türken«, vermutete Juliet. »Und der Türke wird sagen: ›Können wir das auch kaufen?‹«

»Oh, da sind noch mehr Türken!«, rief Juliet jedes Mal, wenn sie auf dem Boulevard unterwegs war. »Ach! Sie schauen sich an, was sie vielleicht kaufen könnten. Sie denken nicht an König Irakli, sondern nur: ›Oh, was für eine schöne Aussicht ich hier haben werde, wenn ich morgens aufwache!‹ Sie kennen nicht mal die Lieder über den Fürsten Irakli.«

Juliet hatte angefangen, die alten Lieder über König Irakli zu singen. Sie sang sie, während sie auf dem Balkon Kettenhemden strickte.

»Hör auf mit diesen Volksliedern!«, rief Tamriko von ihrem Balkon herüber. »Möchtest du ein zweiter Saakaschwili sein? Sei vorsichtig! Er versucht ebenfalls, unsere Traditionen mit alten Liedern und Tänzen zu begehen. Aber das ist nur etwas für Touristen. Es hat nichts zu tun mit dem gewöhnlichen Volk. Und ich glaube sowieso nicht, wovon diese alten Volkstänze erzählen. Ein ganzes Heer, das um eine einzige Frau kämpft? Schön wär's.«

Ach, Tamriko, dachte ich. Du brauchst eine ganze Nation, die für dich kämpft?

Am nächsten Tag brachte ich Tamriko ein paar Rosen. »Weißt du, was für ein Tag heute ist?«, fragte ich sie.

»Mittwoch.«

»Nein. Ja, doch, schon«, sagte ich. »Aber es ist außerdem Tag der Frauen.«

»Ich dachte, der Frauentag ist im Mai?«

»Nein, das ist Muttertag. Nächste Woche ist Tag der Schwester. Und in der Woche danach ist der Tag der Liebe, und der ist natürlich den Frauen gewidmet. Dann kommt der Tag der Schönheit, der auch den Frauen geweiht ist. Im Spätsommer feiern wir die ältere Frau. Und schließlich der Tag der heiligen Nino. Aber ist es nicht merkwürdig, dass es nur einen Tag für die Soldaten gibt?«

Sie nahm die Blumen und stellte sie in eine Vase. Ich sah ihr dabei zu. Sie passten nicht alle hinein, und sie quetschte sie zusammen.

»Die müssen doch nicht alle hineinpassen«, meinte ich.

Sie zuckte die Achseln und steckte sich eine ins Haar. Ich hatte Hillary geschrieben, es sei Sünde, etwas zu denken, etwas anderes zu sagen und noch etwas anderes zu tun, und ich hatte gelobt, mich zu bemühen, so etwas nicht zu tun, aber was ich jetzt dachte, konnte ich wohl wirklich nicht laut aussprechen.

Doch Tamriko zwang mich dazu. Sie sah mich an und fragte: »Was denkst du?«

Hastig versuchte ich, etwas anderes zu denken, aber es ging nicht. »Stimmt es, dass georgische Mädchen immer noch nichts von Sex vor der Ehe halten?«

»Ja. Aber manche georgischen Mädchen halten nichts mehr von der Ehe«, sagte sie betrübt. O nein! Die Tränen. Die Frau überwältigt den Mann noch stets mit der hydraulischen Kraft ihrer Tränen!

»Weinst du, weil Gotscha im Gefängnis ist?«, fragte ich.

»O nein, das ist es nicht. Er ist ein anderer Mensch geworden. Mit dem, der er jetzt ist, könnte ich nicht zusammen sein. Vielleicht bin ich traurig, weil die Leute sich heutzutage so sehr verändern. Als ich ihn das letzte Mal gesehen habe, hat er mir auch Blumen gebracht. Da waren wir im Café am Hafen. Aber sein Blick wanderte immer nur über die weißen Plastiktische, um zu sehen, welche anderen Freunde er außer mir noch küssen könnte. Er hat Blumen von der Blumenfrau mitgebracht, aber er hat sie unter allen Frauen am Tisch verteilt und mir meine einfach auf den Teller geworfen. Als ich ihm in die Augen schaute, sah ich diesen kalten Blick, den man auch bei einem Zollinspektor an der türkischen Grenze sieht. Ich glaube, er ist so sehr daran gewöhnt, sich bestechen zu lassen, dass er gar keine Gewissensbisse mehr empfindet.«

Ich sagte nicht, dass manche Leute sich vielleicht gar nicht veränderten, sondern nur immer mehr sie selbst wurden. Stattdessen sagte ich: »Hast du Lust, auszugehen?« Wir gingen auf den Markt und kauften ein Kilo Aprikosenfruchtrolle. Wir liefen den Boulevard entlang, und unsere politischen Diskussionen wurden schwer wie *prianiki*, der russische Lebkuchen. Danach dann: *schaschliki*, Feuerwerk und Karaoke mit Gotschas Mafioso-Maschine auf seiner Minigolfanlage. Jetzt, wo er nicht mehr da war, benutzte sie jeder.

An der Wand in Tamrikos Schlafzimmer hing ein Jimi-Hendrix-Poster, das im Dunkeln leuchtete. Ich hatte es ihr vor langer Zeit geschenkt, und es phosphoreszierte nicht mehr. Aber die Pop-up-Bilder in dem *Kamasutra*-Buch auf dem Nachttisch poppten immer noch auf!

Ich dachte daran, dass manche Geschichten uns retten und andere uns umbringen können. Ich erinnerte mich an einen Film über Ereignisse in den Bergen von Swanetien. Ich glaube, es war nicht einmal eine georgische Geschichte. Ich glaube, sie war einer norwegischen Sage entliehen, aber vielleicht hatten Georgier die Sage auch gelesen, sie hatte ihnen gefallen, und sie hatten sie übernommen. Ich ging in die Küche und wühlte in den Schubladen nach einem Messer. Ich suchte ein großes, aber ich fand nichts als ihr Gurkenschälmesser. Gern hätte ich ein Schwert gehabt, ein männliches, geformt wie ein Kreuz, kein türkisches, das krumm war wie der Mond. Ich schärfte das Messer am unteren Rand einer Teetasse und kam damit ins Schlafzimmer, wo Tamriko zögernd auf einem Stuhl hockte. Ich warf das Messer in die Mitte des Bettes und erklärte: »Wenn ich über dieses Messer komme, kannst du mich morgen früh damit umbringen.«

Sie sah mich an und lächelte. »Und was ist, wenn ich über das Messer komme?«

»Dann musst du mich heiraten.«

Mitten in der Nacht warf ich das Ding aus dem Bett. »Lass uns dieses verdammte Messer einfach loswerden!«

29

Im Internet las ich von einer neuen Bewegung. In den meisten armen Ländern der Welt ziehen die Menschen aus den Dörfern in die Städte. Aber in Osteuropa (so steht es zumindest im Internet) gibt es eine Bewegung namens »Dorfsyndrom«, und da ziehen die Leute aus den Industriestädten zurück in die Dörfer und kaufen sich dort ein hübsches Haus. Vielleicht wohnen nur sechs Leute in einem solchen Dorf. Es gibt keinen Markt. Nichts. Sie kehren zurück aufs Land, ziehen Gemüse und sehen zu, wie die Hühner Eier legen. Machen Holzarbeiten. Sie sitzen vor dem Kamin, essen albanische Zigeunerwurst und sagen: »Hier ist noch frische Pasta für dich!«

Deshalb beschloss ich, in Georgien das amerikanische Weekend einzuführen, damit ich am Ende der Woche zum Arbeiten auf die Felder zurückgehen konnte – nicht nur, um Mais anzupflanzen, sondern auch, um mitzuhelfen, die Stromzähler zu reparieren, die seit vierzehn Jahren kaputt waren. Das ganze Dorf hatte sich am Ende bereit erklärt, sich durch einen Gemeindestromzähler vereinigen zu lassen. Der Zähler half sogar dem Priester und dem Imam, sich besser zu vertragen. Statt miteinander zu wetteifern, wer am lautesten singen konnte, halfen sie sich gegenseitig, die Anweisungen aus dem Internet zu übersetzen, in denen erklärt wurde, wie man die Zähler reparierte und wie man sie in der ganzen Gemeinde miteinander verband. Es ist erstaunlich, dass ihre religiösen Dispute, die nicht einmal von Verwandten geschlichtet werden konnten, mithilfe eines Blechkastens geklärt wurden. Jetzt tranken die alten Männer auf die Gemeindestromzähler.

Auf dem Dorf ist jeder Tag gleich. Dieses schwatzhafte Leben. Diese schwere, seewärts gerichtete Langsamkeit. Die Männer fangen um neun Uhr morgens an, Backgammon zu spielen, und sitzen über ihre Picknicktische gebeugt im Garten. Gegen elf haben sie sich die Hemden ausgezogen. Am Mittag bringen ihre Frauen ihnen hausgemachten Zuckermelonenwodka, Schwarzbrot und Salzgurken. Wenn sie anfangen zu singen, klatschen ihre Frauen am offenen Fenster den Takt.

Aber um ein Uhr ist alles still. Die Frauen haben sich in schwarzen Trauergewändern in ihren Wohnzimmern versammelt. Meine Tante hält die Kaffeemühle zwischen den Knien und mahlt türkischen Kaffee. Männer kommen von den Maisfeldern herein und wischen sich über die Stirn. Sogar ihre faulen Schwäger erwachen aus ihrem Mittagsschlaf. Es ist Zeit für *Blancas Witwe,* die brasilianische Fernsehserie.

Als meine Tante anfing, sich angesichts der bronzebraunen Männer und spärlich bekleideten Frauen, die einander liebten, die Augen zu tupfen, fragte ich sie: »Was hältst du von der vielen Küsserei, die diese Brasilianer außerhalb der Ehe betreiben?«

»Das ist okay«, sagte sie. »Das ist ihre Tradition.«

Meine Tante trug neue violette Plastikpantoffeln, einen schwarzen Wollrock und blaue, auf die Knöchel heruntergerutschte Strümpfe, und sie hielt ein Küken auf der flachen Hand und streichelte es. Dann setzte sie es ab, zeigte auf ihre

Hände und lachte über die violetten Flecken von der Pflaumensauce, die sie ausgepresst hatte.

»Deine Tamriko hat mir ein neues Huhn mitgebracht«, sagte sie. Der Nachbar Soso begleitete meine Tante auf dem Klavier, sie gaben im Duett kasbegische Berglieder zum Besten. »Hier im Dorf ist nichts«, sagte ich zu Tamriko. »Keine Technologie. Kein Geld. Keine Arbeit. Aber gefällt es dir, wie unsere Frösche singen?«

Wir sangen mit den Fröschen: »Ich danke meinem Herzen, weil es so gut lieben kann«, und einander sangen wir zu: »Niemand kann meine Liebe zu dir so bezaubernd ausdrücken wie ich.«

»Lass uns auf die zweiundzwanzig Gurier trinken, die vor langer Zeit hundert Pferde nach Amerika brachten«, schlug ich vor. Wir tranken darauf und dann auf den Augenblick, in dem wir die Entscheidung getroffen hatten, die uns dahin geführt hatte, wo wir heute waren. Wir tranken auf das neue Dichtungsmittel an der Pipeline. Wir tranken auf die alte Frau, die vor Kurzem im Dorf gestorben war. Wir tranken auf die arbeitslosen Männer, die genug Zeit hatten, ihren eigenen Sarg aus dem Schrottmetall vom Bauplatz eines reichen Mannes zu bauen. Wir tranken auf die Freiheit, auf eine bessere Zukunft für die Kinder, auf die Wurzeln der Haselnussbäume. Wir tranken auf Reisen, auf die Freundschaft, was immer das bedeuten mochte, und auf einheimische Menschen überall. Ich trank auf Paradschanow, meinen Lieblingsregisseur, auch wenn manche behaupten, er sei Armenier. Und dann tranken wir auf … »Ach, zum Teufel«, sagte Tamriko. »Ich habe keine Lust auf noch mehr Trinksprüche. Soll doch der Leser etwas auf die gestrichelte Linie schreiben: _ «

So tranken wir bis in den frühen Morgen, und allmählich ließen meine Kräfte nach. Es war jene Morgenstunde, in der alles zu taumeln beginnt und verborgene Wahrheiten sich nicht länger verbergen lassen, und so fingen wir an, scherzhafte Lieder zu singen, die doch ein Fünkchen Wahrheit enthielten. Tamriko sang mich an: »Ich habe auf dich gewartet, aber vielleicht hast du dich verirrt, denn, weißt du, deine Kraft ist ein bisschen schwach.« Natürlich konnte sie kein richtiges Liebeslied singen. Wer singt schon so früh am Morgen richtige Liebeslieder?

Und dann wurde es Zeit für uns, zu gehen und das nächste Haus zu besuchen. Aber zuvor riefen Tamrikos Verwandte in der Tür: »Lebt wohl. Gute Reise. Viel Glück.« Und dann vom Balkon: »Kommt bald wieder. Du bist ein gutes Mädchen. Du bist ein guter Junge. Bleibt gesund!« Sie winkten und warfen Kusshände und riefen unsere Namen.

Als ich wieder in Batumi war, sah ich zu meiner Überraschung eines Morgens in der Frühe einen Müllmann, der die Straße fegte. Er war jung, erst zweiundzwanzig oder dreiundzwanzig, und er trug sogar eine Uniform. Normalerweise waren es alte Männer, die diese Arbeit machten, denn die jüngeren waren zu stolz dazu. Er hatte angefangen, Juliet auf dem Balkon zuzuwinken.

»Ich werde einen Müllmann heiraten«, sagte Juliet zu Malchasi, um ihn zu provozieren.

»Oh, wie romantisch«, sagte Malchasi. »Dann kannst du Müllfrau werden. Kannst neben ihm sitzen und die kleine Glocke läuten.«

»Wenn er gut verdient, wo ist dann das Problem?«, fragte meine Mutter.

»Was, glaubst du, wird Georgien retten?«, fragte ich Malchasi.

»Georgien wird nur gerettet werden, wenn jeder diese Frage stellt«, meinte Malchasi. »In zehn Jahren wird es in Georgien entweder sehr gut oder sehr schlimm sein. Wer weiß das schon? Hast du gestern Abend das Antidrogenkonzert auf dem Boulevard gehört, das die Mobilfunkfirma gesponsert hat? Den ganzen Abend haben sie gesungen: ›Wähle das Leben.‹ Okay, ich wähle das Leben. Und dann? Was ist das für ein Leben?«

Auf dem Markt in Batumi riefen die Frauen: »Willkommen. Kommt und kauft mein Fleisch. Ich weiß, ihr wollt dieses Fleisch. Ich habe heute Morgen geschlachtet. Frischer findet ihr nirgends welches. Alles ist gut an meinem Fleisch.« So viele, die etwas verkauften, aber niemand kaufte.

»Wie teuer ist das?«, fragte Tamriko.

»Hä?«, fragte die Händlerin, aber Tamriko hatte sich schon abgewandt. »Geh zum Teufel! Was fragst du, wie teuer es ist, wenn du gar nichts kaufen willst?«

Alles, was nur irgendjemand gebrauchen konnte, war da. Zwei Sorten Käse – Imeruli und Sulguni –, Walnüsse, *tschurtschchela*, sämtliche Sorten Obst, Feigen, Pfirsiche, Dosenerbsen, Ketchup, Sonnenblumenöl, Oliven, Bonbons, Küchenbretter und Backgammonspiele. Aber wir waren bei den Fleischständen, weil Malchasi etwas vom Fleischkaufen versteht. Er ist der Fleischmeistertechnologe. Er kauft Fleisch, das aussieht wie Snickers, mit abwechselnden Schichten von karamellfarbenem Fett und Fleischfasern. An der Farbe des Fetts kann er erkennen, wann das Tier geschlachtet wurde. Am Geruch und an der Art, wie das Fett sich rollen lässt, sieht er, von welchem Berg oder aus welchem Tal es kommt. Er nimmt es in die Hand, befühlt es und bittet die Frau, einen Fingerbreit Fett abzuschneiden. Sie tut es mit nichtssagendem Lächeln und hebt das Messer hoch in die Luft. Ein Zentimeter Fett bleibt übrig. Juliet wollte Fleisch, das mit scharfwürzigem *adschika* mariniert war. »*Adschika, adschika*«, sagte Malchasi verächtlich. »Dieses Gewürz nimmt man nur, um die Farbe zu überdecken und das Alter zu verbergen.« Aber er kaufte ihr trotzdem ein kleines Paket Fleisch, das mit *adschika* mariniert war.

Wir fuhren in den botanischen Garten. Malchasi und ich saßen vorn, Juliet und Tamriko hinten. Als Erstes fuhren wir durch die Himalaja-Abteilung, vorbei an der Ausstellung der Himalaja-Gräser. Dann ging es durch Australien, Nordostasien und Nordamerika, vorbei an verfallenden Sanatorien, Teichen mit asiatischen Fischen, Kiefernwäldern, Palmen, Treibhäusern mit Bananenbäumen, an denen die Bananen niemals reif werden, und schließlich der trockenen Vegetation der Osttürkei.

»Die Osttürkei hat keine Zivilisation«, sagte ich. »Aber seht euch um: In diesem Garten wachsen Blumen aller Art. Wir haben New Yorker Blumen. Blumen aus China. Ich glaube, deshalb fühlen sich Ausländer, die hierherkommen, sofort wie zu Hause.«

Im subtropischen Dschungel Kubas schlugen dicke Lianen dumpf gegen unser Auto. Malchasi stellte seine kubanische Musik lauter, die aus dem Kassettenrekorder kam: *Buena Vista Social Club*, beschlagnahmt bei einem schottischen Matrosen, dem er im Hafen begegnet war. Wir parkten am Ende der Straße und gingen zu Fuß zu dem Wäldchen beim Eisenbahntunnel, das früher Stalins geheimer Urlaubsort gewesen war. Malchasi baute ein kleines Indianerzelt aus Stöcken und zündete es an. Zärtlich stand er vor dem Feuer und blies hinein. »Es ist zu heiß«, sagte er und streute Salz in die Flammen, um sie zu dämpfen. Er spitzte ein paar Stöcke an, bohrte sie durch dicke Fleischstücke und drehte sie langsam über der Glut. Welche Gewürze? Salz und Rauch. Süß wie ein frisch geschlachtetes Huhn. »Man braucht nicht mal Pflaumensauce«, sagte Malchasi und hielt das Fleisch hoch. Der Saft tropfte herunter.

»Wie Bonbons«, sagte Juliet. »Es schmilzt. Zu diesem Fleisch brauche ich keinen Wein. Ich bin schon betrunken.«

»Ich auch«, sagte Tamriko. Als ich dieses Fleisch mit den Zähnen vom Spieß riss, fühlte ich mich wie ein Edelmann aus dem 12. Jahrhundert, nachdem ein Eindringling meine Burg geplündert und ich in einem Wäldchen einen Kirchenbaumeister gefunden hatte, der seine Mauersteine eckig zurichtete.

»Und jetzt zu Juliets Fleisch«, sagte Malchasi. Er blies ins Feuer, um es aufzuwecken, und legte das orangefarbene *adschika*-Fleisch auf die Flammen. »Juliet, wir haben das Salz aufgebraucht. Ach, aber wir brauchen kein Salz. Du magst es ja mariniert. *Adschika*«, sagte er geringschätzig. *»Adschika, adschika«*, wiederholte er und schüttelte den Kopf.

»Jetzt brätst du es absichtlich lange, damit es zäh wird«, sagte Juliet.

Als er mit Juliets Fleisch fertig war, brachte er es uns, in kleine Stücke geschnitten, auf einer Zeitung. Aber wir waren schon satt.

»Was hältst du von diesem Fleisch?«, fragte ich Malchasi.

»Wie Bonbons«, sagte er. »Wie Gummi.«

»Aber der Geschmack ist sogar gut, wenn man daran leckt – wenn man das *adschika* ableckt«, sagte Juliet.

»Ah! Siehst du?«, klagte Malchasi. »Warum hast du nicht auf mich *gehört*? Du solltest auf mich hören.« Jetzt schlachtete er die Wassermelone, als wäre sie ein Kalb. Er hob die eine Hälfte an den Mund, ließ den Saft hineinlaufen und schüttelte ihn von den Fingern. Dann legte er sich ins Gras, riss die Halme neben seinem Kopf mit den Wurzeln aus und bewarf Juliet mit dem grün gesprenkelten Grünzeug. »Eigentlich hätte ich auf *dich* hören sollen«, sagte er.

Sie griff in die Eingeweide der Wassermelone und warf damit nach ihm. Wassermeloneninnereien landeten auf seiner Wange. Er wischte sie weg und warf mit einer Tomate nach ihr, dann mit mehreren. Sie warf mit tränengroßen Wassermelonenstücken zurück. Sein Haar war jetzt nass von Wassermelonensaft. Ihr Rücken war schmutzig von Graswurzeln.

Ich riss ein bisschen Gras aus, um Tamriko damit zu bewerfen, aber sie hatte ihre Gitarre auf dem Schoß. »Wag es ja nicht«, sagte sie.

Malchasi ging zur Quelle und wusch sich Gesicht, Hals und Kopf. Er bespritzte Juliet mit dem Wasser, und sie quietschte und lachte. Sie wusch sich die Hände und trocknete sie am Gras ab. Dann nahm sie Tamriko die Gitarre ab und fing an zu spielen. Tamriko sang mit:

Wenn der Teekessel kocht,
Muss er Dampf ablassen,
Sonst fliegt ihm der Hut weg
Wie einem Menschen.
Die ganze Welt ist verrückt,
Gescheit oder dumm.

Das Dach fliegt vom Haus.
Jetzt ist es Zeit zu reden
Über das, was drinnen ist.

Wessen Herz hungrig ist nach dem Leben,
der komme zu mir.
Ich bin verrückt nach dieser Welt.

Mein Körper ist ein Schiff mit einem Schornstein,
Verschmutzt von zu viel Dampf.
Es wird Zeit, zurückzukehren in ein sauberes,
sonniges Land.

Glaube nicht den Krokodilstränen.
Der Regen ist echt.

Es ist Mode, Städte aus Eis zu bauen,
Doch die Sonne wird sie schmelzen.

Verzeih mir, es ist mein Geschick,
Ich kann dich nicht begleiten.
Auch im Himmel gibt es Länder,
Und auch ein Georgien gibt es dort,
Aber es ist nicht zu verkaufen.

»Komm, Tamriko«, sagte Juliet. »Lass uns ins Dorf zurückziehen.«

»Ich werde euch folgen«, sagte Malchasi.

»Ich folge euch auch«, sagte ich.

Dank Dieses Buch wäre ohne diejenigen, die mir beigebracht haben, durch eine georgische Brille zu schauen, niemals entstanden. Zutiefst dankbar bin ich Giorgi Murwanidse, Zwiadi Mikeladse, Ansor Katamadse, Nona Mikeladse, Manana Mitaischwili, Tamuna Kiknadse, Tornike Zozoria, Tamuna Kobelaschwili, Manana Antidse, Tamriko Siradse, Marina Giorgadse, Nino Inaischwili, Wano Kobelaschwili, seiner Frau Qeti Goguadse und allen in ihrem Dorf. Danken möchte ich auch Inga Goguadse für ihre Lieder. Ich danke Kuba Scheschenkodschojew, der mir gezeigt hat, was ein Dorf sein kann, und Mathijs Pelkmans für seinen breiten Horizont. Überaus dankbar bin ich denen, die mich auf unterschiedliche Weise unterstützt haben: Dana Dizon, Susan Lindauer, Amber Mahler, Mehera Kleiner, Susan Marshall, Izida Zolde, Naveen Chauduri, Nan Wicker, Cate Calson, Julia Weidmann, Smita Patel, Laurissa Kowalchuck und Marjorie Thomas für ihre unerschütterliche Freundschaft während dieser Arbeit. Ich danke Rebecca Kunin, die sich als neuseeländische Ehefrau angeboten hat, sollte ich jemals auswandern müssen, Allison Siebecker, die mich mit Chocolate-Chip-Keksen und Pflaumenschnaps gemästet hat, David White, seinem Grill und seinem Shop-Vac, Chandra Shukla, die sich gemerkt hat, was ich geschrieben habe, Micol Hammack, mit dem ich Notizen vergleichen konnte, Markus Bennett, dem Metaphernmann, und seiner reizenden Cecilia für ihre belebenden Gartengespräche, Larry Thrasher, der den Esstisch mit einem Extrateller für Slims gedeckt hat, und Larrys Mutter, die dafür gebetet hat, dass Slims ein besseres Leben haben möge, Ken Paul Rosenthal für seine mutigen Experimente, David Kay für sein Angebot, Slims in seiner Radiosendung die Möglichkeit zu geben, vier Blocks in Brooklyn Ratschläge zu erteilen, Daniel Smith, der die Juliet-Passagen tatsächlich gelesen und für gut befunden hat, Lulu Torbet, die als Erste alles gelesen hat und fand, ich hätte da möglicherweise etwas, Martha Gies, die mir sagte, es sei wichtiger, über die Ölindustrie zu schreiben als über Entführungen in Kirgistan, Laura Didyk für ihre Falkenwitze und ihre Intuition, Jeff Gillon, der auch etwas richtig Komisches schreiben könnte, Tom Parker, der am Ende immer noch an dieses Buch geglaubt hat, Joan Gelfand, die am Ende immer noch an das Streben nach Wahrheit geglaubt hat, Garth Dyke für seine kreative Unterstützung und den riesigen Tisch, den er mir zum Schreiben zur Verfügung gestellt hat, David Leavitt für seine wertvollen Vorschläge, Padgett Powell für seine Geschichten, die so unglaublich komisch sind, Mary Robinson für die Art, wie sie ihre Sätze artikuliert, Jill Ciment, die mich beharrlich in die richtige Richtung geschoben hat, John Cech, der mir die Kindheit gespiegelt hat, Vince Amlin für seinen Prüfstein aus Weisheit und Humor, Larry Reimer aus dem gleichen Grund und für seine Predigt über das Warten, Roger Beebe, der gewagt hat, das Ding hier zu lesen, Stu Crosby, der das Manuskript allen Ernstes laminiert hat, damit er es in der Badewanne lesen konnte, der MacDowell Colony für Zeit und Ruhe und Gesellschaft, Peter Demek dafür, dass er so ist, wie er ist, Melinda Stone für ihre hausgemachte Kameradschaft, der MFA@FLA-Gang, vor allem Sarah Sheldon, Harry Leeds, Rachel Khong und Elizabeth Bevilaqua (ach, verdammt, einfach allen!), der Rona Jaffe Foundation für ihre wunderbare Unterstützung, Merwan Irani, der mich immer wieder zum Lachen brachte, Joyce Barison für Avocado-, Wasabi- und Sardinen-Sandwiches, Shanti Elliott für ihre tiefgehenden magischen Rituale, Mark Thomas, weil er meinen Humor zu schätzen wusste, den Kindern meiner Verwandten, meinen anderen Verwandten, Matt, Maria und Miguel, Chris Fortin, der mir beigebracht hat, meinen Füßen wieder zu vertrauen, meiner Tante Francis, deren bloße Existenz mir hilft, meine Füße mit meinem Herzen zu verbinden, meinem Onkel Bruce, der mich daran erinnert hat, dass Schafe eine ökonomische Realität sind, Bill Offermann und meiner Mutter Kate Frazier für den Trost, den sie mit ihren Kaffeegesprächen spendeten, meinem Vater Allan, der gesagt hat, er werde nicht mehr mit mir sprechen, wenn ich nicht meinen Job aufgeben und mit dem Schreiben anfangen würde, meinen Schwestern Jessica und Annie, ebenfalls wahre Geschichtenerzählerinnen und -deuterinnen, meinem Bruder David für seine Großzügigkeit und seine Veranda, auf der ich schreiben durfte, meiner Schwägerin Lelah für dasselbe, meinem Neffen Julian, der dachte, ich schreibe ein Buch mit dem Titel *Waiting for the Electron*, meiner Agentin Irene Skolnick, meiner unermüdlichen Fürsprecherin, und meinem unbeschreiblich brillanten Lektor Mark Krotov.